庫

新装版

聖職の碑《いしぶみ》

新田次郎

講談社

目次

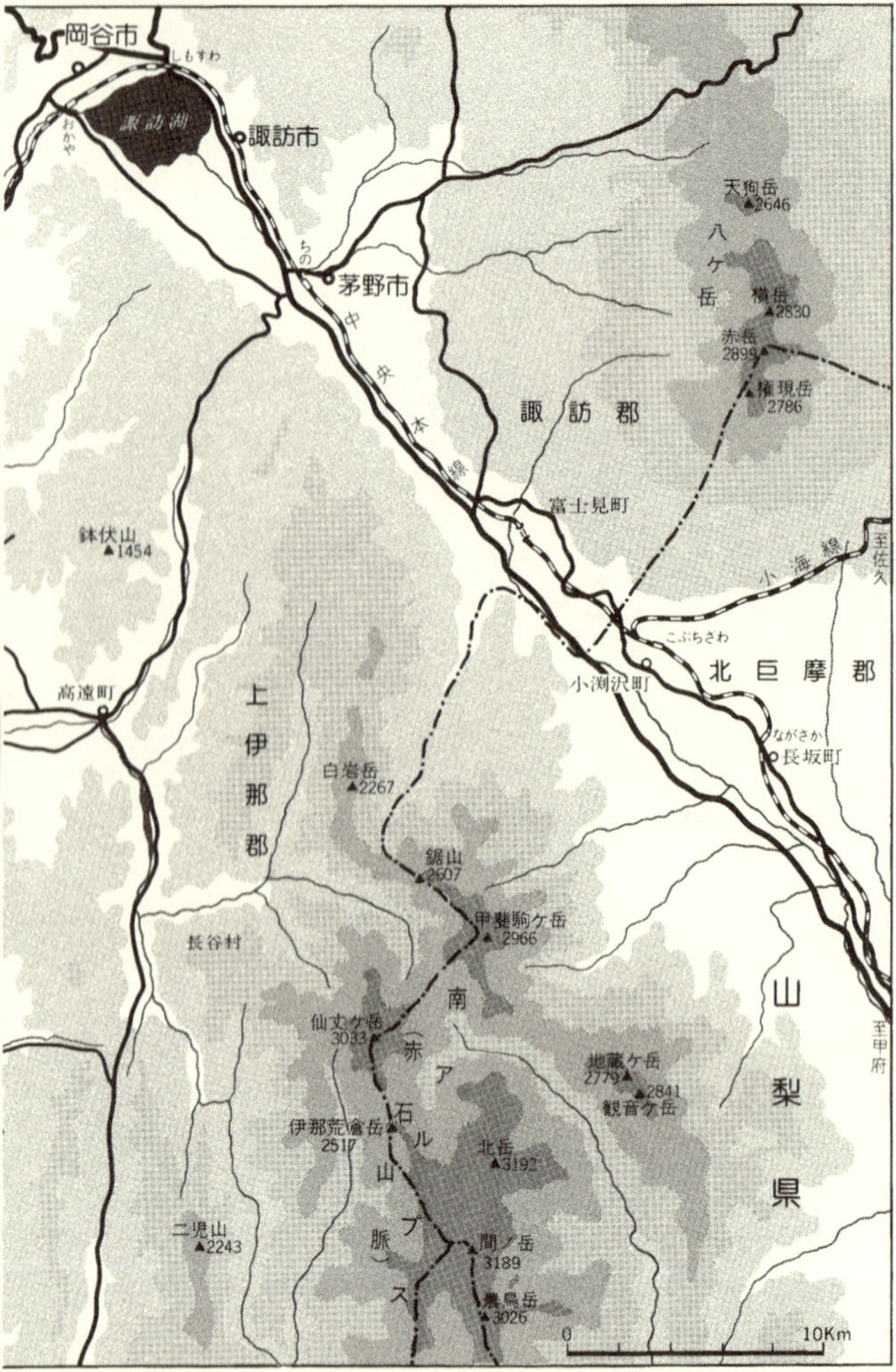

岡谷市
しもすわ
諏訪湖
おかや
諏訪市
ちの
茅野市
中央本線
天狗岳
2646
八ケ岳
横岳
2830
赤岳
2899
権現岳
2786
諏訪郡
富士見町
小海線
至佐久
こぶちさわ
小淵沢町
北巨摩郡
ながさか
長坂町
鉢伏山
1454
高遠町
上伊那郡
白岩岳
2267
鋸山
2607
甲斐駒ケ岳
2966
長谷村
南アルプス（赤石山脈）
仙丈ケ岳
3033
地蔵ケ岳
2779
2841
観音ケ岳
山梨県
至甲府
伊那荒倉岳
2517
北岳
3192
二児山
2243
間ノ岳
3189
農鳥岳
3026
0
10Km

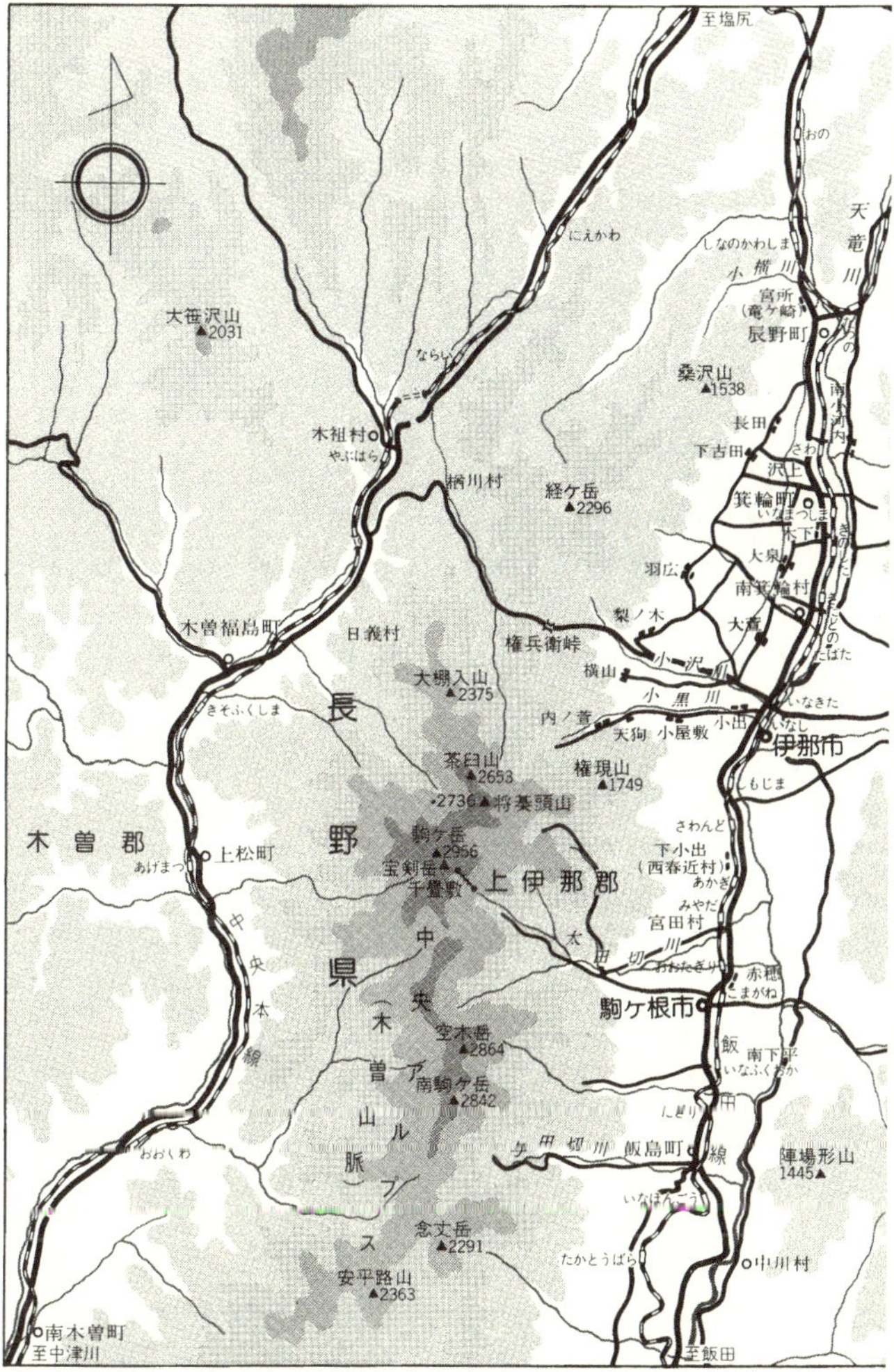

至塩尻
おの
天竜川
にえかわ
しなのかわしま
小横川
宮所
(竜ケ崎)
辰野町
南小河内
桑沢山
▲1538
長田
下古田
さわ
沢上
箕輪町
いなまつしま
木下
大泉
南箕輪村
大萱
たばた
羽広
梨ノ木
大笹沢山
▲2031
ならい
木祖村
やぶはら
楢川村
経ケ岳
▲2296
木曽福島町
日義村
権兵衛峠
大棚入山
▲2375
横山
小沢川
小黒川
いなきた
長野県
内ノ萱
天狗
小屋敷
小出
いなし
伊那市
きそふくしま
茶臼山
▲2653
権現山
▲1749
もじま
2736▲将棊頭山
駒ケ岳
▲2956
宝剣岳
千畳敷
上伊那郡
木曽郡
上松町
あげまつ
さわんど
下小出
(西春近村)
あかぎ
みやだ
宮田村
太田切川
おおたぎり
赤穂
こまがね
駒ケ根市
中央本線
中央アルプス
(木曽山脈)
空木岳
▲2864
南駒ケ岳
▲2842
飯田線
南下平
いなふくおか
にぎり
与田切川
飯島町
陣場形山
1445▲
おおくわ
いなほんごう
念丈岳
▲2291
たかとうばら
中川村
安平路山
▲2363
南木曽町
至中津川
至飯田

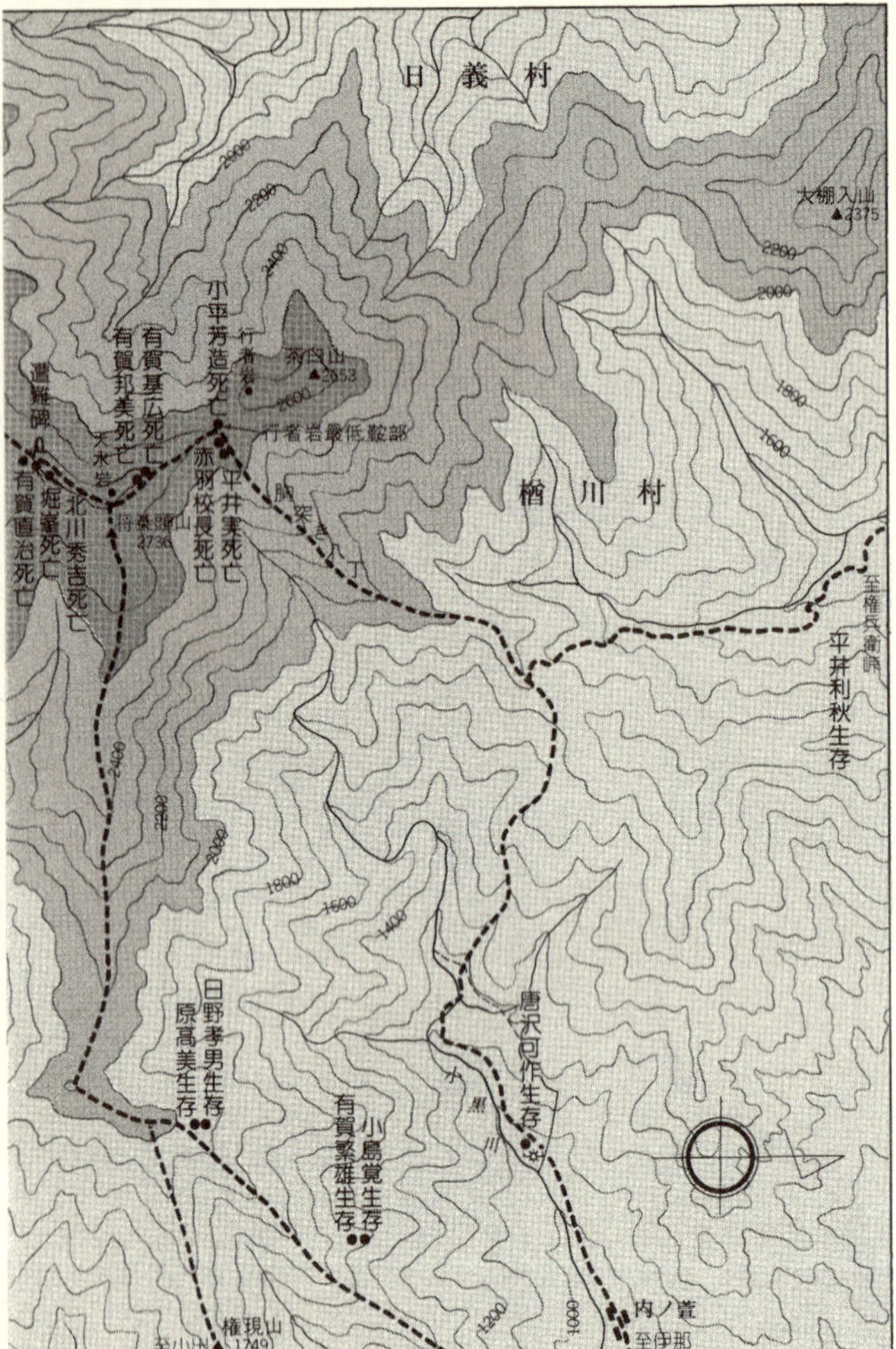
日義村
大棚入山
2375
小平芳造死亡
有賀基広死亡
有賀邦美死亡
遭難碑
有賀直治死亡
堀峯死亡
北川秀吉死亡
天水岩
将棊頭山
2730
行者岩
茶臼山
2653
行者岩最低鞍部
赤羽校長死亡
平井実死亡
胸突き八丁
楢川村
至権兵衛峠
平井利秋生存
唐沢可作生存
小黒川
日野孝男生存
原高美生存
小島覚生存
有賀繁雄生存
内ノ萱
至伊那
権現山
1749
至小出

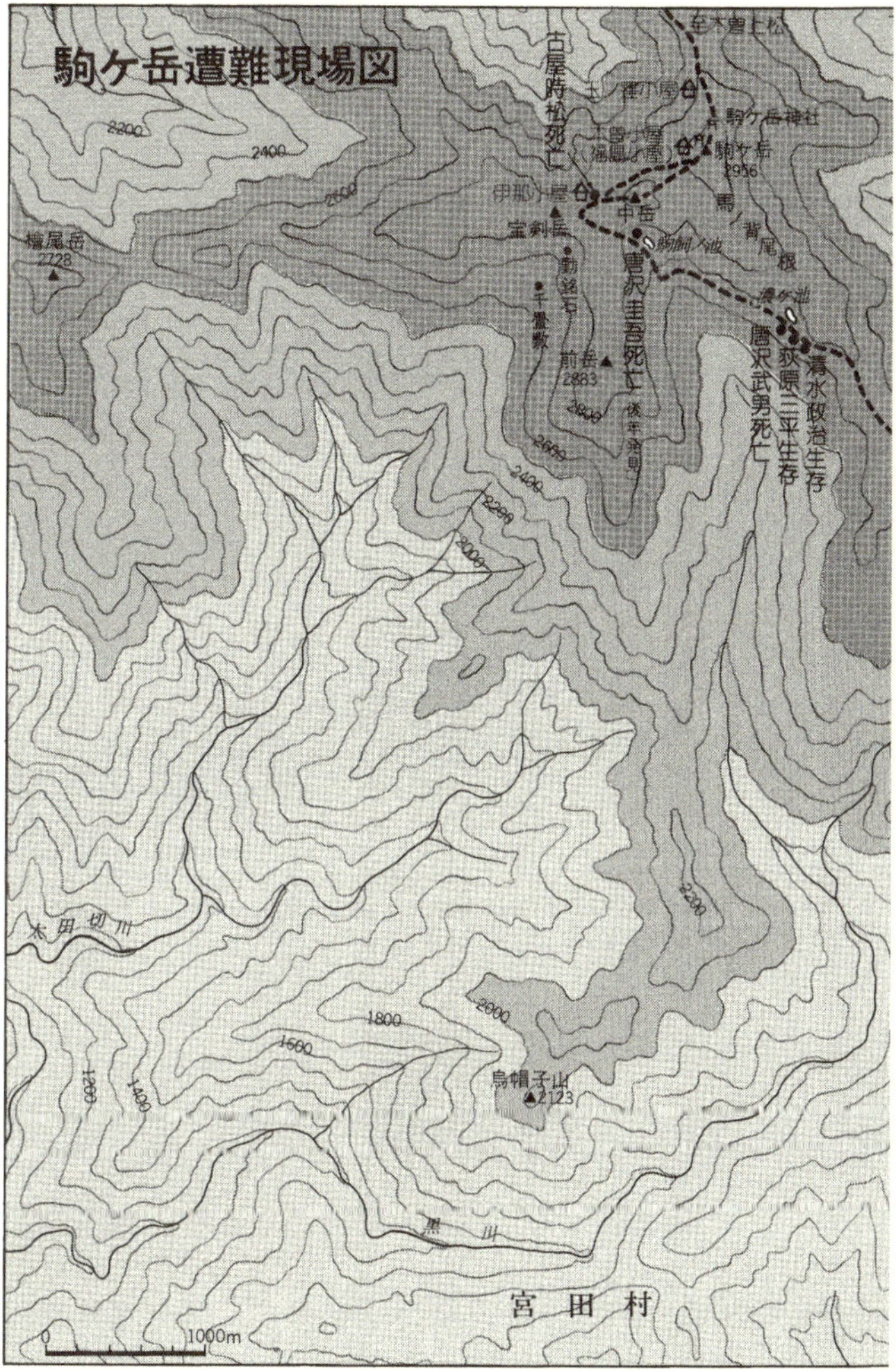
駒ヶ岳遭難現場図
至木曽上松
古屋時松死亡
玉ノ窪小屋
駒ヶ岳神社
駒ヶ岳
2956
伊那小屋
中岳
宝剣岳
駒飼ノ池
馬ノ背尾根
勒銘石
千畳敷
唐沢圭吾死亡
後年発見
濃ヶ池
唐沢武男死亡
荻原三平生存
清水政治生存
前岳
2883
檜尾岳
2728
2200
2400
2600
2800
2000
太田切川
1800
1600
1400
1200
烏帽子山
2123
黒川
宮田村
0
1000m

聖職の碑《いしぶみ》

霧が稜線を覆いつくすと、数メートル先がおぼろに見える。霧の移動がはげしくなればなるほど霧は濃くなり、雨具に附着する水滴も大きくなる。

吹き抜けて行く霧風の音がなんとなく物淋しいので、つい心細くなって声を出してみても、それさえたよりなく這松の中に沈んで行った。

あたりがひどく静かなのに、谷底へでも引きずりこまれるような、一定振幅の低音が、耳鳴りのように連続して聞こえるのは、雨具の頭巾を深くかぶりすぎているのかもしれないし、或は霧が立ちこめて、目に見えない壁を作ったがための音の反響かとも考えられるので、彼は濡れるのもかまわず、雨具の頭巾をうしろに払いのけた。やはり頭巾をかぶったせいだった。耳鳴りは消え、尾根を吹き渡る風の音がよく聞こえる。

「三千メートルに近い駒ケ岳の尾根だけのことはある」

彼はつぶやいた。彼は山に来たときはよくひとりごとをいう。下界では絶対にないことだが、環境の変化によるためか、或は、黙々として一日中ひとりで歩かねばならない折の無聊《ぶりょう》を自らなぐさめるためかもしれない。一人でなく誰かと歩いていてもこの癖は出る。もともと登山中はしゃべらないのが常識だから、ふとなにかのはずみに彼の口が開いたときはひとりごとになるのである。従ってそのひとりごとには意味がない場合が多い。三千メートル近い駒ケ岳の尾根筋だからどうだこうだというのではなく、彼は今、そこにいる自分を確認したいがためにその言葉を口にしたのであった。

霧の流れが早くなると、道の両側の這松の葉先に光っている露がこぼれ落ちる。霧に覆われているため、夕暮れ時のように暗い山嶺に、密生している這松の、谷側に向って伸ばしたその葉先にだけ光が集められたように、露のこぼれ落ちるときは一瞬の輝きが、確かに起るのである。

彼は、こぼれ落ちるその露を靴先で受けながら、こんなばかげたことを、若かりしころはよくやったものだと思いながら、目を山道の先に伸した。なにかしらの明るさが前方に拡がったように感じたからだった。足もとに落ちた露が光ったのも、その明るさがあってのことかもしれない。

明るさは進むに従っていよいよ拡がり、そして、霧の移動ではなく、はっきりと風の音を耳にしたとき、それまで前方を閉していた霧が霽《は》れた。彼が立っているその尾根の一点から小さな鞍部をへだてた対称的な位置まで、霧が薄れかけているというよりも、地形的にその鞍部のあたりの風が強いので、霧は吹きちぎられて、そこに空洞ができたようだった。

彼は、その鞍部から少々上ったところに雪渓を見た。見たように感じたとき、再び濃い霧に閉され、なにも見えなくなった。

八月の半ばである。雪渓が尾根にあるなどということがあろう筈がなかった。

「だが、おれは雪渓をこの目で見たのだ」

彼はひとりごとを云った。雪渓ではないがあれはいったいなんだろうという興味が彼の足をはやめた。しかし鞍部にかかったとき、雪渓に見えた正体は、多分花崗岩《かこうがん》のがれ場（岩石の崩壊した跡）だろうということに気がつき、別に急ぐ必要もなくなり、ゆっくりと石ころの登り坂に踏みこんで行った。

そこはがれ場というほどの急斜面ではなかった。尾根の一部であったが、やや幅広く白い大地をむき出していた。尾根を覆っている這松地帯の中に、白い小さな島ができたように見えた。風当りが強すぎるため植物が生えないのだろうと考えられた。花崗岩の白い砂地に大きな岩石が点在していた。霧を通してみると、それは熊かなにかが蹲《うずくま》っているようである。その岩の中に一段と大きな四角い岩があった。どこかに人工を感じさせる岩だった。

彼はその岩の前に立った。霧が彼とその岩との間を絶間なく通り過ぎて行った。

それは自然石で作った碑であった。石の中央に「遭難記念碑」と深く刻まれその文字の右側には、
　大正二年八月二十六日、中箕輪尋常高等小学校長赤羽長重君は修学旅行のため

児童を引率して登山し、翌二十七日暴風雨に遭って終に死す。

と書かれ、「遭難記念碑」の左側には、

共殪者
堀　峯　唐沢武男
唐沢圭吾　古屋時松
小平芳造　有賀基広
有賀邦美　有賀直治
北川秀吉　平井　実
大正二年十月一日　上伊那郡教育会

と刻みこまれてあった。既に六十年も経過しているのにもかかわらず、文字の一字一字がはっきりと読み取れた。

彼は碑文を読んで概要を知り、同時に一種異様な感動に打たれた。

「このような場合、一般的には遭難慰霊碑とするのが当り前なのに、なぜ、遭難記念碑としたのであろうか」

彼は碑に向って問うた。

碑文には死者の霊をなぐさめるような言葉はいっさい使われていなかった。校長であり引率者であった赤羽長重《ながしげ》については、終に死すと簡単に片付けられ、彼と運命を共にした少年たちは「殉難者」でも「若くして逝った人々」でもなく、「共殪者《きょうえい》」であった。暴風雨に遭遇して赤羽校長と共に殪《たお》れて死んだ人達という意味のほかなにものもなかった。

碑は遭難の事実だけを後世に告げるために建てられたもののようであった。碑の最後に刻みこまれた上伊那郡教育会の七字は碑文や遭難者氏名よりも一段と大きく深く刻みこまれていた。それはまさしく、碑についてのいっさいの責任は上伊那郡教育会が引き受けようと、居直った恰好にも見えるのである。

「この遭難の陰にはいったいなにがあったのであろうか。記念碑には、遭難事件を悲しむより、遭難そのものを、記念すべきできごととしようという意図が明らかに浮き彫りされている。それはいったいなぜであろうか」

彼は碑に向って質問しながら碑の下を見た。既に枯れ果ててはいたが、山麓から持って来て捧げたと思われる花束が幾つか置かれていた。

霧が濃くなるとまず碑文が見えなくなり、最後に遭難記念碑の文字も灰色に塗りつぶされ、そこには四角な石の輪郭だけが取り残された。

第一章　遠い山

隊列をととのえ一、二、一、二と口々に叫びながら、駆け足行進をして来た少年たちは、目前に城址の本丸が姿を現わすと、突然隊伍を乱し、われ先にと、それに向って突進した。先頭を走っている教師の静止の声も耳に入らないようだった。

彼等は大手門跡へ続く路を捨て、いきなり、草藪の中に飛びこみ、本丸に向って、急峻な堤を這い登って行った。草叢の中で、転んだり、堤から滑り落ちたりするものがいた。だが彼等は勇敢だった。懸命に草の根をつかんで目的地へ突進した。

彼等は例外なしに木綿の着物に三尺をしめ、藁草履《わらぞうり》を履《は》いていた。滑って転ぶと前がはだけて、縞の猿股《さるまた》まで出す者がいた。草の露で着物の裾《すそ》が濡れた。着物をバラとげに引っかけてかぎざきを作る者もいた。

「福与《ふくよ》城一番乗りはおれだぞ」

一人の少年が腰につけていた手拭いを棒にくくりつけて頭上で振った。次々にその真似をする少年が出て、一番乗りが十人にもなった。どの顔も健康に溢れて赤く輝いていた。かなり遅れて和服に袴姿の教師が本丸跡に着いた。

「先生、おれが一番乗りだよなあ」

と一人の少年が云うと、少年たちはおれだおれだと次々と一番乗りを主張した。教師は微笑を浮べているだけだった。

「ようし、誰が一番乗りだか、おれが決めてやるからそこへならべ」

という声がした。少年たちはいっせいにそっちを振りむいて、口々に校長先生だと云った。中箕輪《なかみのわ》尋常高等小学校長赤羽長重は詰め襟の黒の洋服を着て立っていた。

赤羽は、少年たちの駆足《かけあし》の行列の跡を追ってここまで走って来たのだがいささかも呼吸を乱してはいなかった。

「さあ、そこにならべ」

と赤羽は少年たちの前に出て云った。一番乗りを主張する少年たちは云われるままにそこに並んで胸を張った。おれが一番乗りだと云ったものは十人ほどいたが、いざとなると、三人になった。その三人はほとんど同時に本丸跡にたどりついたのだから、それぞれが一番乗りだという自信があった。

赤羽は一番左側に立っている少年に向って云った。

「一番乗りが洟《はな》をたらしているのはおかしいじゃあないか、蕗《ふき》の葉で拭いて来い」

そしてその隣に立っている少年には、

「なんだ、だらしがないぞ、帯が解けかけているじゃあないか」

そして赤羽は、あわてて、着物の前を合わせようとする、三番目の少年に、

「今から服装を直してももう遅いぞ」

と云った。少年たちがどっと笑った。

「みんなよく見てみろ、本丸跡にはもっと高いところがあるだろう」

赤羽はそう云い残すと、くるりと少年たちに背を向け本丸跡の一角にある、大きな石の上に駆け登って、一番乗りはおれだと叫んだ。少年たちは赤羽の後を追って、われもわれもとその石の上によじ登った。先に登った者は、後から登ろうとする者を登らせまいとするし、後から登ろうとする者は、先に登った者を引き摺りおろそうとした。たいへんな騒ぎになった。

「ようし、みんな降りろ、これから面白い話をしてやるからな」

少年たちは赤羽の一声で石からとび降りた。急にあたりが静かになった。赤羽はしばらく黙っていた。云うべきことを頭の中で整理しているようだった。濃い眉と太い八の字髭が対象的に彼の威厳を飾り、いささかつり上った眼尻のあたりに性格の強さを覗かせていた。

「この城跡のことを一般には福与城址と呼んでいるが、別名、藤沢城址とも箕輪城址とも云う。福与はここの地名であり、藤沢は、ここに城があったころの城主の姓である。そして箕輪は、ここから見える限りの広い地域の名称である。そのころ、この城には藤沢氏を城主として多くの箕輪衆がいた。箕輪衆はお前たちの先祖のことである。ではその城がなぜその址を残すだけになったかを話してやろう」

赤羽は藤沢頼親《ふじさわよりちか》(箕輪次郎)が侵略者の武田信玄とどのようにして戦ったかを話し出した。

天文十四年（一五四五）三月、武田信玄は三千の兵を率いて杖突峠を越え、上伊那に侵入して福与城を囲んだ。それまでの藤沢頼親の曖昧《あいまい》な態度に飽き足らず、その去就を明らかにするよう迫ったのである。松本の小笠原長時に従うか、甲斐の武田信玄につくか二つに一つの返事を要求したのである。藤沢頼親は小笠原長時の来援を信じ、籠城して武田軍と戦う決心をした。天文十四年三月二十日ごろから、攻城軍と籠城軍との間に激しい戦いが始った。

福与城は西に天竜川を臨む丘の上にあった。東側（山手）には深い堀をめぐらせていた。城の規模こそ小さいが、なかなかの堅城だった。藤沢頼親の下には千五百の箕輪衆がいてよく戦った。三月二十九日には武田軍の部将、鎌田長門守が戦死した。信玄は攻撃を続行すれば味方の損害が多くなるのを知って、福与城は包囲したままにし、板垣信方を大将とする別動隊を組織して、天竜川の上流にある竜ケ崎《りゅうさき》城（辰野町宮所《みやどころ》）を攻撃させた。ここには小笠原長時が援軍二千を率いて出陣していた。小笠原軍がそこにいるかぎり、武田軍としても福与城に思い切った攻撃はできなかったのである。

板垣信方の軍は善戦して、六月一日になって、ようやく小笠原軍を竜ケ崎城から追い払った。小笠原長時は、武田軍が福与城の包囲を解くまでは竜ケ崎城からは退かないという藤沢頼親との約束を反古《ほご》にして松本へ引揚げた。福与城は完全に孤立した。

藤沢頼親は信玄の降伏勧告に同意して六月十日に開城した。

「福与城内には豪傑が多かった。藤沢織部《おりべ》と大泉上総《かずさ》は、強弓の名手で、一矢で二人を射殺すほどの腕前があったと云われている。武田軍の先手の大将鎌田長門守を仕止めたのは藤沢織部であった。城内にはこの他にも強い武士がたくさんいたので武田軍は手が出せなかった。つまり、この戦いではわが箕輪軍は武田軍に勝っていたのである。その勝っていた箕輪軍がなぜ城を明け渡したか。それは同盟軍の小笠原長時が、藤沢頼親との盟約を破り、竜ケ崎城を捨てて、松本へ引揚げたからである。こうなれば、藤沢頼親としても小笠原長時に義理立てをして、飽くまでも戦う理由がなくなったのである」

赤羽長重は話が終ると、ゆっくりと少年たちの顔を見廻したあとで、引率して来た教師の樋口裕一に向って云った。

「なにかつけ加えることがあるかね」

赤羽は目で樋口を石の上に誘った。

「はあ、一言、ふたこと……」

「いや、充分に話すがいい、私も聞かせて貰おう」

樋口は、赤羽に向って姿勢を正して軽く頭を下げた。長身の彼は頭を短く刈っていた。中高の顔の美青年だった。

樋口裕一は石の上に立つと同時に眼下に流れる天竜川を指して云った。

「みんなよく見ろ、三百六十余年の昔においても、天竜川は流れていたし、あの山もあの丘もそして、この箕輪の平《たいら》もあった。福与城が落ちたのは旧暦の六月十日、新暦に直すと七月二十八日のことだ。だいたい今ごろの気候だと思えばいい。城主の藤沢頼親は、信玄に和を乞うために、人質として、弟の藤沢権次郎（箕輪権次郎）をさし出して、よきように取計らってくださいと云った。それ以外に云いようがなかった。信玄は頼親に対して、心配するな。私は人の命《いのち》を欲しいとは思わぬ。無駄な殺生は嫌いだし、なにがなんでもこの信玄に従えとも云いたくない。信玄に従いたいと思う者があれば、今までどおりの処遇を与えるばかりでなく、今後は、働き次第で恩賞は限りなく与えられるであろう。また、この信玄に従うのが嫌な者は、何処へでも行くがいい。とがめはしないし、この城を見捨てて松本へ逃げ帰った小笠原長時に従いたいと思う者があれば、直ちに去るがよい。追い討ちなどはしない。そこで信玄は言葉を強くして藤沢頼親に云った。よいかな頼親、このことを念の行くように城兵に説き聞かせた上で、一応、それぞれの居所に帰るよう申し伝えるのだぞ。家には女房子供もいるだろうし、年老いた親も待っているだろう。元気な姿を見せてやるように云ってやるのだ。尚この福与城は今宵火をかけて焼く。城がなくなれば気持もまた新しくなるだろう。――信玄は頼親にそう云ったのである」

樋口はここで少年たちの顔をいちいち確めるように眺めた。小学校六年生であった。彼等は、その話をそれぞれの頭の中で勝手に解釈し、次の言葉を待っていた。

「その夜、福与城は焼けた。火は遠くからもよく見えた。箕輪の平からこの火を見ない者はなかった。火は一晩燃え続けて、夜が明けて見るともう城はなかった。藤沢頼親に従っていた箕輪衆、千五百人はその火を見詰めている間に心を決めた。ほとんどの人は武田に従うことにした。土地があり家がある者はそうせざるを得なかった。小笠原長時を慕って、箕輪を離れた者は一人もいなかった。福与城の勇士とうたわれていた藤沢織部と大泉上総介の二人は、この地を去った。小笠原長時に従うことも、武田信玄に仕えることも、二人にはできなかったのである。その気になれなかったのだ」

樋口はそこで一息ついて云った。

「この地方では武田信玄のことをあまりよく云わないけれど、私は信玄こそ偉大なる武将だと思っている。敗戦に際して、敵兵にそれぞれの考え方によって生きるようにとその道を示したところに彼の偉大さがある。このような武将は日本の歴史においてきわめて稀である。藤沢織部と大泉上総介もまた立派である。そのまま残れば武田の陣営では大事にされたであろう。出世もしたであろう。だが二人は自分に生きた。自分を大事にした。自分の気持のままにこの地を去って行った。人間それぞれの個性を尊重した信玄も偉いし、自分の気持を大事にした二人も偉かった。福与城は武田信玄にほろぼされたと覚えこむことはまことに簡単だが、そのかげに、人間尊重の裏話《うらばなし》があったことを忘れてはならない」

そこで樋口は言葉使いを変えた。

「天竜川の悠久の流れを見ろ、天竜川と平行して続く河岸段丘と、東と西の二つの山脈の間にひろがるわが箕輪の平《たいら》の肥沃な農地を一望した後で、母校中箕輪尋常高等小学校へもう一度目をやるがよい。学校の右手には、松島城址があり、更にその右手には王墓《おうはか》がある。あの前方後円式の古墳は、敏達天皇の王子の墓だと云われている。更に視線を延してよっく見ろ、箕輪の平と西山とが接するあたりには東山道《とうさんどう》があった。この道を経て、遠い昔から中央の文化はわが郷土に入って来たのである。眼をひるがえして、天竜川の上流を見ろ。天竜川の東側に扇形をした台地が見える。藤原氏の荘園があったところだ。後に信濃源氏発祥の地ともなった。いいか、今ここから見える範囲でもこれだけの文化遺産がある。この箕輪は信濃でも、もっとも早くから文化が開けたところだ。いいかえると、ここは信濃文化の基礎作りがなされたところとも云える。われわれはそれらの多くの文化遺産の中に生れたことを忘れてはならない」

樋口の顔は自らの演説に酔ったように紅潮し、少年たちは黙って聞いていた。

＊

少年たちは帰途も走った。彼等の掛声を遠くに聞きながら、赤羽長重は天竜川を見おろす橋の上に立っていた。梅雨期だから水量は多く、河原の石は見えなかった。じっとして立っていると、かすかながら橋は動いていた。

彼はついさっき樋口裕一が少年たちに向ってしゃべったことについて考え続けていた。赤羽の歴史講話を補足する意味において、樋口の話は効果的であり、面白かった。しかしなんとなく気になる話だった。どこがどうというわけではなく、全体的にそれまでの教師たちが生徒に向って話すそれとは違っていたのである。特に彼が、武田信玄に言及したあたりが気になった。個性を尊重した信玄も偉いし、自分を大事にした藤沢織部と大泉上総も偉かったというあたりに、赤羽はこだわりを感じていた。

日露戦争が終ると共に、信濃の教育界はそれまでにない大きな変革をしようとしていた。従来の文部省の教育方針に対して反対する教育者が処々に現われたが、信濃の教育者の母体である信濃教育会は、これらの新しい主張に対して黙視する姿勢を取っていた。信濃教育会がそうだから、それと濃密なつながりを持つ、県の学務関係者もまた、敢て文部省の通達を杓子定規《しゃくしじょうぎ》に押しつけようとはせず、その新しい自由教育思想の流れの方向を見詰めていた。

多くは若い教師たちが中心になって、教育の骨子となるものを作り上げようとしていた。哲学的理念から発した教育、実践を根底に置いた教育などがあったが、明治四十三年に至って、それまでと全く観点が違った新しい教育思想が生れた。このころ東京で発刊された雑誌「白樺」の影響を受けた長野県の若い教師たちが唱える理想主義教育であった。

（彼がさっき、少年たちを前にして云ったことが、所謂《いわゆる》白樺派の理想主義教育というのではなかろうか）

赤羽はそうも考えて見た。樋口裕一は師範学校を卒業して三年目だった。樋口等若い教師たちが「白樺」を読み、しばしば自主的な研究会を開いていることは知っていたが、赤羽は、「白樺」そのものを一度も読んだことがないし、その本が文学雑誌の一種であると聞いていたので、特にそれに関心を持ってもいなかった。

（少し、勉強が足りなかったかな）

と赤羽は思った。さっきの樋口の演説はたいそうなものだった。自分より上手だった。だからと云って、無条件に讃《ほ》めることができない、しこりのようなものがあった。それが赤羽をいままでになく樋口に接近させようとした。そうしないと、自分は古い頭の校長として置いてきぼりを喰わされそうな気がしたからだった。

「そうだ。樋口の授業ぶりを覗いてみよう」

赤羽はつぶやいた。中箕輪尋常高等小学校の教員は全部で二十六名いた。うち三人はそれぞれ手工図工の専科正教員、裁縫《さいほう》専科正教員とそして音楽専科正教員であった。校長が教室を覗いて教員の授業ぶりを見るのは、なにかあら探しでもしているようでいやだった。そういうことはめったにやったことはなかった。しかし、そうしないと、校長の職責が守れないような気がした。天竜川の激流を眺めているうちに、そのような気持になったのである。

そうと心が決ると彼は迷わなかった。彼は天竜川にかかった橋を靴音を立てて渡った。橋を渡って、木下《きのした》の町へ一歩踏みこんだとき、横丁から出て来た男に、校長様と呼びかけられた。顔は知っていたが名前は知らない人だった。

「実は学校へ行ってお願いしようと思っていましたが、ちょうどよかった。まあひとつ私の話を聞いて下さい」

と云った。彼は息子が六年生であること、小学校を卒業したら、諏訪の中学か飯田の中学へ進学させたいが、受持ちの教師は、進学について余り熱心でなくて困る、なんとかして貰いたい、というのである。

「熱心ではないというと、具体的にはどういうふうに熱心でないのだね」

「なんでも、本を読んで聞かせたり、その感想を書かせたり、西洋の絵を見せて、どうのこうのと説明したり……つまり、勉強はしないでよけいっこと（余計なこと）ばつかりしているということです」

その受持ちの教師が樋口裕一であった。

「樋口先生には四年のときからずっと受持って貰っています。ほんとうにいい先生ですが中学進学をひかえている現在では、もう少しなんとかしてくれないと困ってしまいます」

と彼は云った。

「よく分りました。学校へ帰って早速樋口君を呼んで注意しましょう」

赤羽はそう答えながらも、自分が、果して樋口に注意できるかどうかを危ぶんでいた。赤羽は、今の話の中に、新しい教育をやろうとしている樋口の真剣な姿をふと垣間見たように感じたからだった。上伊那は製糸業の中心地諏訪の岡谷と隣接している関係上、養蚕や製糸業が盛んであった。もともと教育に熱心な土地柄でもあったから、経済的な余裕が出来れば子供を進学させようと願う父兄が多くなるのは当然だった。

赤羽は木下から松島の町に出てそこから西に向って河岸段丘への坂を登った。そこに中箕輪尋常高等小学校があった。広い台地の上に余裕を持って校舎が建てられ、校舎の西側には運動場があった。運動場に立つと目の前に西山の連山（木曽山脈）が迫って見え、うしろをふりかえると天竜川をへだてて、東山（赤石山脈）が峯々を連ねていた。

赤羽は校長室に入って、しばらく事務処理をしていたが、次の時間の授業が始まるとすぐ、六年二部の教室を目ざして行った。

廊下から教室のうしろに入ると、生徒たちがいっせいにふりかえって赤羽を見たが、教壇に立っている樋口は知らんふりをしていた。参観者や見学者があっても、教壇に立っている教員は挨拶をする必要はないということになっていたからだった。樋口は本を読んでいた。それがなんと、島崎藤村の「破戒」だった。

「破戒」が出版されてから既に数年経っていた。

赤羽もそれを読んだことがある。小説の中に出て来る主要人物の一人のモデルが下伊那出身の教育者だと云うこともあって、伊那の知識人でこの本を読まない者はいなかった。

樋口の抑揚をつけた読方は上手だった。特に会話のところがうまかった。彼は切りのよいところで本を閉じると、

「今日はこれまで。今日読んだところについての感想をあしたまでにまとめて来い。いいかこれは綴方《つづりかた》の宿題だぞ」

生徒たちがいっせいにはいと云った。その声には元気があり、自信があった。「破戒」を理解しての上の返事のようにも聞こえないことはなかった。

（今の子供はませている）

と赤羽は思った。同時に「破戒」を生徒たちが理解したとすれば、それはたいへんなことだとも思った。もしそうだとすれば、生徒たちには、もっともっと高い水準のものを与えねばならない。しかし、もし彼等がそれを理解せずに、ただ理解したようなつもりでいるとしたらこれもまた重大問題である。

授業が終ると、子供たちはいっせいに外へ飛び出して行った。

「分るのかな『破戒』が」

赤羽は樋口のところに歩み寄って云った。

「校長先生は『破戒』をお読みになってなにか分らないことがございましたか」

樋口は逆襲した。

「いや、分らないことはなにもなかった。あれには異常なほどの感動を受けた」

「そうでしょう。だったら感受性の強い生徒たちは校長先生以上に分るし、感動も受けるに違いありません」

「そんなことがどうして云えるのだ」

「彼等の書いた綴方を読めば一目瞭然です。子供たちはわれわれ大人以上に分っています。それだけの理解力を持っている子供たちに、なにか隠し立てするような教育方針をして来たのは誤りです」

隠し立て？　と赤羽は思わず反問した。

「大人の世界を見たい見たいと思っている子供たちに、わざと見せまいとするのが今の教育です。私はそれに疑問を感じています。だからと云って、大人の世界をなにからなにまで見せてやろうというのではありません。たしかに、彼等に教えてやるには早すぎるということもあります。けれど『破戒』に書いてあることは、大人と同時に子供たちにも知って貰わねばならないことが多いのです。だから、あれを取り上げました」

追いかけっこをしているらしい、こどもたちが二人の傍を走り抜けた。

「話は変るが、最近六年生の父兄が、もう少し受験準備に力を入れて貰いたいと云いに来た」

赤羽はふと思い出したような云い方をした。

「ああそのことですか、私のところへも、しつっこく云って来ています。だが大丈夫です。基礎さえ教えこんで置けば、受験準備は二ヵ月あれば充分です。それに本校の生徒たちは概して頭脳《あたま》がよく、理解力は抜群です。諏訪中学でも飯田中学へでも、必ず合格させてお目にかけます」

「たいした自信だ。しかし、その君の自信を父兄にそっくりそのまま伝えることはむずかしい。やはり受験準備にはなるべく早く取り掛ったほうがいいだろう」

そして赤羽は樋口の肩を叩いて、

「どうだね、今夜私のところへ来ないか、一杯やろう」

と云った。一杯やりながら、樋口の云い分を、ゆっくり聞いてやろうと思ったのではなく、なんとなく、この青年教師と話してみたかった。

「実は私も先生のところへお伺いしたいと思っていたところでした」

樋口はそう云いながら、左手に持っていた「破戒」を右手に持ちかえ、なぜか突然、俯《うつむ》いた。

＊

赤羽長重の家は西春近村《にしはるちか》（現在伊那市下小出）にあった。小学校から直線距離で約四里（十六キロ）はあった。歩いて通うには遠すぎたし、校長は学校近くの校長住宅に住むのが慣例になっていたので、彼は校長住宅で自炊生活をしていた。自宅へ帰るのは月に一度か二度だった。

「『破戒』は自然主義文学の申し子のようなものだと思っていたが、『白樺派』の君がこれを教材に取り上げるとは驚いた」

赤羽がそんなことを口にしたのは、樋口裕一との間にかなり盃のやり取りがあった後である。話がいつの間にかその方向に流れていた。

その赤羽の一言《ひとこと》は、樋口を強く刺戟したようだった。

「先生は、なにか誤解しているようですね。白樺派の文学は自然主義文学を否定してその上に築き上げられたものではなくて、もっともっと広い視野に立って理想主義、人道主義、芸術至上主義を文学に取り入れたものです」

「そうかね、しかし世間一般では、日露戦争直後に流行した自然主義文学が、いつの間にかその本質から離れて、私小説、心境小説に流れ、果ては虚無思想や官能を追求する、どろどろと濁った耽美《たんび》主義の傾向に走ったので、その反動として、理想主義を旗印に白樺派の文学が誕生したと云っている。だから、結果的には自然主義文学を否定したのが白樺派の文学ではないのか」

赤羽が云った。

「白樺派文学はモラルを追求しつつ、人類愛、人間尊重、善意の三項目に焦点をあてて、文学的昇華を試みようとしています。確かに、自然主義文学より一歩遅れて世に出たものですが、自然主義文学を否定するものでも肯定するものでもありません。白樺派の文学は白樺派の文学でいいのです」

樋口はそう前置きして、白樺派の文学がいかなるものであるかを話し出した。雑誌「白樺」の内容を述べ、同人たちの作品に触れた。

「だが、おれにはどうしても分らないことがある。二十人足らずの学習院大学出の同人がやっているその文学雑誌がなぜ、長野県の若い教師に受けるのだろうか。聞くところによると、雑誌『白樺』の購読者数は東京に次いで長野県が第二位、第三位は京都だそうだ。全発行部数の四分の一は長野県で消化しており、その購読者のほとんどは若い教員だということだがきみたちは貴族趣味のようなものでも持っているのかね」

赤羽は笑ったが、樋口は笑わなかった。樋口は赤羽のその冗談をけっして、許しそうもない顔で、

「先生は『白樺』をお読みになっていないから、そんなことをいうのです。貴族であるなしは問題ではありません。書かれている内容に含まれている思想なんです。逆説的ですけれど、生活に困ってはいない人達だからこういうものが書けるのだという人もいます。そうかもしれません。そうだっていいじゃあないですか。われわれは、『白樺』の同人の出身に傾倒しているのではなく、書かれている思想に共鳴しているのです。それから、先生はしばしば若い教師が白樺派の文学に共鳴しているように云っておられますが、うちの学校の有賀喜一先生も『白樺』の熱心な愛読者であり、理想主義教育について熱心に考えている一人ですよ」

有賀喜一は主席訓導の次に位置する三十二歳の教師だった。赤羽と同じ伊那の出身者でもあり、長野師範の後輩でもあるから、特に親しみを感じていた教師だった。

「有賀君がねえ……」

と赤羽は一言洩らした。まさか白樺派の共鳴者だとは知らなかった。それらしいそぶりを見せたこともなかった。なにか裏切られたような気持だった。

樋口が笑った。赤羽の嘆息《たんそく》するような云い方がおかしかったからである。

「先生、有賀君がねえと、驚かれる前に、まず『白樺』をお読みになってください。もしそのお気持があるなら、去年一年分のものをまとめておとどけいたします」

と樋口は云った。

「そうだ『白樺』を読まずしてとやかく云うのはよそう、だがさっき君が、理想主義教育を有賀君が熱心に考えているといったのはどういう意味かね、『白樺』には教育について、なにか書いてあるのか」

そんなことはありませんと樋口は首を左右に振った。

「『白樺』は文学誌ではありますが、芸術綜合誌と云った感じのものでもあります。教育については一言片句も触れてはいません。だが、われわれはその中から新しい教育法を見つけ出そうとしているのです。『白樺』とは関係がないわれわれの問題です。もっとはっきり云えば、それが長野県の若い教師たちの願いでもあるのです」

「その理想主義教育の指導者はいるのかね」

「特に指導者という者はいませんし、そのような組織もありません、『白樺』の愛読者の間から自然発生的に出発した教育思想ですから、各地各学校でそれぞれ独自に研究しつつあるという段階です。かなり進んでいるところもあるし、ほとんど、この問題に関心を示さないところもあります。だが、この理想主義教育を提唱している中心的人物は、はっきりしています。赤羽先生の隣り村、東春近村出身で、飯田中学校から東京美術学校に学んだ赤羽一雄先生です。赤羽一雄よりペンネームの赤羽王郎の名のほうがよく知られています。彼は現在、諏訪《すわ》郡の玉川尋常高等小学校で教師をしているかたわら、理想主義教育を推進しています。彼と共にこのほうを熱心にやっている教師に笠井三郎、中村亮平、吉村萬治郎などがいます」

赤羽と云えば同姓であり、しかも隣り村だから、或は遠い親類に当るかもしれないなと、赤羽長重はつぶやいてから、

「その赤羽王郎は、どんな教育をしようとしているのかね」

「私は直接それを見たことはありません。彼の教育を実際に見学した人の話によると、彼は従来のように画の手本を模写させるのを止めて、果物とか花とかいう静物を写生させているそうです。音楽の時間には、蓄音機でレコードを聞かせ、綴方の時間になると、読んだ本の感想文を書かせているということです」

「それはすごい」

と赤羽は思わず云った。彼自身も、明治以来の臨画教育法（画の手本を写すこと）

には飽き足らなかったし、唱歌や、綴方についても改善しなければならないと思っていた。しかし、赤羽王郎の教育は文部省の教育方針からはあまりにもはみ出し過ぎていた。すごいと叫んだのは、その意味もあった。

赤羽は考えこんだ。今朝、天竜川の橋の上に立ったときの自分を思い出した。どうにも処置しようがないほどの力を持って、おしよせて来る、理想主義教育という大河の前に立っている自分自身を感じた。

「そろそろ帰ろうと思いますが」

樋口が云った。

「そうかね、帰るかね、今夜はいい勉強をさせて貰ったよ」

赤羽はそう云って樋口の方を見た。樋口は帰ると云って、居住居《いずまい》を正したままで、なにか考えこんでいた。云い足りないことがあるようにも見えた。

「そうそうなにか話したいことがあると云ったな」

赤羽は今日学校の廊下で突然、俯《うつむ》いたときの樋口と、今、目の前にいる彼との様子がきわめてよく一致していることに気がついた。

「悩みごとがあるのです。実は、悩みごとを超えて、それは重大な段階に達しているのです。二人にとっては、結婚できるかどうかが、生きるか死ぬかの問題につながります。先生に私の両親を説いていただき、二人の結婚を許して貰いたいのです。相手は水野春子です」

　よくまとめられた言葉だった。一気に核心に触れる、はげしい言葉だったので赤羽は慌てた。答えようがなかった。

「水野春子か……ああ冬の補習科で教えたことがある。なかなか、きれいな娘だし、ずば抜けてよくできる娘だった」

　赤羽は頭の中で水野春子の年齢を数えた。彼女を冬の補習科で教えたのは、中箕輪尋常高等小学校に赴任して来た明治四十三年の冬だった。冬の補習科は高等二年を卒業した者を集めての教育だから、そのとき彼女は十五か十六だった筈だ。すると今は十八歳か十九歳、適齢期だと思った。

「むずかしいことを頼まれたな」

　と赤羽は云った。樋口裕一は大地主の跡取り息子であり、水野春子は小作の娘である。始めからうまく行きそうもないことは分っていた。

「むずかしいから校長先生にお願いしたのです。実のところ、思い余って有賀先生に相談に行ったら、そこまで来たら私の手には負えない、校長先生が乗り出さないとおさまりがつかないだろうと云われました。重大な段階というのは、二人の間に愛の結晶が芽生えつつあるということなんです」

　それだけ云うと、樋口は着物の胸元を合わせ、袴の乱れを直して、赤羽の前に両手をつき、お願いしますと、もう一度云った。

＊

赤羽長重は、明治四十五年一月一日発行の「白樺」註一を手にした。表紙の絵は南薫造が書いた、一本の白樺の木であった。枝が左右に三本ずつ張り出し、その下を三羽の鳥が、右から左に向って飛んでいた。白樺の根のあたりにはほとんど等間隔にチューリップに似た九つの草花が咲いていた。まことに美しい、お行儀のいい、絵であった。

赤羽は頁を開いた。口絵は色彩鮮やかなゴーガンの「マルケサス島にて」であった。異様な人物が森の中に立っている幻想的な絵であった。いったいなにを意味しているのか、にわかに判断はできないけれど、それが彼の内部にある美意識の虚をついたことだけは確かだった。

原色版の挿絵はこれ一つだけではなく、この他に、セザンヌの「静物」、ゴッホの「シプレス」、同じくゴッホの「タンギーの小父さん」、ゴーガンの「白き馬」、マティスの「自画像」、マティスの「習作」、セザンヌの「ギーヨマン」があった。その絵の一つ一つを鑑賞するだけでも充分に価値のある雑誌だった。

小説は園池公致の「遁走」、有島武郎の「或る女のグリンプス」、志賀直哉の「祖母の為に」、里見弴の「易い追儺」の四本、随想は柳宗悦の「革命の画家」、武者小路実篤の「後に来る者」、南薫造の「私信往復」、小泉鉄の「生きんとするもの」、斎藤与里の「スタイン氏のコレクション」、その他吉井勇の短歌「逃亡後」、蒲原有明の詩「小景」など盛りだくさんであった。

　赤羽はまず武者小路実篤の「後に来る者」註一を読んだ。「白樺」発刊以来、若い人たちの間に異常な人気がある、武者小路実篤という新進作家がどんなものを書くか知りたかったのである。

「後に来る者」はヨハネとその弟子との会話を戯曲風に書いたものだった。自分に死の迫るのを知ったヨハネが、その弟子に向って、いつまでも師の影を追っていてはいけない。教えそのものは、師にあるのではなく、実は自分自身の中に発見しなければならないという意味のことを云おうとする一幕ものだった。いささかキリスト教的な匂いが気になったが、読後感はさわやかだった。志賀直哉の「祖母の為に」註一は、私小説的筆法で、自分を育ててくれた祖母に対する一青年の愛情の移行を、白らっ児という葬儀屋を、舞台廻しとして使って、見事に描き出したものであった。

「なるほど、これが白樺派の文学か」

　赤羽はその二つの作品を読んだあとで、ひとりごとを云った。それだけで、白樺派の文学のすべてを知ったとは思いたくなかったが、確かに、彼が今までに接したことのない、新しい活気のようなものをその雑誌の中に感じた。彼は更に次の作品に眼を通した。

「夕べ『白樺』を読んだよ、読み出したら、止められなくなったから、徹夜してとうとう一冊読んでしまった」

翌朝、赤羽は校長室に有賀喜一を呼んで云った。

「『白樺』を、それで……」

有賀喜一は眼を見張るようにして云った。そんなことは考えてもみなかったことだからである。

「面白かったよ、若い人たちが読みたがるわけが分った。だがあれは、やはり文学雑誌であって、教育雑誌ではない。教育とは迂遠な存在のような気がする。あの雑誌から得たものを教育に敷衍《ふえん》しようとすれば、必ず破綻《はたん》が生ずるような気がしてならない」

だが、有賀喜一は黙っていた。赤羽は椅子に坐り、有賀は立っていた。有賀の顔に浮んだ一瞬の緊張が消えた直後にかすかに口元が動こうとした。

(一冊しか読まないで、白樺派の思想なんか分るもんですか)

そのとき赤羽は、有賀が心の中で抗弁している声を聞いたような気がした。まずいことを云ったものだ。「白樺」を読んだというところで止めて、あとは云うべきではなかったと思った。だが赤羽はいまさら前言を取り消すわけには行かなかった。

「そうです。あの雑誌と教育とはなんのかかわり合いもございません。あれは単なる参考書だと思えばいいのです。われわれは、いろいろ勉強しなければ、世の中の進歩に遅れます。われわれが遅れることは子供たちも遅れてしまうことになります」

「だが、あてもないのに走らせてはいけない、崖から落ちることだってある」

赤羽は中庭の花壇に目をやった。生徒たちが、如露《じょろ》で水をやっていた。

「先生は樋口君の授業をごらんになったそうですね、そのついでと云うのは少々気が引けますが、私の授業も見ていただけませんか」

有賀喜一の目の中にはなにか一途《いちず》なものが光っていた。

有賀喜一は高等科一年生を受持っていた。

「もし、見ていただけるなら、国語の時間と図画の時間を続けてやることにいたしましょう」

有賀は自信ありげに云った。言葉は丁寧だったが、挑戦的なひびきがないではなかった。この日の来るのは予期していたようにも思われた。

「よし、白樺派の理想主義教育がどんなものか、とくと見学させて貰おうか」

赤羽が白樺派の理想主義教育という言葉を使ったが、有賀はそれを聞き捨てにして、では、二時間目と、三時間目の授業を見ていただくことにしましょうと云い残して、校長室を出て行った。

（あの有賀喜一が……まるで人間が変ったようだ）

そう思ってすぐ赤羽は、有賀から見ると、この自分もまた一夜で人間が変ったように見えたのではないかと思うのである。なにか、二人の間は、赤羽が「白樺」に目を向けたことによって急に引き離されたような気がした。

（あれは、単なる文学雑誌だ。教育とはなんの関係もないものだ）

彼は「白樺」と教育の関係を否定しながらも、有賀喜一が見せたがっている授業の内容に、「白樺」がどのように盛り込まれているかを内心期待していた。

有賀喜一の国語の時間は生徒たちにガリ版刷りのプリントを配布することから始められた。

「さあ、読んで見ろ」

と有賀は生徒の一人を指して云った。生徒は立上って、指定されたところを元気のいい声で読み始めた。

「自分はちっぽけな調和はいやだ。それよりは大きい不調和を欲する。自分は計画され、予期された調和はいやだ。すべてのものが行くところまで行って、自《おのず》と出来た調和でなければいやだ。……（国会図書館所蔵、臨川書店復刻版、白樺三巻七月号　小泉鉄著『自己批判と生活と芸術』より引用）」

生徒は一気に読み上げた。

「よし、今読んだところの意味を話して見ろ」

有賀はその生徒に云った。生徒はしばらく、話の糸口を探しているようだったが間もなく話し出した。

「例えば植木鉢に赤い花を咲かせて、白いカーテンを引いた窓の前に置くような、そんなちっぽけな調和はいやだ。そんなことをするくらいなら草葺《ぶ》き屋根ばっかりの村の真中に、洋館が建てられたような大きな不調和のほうがまだましだ。自分は、はじめっから、こうすればこうなるだろうと考えて仕組んだ調和は嫌いだ。ものごとは或る程度なり行きにまかせて置かねばならぬ。行くところまで行けばその中に自然と或る種の調和が出て来る。それこそほんとうの調和というものだ。自分はそうでなければいやだ……こんなことを云っているのだと思います」

「ようし、今云ったことについてなにか異論がある者があったら、手を上げて云って見ろ」

有賀が云った。あっちこっちから手が上った。有賀はその一人を指した。

「だいたいそれでいいと思いますが、草葺き屋根ばっかりの村の真中に、洋館が建てられたような大きな不調和という比喩《ひゆ》はおかしいと思います。草葺き屋根ばっかりの村の真中に洋館を建てれば、大きな不調和どころか、かえって調和が取れた景色が生れるのではないかと思います」

その生徒の発言に対してどっと笑いが起った。その笑いの中から次々と手が上った。

赤羽は「白樺」に載《の》っている一文を用いての有賀の教育法を驚きの目で見ていた。生徒たちが調和というものがなんであるかを完全に理解した上で議論しているのにも少なからざる衝撃を受けた。

授業内容は高等科一年の国語よりもはるかに水準の高いところにあるのに、特に無理しているという感じはなかった。

図画の時間には、生徒たちに自分の左手を写生《スケッチ》させた。握り拳《こぶし》を描く者もあり、開いた手の平を書く者もいた。

有賀も、黒板に向って、自らの左手を白墨《はくぼく》で描いた。

ひととおり、左手の形ができ上ったころを見計って、有賀は生徒の絵の一つ一つを取り上げて批評をした。ひどく太い指を描いた画が取上げられた。あまりにもバランスを失った画だったので、生徒たちは笑った。だが、有賀は真面目な顔でその画を個性的だと讃めた。

「一見上手なように見えても、ただその画が実物に似ているというだけでは画としての価値はない。画は実物どおりに書くということよりも、心の中で、それを理解して、紙の上に、まったく新しいものを創《つく》り出すことの方が大切だ。これは、自分の指が太くたくましくありたいという願望をこめて描かれている。そして、それは見事に表現された」

有賀はさらにその生徒に向って云った。

「左手を上げてみんなに見せてやれ」

生徒はそのとおりやった。

「この手は女の子のようにやさしい。この手がもっともっと男性的な手になって欲しいという気持で、この画は書かれたのだ。作者の個性がこの画の中に躍動している。そう思わないか」

もう笑う者はなかった。

「国語の時間にはほんとうに驚いた。非常に進歩した教育だと思った。だが、図画の教え方はあれでいいのだろうか」

赤羽は授業が終ったあとで、有賀に訊いた。

「いいと思います。先生はどこが不満なのでしょうか」

「あの生徒の画は下手な画だ。どう見たって下手だと分る画だ。それを、個性的な画だと讃めて、強いて上手な画のように思いこませるのは、おかしいような気がする」

古い考え方だと思います、と有賀は云った。

「それこそ明治の初めから行われている、手本を模写することが画を学ぶことだと理解している文部省の方針そのものだと思います。画は真似するものではなく、創造するものです。それぞれの個性の中で創造されるものがほんとうの画ではないでしょうか。彼の画は一見下手なように見えますが、太くてたくましい、節くれだった指は、彼の指にはないものです。それを描いたのは彼の心の中の慾求だと思います。願望が素直に画となったのだと思います。彼は他の生徒たちと違って、いささか身体が弱いようです。彼はそれを意識して、丈夫になろう、強くなろうと常に努力しています。国語も算術もよくできます。彼の綴方の中にも私がいま申し上げたようなことが、情熱をこめて書かれています。綜合的に彼を見守っていると、あの画の意味が分って来るのです。あの画は下手な画ではなく上手な画だと思います」

赤羽は有賀に返えす言葉がなかった。しかし、赤羽には、その生徒の画がどうしても上手だとは思えなかった。下手だとすれば、有賀の云うことはこじつけになり、屁理窟だということになる。そうは云いたくなかった。

*

赤羽長重は不安だった。樋口裕一と「白樺」について話して以来、激流の中に突き落されたような気持で、毎日を過していた。白樺派による理想主義教育が激流となって、学校の中に流れこんでいることに気がつかなかったことにも校長として責任を感じた。

彼は二十六名の教員のうち誰と誰が白樺派に属するかは全く知ることができなかった。もっとも信頼していた有賀喜一が理想主義教育を唱え出している以上、教員の多くは、既に彼の感化を受けているのではないかとも考えられた。

（理想主義教育を唱えること自体が文部省の指導方針に逆らうものであり、やがては教育上の大問題として発展する可能性がある）

それは、赤羽個人の考えではなく、校長としての立場から見た批判だった。

赤羽は職員会議の席上で、樋口と有賀の授業について言及した。

「私はこの教育方法について早急にいいとか悪いとかいう結論は出せない。ただ、他の職員はどう考えているか参考までに聞かせて欲しい」

職員の多くは、平静な顔でこの校長の発言を聞いていた。いつかはこんなことがあるだろうと予期していたらしい顔付きの者もいた。

「われわれは教科書中心主義の文部省の教育方針を後生大事に守っているだけではいけないと思います。時世の流れに応じた教育がどんなものであるかは、まだはっきりしませんが、子供たちの個性を尊重する教育に力を入れねばならない時が来たことだけは確かなようです」

津田正信が発言した。それについで発言があった。多くは若い教師たちで、有賀や、樋口の授業方法について賛成しており、それに近いことを自分もやっていると述べた者もいた。

「人間尊重、愛と善意をモットウにした白樺派の理想主義教育は、まことに結構だと思う。だが理想に向って走り過ぎた場合、足下《あしもと》が危うくなりはしないかという、危機感を感じないでもない。理想は理想とし、私はむしろ、実践に重きを置いた教育により強いあこがれを持っているが、これについてはどう考えるかね」

赤羽は白樺派の理想主義教育に対して、校長の方針を明確にした。議論しやすいと思ったからである。

「実践的教育というと、例のニギリキン教育ですか」

と津田正信が云った。

「その言葉はよくない。せめて保科《ほしな》式とか、五無斎《ごむさい》式教育と云って貰いたいものだ」

赤羽はやや気分をそこねたような顔で云いながら、一昨年この世を去った、信濃における偉大なる教育家保科百助こと、保科五無斎のことを思い浮べていた。

保科百助は明治二十四年に長野師範を卒業した。赤羽長重より二年先輩だった。百助の名は在学時代から教師の卵らしくない男として知られていた。彼は師範を卒業して教員になると、寸暇を利用して、山野を駆けめぐり鉱物を採集した。彼は地質学に異常なほどの関心を示し、それに関する多くの書物を読んだ。彼は地質学というよりも鉱物学に関する論文を「日本地質学雑誌」に発表して中央の学界に認められた。「足で論文を書く信州の地質学者」というのが中央から見た彼の評価であり異名でもあった。彼は足で集めた鉱物を細かく割って学校の教材用として、整理箱に入れ、近所の学校に寄贈した。

その彼は義務年限の十年が過ぎると、校長の座をあっさり捨てて、貧乏で中学校へ進学できない子供たちのために「保科塾」を長野市内で開いた。「月謝は五銭以上随意たるべきこと」ということわり書が大きく掲げられた。彼の理想は間も無く財政的に行き詰った。

それからの彼は奇行の教育者と云われるような生活を死ぬまで続けた。信濃の山という山、谷という谷を隈《くま》無く歩き廻って採取した鉱物を学校用の標本として整理して売る仕事がしばらく続いたが、県内の学校に一応標本が行きわたればそれで売れ行きは止った。県外まで売り出すような商才はないし、もともとこれは、彼の趣味であって、生活そのものではなかった。

彼は、大八車に文房具を乗せて、長野県内の学校を売り歩くかたわら、彼一流の講演をやった。地質学、鉱物学、生物学はお手のものだったが、その他に彼が書いた

「新案教授法」という本を土台として彼一流の教育法をぶちまくった。

要するに、教育とは教師が生徒に教えるのではなく、生徒が自得しなければならないというようなことであった。教育の主体は教師ではなく、生徒であり、たとえば鉱物の標本は教師がそれを戸棚にしまって置くものではなく、直接子供たちに手で触れさせることによって、はじめて標本としての効果を発揮するものである。その場合教師はキンタマを握って黙って見ておればよろしいという議論であった。

彼は講演の最中にしばしばこの尾籠《びろう》なことばを持ち出すのでニギリキン式教授法と陰口《かげぐち》が出たのであるが、彼の教育理念そのものは哲学的思考から出発した実践教育であり、飽くまでも生徒たちを主体として、生徒側に立った教育法をしようというものだった。教室の授業より、校外での実習に重きを置くのは当然のことであった。

彼は講演中に、文部省の教育方針を罵倒し、信濃教育会の独善を攻撃した。だが信濃教育会もその会員たる教師たちも、五無斎の放言を許し、彼が大八車を曳いて来れば大いに歓迎したのである。明治四十四年五月二十五日、彼は標本を整理している最中に倒れた。脳動脈栓塞と診断された。四十四歳であった。

「私が実践に重きを置いた教育に、より強いあこがれを持っていると云ったとしても、五無斎の教育をそのままこの学校に持ち入れたいと云うのではない。もしそうだったら、とうにそのような方向に歩き出している筈だ。しかし、私が五無斎の教育法にあこがれていることだけは事実である。彼が生きていたころ、半ばは好奇心で、半ばは懐疑の眼で眺めていた彼の教育法を、もう一度考え直してみたいと思っているのも事実だ」

「校長先生は彼の『新案教授法』のどこにあこがれているのですか」

津田正信はなかなか執拗だった。

「『新案教授法』ではない。彼自身の足跡にあこがれているのだ。多くの者は、大八車に文房具を乗せて学校から学校へと渡り歩きながら勝手な熱を吹いていたおかしな人物として、彼を見ていたかもしれない。だが彼は、私財を投げ出して保科塾を開いたばかりでなく、県立図書館の基礎を固めるために自らの貯蔵本をそっくり寄附したこともある。教育雑誌の編集もやった。そしてなによりも、彼の偉大なる実践は鉱物を求めて歩くことだった。子供たちにも歩くことをすすめた。鉱物の標本を作ったのも、子供たちがそれを手に取り、その美しい結晶を見て、その源《みなもと》を探りたいという気持を起こさせるためだ。歩けば鉱物だけではなく、動物でも植物でも直接知ることができる。これ以上の教育方法はない。机上の学問も必要だが、いたずらに小理窟をこね廻す小さな人間を作るような教育には反対だ。実践とは……」

と赤羽が、実践について、更に突っ込んだ解釈をしようとしたとき、

「つまり校長先生は、生徒たちを率いて、大いに山に登れ。登山こそ、実践教育のお

手本だと云おうとしているのではないでしょうか」

津田正信がそれまでになく声を張り上げて云った。

「ものごとをそう簡単にきめつけるものではない」

赤羽はきつい目をして云った。

「しかし、校長先生は、駒ケ岳登山を今夏も計画しておられるではありませんか、まさか駒ケ岳登山は実践教育の範疇《はんちゅう》には入らないと云われるのではないでしょうね」

津田はしぶとく食いついて離れなかった。

「もちろん、駒ケ岳登山は実践教育そのものである。だが、それと、今ここで云おうとしていることとは少々違うようだ」

「違ってはいないと思います。先生がさきほど白樺派の理想主義教育を口に出し、対照的に実践に重きを置いた教育と云われたときから、先生のお考えとわれわれとはかなりの懸隔《けんかく》があることを感じました」

赤羽は考えこんだ。

不手際だったような気がする。「白樺派の理想主義教育」という未だ正体がつかめないものに対して、なにもかも知っているようなことを云ったから、反発を食ったのだと思った。

赤羽が答えないのを見て征矢《そや》隆得《たかえ》が発言した。

「君は駒ケ岳登山に反対なのかね。登山には教育的価値は認められないと云っているのかね」

征矢隆得の語調はかなりきびしかった。

「反対だなんてひとことも云ってはいません。だが、賛成できないことは確かです」

津田ははっきり答えた。

「理由は」

「簡単です。十四、五歳の少年を三千メートル級の山へ登山させるには、問題があります。私はいささかなりとも危険の要素を含んでいるような旅行はやるべきではないと思っています」

「教室で原色版の西洋人の女の絵でも見せてやっていたほうが安全だというのかね」

「それはどういう意味です。原色版の絵を生徒に見せてはいけないのですか」

「いや、より安全だろうと云っているのだ」

征矢と津田とは明らかに対立した。やり取りの中にとげが感じられた。

「登山には多少なりとも困難が伴うものだ。困難を乗り越えることに登山の意味がある。子供たちはけっして甘やかしてはいけない。鍛練の中に自分を発見するようにしむけるには登山が最も適していると思うがね」

清水政治《まさはる》が発言した。征矢とは違って、おだやかな話しぶりだったが、その中には一筋通ったものがあった。津田に対して云っているようではあったが、明らかに、全員に対して説得している口調だった。

「困難を乗り越えるための鍛練は必要だと思います。けれど、困難が危険に推移した場合はどうなります。駒ケ岳登山にはその危険はないでしょうか」

有賀喜一が発言した。清水政治は返事をするかわりに、改めて有賀に注目しそしてこの職員会議に出席している、誰と誰がその有賀の意見に共鳴し、誰と誰がそれに反対しているかをたしかめようとするかのように、ぐるっと周囲を見廻してから云った。

「だから、準備を完全にしなければならないのです。なにが起っても大丈夫のように万全な対策を建てて行けば危険があっても避けられると思います。六月の初めに準備登山として、経《きょう》ケ岳《たけ》登山を実行したのも、生徒たちに登山というものがなんであるかを教えるためでした」

清水政治はゆっくりと云った。

それに対して、若手教員の三人がほとんど同時に反論しようとした。発言が交錯して、騒然となった。その折を見計っていたように、それまで黙っていた、主席訓導(当時はまだ教頭という言葉は使われてはいなかった)の清水茂樹《しげき》が立上って云った。

「少し議論が横にそれたようですから、まとめさせていただきます。文部省は、教育の内容について細部の細部まで決めてはいません。例えば国語の指導方針の中には、文章の読解力を高める教育というようなことが唱ってあります。有賀先生は『白樺』に掲載されていた文章を利用して、生徒たちに読解力を高めるような教育をされたものであり、また図画の時間に臨画の手本を使わなかったと云っても、全く使わないのではなく、手本は手本として生徒たちに持たせた上での、画図の実習をしたのですから、これもまた文部省の教育方針に何等逆うものではありません。駒ケ岳登山については、心身の鍛練であることは勿論であり、教育勅語にある、『学《がく》を修《をさ》め業《げふ》を習《なら》ひ、以《もつ》て智能《ちのう》を啓発《けいはつ》し』の、学に対する業とは即ち机上の勉強ではなくして体験、実践による学問のことであり、駒ケ岳登山はこの中に含まれるものだと思います。これを畢《ひつ》竟《きよう》するに有賀先生等のやられているのは、『学を修め』に相当し、駒ケ岳登山は『業を習ひ』の精神に添ったものであり、両方ともに教育の本幹にはずれるものではありません。みなさまも、おそらくこれ等を充分理解せられたことと思いますので、職員会議はこれにて打ち切りたいと思いますが、いかがでしょうか」

いかがでしょうかと云って、清水茂樹は赤羽の顔を見た。赤羽は大きく頷いた。教育勅語まで持ち出して、論争に終止符を打ったところはなかなかうまいものだと思った。これ以上議論が白熱したら、たとえ清水茂樹でも収拾がつかなくなっただろうと思った。

(だが、考え方は明らかに二つに割れた)

赤羽はそんなことをふと考えた。白樺派と実践派の二派に別れたとすれば、実践派は、赤羽校長、清水政治、征矢隆得、その他であり、白樺派は有賀喜一、津田正信、樋口裕一、その他となる。それぞれの派のその他が誰であるかは今のところはっきりしないが、形勢としては白樺派に心をよせる者の方が多いように考えられた。

(学校内に派閥を作ってはならない。それこそたいへんなことになる。迷惑するのは生徒たちである)

派閥を作らずに、両者の考えをたくみに取入れた教育方針を取って行くにはどうしたらよいであろうか。

赤羽が校長室を出ると、そこに主席訓導の清水茂樹が立っていた。待っていたというふうな感じだった。赤羽はそのことについて訊いた。

「しばらくは静観すべきだと思います。ほかの学校でもそのようです」

「ほかの学校というと」

「長野県内のほとんどすべての学校です。たいていの学校では、若い教員が、『白樺』を共同購入して回覧しています。一人五銭ずつ出せば六人で一冊買えます。一人が五日間で読んで次へ廻すようなやり方がはやっているようです。個人で買っている人もいます。『白樺』が入りこめば、そこには必ず白樺派の理想主義教育が生れるわけです」

「そこに飛躍がある。『白樺』は文芸雑誌だ。教育とは全く関係がない……」

「そのとおりです。けれど、長野県の教員は自らが感動させられるようなものがあれば、それを教育に取り込もうとする傾向があります。新《あたら》しもの好きと云ってしまえばそれまでですが、流行に染りやすいことは確かでしょう。静観することです。やがて落着きます」

清水茂樹はそういうと、鳥打ち帽子を左手から右手に持ちかえ、外へ出て行った。

(ほんとうに落ち着くだろうか、放って置いて大丈夫だろうか)

赤羽は暮れなずむ空に目をやった。

＊

赤羽長重の趣味は読書と歩くことである。彼は毎朝、一時間半の散歩を楽しんでいた。ぶらぶら歩きではなく、目的地に向ってせっせと歩き、一休みしてからまたはや足で帰って来るという方法だった。汗を拭い取って食事をしてから登校するのである。

目的地の候補は特に決めてはなかった。季節により、日によって適当に選んでいた。

春先のころは、ゆるい登り坂を、西山（木曾山脈）へ向って歩き、山と平《たいら》との境界にある、旧東山道《とうさんどう》のあたりまで行った。台地に立って振り返えると、天竜川を中心として展開する箕輪の平が一望のもとに見える。東山（赤石山脈）に日が昇っても、しばらくは陰の中にひっそりと沈んでいる帯状の平に、朝霧が覆いをしていることもあった。霧というほど濃くもなく、靄というようにしてはやや薄すぎる程度の、煙霧が、日が昇るにつれて、薄らぎやがて消えて、その底に輝き出す天竜川がまたとなく美しかった。

秋は春よりも、はっきりと朝霧と分るような霧が、箕輪の平を覆い、時には、その朝霧が発達して、雲海を作り、西山に向って、あたかも、波がおしよせるように迫って来ることもあった。

彼はこの朝の表情が好きだった。

春と秋の朝の散歩は西山方向が多かったが、夏の散歩は東山方面に足が向いた。

その朝彼は、天竜川の東岸の南小河内《みなみおごうち》から山手に入った日輪寺《にちりんじ》に出掛けた。ここには上《かみ》の平城址《たいら》がある。遠い昔、源為公がここに城を設け、伊那を統治した。信濃源氏発祥の地とも云われるところだった。日輪寺は源為公の菩提《ぼだい》寺であった。

赤羽は日輪寺の蓮池まで来て、一息ついてから帰途につくことにしていた。蓮はまだ蕾《つぼみ》のままだったが、その池の周囲は白桔梗《ききょう》の花で飾られていた。自然に咲いたものか、源氏の白旗にちなんで、住職がわざわざ植えたものか分らなかった。

白桔梗の花は紫色の桔梗の花に比較するといささか弱々しく淋しげだった。気のせいか白桔梗の花の多くは、うなだれて咲いているように見えた。そして全く突然、彼はその白桔梗の花から水野春子を思い出したのである。三年前の冬の補習科で教えた時の印象だから、それを今の彼女に当てはめることはできない。いま会って見たらすっかり変っているかも知れない。しかし、白桔梗の花から水野春子を思いついたことは彼にとって幸いでもあった。彼は樋口裕一との約束をすっかり忘れていたのである。

(十日間も放って置いたのだ。こんなことはいままで一度もなかった)

彼は後悔した。彼の前に降って湧いたように出現した、白樺派の理想主義教育の前に、あわてふためいたまま十日間を経過してしまったのだと思った。

(よし、今夜だ。樋口の親に会ってやろう)

彼はそう決めた。

日輪寺から出て、長岡の十沢日限地蔵尊《とざわひぎりじぞうそん》の前まで来たとき、地蔵尊に参詣でもしていたらしい娘が、石段から降りて来た。彼女は赤羽を見て、丁寧に頭を下げた。見たような顔だったが思い出せなかった。

「どなただったかね」

「水野春子です。いろいろとお世話になっています。よろしくお願いします」

後の方はほとんど聞き取れないような小さな声だった。

「ああ、あんたでしたか」

彼は思わず大きな声を出した。改めて、水野春子を見直そうとすると、彼女は顔を赤らめて俯き、彼の目に耐えられないかのように、顔を隠しながら小走りに去った。その彼女の手の異常な白さと、時刻からみて、彼女は松島あたりの製糸工場へ働きに行く途中のようだった。

十沢日限地蔵尊は願いごとはなんでもかなえられる霊験《れいげん》あらたかな地蔵尊として、郡内ばかりでなく、県内広く知れわたっていた。県外からわざわざ参詣に来る者もいた。おそらく春子は樋口との結婚の成就を祈願したのだろう。そんなことを考えながら、先を歩いて行く春子を見ると、なんとかして二人の結婚はまとめてやりたいと思うのである。

箕輪は広い地域に渡っていた。村が点々と散在している。その中心に町としての輪《りん》郭《かく》を備えているのは松島だった。松島には製糸工場があり、多くの女性がここで働いていた。

製糸工場で働く女性たちのことを工女《こうじょ》と呼んでいた。岡谷で使っている言葉がそのままこの地方でも使われていた。松島には大きな工場はなく、通勤の主婦や娘たち十数人を使って、経営をしているようなところが多かった。中には五十人、百人という工女を使っているところもあったが、そこで働く従業員は住込みになっていた。

赤羽は彼女と同じ方向へ歩いていたが、追い越すようなことはしなかったし、並んで歩くこともしなかった。適当な距離を離して歩きながら、既に妊娠中だという春子と樋口を結婚させてやるにはどうしたらいいかを考えていた。

松島町に入ってすぐ彼女は、うしろを振り向き、赤羽に丁寧に御辞儀《おじぎ》をしてから露地《ろじ》に姿を消した。

赤羽は校長宿舎に帰って、汗を拭い、朝食を食べた。その間に汽笛が鳴った。一つが鳴り出すと、次々と鳴った。工場が仕事を開始する合図の汽笛だった。毎朝のことで耳馴れしていた汽笛が、その朝に限って妙に耳の底を打った。固い椅子に坐り、熱湯の中に浮動する繭《まゆ》から糸を繰《く》り出す仕事をしている、春子のふやけた白い手が思い出された。

「急がないといけない」

彼は飯の茶碗を置いてそう云った。ほって置けば彼女の腹の子はどんどん大きくなる。その前にちゃんとしてやらねばならない。

（こういうことも校長の仕事の一つだ）

と彼は思った。

赤羽は学校へ行くと、真先に樋口を呼んで、今夜君の家へ行くことを、両親に前以て伝えて欲しいと云った。

「ありがとうございます」

樋口は深々と頭を下げてから、

「二人の間に子供ができたことは、まだ両親には話してはありません。話したら、悪い結果になると思ったからです。その点よろしく」

「分った。うまくやるから心配するな、ところで今朝、水野春子に会ったよ、きれいになったな、立派な娘さんになっていて驚いた」

樋口は自分のことを云われたように頭を掻いていた。

赤羽は、まず三年前の冬の補習科の成績表の中から、水野春子のものを写し取った。裁縫、行儀作法、綴方、国語、歴史、地理などすべて甲だった。

校長住宅から樋口の家までは歩いておよそ三十分ほどあった。河岸段丘に立つ樋口家は、背後に天竜川を控え周囲が白壁で囲まれた、館《やかた》を思わせる豪壮な構えだった。邸内には、母屋の他に、幾つかの建物が並び、裏庭には五つの土蔵が並び建っていた。大地主の風格を申し分なく現わした典型的な居屋敷だった。

日が暮れるにはまだ間があった。

赤羽は、六尺棒を持った門番でも出て来そうな門をくぐったとき、いささか、交渉の前途に不安を感じた。この家の伝統の重さが気になったのである。邸内の異様な静けさの中に、欅《けやき》の大木の梢《こずえ》のざわめきが救いだった。

（あせってはいけない）

彼は自分に云い聞かせた。

樋口家は赤羽の為に食事を用意して待っていたが、赤羽は既に食事は済ませて来たと云ってことわった。

裕一の父、樋口裕平は羽織袴姿で現われ、日頃倅《せがれ》が御厄介になってまことにありがとうございます。今度《このたび》はまたわざわざお越しをいただき恐縮しておりますと型どおりの挨拶をした。

最初からひどく緊張した空気だった。赤羽は、その堅さの中に、はっきりと相手の拒絶の姿勢を見た。この雰囲気に引きこまれては負けだと思った。

「私の話をぜひ奥さんにも聞いていただきたいのですが……」

赤羽は、そんなところから切り出した。どっちみち樋口夫妻を納得させねばならないのだから、二人を相手に話したほうがよいと思った。裕平は快く承知した。

「家内は無口なほうで、自分から云い出すことは少く、だいたい私のいうとおりにしています」

と裕平は云った。妻を呼びよせたところでそちらのいうことが通るものではない、と云いたい腹が見えすいていた。

赤羽は裕一の結婚話をすぐ持ち出すことを避け、彼がそれまで仲人をした二組の夫婦の話をした。両方とも親が反対する結婚だったが、結果はうまく行った。

「最近の結婚は本人どうしの意志が親の意志よりも先行するというようなことが云われていますが、実際は昔も今も、本人どうしの意志を尊重するという点ではそう違ってはいないと思います」

赤羽は例を江戸時代に取って話し出した。親が反対する結婚でも、周囲のものが努力してなんとかまとめる方向に持って行くのがごく当り前のことであった。特に身分違いの結婚には考え得るありとあらゆる手を使って、まとめようとしたことなどを話した。

「とにかく親にとっても、子にとっても結婚はたいへんなことです」

と赤羽が云うと、裕平がそれを受けて話し出した。

「全く先生の云われるように結婚についての考え方は今も昔も変りがありません。私どものように、家と家との結婚に重きを置いて来た者は、そう簡単に、一般世間様のようにゆくものではありません。いくら本人どうしが好き合っていても、結婚できないものはできないのでございます」

裕平は最後の方に力をこめて云った。

「既に裕一君にはしかるべき相手があるのでしょうか」

赤羽はそれを確かめた。

「まだございませんが、二、三の当てはあります。家を基として考えれば、おのずと、嫁の範囲は制限されて来ます」

「明治になるまで代々名主をつとめた家の娘はいかがでしょうか。また士族の娘はいかがですか」

赤羽が云った。裕平は少々話がへんだなという顔で妻のけさを見た。けさの表情は変らなかった。

「先生は、なんの話に来られたのですか」

「もちろん、裕一君の結婚の話ですよ。どうです。私の娘を裕一君の嫁に貰ってはいただけませんか、御承知のように、私の家は代々名主をつとめて来ました。財産こそないが、家と家との結婚に不釣り合いな要素はないと思いますが」

赤羽は真面目な顔で云うと、私の娘は器量《きりよう》はいいし、勉強ができる上に、働き者ですと云いながら、水野春子の補習科のころの成績表の写しを裕平の前に置いた。

「これはいったいどういうことです」

裕平は春子の成績表に目を通してから云った。

「そういうことです。水野春子を赤羽家の養女として戸籍に入れ、赤羽春子として樋口家へ輿入《こしい》れさせていただきたいのですが、いかがでしょうか、いろいろと御事情があると思いますが、二人の間はそうせざるを得ないようなところまで来ているので、この際、まげてお願い申し上げます」

「そうせざるを得ないようなところと申しますとなにか……」

けさが身体を乗出して云った。

「春子が身ごもったのです。こうなった以上は、ぜひとも結婚をさせてやらねばなりません。樋口君は教育者ですから、もしここでおかしなことをすれば、彼に疵《きず》がつきます。彼の将来が無くなります。教育者であるから、特に道義的な問題にはきびしく臨まねばならないのです。御決心下さい。春子を赤羽家から輿入れさせるのに、御不満ならば、私の妻の生家に養女として迎え、そこから輿入れさせていただきましょう。妻の生家は高遠《たかとお》藩の士族です、御不満はないと思います」

裕平とけさの顔に動揺が起った。赤羽はすかさず云った。

「あなたが、家に重きを置くことはよく分ります。私も家や家柄を重く見ています。その大事な私の家の戸籍を御子息の結婚のため提供したいと云っているのです。この点、よくよく考えていただきたいと思います」

赤羽は言葉を切って相手の答えを待った。

「考えさせていただきます。これについては親族会議を開かねばならないと思いますので」

裕平が頭を下げると、けさもそれにならった。

門のところまで送って来た裕一が赤羽に云った。

「先生ありがとうございます。あれで両親は……」

言葉がつまって後が云えなかった。どうやら裕一は隣室で話の成り行きを聞いていたらしかった。

「これというのも『白樺』を読んだ影響かな」

赤羽は笑いながら樋口と別れたが、その言葉がまんざらでたらめではないのだと思うと、なにか身体中が急に痒《かゆ》くなったような気持になった。月の無い蒸し暑い夜だった。

＊

赤羽長重は土曜日の夜自宅へ帰った。つぎが彼を迎えた。

つぎは五人の母であり、六人目を妊娠中だったが、世帯やつれした様子はなかった。子供たちが久しぶりに帰って来た父にまつわりついた。

「お父さんは明日も家《うち》にいらっしゃるのよ」

とつぎが云っても子供たちは父の傍《そば》を離れようとしなかった。

「いいじゃあないか、したいようにさせて置け」

赤羽はつぎをたしなめた。

「あなたが甘やかすからこのごろ子供たちが云うことを聞かなくなりました」

そうは云っていても、子供たちに強いて寝ろとは云わなかった。子供たちは小さい方から順々に寝室に入り、最後に長女の千代だけが残った。

「ちょっと、面倒なことが起ったので手伝って貰いたいのだが」

赤羽は、樋口裕一と水野春子のことをつぎに話そうとしたが、娘の千代がいるので後を云わずにためらった。つぎが千代を見た。千代は母に見詰められただけで子供が聞いてはいけない話だと悟った。

千代は両親にお休みなさいを云ってその場を去った。

「面倒なことというと、なんでしょうか、ちょっと見当がつきませんわ」

つぎは云った。だいたいそれまで二人の間に面倒なことなど起ったためしはなかった。一家はまことに平和に過して来ていた。

「面倒と云えば面倒だが、よくよく考えて見れば簡単なことだ、男と女とが一緒になればそれでいい」

「また、仲人話を持ち込まれたのね」

「そう云われればそんなものかもしれない」

彼は樋口裕一と水野春子の話をした。

「結構ですわ、春子さんをうちの養女にして、改めてうちから樋口家へ嫁にやるということで済むなら簡単なことです。もし士族の家からと云うことなら、里《さと》へ頼めば、必ず承知してくれるでしょう。でも、そう絵に書いたようにうまく行くでしょうか」

つぎはこの話があまりにもでき過ぎているのが不安だった。

「一応は親族会議にかけると云っているけれど……」

「そのあたりで、強硬に反対する者が現われると、話は駄目になるかもしれないわね」

「それじゃあこまる。春子のお腹には子供がある」

それが分ってくれるような親戚ばかりならいいけれど、他人事となると、やたらに反対したがるひねくれ者がどこにもいるから安心はできないとつぎは云った。

「それで水野春子さんの方へは行って見たの」

「いや行かない。春子の親が反対するわけがないじゃあないか」

「そうかしら」

とつぎが考えこむと、赤羽も不安になった。春子の親は樋口家の小作である。樋口家の田畑を借りて耕作し、生計を立てている。地主には、なにひとつ云えない立場にいた。樋口家から、この結婚をあきらめろと云われたら、さようごもっともと承知せざるを得ないだろう。

「悪い方へ悪い方へとものごとを考えてはいけないいな」

「でも、手は打って置かねば、ならないわ、水野さんのところには私が行って話をつけて来ましょう」

「お前がどのように？」

「樋口家から、なにか云って来たら、春子の結婚についてはいっさい赤羽先生におまかせしてあると云わせるのです。春子さんの方が先に身を引いてしまえば、あなたの出番はなくなるでしょう」

それはそうだと赤羽は思った。

「それからもう一つ、この話をどうしてもまとめたいならば、二人の行く先を考えてやらないといけないと思います」

樋口裕一を遠くの学校へ転勤させて、そこで春子と家庭を持たせることを予め考えて置く必要があるとつぎは云った。

「そうなると、いよいよことは面倒になる」

そして、赤羽は首のあたりを軽くたたきながら、

「どうもこの頃は面倒なことばっかり起って困る」

「まだあるの」

「白樺派の理想主義教育というのに頭を悩ましている」

それには説明を要した。つぎは赤羽の話を最後まで黙って聞いていた。

「私には教育のことは分りませんが、その『白樺』という本を読んでみたいわ。あなたがお読みになったあと、それを貸していただけませんか」

子供が五人あって、六人目がこの十二月には生れるというのに、本を読みたいという妻を、赤羽はいたわるような目で見守っていた。

「お前は本当に本が好きなんだな」

「本を読まないとバカになると、教えて下さったのはあなたでしょう」

「だがそれは若いころのことだ」

赤羽は結婚した当時のことを思い出していた。

「もうすぐ夏休みでしょう。その間ゆっくり休むといいわ、あなたは疲れ過ぎているようですから」

「まだ疲れこむような歳ではないぞ。お前こそ、身体を楽にすることを考えたらいい」

しかし、つぎはゆっくり首を横に振りながら云った。

「あなたは確かに疲れています。中年疲れっていうのかしら、気をつけないといけないわ」

どこがどう疲れているか、それをうまく云い当てることはできなかったが、つぎには、確かに夫が、疲れているように思われた。それは肉体的疲労ではなく、彼の仕事から来る精神的なもののようであった。

「『白樺』ってどんな本でしょう。そして、白樺派の理想主義教育ってなんでしょうか」

彼女はつぶやくように云った。夫を疲れさせている原因が、その「白樺」の中にあるような気がした。

＊

赤羽長重は、校長室にいても、校長住宅にいても、常になにか大きな忘れ物でもしたような、不安な気持だった。日曜日に自宅へ帰ってもこの不安は消えなかった。それはどこまでも彼につきまとってはなれなかった。なにがどうというものではない、その形のない不安が、やがて実体となって現われた場合はとりかえしがつかないほど強大なものに成長しているような気がした。

（こうしてはおられない。なにか手を打たねばならない）

そうは思っていても自分の内部にあるものが、はっきり摑めないかぎりどうにもならなかった。その得体《えたい》の摑めない不安をつきつめていくと、或る点で焦点がぼやけて、結局はなにもないということになる。「白樺」に直面して以来のことである。「白樺」には大いに啓発させるものこそあれ、不安の原因となるものはなに一つとしてないし、有賀喜一らがやろうとしている白樺派の理想主義教育も、従来の教育から見ると斬新なものではあるが、不安の原因になるようなものではなかった。

ここしばらく彼を落着けなくしたものはなんであったかを考えるとそこにはなにもなかった。樋口裕一の結婚問題も、赤羽を不安におとし入れるようなことではなかった。要するに仲人役の仕事をたのまれたに過ぎない。ではいったい何かと考えるとまた分らなくなるのである。

赤羽自身ではどうにもならないような大きな力を持ったなにものかが、新しい教育とはこうあるべきだという、綱領《こうりょう》を引携げて近づいて来つつある。その足音に恐怖を感じているのかもしれない。彼はそうも思うのである。

（とにかくこうしてはおられない、なにかしなければならない）

そう思っても、それではなにをしていいのかが分らないのである。

彼はこの問題について、片桐福太郎に相談してみようと思った。片桐は長野師範出の大先輩であったが、既に第一線の校長を引退して、赤穂尋常高等小学校の下平分教場で教鞭を取っていた。

「今年は豊年だよ」

と、片桐福太郎は、生徒たちが帰った分校の窓から田圃を見ながら云った。

「そうですね、これで風でも吹かなかったら……」

赤羽は片桐と共にしばらくは青田に目をやっていた。穂が出るにはまだ早かったが、稲の育ち具合からみると、豊作は間違いないように思われた。

「どうです。あなたの学校でも白樺風が吹いていますか」

片桐にいきなり云われると、なんだか今日の訪問の目的を、ちゃんと知った上での発言のように受取れて、これはうっかりしたことは云えないぞと、気をひきしめた。

片桐の頭はつるりとしていた。よく輝く大きな頭だった。白い太い眉の下の、やさしそうな細い眼が赤羽を見て笑っていた。

「このごろ、あっちこっちの校長が、その話を持ってやって来る……」

片桐は、お前もそうだろうと、眼尻に皺を作ってみせたあとで云った。

「きみの学校には何人ぐらいいるかね白樺派は」

「そうです。五名いや六名ぐらいでしょうか」

赤羽はこうなると洗いざらい云うしかないと思った。

「じゃあ少いほうだな、多い学校では、教員の半分が白樺かぶれしているところもある」

片桐はさきほど、白樺風と云い、ここでまた白樺かぶれと云った。そういう言葉があることさえ、赤羽は知らなかった。彼は恐れ入って頭を下げた。

「さあ、云ってみるがいい、聞いてやろう。だが、きみの力になるようなことはなにも云えないだろう」

片桐は、赤羽がそこに坐ったときから、赤羽の意中を見抜いていたようだった。

片桐は長野師範学校を優等で卒業して以来、各地の校長を勤めるかたわら、信濃教育会の設立に献身的な努力を払い、しばしば、県の教育行政の椅子や、信濃教育会の幹部に迎えられようとしたが、それ等のいっさいを拒否して、一筋に教育の本道を歩いて来た人である。赤羽はその片桐が白樺派の教育方針に対して、どのような見解を持っているかが訊きたくてここまで来たのであったが、直接それが云い出しにくいので、

「他の学校では、白樺派の理想主義教育に対して、どのような手を打っているのでしょうか」

と訊いた。

「さあ、どうやっているのかな、今のところは、ただびっくりして眺めているというところだろうね。ところで」

と、片桐は大きな頭を赤羽の方に押しつけるように乗出しながら、

「『白樺』を読んだかね」

と訊いた。去年の一月号から十二月号まで揃えて貸して貰って、隅から隅まで読みましたと答えると、片桐は、

「そりゃあ、えらいものだ」

と赤羽をまず讃めて置いて、その感想を訊いた。

「正直なところ感動しました。読み出したら止められませんでした。面白い本というか、為になる本というのか、とにかく人道主義、芸術至上主義をあれほど振り廻しても鼻につかないから、まったく不思議と云えば、不思議な本だと思います」

「そのとおりだ。わしは創刊以来ずっと購読しているが、あれはお茶菓子がわりになる本だ」

「お茶菓子がわり？」

「信州では、お茶には漬け物がつきものだが、おれは信州人でありながら、お茶受けには菓子の方がいい。甘いものが生れつき好きでな……そのお茶菓子がわりになる本が『白樺』だよ、ゴマネジリやカリントウなど和菓子の味ではなく、西洋菓子の味だ。クリスマスのデコレーションケーキのにおいのする菓子だ。甘くて、どこかロマンチックでそして、充分栄養にもなる西洋菓子だ」

そうは思わないかねと云われると赤羽には答えようがなかった。その喩《たと》えがあまり

にも意表を衝《つ》いていたからである。

「西洋菓子の『白樺』が東京の次に長野県でよく売れるということについては別に驚くことはない。それはね、きみ、きみもそうだと思うが、長野県人は舶来だとなると見境もなく飛びつきたがる癖があるからだ。西洋菓子に人気が出るのは当然だろう」

「先生の『白樺』西洋菓子説はよく分りました。ではなぜ、その西洋菓子が、白樺派の理想主義教育の根になったのでしょうか。私には、その飛躍のしかたが腑に落ちないのです。文芸誌である『白樺』の読者が、理想主義教育に走ろうとしているその気持です」

「そんなに突きつめて考えることはない。かぶれだよ、白樺かぶれだ。一度かぶれたら免疫になってもう二度とかぶれることはないから心配ない」

「では放って置いていいのでしょうか。好き勝手な教育をやらせて置いていいのでしょうか」

赤羽はここぞと思って声を大きくした。

「それがいいと思う者はそうさせればいいし、放って置いてはいけないと思ったら、止めさせればいい」

片桐の細い目が大きく見開かれた。

「校長にとって一番大事なことは、自分の見識をはっきりさせることだ。白樺派の理想主義教育もいいだろう、従来の文部省の教科書中心の教育もいい、君たちが教わった浅岡一（長野師範学校長）が提唱した鍛練主義的教育がいいと思うならそれでもいい。なにか一つ、これというしっかりしたものを持っていないと人は従《つ》いては来ない。そこが肝心だ。妥協を許さない頑迷固陋《がんめいころう》な校長になれというのではない。よく目を見開いて、教育の流れを見きわめながらも、きみ自身の信念だけは立て通さねばならない。教育というものは、白とか黒とか赤とか、はっきり色分けができるものではない。戦争が終って平和主義、自由主義思想が入って来るに従って、教育そのものも、少しずつ変って行くのは当然である」

　片桐はそこで一息入れてから云った。

「たしか去年の『白樺』の三月号註二だったと思う、津田青楓という人が書いた『長尾看護手』という小説があった。読んだろう。あれは一人の看護手の死を巡っての懺《ざん》悔《げ》的追想小説と云ったようなものだが、実際は、人道主義にもとづいて戦争を否定するものでもある。看護手が負傷した兵を助けに行って、味方の砲兵が放った二十八珊《サンチ》砲の破片に当って死ぬあたりは涙なくして読めない。これは確かに新しい観点に立った戦争小説とも云える」

「白樺」には新しい思想があるが、特に目新しいというふうなものではない。だが「白樺」に載るとそれは新鮮に見える、片桐はそんなことを云ったあとで「白樺」十月号に武者小路実篤が書いた、「個性に就ての雑感」註三を取上げた。

「彼はこの中で、われわれは自己の個性を思う存分発揮しなければいけない。そうすることに力を尽すべきである。そのために全力を上げて生き通さなければならない。ごまかしの仕事や生活はよろしくない……というようなことを云っている。個性を活かさねばならないということは彼が初めて云い出したことではないが、『白樺』誌上に彼が開き直った書き方をすれば光って見える。長野県の若い教育者たちがこれを読んで随喜《ずいき》の涙を流し、個性を生かす教育こそ理想主義教育などと云うのも分らないことはない。だが、これを強調しすぎて脱線すると、自由主義教育を通りこして放任主義教育になる虞《おそ》れがある。注意しないといけない」

赤羽は片桐がそこまで読みこんでいるのに驚くと共に敬意を払った。ほとんど赤羽が口をさしはさむ余裕はないほど、片桐の云うことにはそつがなかった。

「要するに『白樺』は純粋な文芸誌であって、いささかも難点はない。同人たちが唱える人道主義、芸術至上主義、そのものは高く評価すべきである。そして、この白樺精神のようなものを根底においての理想主義教育もまた評価してやるべきである。だが、将来、理想の本幹から逸脱《いつだつ》した場合――つまり適当な指導者を失った場合は恐るべき弊害《へいがい》を生ずるであろう。わしはそれを怖れている。できることなら西洋菓子はお茶受け程度に、止めて置きたいものである」

赤羽はもはや、なにも云うことはなかった。片桐の前に坐っている自分がひどく小さな存在に見えた。

＊

中箕輪尋常高等小学校は、夏休みを三日後にひかえた午後、予告なしに上伊那郡視学小池直栄の来訪を受けた。赤羽長重は、校長室に小池を招じ入れて、まずお茶を出した。

「早速、授業を参観させていただきましょうか」

小池は云った。近くまで来たついでにちょっと寄ってみたのだと最初に洩らしたのとは裏腹に、なにか意気込みのようなものが読み取れる言葉だった。

赤羽はそれを拒絶することはできないし、その理由もなかった。小池が立上ったので、赤羽は案内せざるを得なかった。

「どういたしましょうか」

と赤羽は廊下を歩きながら聞いた。たくさんある教室を片端から見て歩くというわけには行かなかった。

「白樺派の理想主義教育というのを見せていただきたい」

小池は顔色一つ変えずに云った。

「本校は特別にそのような教育をしてはおりませんが……」

赤羽は答えたが、言葉に力がなかった。

「ではこちらでその教師の名前を云うから、その教室へ案内していただきたい」

小池は五人の教師の名を挙げた。

「その五人は特に理想主義教育のようなことはやってはおりません、ごくあたり前の……」

と云いかける赤羽の言葉を小池は遮《さえぎ》った。

「まず見せて貰いましょう。話はそれからにしていただきましょう」

小池の口のあたりに薄笑いが浮んだようだった。赤羽には返えす言葉がなかった。

有賀喜一は算術を教えていた。小池はそこに三分ほどいただけだった。樋口裕一は理科を教えていた。そこには五分ほどいてすぐ外へ出た。

指名された五名の教師のうち四人は三分ないし五分で通過して、最後に津田正信の授業でひっかかった。

津田は綴方の時間に詩の作り方を教え、詩を書かせていた。小池は、授業が終るまで、その教室から出ようとしなかった。ノートにしきりになにかを書きこんでいた。

授業が終ったとき、小池は、生徒たちが教室から出るのを待って津田に訊いた。

「綴方の時間になぜ詩の作り方を教えるのですか」

津田は平然と答えた。

「綴方教育は文章を構成する方法を教えることです。文章を作る場合、第一に気をつけねばならないのは、書こうとする対象をはっきりと確認することであり、技巧的には文字を少く使って、より多くの意味を持たせようとすることです。だらだらと牛のよだれ式の文章をいくら書かせても、それは文章にはなりません。詩は、なにを書くべきかという目的がはっきりしています。そして、もっとも少い字数で、多くのことを表現する文章構造を持っています」

ちょっと待ってくださいと小池は云った。

「あなたの云わんとしていることは分ります。しかし、初めっから詩は文章であるという考え方を子供たちに覚え込ませるのはどうかと思います。綴方の時間には、誰が見ても綴方の勉強をしているなと思うような教育をして貰いたいものです」

「行き過ぎでしょうか」

「というよりも理想に流れすぎた、飛躍だと思います」

小池はそれ以上追及することはやめて、そのまま校長室へも入らず帰ってしまった。突然現われて、参観を求め、一時間後には風のごとくに去って行った小池郡視学の目的が奈辺《なへん》にあったのか誰にも分らなかった。

放課後、職員会議が開かれた。三日後に始まる夏休みを前にして予定されていたことであったが、職員会議は最初からおかしな雰囲気だった。教員たちのすべてが、その日の、郡視学来校について疑問を持っていた。赤羽はまずそれから話さねばならなかった。

「全然予期していないことだったので、私自身驚きました」

と赤羽は正直に云った。小池郡視学が見学した五つの教室は、小池自らが、その受持ち教師の名を知っていて、指名したこともそのとおり話した。ざわめきが起った。

「校長先生はなぜその申し出を拒否しなかったのですか」

と津田が云った。いくら郡視学であろうと、そういうやり方は失礼ではないか、それを承知した校長もおかしいと云ったあとで、

「校長と小池郡視学とがぐるになってやったことではないでしょうね」

と突っ込んで来た。赤羽は強くそれを否定した。冷い沈黙が続いたあとで、その日の会議の主題に移り、そして、夏休みあけ早々に行われる行事について、意見の交換がなされた。

「八月二十六日に行われることになっている駒ケ岳登山について意見があります」

と津田正信が云った。

「それは決定したものではなく、予定だから意見があったらなんなりとも云ってください」

赤羽は津田が云わんとすることを、おおよそ察知していた。つとめて冷静を装いながらも、眉間のあたりに現われた緊張を見逃すことはできなかった。

「中止すべきだと思います。この前の職員会議にも、この問題が出て、危険か危険でないかについて討議があったが、結局曖昧《あいまい》のまま終ってしまいました。私はその後、多くの教育者の意見を聞いてみました。父兄の意見も聞きました。十四や十五の少年を三千メートル近い高山に連れて行くのは修学旅行の精神から逸脱するものだという意見が大部分でした」

と津田は云った。征矢《そや》隆得《たかえ》がすぐ反発しようとした。津田はそれを押えるように声を高めて、

「校長先生は、一昨年（明治四十四年）も昨年（明治四十五年）も駒ケ岳登山を実行したから、今年もやろうというお考えのようですが、前二回の登山の折の父兄の心配を御存じの上で、そう考えているのでしょうか。父兄の中にはわが子が無事帰って来るようにと、一晩中、仏壇の前でお念仏を唱えていた者もいます。つまり父兄は、そのことが、多分に危険をはらんでいる行事だと知っていたからです」

この前も云ったようにと、赤羽校長は津田の提案にゆっくりした口調で答えた。

「登山にはいくらかの困難はつきものだ。それがなければ鍛練の意味がない」

赤羽が鍛練の一語を出したとき、有賀喜一が立上った。

「その言葉は既に信濃教育界からは消え去ったものではないでしょうか、明治十八年に森有礼が文部大臣になって、教育の国家統制をもくろんだとき、その方便《ほうべん》として、鍛錬主義を教育者におしつけ、師範学校は兵営そのもののような有様になったと聞いています。そのときはそれでよかったかもしれませんが、その軍国主義的鍛錬を、いたいけな子供たちに強いるのは暴挙というものです」

有賀は真赤な顔をして云った。

「なに暴挙だと」

赤羽は一瞬有賀の顔を睨めつけた。激しい言葉が、咽喉のあたりまで来ているのを彼はこらえた。有賀の言葉を受けて立てばおそらく口論になるだろう。後味の悪いものがそこに残る。彼は懸命に耐えた。片桐福太郎が云った言葉が、赤羽の頭の隅を走って通った。

(校長にとって一番大事なことは、自分の見識をはっきりさせることだ。信念を持って教育に臨むことだ)

赤羽は唾《つば》を飲みこんだ。

「去年も一昨年も、充分な準備のもとに、駒ケ岳登山を実行して成功した。今年もそうしたいと思っている。反対があろうとも、暴挙という言葉を投げつける者があろうとも、私はこれを実行したい。必ず実行するつもりである。なぜ私がこれを強く主張するかについて疑問を持つ人のために一言つけ加えさせていただく。日本は二つの大きな戦争という試練を経て今日に至った。そして大正と年代が変ると共に吹き出した自由思想に大きく揺れ動かされている。教育会もそうである。思想的にどう揺れ動こうが、体験が人間を作る基礎になるという考え方には変りがない。私は古いあたまの教育者かもしれないが、修学旅行という実践教育の精神からは離れたくはない。苦しいことを避けようという風潮には同調できないのだ」

そして彼は、彼の意見に反発しようとする二、三の声を両手で押えながら云った。

「私は校長として、八月二十六日の駒ケ岳登山は予定通り実行することを諸君に告げる。参加者は高等科二年生の有志とするほか、今年は青年会にも参加を呼びかけたいと思っている。この登山には、私のほか少くとも三名の教員が同行すべきだと思う。希望者は申し出て貰いたい」

赤羽は一気に結論を云った。議論をしたら、この前の職員会議の蒸し返しになるだけでなく、校内教師の対立感情を深めることになると考えたからであった。

「同行させていただきます」

征矢隆得が立上り、続いて、清水政治と樋口裕一が立上った。三人とも、去年と一昨年の駒ケ岳登山に同行した経験があった。

職員会議は終った。校長がこうすると宣言した以上反対しようがなかった。

赤羽は校長室で後片づけをしてから、校庭に出た。西山の連峯が夕焼けに染ってい た。まるで秋の夕暮のようだった。夏になると、たいていの日は、午後になって雲が出て、東山も、西山も姿を見せることはないのだが、この日はいつもと違っていた。そこからは駒ケ岳の前衛の山は見えたが、駒ケ岳は見えなかった。赤羽は、夕陽の下で燃え続けている山々の稜線のつながりに必ず駒ケ岳があり、その頂上にまもなく立つのだと思いながらその夕映えを眺めていた。

彼が西山を見ている間に、幾人かの教員が彼の傍を通り抜けて行った。無言で頭を下げる者はあったが、声を掛けて来る者はなかった。

（職員会議はあれでよかったのだろうか）

ふと彼はそんなことを考え、すぐ弱気になりかけた自分を叱った。

＊

赤羽長重は夏休みに入ってからはずっと自宅で暮していた。外に出るのは、朝夕の散歩ぐらいのものであった。日中は庭の手入れに余念がなかった。その日も彼は庭にいた。生垣の外を通る人の気配に気がついて頭を上げると、樋口裕一が玄関の方に向って憂鬱そうな顔をして歩いていた。

（水野春子との結婚話がうまく行ってはいないのだな）

赤羽はそう思った。彼は庭から樋口に声を掛けて、庭へ通ずる木戸を開けてやった。

樋口は携《さ》げて来た手土産を赤羽の家の縁側に置き、挨拶に出て来た赤羽の妻のつぎに、いろいろお手数をかけてすみませんでしたと丁寧に頭を下げた。

「なにか、まずいことでも起ったのか」

赤羽は縁側に並んで腰をおろした樋口に訊いた。

「盆に親戚が集って、親族会議が開かれることになりましたが、今のところ楽観できない状態です」

と樋口は云った。

樋口の両親は春子が既に妊娠中のことでもあるし、赤羽長重が春子を養女にしてまでと云うのなら、二人を結婚させてやってもよいだろうという気持になりかけていたが、親戚の中には強く反対するものがいた。一時的に養女にした上で嫁に迎えたところで、小作の娘は小作の娘ではないか、もしどうしても春子を貰うというならば、こちらも考えねばならないと、いう者もいた。こちらも考えねばならないということは、場合によっては、親類づきあいを断絶するぞというおどかしだった。

「だが、親族会議の結果はどうなるか分らないだろう。個人的には反対していても、多数の意見が結婚に賛成なら、意外にあっさりと承知することもある。要は、主なる親戚を味方につけることだ」

「そうなんです。私もそうしたいと思っています。今日来たのもそのためなんです」

樋口の来訪はお盆に開かれる親族会議の前に、親戚中でもっともうるさいと目されている、河内三左衛門を説得してくれというのであった。

「そういう頑固者に会って効果があるだろうか、かえって話をこじらせないかな」

「たとえこじらせたとしても、もともとです。このままだと明らかにこっちが不利です。あの人はたしかにうるさ型の人ですけれど、権威に対して妙に卑屈なところがある人です。校長先生が話しに行ったというだけで、大いに効果はあると思います。河内三左衛門は、母の里の跡取り、つまり私の伯父に当る人です」

河内家については説明のようはなかった。河内家の門を出て一里四方はすべて彼の所有する土地と云われるほどの大地主だった。

「河内さんなら、私がよく知っております」

と茶を持って来たつぎが云った。河内三左衛門の妻のまつは高遠の士族の娘で、つぎと幼な友達だった。

「そのほうのお使いは私がさせていただきましょう。先に奥さんを納得させたら、そういうことはたいていい旨く行くものですよ」

つぎは自信ありげに笑った。

その一言で、急に目の前が明るくなったような気がします。よろしくお願いします、お願いしますと立続けに何度か頭を下げる樋口につぎは、

「そっちの方は私が引き受けます。多分、うまく行くでしょう。それより春子さんの御両親のほうは大丈夫でしょうか」

つぎは、水野春子の家を訪ねたときのことを思い出しながら樋口に訊いた。つぎが、なにを云っても、春子の両親は、自分たちの意見を云わなかった。反対ですか賛成ですかと云っても、二人はへい、へいとしか答えられなかった。強いてはっきりさせようとすると、いよいよ困ったように首を深く垂れ、ついには叱られてでもいるかのように涙さえ溜めるのであった。

「春子さんの両親の心はきまっています。ただあの人たちは、自分たちの意志をはっきり云えないのです。長い間に、そのようになってしまったのです」

「その長い間の地主と小作の関係から考えると、樋口家が頭から、春子の両親を押えつけてしまうということだってあり得る。両親の心がぐらつき出せば春子も……」

と赤羽が云いかけると、

「春子さんを疑うようなことを云わないで下さい。春子さんも、ぼくもいざというときの覚悟はとうの昔からできています」

樋口は叫ぶように云うと、縞《しま》の袴の股立《ももだち》のあたりを両手で力いっぱい握りしめて俯

いた。様子がおかしいので赤羽が覗きこむと、樋口は泣いていた。

「それほど固い気持で結び合っているならまず大丈夫だ」

と赤羽はそう云うより仕方がなかった。

「まだ一つ心配があるのです」

樋口はそのままの姿勢で下を見ながら話し出した。

「叔父なんです。父の弟の樋口泰二郎が間もなく帰国するのです」

樋口泰二郎は大学を出て以来ずっと東京に住んでいたが、三年ほど前からコーロッパに勉学を理由に滞在中だった。それらの費用いっさいは樋口家から支出されていた。

「叔父は、妙に気取ったところがあります。他人の目が常に自分にそそがれていないと、承知できない人なんです。だから、いろいろ新しがりのことを云います。他人が甲と云えば乙、乙と云えば甲と云うようなタイプではなく、たいして理由もないのに、突然甲を支持したり、大げさな表現で乙を担ぎ出すというふうな人です。軽調子な人間なんです。腹の中にはなんにもない男です。ヨーロッパへ行って来たからといって、にわかに叔父の性格が変るものではありません。それが怖いのです」

樋口は、洋行がえりの叔父が裕一の味方になってくれればいいが、もし反対側に立ったら、もうどうしようもなくなるだろうと、それを気にしているのである。

「それこそ、早いところ、味方に抱きこめばいいじゃあないか」

赤羽が云った。

「叔父の帰国が突然でしたので連絡を取ることができませんでした」

「何時帰るのだね」

「予定では盆を過ぎたころということになっています。或は、親族会議も、それまで延期ということになるかもしれません」

きみは少々考え過ぎをしているようだなと赤羽は云った。

「なんでもかでも悪い方へ結びつけることはないだろう。きみの叔父さんだって、東京に住んでいるのだから、こっちとの交際はそれほど重大には考えないだろうし、まして洋行帰りなら、旧来の、家本位の結婚よりも、西洋流の恋愛結婚に賛成することはまず間違いないだろうな」

だが裕一はなぜか心配そうだった。一時間ほど、縁側に坐っていたのに、ついぞ一度も笑い顔を見せず、最後に、

「いい枝ぶりの松ですね」

と庭の松の木を讃めて出て行った。

「樋口さんは、恐ろしいことを考えているかもしれないわ」

とつぎが云った。

「いざとなったら駈け落ちでもするというのか」

「違います。二人は死ぬ覚悟でいるのですよ、それに間違いありません。それほど、あの二人は惚れ合っているのです。特に春子さんは……」

そしてつぎは、水野春子の両親に会いに行ったときの春子の思いつめたような目を思い出した。

つぎがなにを云っても、へえ、へえとしか云わない両親のかげに隠れるように春子は坐っていた。両親がへえとしか云えない以上、彼女もまたなにも云えず、泣き出したいような顔をしていた。その春子が、つぎには哀れに思えてならなかった。つぎは天竜川の橋のたもとまで送って来てくれた春子に別れ際に云った。

〈安心しなさいね、私たちが引受けた以上、必ず二人を添い遂げさせてあげますから〉

その、つぎに春子は、深く頭を下げて答えた。

〈ありがとうございます。今の私には奥さまが、仏様にも神様にも見えます。お願いします。私は生きていたいのです〉

生きていたいと云ったのは死を考えてのことのように思われた。死ぬ覚悟の恋だけれど、できることなら生きたいという願いの中には、腹の中の子とともに生きていたいという切実な祈りのようなものが含まれていた。つぎは、春子のその短いひとことを聞いたとき、なんとしてでも、二人を結婚させてやりたいと思った。

「死ぬということは、それほど簡単なことではないわい」

赤羽がぶっきらぼうなほど太い声で云った。

「いいえ、場合によっては、まったく簡単に思われるほどの死が演出されることもあります」

「演出だって？」

「運命というか、神というか、とにかく人間の力ではどうにもならないものが死を演出しようとした場合はどうにもならないでしょう」

「そうだな」

と赤羽は素直に頷いた。死が演出されるとはうまいことを云ったものだと思った。

「だが、やはり、死を演出することはそう簡単ではない、例えば……」

と云いかけたとき赤羽の頭の中に、駒ケ岳の頂上の荒涼たる景色が浮んだ。同時に、夏休みが終ると早速準備にかからねばならない、駒ケ岳登山のことを思い出した。

「どうしたの急に黙って」

「いやなんでもない、樋口のことは、或る程度強硬にすすめるべきだ」

赤羽は縁側から降りて樋口が枝ぶりがいいと讃めた松の下に立った。「名主様の松」として代々村人たちに親しまれて来た老いた松だった。

（確かに古い松だ。しかし特別に枝ぶりのいい松というわけでもないのに、なぜ樋口は枝ぶりを讃めたのだろう。枝ぶりのいい松ならば樋口家の庭に何本かある）

そこまで考えたとき、赤羽は、樋口家の枝ぶりのいい松の下にうなだれたまま立っている樋口裕一の姿を見たような気がした。いざ絶望となったら樋口はその庭の、枝ぶりのいい松を利用して自殺しようと思っているのかもしれない。その松の枝ぶりが、この松の枝ぶりと似ていたのかもしれない。つまり樋口は、この老松の枝ぶりから樋口家の松の枝ぶりを連想してあんなことを云ったのかもしれない。

赤羽の背筋を冷いものが走った。それは樋口の死を予想したというだけのものではなく、その松の枝ぶりから覗き見た、死に対する彼自身の恐怖だった。

「あなたいったいどうしたの」

つぎが呼びかけたが、彼は妻に背を向けたまま、その場に佇立《ちょりつ》していた。

＊

盆が終ると同時に学校はいっせいに始った。この地方の学校は、農事の繁忙《はんぼう》期に、ふり替え休暇を取るので、都会の学校のように、暑中休暇として丸々一ヵ月以上も休むようなことはなかった。

赤羽長重は八月十七日に「高等科第二学年男子駒ケ岳登山修学旅行案」を作製し、高等科二年生男子全員に配布して、この旅行に参加するものは受持ちの先生まで申し出るように伝えた。出発は八月二十六日（雨天順延）の早朝と決定された。

「駒ケ岳登山修学旅行案」は一昨年も昨年も作製した。それに加筆して、ガリ版刷りにしたものだった。

登山の目的、登山日時、登山コース、下山コース、準備すべき物品や服装、更には登山中の心得などが、こまかく書かれていた。

赤羽自身が起草したものであった。

八月二十日になって駒ケ岳登山の参加希望者の数がほぼまとまった。二十三名であった。出発の前日までにはあと二、三名は増えるだろうと赤羽は見込んでいた。一昨年が十八名、昨年が二十名そして今年は更に前年を上廻っているのは、父兄や生徒の間に次第に登山の意味が理解されて来たことを示すものだと考えられた。暑中休暇前の職員会議での空気は、楽観できないものだったが、職員中の一部の反対が、父兄や生徒たちに反映している様子はみられなかった。登山に反対していた有賀喜一までが、

「なにか手伝うことがあったらやらせてください」

と云って来たことで赤羽はすっかり気をよくしていた。議論はしたが、登山実施と

決ったら、前の経緯《いきさつ》などけろりと忘れたような顔で、登山準備を手伝いたいという有賀の申し出は嬉しかった。

「ありがとう、学校側の準備はだいたいできている。問題は生徒たちだ。夏と云っても高い山のことだ。生徒たちに配った駒ケ岳登山修学旅行案のとおりにしっかり用意をして貰いたいものだ」

赤羽は高等科二年生男子を受持っている主席訓導清水茂樹に云ったとおりのことを有賀にも云ってみた。

「もっともなことだと思います。おそらく清水先生から、その注意は充分にしてあることと思いますが……」

と云って後を濁したところが気になったので、なにかと訊くと、有賀は、こんなことを山にくわしい先生に云うのは恥しいことですがと前置きして云った。

「子供たちに与えた駒ケ岳登山修学旅行案の中には準備すべき物品について実にくわしく書いてあります。股引、脚絆、草鞋《わらじ》二足、袷《あわせ》の着物、雨具用の茣蓙《ござ》、合羽《かっぱ》、麦藁帽子又は笠、真綿《まわた》五枚、冬シャツ一枚、手拭い、鼻紙、紐一筋、手帳、鉛筆、小刀、宝丹又は仁丹、杖、食料六食分、スルメ又は鰹節、氷砂糖、水筒及び学校より与えた地図などとありますが、このうち、これだけは忘れてはならないという物についての注意が欠けているように思われます」

なるほどと赤羽は頷いた。これらのものを残らず持って来る者はいいとしても、持って来ない者もいるだろう。絶対に持って来なければならないものには丸でもつけて置くべきだったと思った。

「よいことを云ってくれた。さっそくそのような注意を与えよう。ところで、その携行物品の中で、なにか不足しているものはないかね」

赤羽は訊いた。

「そうですね、草鞋に足袋《たび》はつきものですが、その足袋も一応つけ加えられたらいいと思います。そしてもう一つ、冬シャツ一枚と書いてありますが、山は夜になるとひどく気温が下りますから、冬シャツ又は毛糸のジャケツ、それに冬用の股引を用意すること、としたらいかがでしょうか」

「毛糸のジャケツだと」

赤羽は驚いたような顔をした。毛糸のジャケツというのは現在のタートルネックのセーターとほぼ同様なものであり、当時流行し出したということもあって、かなり高価であった。

「いけませんか」

「いけないいな、毛糸のジャケツは、金持ち階級が使うものでまだ庶民の手には届かないところにある。質実剛健を旨とする本校の生徒にすすめるわけには行かぬ」

「でも、既に所持している者はかまわないでしょう」

「だから冬シャツと書いてある。広義に解釈すればいいのではないか」

それが、と有賀は云おうとしたが、赤羽の顔を見てやめた。子供たちは先生の云うことに絶対的に服従するものである。たとえ、ジャケツを持っていたとしても、冬シャツと書いてあるから、冬シャツでなければならない、ジャケツと冬シャツとは根本的に違うものだと解釈するに違いない。有賀はそう云おうとしたのである。

有賀はなんとなく体裁《ていさい》悪そうな顔をしてその場を去った。

八月二十二日になって、赤羽は「駒ケ岳登山指導要項」を作製した。内容は、随行の教師用として作られたもので、生徒たちに道々教えてやるべき、地理学的観察の要点、動植物の垂直分布についての知識、高山植物についての指導要項、等がかなり細かく書いてあった。指導要項は一昨年、昨年にはなかったものである。赤羽は翌年の登山には更に充実したものを作ろうと考えていた。指導要項の最後には学校にて準備すべき物という項目を上げてあった。

　鈴二個、提灯二張《ふたはり》、ローソク十挺《ちょう》、マッチ十個、仁丹又は宝丹、竜胆末、繃帯、ヨードホルム、鎌一丁、手斧一丁、細引き長さ二十間のもの一筋《ひとすじ》、案内人を一人雇入れること。

赤羽は最後の一句に目を止めた。一昨年も昨年も内《うち》ノ萱《かや》から案内人を一人雇って行ったが、今年はそうする予定はなかった。今年度の予算を審議する席上で、

〈駒ケ岳登山の経験数回という赤羽先生ほか、同じような経験のある先生がたが二人も三人もついて行くのに、更に案内人が必要でしょうか〉

と役場の吏員に突っ込まれたことがあった。

〈高い山のことでもあり、多数の生徒をつれて行くのですから、専門の案内人の一人ぐらいは必要だと思います〉

と赤羽は一応その理由を説明したが、相手は聞かなかったばかりか、村費の無駄使いだというようなことを口にするに及んで赤羽は折れた。学校の予算のほとんどを村費でまかなっている現状においては、役場の吏員の機嫌をそこねることは学校にとってすこぶる不利であった。

「今年は案内人は雇入れることはできない。ここのところは削除するべきだった」

赤羽は一人ごとを云った。

(だがやはり、案内人はつれて行きたいものだ。今年は止むを得ないが、来年はぜひそうしよう)

赤羽はそんなことを考えていた。予算は取れなかったが、校費のやりくりで案内人

を雇えないことはない。しかし、それが分ったときは、役場からなにか云われそうで不安だった。

　赤羽は、「案内人を一人雇入れること」の一句を鉛筆で消してから樋口裕一を呼んだ。

「これを山へ行かない先生たちにも一部ずつ、配布してくれたまえ」

　有賀喜一がこれを読めば、またなにか一言云うだろう。

　毛糸のジャケツのことがふと頭に浮んだ。冬用の股引のことも、子供たちに云って置いたほうがよいだろうと思った。

「もうあと四日だ」

　と赤羽は窓の外を見た。その日は天気であって欲しいという気持を、そのまま校長室に戻して、

「天気だけが気がかりだな」

　と樋口に向って云った。樋口は、はあと云っただけだった。気乗りのしない顔だった。

「どうした。親族会議の雲行きが悪くなったのか」

「その件ですが、是非御相談申し上げたいのです」

「云ってみたまえ、遠慮はいらぬ」

「でもここでは」

樋口は周囲を見廻して云った。

「いやかまわない。君は今回の登山の随行教員の有力者だ。登山を前にして、なにか心配ごとがあっては思い切ったことはできない。解決すべきことは今のうちに解決して置いたほうがいい。親族会議は開かれたのか」

樋口は顔を上げた。放課後だから、校内は静かであった。職員室に居残っている教師も少なかった。校長室の二人の会話が外に聞こえるようなことはなかった。

「親族会議が昨夜開かれました。その結果は惨澹《さんたん》たるものです」

樋口はその一言とともに、その場に崩れ落ちてしまいそうにも見えるほど、打ちひしがれた態度を示した。


裕一の結婚についての親族会議は、会議ではなかった。それは終始洋行帰りの樋口泰二郎の一人舞台として終った。

〈フランスでもイギリスでも、恋愛結婚は存在するが、それらはすべて、それぞれの両親が充分認め合っての上の交際から進展したものであって、両家の知らない間に、二人だけが仲よくなったというものではない。両家が知らない間に恋愛関係におち入ることは野合と見なされ、軽蔑されている。少なくとも良家の者がなすべきことでは

ない〉

泰二郎はそう前置きして、あちらではとか西洋ではとか、先進諸国というような言葉をやたら使って、

〈要するに結婚問題は西洋も日本も根本的には違っていない。ルールを無視した結婚は絶対許されない〉

彼はまず、裕一の恋愛結婚を否定したあとで、

〈裕一のことは、できたことだと云って、認めるわけには行かない。ここでは、二人を結婚させるかどうかという問題よりも、その春子という女に対して、どのような処置を取らねばならないかを相談すべきである。このような場合は、金銭によって解決されるのが、洋の東西を通じての常套《じょうとう》手段であることを前提として考えるべきであろう〉

泰二郎はしゃべるだけしゃべって、ふち取りのしてある派手なハンカチで額の汗を拭った。

洋行帰りの泰二郎の発言に反対する者はいなかった。生れてはじめて見る派手な泰二郎の洋服姿と短かく刈りこんだ口髭のあたりから飛び出して来るフランス語まじりの弁舌に圧倒されて、「さようごもっとも」と云わんばかりの顔をしている親類の顔は滑稽を通りこして阿呆に見えた。

〈泰二郎さんの御意見は一応ごもっともだとは思いますが、直ちに春子の身の処分について相談しようというのには、反対です。赤羽校長先生の面目もありますし、当の裕一君の心情を考えると、ここのところは慎重な態度で臨まねばならないと思います〉

河内三左衛門が云った。洋行帰りの泰二郎に対するささやかな反発だなと親類は見ていた。

「それでどうなったのだ」

赤羽は結果を知りたかった。

「どうにもなりません。春子の処分だけが後に残されたということ以外に話の発展はなかったそうです」

「そうです？」

そうですとは無責任な云い方だと思って赤羽は訊いた。

「私ははじめっから、この席には出られませんでした。この話は後で妹から聞きました。今のところ、妹のみねと、永年私の家に通いの内働きとして来てくれている勝子という中年の女の二人だけが私の味方です。会議の様子はこの二人から私の耳に入ったものです」

樋口は事情を説明した。

「困ったことになったものだな。しかし、そのような会議の内容だったら、その洋行帰りの泰二郎さんの云い方一つで、話が引っくりかえることもあり得ると考えるべきだ。きみは、その叔父さんのことを、この前、気分屋だと云った。気分屋なら、話の持って行き次第で風向きが変る。山から帰ったところで、おれがその叔父さんに会ってやろう」

赤羽は裕一をなぐさめたが裕一は、落した肩をそのままにして、

「だめなような気がするんです。なにもかもだめになるような気がしてならないんです」

赤羽は、ばかな、なにを気の弱いことを云うかと樋口に力をつけながら、早速妻のつぎを河内家へやって様子を訊かせ、その上で今後のことを考えようと思った。

＊

八月二十三日になって駒ケ岳登山希望者は二名増えて二十五名になった。高等科二年男子総数四十二名中、二十五名が参加を申し込んだことになった。この日は午後になって曇り、一時降りそうだったが、夜遅くなって晴れて風が出た。

八月二十四日は日曜日だったが、赤羽長重、清水政治、征矢《そや》隆得《たかえ》、樋口裕一の四人

は登校して登山準備について打合わせた上、征矢は内《うち》ノ萱《かや》村へ行き登山道と頂上近くにある伊那小屋の状態を聞いて来ることになった。

この日の午後青年会の同窓会が学校で開かれた。赤羽はこの席を借りて、来る二十六日の駒ケ岳登山にできるだけ多くの青年会員の参加を希望した。ひととおりのことを云ったあとで赤羽は、

「参加したいと思う者は申し出てもらいたい」

と呼びかけた。十三名が手を挙げた。赤羽はその人たちに「駒ケ岳登山修学旅行案」を配布しながら、このうち十名ぐらいは必ず参加するだろうと考えていた。

「心身の鍛練もいいがごしてえ（信州の方言、疲れるという意味）からなあ」

と誰かが云った。どっと笑いが起った。

青年会の集りが終ったころ征矢隆得が内ノ萱から帰って来た。

「登山道は去年のとおりで異常はないようですが、伊那小屋は去年に比較するとひどい傷みようだそうです」

征矢は心配そうな顔を赤羽、清水、樋口に順々に送った。

伊那小屋は四坪ほどの無人小屋だった。去年泊ったときもかなり傷んでいて板壁の隙間から吹きこむ風が冷たくて眠れなかった。だが、雨露をしのぐことはできた。

「ひどく傷んでいるということを具体的にいうとどういうことかね」

赤羽が訊いた。

「板壁の三分の一は風に剥ぎ取られてしまったそうです」

「それは、何時《いつ》ごろの状況かね」

「きのう、山から降りて来たばかりだという村の人に聞きました。寒くて寒くて、ぜんぜん眠れなかったということでした」

「だが、屋根はちゃんとあるし板壁の三分の二は残っているのだろう」

「それはあります。なかったら、野宿ということになります」

征矢は云った。

「問題はそのこわれかけた小屋に子供たちを泊らせて大丈夫かどうかということだが……」

赤羽は考えこんだ。

「そのことについて、聞いてみましたら、各自が持って行った茣蓙で板壁の破れ目をふさいだら、なんとか泊れるだろう、そのために、釘と金槌を用意して行けばいいだろうということでした」

征矢は聞いて来たとおりのことを報告した。

「そんなことで大丈夫だろうか。もし嵐にでもなったら」

清水が云った。

「嵐になったら、小屋があったとしてもたいへんなことになる。嵐だけはさけねばならぬ。そのような日には登ってはいけない。それは登山の原則だ」

赤羽は、窓の外を見た。今日もいい天気だった。できることなら、この天気が持続して貰いたいという願いが彼の目にこめられていた。

「どうかねきみは」

赤羽はそれまで一言も発しない樋口に訊いた。

「決行すべきです。ここまで来て、後に退いたら、もの笑いの種になるでしょう。赤羽先生の鍛練主義が批判されます。少々の困難があっても、やり通すのが登山だと主張し続けて来た先生らしくない行為だと云われるでしょう。そんなことなら、来年からは駒ケ岳登山なんてやめろという者さえ出て来ます。躊躇すべきではないと思います。小屋が少々傷んだぐらいなんです。私は行きます。もし先生がたが行かないなら、自分一人で登ります」

樋口は自らの言葉に昂奮しているようだった。清水と征矢は、なぜ樋口がそんなふうな態度を見せるのか解しかねた顔だったが、赤羽には、よく分っていた。

（結婚問題が急速に悪い方へ動いているのではなかろうか。今、彼の頭の中には、そのことだけしかなくて、彼が自分一人でも登りますと云ったことの裏には、親戚縁者のすべてに反対されても、自分一人だけは屈しない。飽くまでも、自分の意志を通す

つもりだと云いたいのではなかろうか）

赤羽はゆっくり立上った。

「何度も云うようだが、問題は天気だ。天気さえよければ格別心配はないと思う。予定どおり出発したいと思うがどうかね」

赤羽は清水と征矢に同意を求めた。

「釘は私が用意します。莫蓙の押えにはハイマツを使いましょう」

と征矢が云った。

「子供たちには、山は寒いから、冬着の仕度を充分にするよう云って置いたほうがいいでしょう」

と清水が云った。

「そうそう、明日は午前中にもう一度、登山について一般の注意を子供たちに与えて、午後には自宅へ帰らせるようにしよう。明後日の朝は早いから、その点も考慮してやらねばならない」

高等科二年の受持ちは主席訓導の清水茂樹であったが、彼が行かないから、登山についての一般的注意は、赤羽が自ら与えてやるつもりでいた。

「さていよいよ明後日か」

と赤羽は校長室を出るとき大きな声でみんなに云った。その声にぎょっとしたように樋口が足を止めた。なにか云いたげだったが、清水や征矢がいるので、なにも云えずに、赤羽から少し遅れて歩いていた。

赤羽がひとりで校長住宅に帰って夕食の準備を始めようとしていると、背後に人の気配を感じた。いつの間に入って来たのか樋口がそこに立っていた。

「どうした。よくないことが起ったのだな」

「私が山に行っている間に春子を遠くにやってしまおうと画策している者がいるんです」

樋口は結論から先に云った。

「親族会議ではそのような話はなかった筈だが……」

赤羽は話を急ぐ理由をもっとくわしく知りたかった。

「洋行帰りの叔父のたくらみです。二人を別れさせるには早ければ早いほうがいいと云っているようです。叔父自らが動き出し、私の両親がそれに同調したのです」

「まずいな。よろしい、今夜、その洋行帰りの叔父さんに会ってやろう。君の家にいるのだな」

話し合ったら、案外簡単に解決するかもしれないと思った。

「叔父は今夜は居ません。諏訪に行っています。帰って来るのは明後日です」

では、駒ケ岳から下山してから話しに行こうかと考えてはみたが、その前に春子が何処かへ連れて行かれるような事態になったときのことを考えると不安だった。

「どうも様子がおかしい。きみは駒ケ岳登山を止めたほうがいい。そして場合によっては、二人で手に手を取って南小河内の日輪寺へ逃げろ。あの和尚には、こういうこともあろうかと、既に話してある。多分二人の味方になってくれるだろう」

赤羽は、念のためにと云いながら日輪寺の住職宛に手紙を書いた。

「山の方はいいのですか」

「それはきみに居て貰ったほうがいいさ。いざというときにはきみのような若い人がもっとも頼りになる。しかし、きみにとっては、いまが一生でもっとも大事なときだ。あとに悔いの残るようなことをしてはならない」

そして赤羽は突然、言葉の調子を高くして云った。

「山から戻ったら、こっちから連絡する。それまでは日輪寺にじっとしていることだ。おれは、洋行帰りのきみの叔父さんにどうしても会わねばならぬ。話は必ず新たな展開をみせるだろう」

赤羽は確信ありげに云った。

＊

二十五日は曇りがちの天気だった。天気が悪い方へ向っているというような傾向はどこにも見えなかったが、前日に比較して雲の量が多かった。

赤羽長重は登校するとすぐ、下伊那の飯田測候所に電話をかけて明日の天気を聞いた。

「今のところでは、今日と同じような天気だと思いますが、午後二時を過ぎたころもう一度電話をかけて来て下さい。そのころになるともっとはっきりするでしょう」

そう答えた飯田測候所員は、赤羽から明二十六日に駒ケ岳登山をするのだと聞くと、

「平地に比較して高い山では気象現象は早期に現われるということを念頭に入れて登って下さい。つまり、このあたりで雨が降り出す数時間前に山は雨になり、このあたりでやや風が強いなと感ずるような時には山では暴風雨になっています」

測候所員は一般的なことを云った。

「明日、暴風雨になるようなおそれがあるのですか」

赤羽が念を押すと、

「いやそうではありません、飽くまでも常識的なことを云ったまでです。明日の天気は今日の午後にならないと分りません」

電話がすんだあとも、赤羽は空ばかり気にしていた。もし天気が悪くなるようなら登山は延期せざるを得ないだろうと思った。午後になると雲が切れて、夏の日射しが

広い校庭に陽炎を上げた。

　赤羽はほっとした。彼は高等科二年の登山希望者二十五名を集め、最後の注意を与えて帰宅させた。

「明日の朝が早いから、今夜は早く寝ろよ」

　彼は生徒等に最後の注意を与えて家に帰した。午後三時に彼は飯田測候所に電話をかけた。

「北東の風、曇りなれども俄雨の模様あり」

　という二十六日の予報が発表された直後であった。赤羽は、二十六日の早朝出発して、駒ケ岳へは午後遅くなって着く予定だが、天気は大丈夫かどうかを訊いた。

「はっきり大丈夫だとは答えられません。とにかく、山の上と下界では天気の様子は全然違いますから」

　相手は今朝電話に出た所員とは違っていた。

「だが、大体のところは分るでしょう、あなた方は専門家ですからね」

「そう云われると、いよいよ困ります。現在の天気予報の技術では、百発百中というわけには行きません。明日の予報にある、俄雨の模様ありなどはかなり考えた表現です」

「天気悪化の傾向ありということですか」

「今のところ、その模様もありません、低気圧はずっと南にあるし……」

「それが近づきつつあるのですか」

「いや、それは八丈島の南西海上に停滞したままです」

「駒ケ岳登山は危険でしょうか」

「さあ」

測候所員は言葉に窮したようだった。そこまでは云うことができない様子だった。測候所員は、

「出発は何時ですか」

「明朝の四時です」

と赤羽が答えると、しばらく考えてから、

「その前にもう一度電話を掛けてください。もし低気圧の動きに異常でもあれば、中央気象台から指示報がある筈ですから」

それ以上のことを訊き出すことはできなかった。

「どうですか天気は」

主席訓導の清水茂樹が赤羽に訊いた。彼は今、測候所から聞いてメモしたばかりの「北東の風、曇りなれども俄雨の模様あり」の紙片を清水に渡した。

「絶好の天気ではないということですねえ……」

清水茂樹は言葉に注意しながら云った。その天気予報だけでは、登山は不適当だと断定もできないだろうと云いたげだった。赤羽は登山に随行する、清水政治、征矢隆得の両名と樋口裕一を呼んでその天気予報を示して相談した。

「曇りなれども俄雨の模様ありなどという予報は、三日に一度は出ています。また高い山では俄雨はつきものです。けれど、測候所員が云った停滞している低気圧というのが気になりますね」

と清水政治が云った。

「準備をして待ちましょう。出発前に飯田測候所に電話をかけて、別条がなかったら出発することにしましょう」

征矢が云った。誰が考えても、それ以外にしようがなかった。

樋口は一言も云わなかった。

西の空が赤く染った。それは明日の天気を約束する、夕焼空とは違っていた。西山にかかっている積雲《せきうん》の周辺あたりに作り出されたもので、その色も、いやに毒々しく陰惨だった。

赤羽は校長室の机上を整理して外に出た。そこに樋口が立っていた。

「春子は明日、岡谷の工場へやられることに決りました」

そして樋口は、今夜のうちに春子を連れ出して日輪寺へ逃げるつもりだと云った。

「そうか、しっかりやれ、どんなことがあってもあきらめるでないぞ、生命を大切にしなければならない」

生命を大事にと云われると、樋口はそこにいることさえ、気が引けるように小さくなって云った。

「すみません、先生のお手伝いができないで……」

「いや、大丈夫だ。清水君も征矢君も行くことだし、それに青年会の連中も行く」

赤羽は樋口の肩を叩きながら、だが、ほんとうはきみを一番たよりにしていたのだよ、と笑いながら云った。


樋口は家へ帰るとすぐ自分の部屋に入った。

「いよいよ今夜ね」

妹のみねが、彼の部屋に来て云った。

「そうだ今夜だ。勝子にもう一度念をおしてくれ、たのむ」

彼はみねに云った。

勝子は春子の家の近所に住んでいた。

樋口は直接勝子に春子との連絡を頼まず必ず妹の手を通してやっていた。いままで家人に気づかれなかったのはそのせいであった。雇人の多くは、樋口と春子の関係も、二人の間にみねと勝子の二人の味方がいることも知っていたが誰も黙っていた。できることなら従来の習慣を打破して、大地主の息子と小作人の娘との間の結婚が成立することを願っていたのである。

樋口は登山の仕度をして午前三時に家を出た。家人には前々からそう云ってあったし、六食分の弁当を用意させたり、冬用のシャツを出させたりしたから、樋口の行動に疑いをかける者はなかった。

樋口はその足で春子の家へ急いだ。

春子は寝ないでいた。両親には寝たふりをしながら実際は大きな眼を開いていた。三時に寝床を抜けた。彼女は寝間着はつけず、工場へ通うままの姿で寝ていた。枕もとに、風呂敷包が用意してあった。彼女はそれを抱えると、隣室に寝ている両親の方に両手をついて、別れの挨拶をした。ひょっとしたら二度と帰れないかもしれないと思ったからだった。彼女は涙を拭きながら廊下にいざり出た。

春子が少しずつ雨戸を繰り開ける音で、彼女の両親は眼を覚した。二人はほとんど同時に起き上り、そして、申し合わせたように、そこに膝を揃えて坐ったまま、春子が出て行くのを知りながら黙って見送っていた。そうすれば、春子を見逃したということで地主の怒りに触れ、田畑を取り上げられるかもしれなかった。そのようなおどかしが人を通じてあったから、やむなく明日、春子を岡谷の工場へやることを承知したのだった。しかし、春子の両親は春子が出て行くまで一言も云わなかった。知らないで眠っていたと云い張ることが彼等にできる唯一の地主への抵抗だった。春子が出て行ったあとから、入れかわりに冷たい風が入って来た。それでも二人は動こうとはしなかった。

樋口と春子は闇の中を走った。誰にも会わなかった。犬にも吠えられなかった。日輪寺の門の前に立つと、東の空が白々と明け始めていた。

赤羽は午前四時登山姿で学校に来た。既に十名ほどの生徒が集って来ていた。彼は、生徒たちに声を掛けてやってから、電話室に入った。飯田測候所に電話を掛けると、

「今のところ、変ったことはありません」

という返事だった。中央気象台から指示報は来ていなかった。

「すると、天気予報は、きのうの午後お聞きしたとおりだということでしょうか」

と念を押すと、

「まあ、そうです」

と相手は答えた。まあ、そうですは頼りない返事なので、突っ込んで訊いても、北東の風、曇り俄雨の予報は良くも悪くもなっていなかった。

赤羽は外へ出た。明るくなりかけた空は、北から東にかけては晴れていたが、南から西にかけては曇っていた。風は無かった。

続々と少年たちが集って来た。清水政治と征矢隆得も登山姿で出て来た。赤羽は二人を呼んで飯田測候所との電話の様子を話した。赤羽は黒羅紗の洋服に、脚絆、草鞋がけ、征矢と清水は和服に、股引、草鞋がけ、三人とも茣蓙を持っていた。帽子だけがそれぞれ違っていた。

「どうやら天気もよさそうだ」

三人は空を仰いでこもごも云った。五時半になって全員が集合した。高等科二年男子生徒二十五名、青年会員九名、そして引率教師三名、合計三十七名だった。

このころになると、学校の教師たちが続々と見送りに集って来た。父兄で見送りに来る者もいた。

有賀喜一が赤羽のところに来て、樋口の姿が見えないがどうしたのですかと小声で訊いた。小声で聞くところをみると有賀は、樋口と春子のその後の経過を心配しているらしかった。

「樋口にとって一番大事なときが来たのだ。山へ行っている時間はない」

有賀はその一言でおおよそのことが分ったようだった。

「あの二人は……」

有賀はそう云いかけてあとが云えず空を見た。赤羽も、それにつられて空へ目をやった。いつの間にか空は一面雲に覆われていた。

「もしものことがあったら、あの二人をよろしくたのむよ」

赤羽が有賀に云った。不在中に二人の間に、もしものことがあったらよろしくというふうにも、赤羽自身にもしものことがあったら、あの二人のことをよろしく頼むというようにも聞えた。

(出発を前にして、縁起でもないことを)

有賀は、自分の頭に浮んだ不安を吹っけすように大きな声で云った。

「朝雨朝曇りと女の腕まくりという俚諺があるでしょう、女が腕まくりをして強がったところでたいしたことはないと同じように、朝雨、朝曇りは心配するに当らないという意味です」

「そうだな、そうあって欲しいな」

赤羽が有賀に向って笑いかけたとき、有賀は額に一粒つめたいものを感じた。たった一粒だけだったが、痛いように冷い雨粒だった。

「ではあとのことをたのむよ」

赤羽の大きな身体が有賀の前を去った。

註一　国会図書館所蔵　臨川書店復刻版白樺第三巻一月号参照
註二　国会図書館所蔵　臨川書店復刻版白樺第三巻三月号参照
註三　国会図書館所蔵　臨川書店復刻版白樺第三巻十月号参照

第二章　死の山

大正二年八月二十六日午前五時三十五分。

空は曇っていた。一粒、二粒降ったけれど、本格的な雨降りにはなりそうもなかった。雲はそれほど厚くなく、北の空に僅かながら、青空も見せていた。風は全くなく眠いような朝だった。このころの季節にはこういう天気は珍らしくはなかった。やがて日が昇るころになると、雲は霧散しやり切れないほどの暑さがやって来るのである。

中箕輪尋常高等小学校の校庭に集った送る人も送られる人も、空模様について心配しているものは一人もいなかった。

隊列の先頭には征矢隆得《そやたかえ》が立ち、後尾は清水政治《まさはる》が守った。赤羽長重《ながしげ》は列の中央にいた。少年たちは背の低い者が先、背の高い者は後になった。九名の青年会員は二十五名の少年の間に適当に配置された。

一列縦隊は春日《かすが》街道沿いの道を歩いて、午前七時に南箕輪村大泉に着いた。この間約一里（約四キロ）あった。小休止の間に赤羽は、

「水を飲んではいけないぞ、水を飲めば、すぐ汗になってまた飲みたくなる。苦しくなるばかりだ。飲みたくとも我慢しろ、食事のときには充分飲ませてやるからな」

と注意して歩いた。各自の草鞋を点検して、履き方の悪い者は直させた。服装についての問題はこの場ですべて解決するように云い歩いていた。

「各自が自分の周囲の者をよく覚えて置け、もし姿が見えなくなったら先生にすぐ云うのだ」

黙って列を離れてはいけない、歩きながら話しをしてもならないなどと一般的注意が与えられた。

空はどんよりと曇ったままだった。風はなく、蒸し暑かった。歩くと、汗が出た。午前八時に一行は西箕輪村大萱《おおがや》を通過したあたりで休息を取り、この間食事をすませた。少年たちは休憩となると、大きな声を出してはしゃいだ。行進中の会話を禁止されていた反動もあったが、とにかくこの登山行が楽しくてたまらないようだった。

彼等は梨ノ木、中条、平沢を経由し、小沢橋では三回目の小休止をした。横山を通り抜けたころからやや登り坂になり駒ケ岳登山基地の内《うち》ノ萱《かや》についたのは午前十時半であった。中箕輪尋常高等小学校からここまでは、ほとんど平坦《へいたん》な道であった。行程約四里弱（十六キロ弱）を五時間で踏破した。予定よりやや遅れていた。

内ノ萱は十数戸しかない小さな細長い村だった。

村をはずれてしばらく登ったところに発電所があった。

彼等は発電所の隣りの芝生で昼食を摂《と》った。

「これからがほんとうの登山になる。身体をよく休ませて置くように」

赤羽が全員に注意した。出発は十二時と決められた。一時間半の大休止であるから、青年たちは青年たちだけで寄り集り、少年たちもまた親しい者どうしが集って昼食を摂った。

　高等科二年生の唐沢可作《からさわよしなり》、唐沢圭吾《からさわけいご》、唐沢武男《からさわたけお》の三人は、上古田《かみふるた》郷の出身だった。唐沢可作の家が本家で、唐沢圭吾と唐沢武男の家は分家に当っていた。そのような関係だから三人は仲がよく、学校までの一里の道も一緒に歩いた。今度の登山にも、三人が誘い合って、上古田の家を出て学校に向ったのが午前三時半であった。

　可作と圭吾と武男の三人は芝生の上で昼食の握り飯を食べたあと、三人頭を並べて、草の上にひっくりかえった。

　いつの間にか雲が厚さを増して、今にも降り出しそうな空模様になっていた。雲の底の陰影がはっきりしていた。

「雨になったらこまるな」

と可作が云った。そうだ雨になったら、濡れて寒いし、折角山へ登っても、なんにも見えなくちゃあつまらないと、圭吾と武男が云った。

「だが、なんだか降りそうじゃあないか」

　可作はそう云いながら起き上って、小黒《おぐろ》川の上流の方に見える山の頂を覆いかくそうとしている雲を指した。その雲が発達して山が見えなくなった時が本格的な雨降りになるように思われたからだった。

可作が起き上ったので圭吾も武男も起き上り、三人揃って、その黒い雲を見詰めていた。

「雲の中になにか見えるだろう」

という声がした。振り返えると、いつの間に現われたのか、胸のあたりまで、とどきそうな白い髯をたくわえた老人がそこに立っていた。野良着の腰に鎌をさしていた。どうやら、三人が坐っている芝生のうしろの山道から現われたようだった。内ノ萱の人のように思われた。老人の出現があまり急だったので、三人は黙って彼の顔を見ていた。

「雲の中に、なにかが見える筈だ。よっく見ろ」

老人は三人の傍に腰をかがめて云った。見えないとは云わせないぞと云いたそうな顔つきだった。

「なにも見えませんよ、雲だけだ」

と可作が答えると、

「よっく見るのだ。眼で見えなければ心眼で見ろ。あの雲の中には、雷獣《らいじゅう》がいるぞ、かみなりのけものと書いて雷獣《らいじゅう》と読むのだ。雷獣は一匹や二匹ではない何匹もいる。その雷獣が雲の中で、鬼ごっこをすると雷になる。だが、もし雷獣が喧嘩を始めたら嵐になるのだ。それも尋常一様な嵐ではない。すごい嵐だ。丸一日は暴風雨になって、荒れ廻るのだ」

ようく見ろよ。その雷獣が数十匹あの雲の中に居るぞ、と老人は云った。

「雲の底にもごもごと動くものがあるだろう、あれが雷獣の頭だ」

そう云われても、三人にはそれらしいものは見えなかった。

「な、それ動いているだろう、もごもごと」

と老人は可作の肩を押して云った。しかし、可作は、ゆっくりと首を横に振った。

「お前はどうだ。かすかに動くものが見えるだろう」

老人は圭吾に云った。

「よっく見れば、雲は動いてるさ。じっとしている雲なんかあるものか」

圭吾は老人に投げつけるように云った。

「それがただの動きではないのだ。雷獣が頭と頭で押し合いをしているから、あのように雲の底がもごもご動くのだ」

老人の云う、もごもごという形容がおかしかったので可作が笑った。

「お前はどうだ。雷獣が雲の底にいるのが見えるだろうな」

老人は武男に、お前だけはそれを認めろと云わぬばかりの云い方をした。

「ああ見える、たしかに、なにかが動いているよ……それで……」

武男は不安そうな目で老人を見上げた。

「今、角突き合いが始ったのだから、やがて嵐になる」

老人は真顔で嵐になる、嵐になると何度か云った。

「ほんとうに嵐になるのかな」

圭吾が心配そうな顔で訊くと、

「そうだ嵐になる。お前たちが駒ケ岳の頂上にたどりつくころになって、天地がひっくりかえりそうな嵐がやって来るだろう」

老人はそう云うと、すっと立上って、後を振り向きもせず、内ノ萱への道をさっさと降りて行った。

「なにを云っていたのだね」

赤羽が近づいて来て、三人に訊いた。唐沢可作が三人を代表して老人から聞いたとおりのことを話した。

「雷獣というのは昔の人が考え出した想像の動物だ。大きな木に落雷したとき、木の皮が、爪で引っ掻いたように剝げることがある。それを見て雷獣という仮想の動物を創り出したのだ」

赤羽はそのように説明してから、

「嵐になるというのはあの老人の勝手な想像だろう」

赤羽は老人の後姿を見送りながら云った。老人はしゃんと腰を伸して歩いていた。

道の曲り角まで来たとき老人の横顔がちらっと見えた。その長い白髯が穂が出たばかりのススキの中に隠れたとき、ぽつんと冷いものが赤羽の手首に落ちた。あちこちで、雨だ、雨が降りだしたぞ、大丈夫かな、などという声が聞えた。三十七人はいっせいに空を見上げた。

唐沢圭吾は老人が云ったことと、降雨とを結びつけて考えていた。もしその降雨が老人が云う嵐につながるものだったらほんとうに困ったものだと思った。

「先生大丈夫ですか」

唐沢圭吾はとうとう我慢できずに赤羽に聞いた。

「心配するな、天気が悪くなるようだったら途中から引き返えせばいい」

赤羽は笑いながら答えた。

「そうだ、なにも無理することはないさ」

と青年の一人が赤羽の言葉を受け取って云った。唐沢圭吾は、ほっとした。もし途中で嵐になったら、引き返えせばいいのだ。どうしても嵐の中を山へ登らねばならないような必然性はないのだと思うと気が楽になった。

雨はすぐ止んだ。雨具を身につけるほどのこともなかった。出発の号令がかかると、一行はいま降った雨のことは忘れたように登山道に出て整列した。

彼等は小黒川の音を聞きながら闊葉《かつよう》樹林の中の暗い道を登って行った。道が蛇行を繰り返えすごとに、川の音は次第に遠くなって行き、沢を一つ越えたところで聞こえなくなった。

唐沢圭吾は川の音が聞こえなくなったのと同時に、二度と再び、その川の音を聞くことができないのではないかというような淋しい気持になった。

「川の音が聞こえなくなった」

と唐沢圭吾は前を歩いている唐沢可作に云った。唐沢可作にはなんで唐沢圭吾がそんなことを云ったのか解《げ》せないままに、そうだなあと頷いた。

静かな山の中に、三十七人の足の音だけが聞こえた。森の中から見上げただけでは、空全体がどうなっているかは分らなかったが、見える限りでは、今にも降り出しそうな空模様だった。

闊葉樹林帯をかなり登ったところに水場があった。湧き出た清水が、登山道を直角に横切っていた。一行はそこで休憩して、それぞれの水筒に水をつめた。

雨が降り始めたがたいしたこともなく直ぐ止んだ。雲の動きはやや活潑になったようだが、風は無かった。

「雨が降ったり止んだりしているのに、なぜ風が出ないのだろう」

唐沢圭吾は隣りで休んでいる唐沢可作に訊いた。

「風が吹かないほうがいいじゃあないか」

可作はそう答えながら、圭吾がなにを心配しているかを察した。

「なあんだ。内ノ萱で会った白髯の云ったことを気にしているのだろう。大丈夫さ嵐にはならない」

だがねと圭吾はやや声を落して、

「もし嵐が来るんだったら、さっさと来て貰ったほうがいいんだぜ。そうすればこのまま引き返えすことができるからな」

可作はその圭吾の顔をじっと見たまま答えなかった。圭吾は疲れたのかもしれない、それにしてもその疲れ方が早いのは、出発するとき風邪っぽいと云っていた、そのせいかもしれないと思った。

「あんまり考えないほうがいい」

と可作は云った。すべて先生たちに一任してあることだからと云ってやりたい気持だった。

一行は急な登り坂に掛った。針葉樹林に入った。シラビソ、トウヒ、コメツガなどが多かった。

「これから胸突き八丁にかかるが、けっして急いではいけない、ゆっくりゆっくり登るのだ」

赤羽が大きな声で全員に注意を与えた。

＊

胸突き八丁にかかると登山道の様相が変った。文字通り胸を突くような急斜面のいたるところに岩石が露出していた。それまでのように、歩けば、草鞋《わらじ》の底から、やわらかい反応がある土の道ではなく、明らかに岩山へ続く道があった。

少年たちはその変化を喜んだ。いよいよ駒ケ岳の中に入りこんだのだと意識して、よいしょ、よいしょと声を上げて、たしなめられる者もいた。変化のない同じような道が登っても登っても続くのにやり切れなくなった少年が、先生、将棊頭《しょうぎがしら》まであとどのくらいですかと訊いた。

暗い森の中の道を三人の登山者が降りて来た。赤羽は子供たちを休ませてから、降りて来た登山者に上の様子を訊いた。

「昨夜はちょっと降られましたが、今朝はよく霽《は》れて、風もなく絶好の登山日和になりました」

と云った。言葉の様子や服装から見て、どうやら近くの人のようには思えなかった。

「小屋はどうですか、かなり傷んでいると聞きましたが」

すると、それまで黙っていた第二の男が前に出て答えた。

「完全ではないですよ、だが私たちはそこに泊って、こうして無事降りて来ました」

第二の男は赤羽を威圧するような大きな声で云うと、他の二人の同行者に向って、

「急ごう、急がないと電車に乗り遅れるぞ」

と云った。伊那電鉄が辰野から赤穂（現在の駒ケ根市）まで通じて間もないころの事だから、電車の数も少なく、乗り遅れると、翌朝まで待たねばならなかった。

第三の男は、赤羽に向って帽子を取ると、

「へえ、どうもすみませんですなあ」

と云った。云い方に品がなく、わざとおどけているようにも見えた。第一の男は、済まなそうな顔で、赤羽と少年たちの顔とを見較べていた。なにか云いたげだったが、第二の男に袖を引かれると、身をひるがえして、降りて行った。

「ひどく急いでいるじゃあねえか」

「どこの奴等かな」

などと青年たちの間から声が上った。

「山は天気がいいそうだ」

と赤羽は三人の登山者が云ったことを声に出して云ってみた。そして直ぐ、その天気がよかったのは、彼等が、そこに居たころのことで、それから天気がどう変って、今はどうなっているかは誰も知らないのだと思い返えした。

出発の合図があった。

きつい登りだから少年たちは汗を掻いた。暑い暑いと喘ぎ出すころを見計ったように通り雨が過ぎ去った。

「これで日が出ていたら暑くて登れたもんじゃあねえな」

と青年たちが話し合っていた。たしかに、その日の天気は登山向きであった。

途中に光蘚《ひかりごけ》の生えている岩穴があった。赤羽はそこで小休止して、少年たちの一人一人に岩穴を覗かせた。

唐沢圭吾は道端にある、なんの変哲《へんてつ》もない岩穴の奥に光を発する蘚があると聞いただけで見たいと思った。早くしろ、早くしろとうしろで怒鳴りながら、順番を待った。顔を半分ほど岩穴に突っ込んで中を覗くと、青く輝くひとかたまりのものがあった。それは蘚ではなく、燐光を発するあやしい不吉なものに見えた。墓場に現われるという青火は見たことがないがこういうものかもしれないと思った。圭吾はそこから顔をそむけた。いやなものを見たと思った。

「蘚が光るなんて面白いな」

と圭吾の次に岩穴を覗いた唐沢可作が云うと、圭吾はそうだなあとおとなしく頷いてから、

「だが、おれはあんなものはきらいだ」

と云った。

少年たちは一列縦隊になって、また歩き出した。赤羽は列外に出て、一人一人の歩き方や服装の乱れなどを見てから、列の中央に帰った。周囲が明るくなった。胸突き八丁を登り切って、いよいよ、駒ケ岳山塊に近づいたからだった。急な登りがなくなり、樹林帯の尽きるあたりに空が見えた。少年たちが一斉に頂上だ頂上だと騒いだ。頂上という形容は間違ってはいなかった。ここまでが登山コースでもっとも苦しい登り坂であり、ここからは尾根伝いの道だった。少年たちはその稜線を見て頂上だと思ったのである。

太いダケカンバの倒木が登山路を横切っていた。少年たちはその下をくぐり抜け、或はその上をまたいで渡った。樹林帯はそこで終っていた。

少年たちは稜線に立って、てんでに万歳を叫んだ。伊那と木曾との境界の稜線で、両手に掬《すく》い取ってこぼせば音を立てて落ちるような白砂の稜線だった。その花崗岩質の砂礫地帯は木曾谷側と伊那谷側の両方にまたがり、その下部がハイマツ地帯になっていた。登って来た伊那側よりも、木曾側の方が急峻な崖になっていた。

少年たちは、生れて初めて見るハイマツに興味を示し、それを取って来て嚙んだりした。

木曾谷側に向って誰かが大きな石を落した。石は砂煙を上げ、大きな音を立てて落ちて行った。落石が落石を誘った。ハイマツの中にいた雷鳥が驚いて飛立った。

「石を落すな。もし下に人がいたらどうなる。石を落してはならぬと教えてあった筈だ」

赤羽の声で少年たちはようやく静かになり、改めて自分たちの周囲を見廻した。あらゆる風物がそれまでと違っていた。高山へ来たという確かな応えが、そこらじゅうにあった。稜線の最低鞍部を吹き通る風がつめたかった。それまで風らしいものはなかったのに、稜線に出るとほとんど一定した風が吹いていた。その風のつめたさに不安を覚えた少年が、

「校長先生、伊那小屋はどっちの方にあるのだえ」

と訊いた。赤羽は稜線に続く道のほうを指して、

「あっちだ。まだまだ歩かないといけないぞ、だが、いままでとは違う。此処から伊那小屋まではずっと尾根伝いだ。ただ歩くだけでいいのだ」

赤羽はその少年に答えた。少年たちは、見掛けは元気だが、疲労は隠せなかった。学校に近い者でも、今朝四時に起き、遠い者は三時に起きている。さぞかし疲れているだろう、ゆっくり休ませてやりたいが先があった。赤羽は時計を見た。午後三時だった。

空は曇ったままだった。雲の底が眼の前の茶臼山の頂をかくしていた。雲の底に動

く霧が行者岩のあたりまで来ていた。

彼等は、茶臼山（二六五三メートル）から南に約一里（約四キロメートル）ほど離れている駒ケ岳（二九五六メートル）へ続く、尾根の北のはずれの最低鞍部（二六〇〇メートル、通称行者岩の鞍部）に居た。茶臼山が雲の底に見えるのだから、そこから、稜線を南にたどって登れば間も無く、彼等も雲の中に入ることになる。

「だが、ひどく静かだなあ」

と赤羽は征矢に云った。

「まったく、薄気味悪いほどですね」

征矢もやはり天気を気にしていた。天気の豹変が恐ろしかった。だが、今のところ、それらしい兆候はどこにも見えなかった。

「天気が変るときには西側（木曾谷側）から吹き上げがある――」

と清水政治が云った。

「いや、そうとは決っていない。東側（伊那谷側）からの吹き上げが強くなって雨になることもあるそうだ」

赤羽は、花崗岩が崩壊してできた白砂の鞍部に立って、伊那谷と木曾谷とを見較べながら云った。

「さあ出発だ」

＊

ハイマツの尾根の道は延々と続いていた。行者岩最低鞍部《コル》を出て、南に向う稜線の登り道にかかって間もなく、一行は雲の底に入った。そう深い霧ではなかったが、冷気を覚えた。風が無いと云っても、時々は吹いた。少年たちは口をとがらせて、おお寒いぞやいと云った。

急げとは云わなかったが、寒いから急ぎ勝ちになる。彼等は霧の中に入ると急に無口になり、そして例外なく前途に不安を感じ出していた。

「霧が出たくらいでなんだ。山に霧はつきものだ。霧が出ないほうがおかしいようなものだ」

赤羽は少年たちをはげました。風が出ると、彼等が着ている茣蓙《ござ》がはたはたと鳴った。

「高い山は、どんな日でも風は吹いているものだ。天気が悪くなったのではない。これは当り前のことだ。私は今度で七回目の駒ケ岳登山だ。この山のことはよく知っている。安心してついて来るがいい」

赤羽は少年たちをはげました。

「でも先生、腹が減ったし、ごしたくて（疲れて）しようがねえ」

と甘えかかったような云い方をした少年がいた。

「もう少し歩けば、濃《のう》ケ池《いけ》に着く。そこで弁当を食べさせてやる。そこからほんの一息で伊那小屋へ着く。あと僅かだから頑張れ、疲れているのはお前ひとりではない、みんな疲れているのだ」

その赤羽の声を時々風が吹きさらって行った。

霧の中の尾根道は単調だった。足もとにつぎつぎと現われるのはハイマツと白い砂と、岩塊だけだった。

吹きさらしの尾根道から、下り道にかかると風は無くなり、静かになった。ハイマツと、短いダケカンバ、ナナカマドなどの混っている尾根の中腹をたどって行った先に濃ケ池が満々と水を湛《たた》えて一行を待っていた。

池の周囲は蘚苔類、更にその周囲はお花畑で覆われていた。

「雪がある、雪があるぞ」

と少年たちが叫び声を上げた。池の端の日かげに残雪があった。その雪を取りに走る者もいた。濃ケ池の水は澄んでいて氷のように冷たかった。

腹が減っている者は飯を食べろ、二十分ほどで出発するから、あまりゆっくりはできないぞと云われた少年たちは、急ぐのは天気がおかしくなったからだと考えていた。

霧が濃くなり、動きが速くなった。風の冷たさが身にしみた。

「まるで氷のようにつめてえ水だな」

と東城規矩男は水筒に汲んで来た水を飲みながら、彼と並んで坐っている古屋時松に云った。

「うん……」

と古屋は答えたが、東城にはそれが上の空に聞こえた。彼は握り飯も食べずになにか考えこんでいた。

「どうした古屋、どこか悪いのか」

東城に云われて古屋は、はっとわれにかえったように、どこも悪くはないと云った。

「それなら飯を食べろ」

「食べたくないのだ」

古屋はそうは云ったものの、東城の好意を無視することもできず、肩にかけていたカバンを膝の上に廻して、中から、氷砂糖を取り出して口に入れた。

「氷砂糖など食べるのは後にして、なにか、腹にたまるものを食べたほうがいいぞ、餅はどうだ。餅を持っていないのなら、おれのを分けてやろう」

古屋の左隣りに坐っていた堀峯が云った。

「餅は持っている。伊那小屋に着いたらゆっくり食べるつもりだ。こう寒くては食べる気にもなれない」

風は連続して吹いていた。強い風ではなかったが、それが体温を奪った。

古屋が云うとおり、じっとしていると寒かった。堀峯は食べたくないという古屋にそれ以上食べろとは云わなかった。

残雪を麦藁帽子に取って来て、駒ケ岳の雪、一杯一銭五厘だ、安いぞ、安いぞ、買わないか、などと騒いでいた少年たちも、飯を食べ出すと静かになった。それまでの休憩時のような賑やかな雰囲気はなく、笑声も起らなかった。全員が申し合わせたように食事を急ぎ、それが終ると、てんでに持って来た冬シャツを着た。風が出て急に寒くなって来たからだった。身仕度がととのうと彼等は出発の合図もないのに、さっさと道に出て並んだ。

東城規矩男と古屋時松は同時に立上った。

「水を汲んで置けばよかった」

と古屋が云った。

「まだ時間はある。水筒にいっぱいつめて来いよ」

東城は古屋に、さあ行って汲んで来いと云ったが、古屋は首を横に振って、

「家を出るときのことさ。水瓶《みずがめ》にもう一桶汲み入れて置いたら、母に苦労をかけずに

すんだものを……」

と云った。古屋の家には大きな水瓶があった。古屋の母は身体が弱かったから、水汲みは時松の仕事だった。その朝、彼は両手に手桶を携げて水汲みに行った。もう一度汲みに行ってくれれば、水瓶は満されるのだが、出発の時間が気になったので、そのまま出掛けてしまった。古屋は、濃ケ池の水を見て、ふとそのことを思い出したのである。

「うちの母には水汲みは無理なんだ」

東城は古屋の云うことを黙って聞いていた。云ってやるべき言葉はなかった。ただ東城は、なぜ古屋が、こんなところで、そんなことを突然云い出したのか分らなかった。霧と風が出て、なんとなく暗くなって来たから、家のことを思い出したのだろうと考えればそれまでのことだが、どちらかと云えば陽気な古屋が、なんとなくしょんぼりとしているのが気になった。

「おい古屋、ほんとうにどこもなんともないのか」

東城が訊くと古屋は、

「ただ寒いだけだ」

と云った。風は止みそうにもなかった。

「おれの着茣蓙をかしてやるから、重ねて着て行け、それだけでもだいぶ違うぞ」

と堀が云ったとき、出発の声が聞えた。隊列はすぐ動き出した。堀は自分の着茣蓙を脱いで、古屋の着茣蓙の上に重ねてやった。

濃ケ池からは背の低い灌木の道だった。ダケカンバ、ハンノキなどの中に紅葉しかけたナナカマドがあった。道が急な登り坂になり、がれ場（岩石の崩壊した跡）を越えたあたりから、風が一段と強くなり雨が降り出した。

「小屋はすぐそこだ、頑張れ」

という赤羽の声にはげまされながら少年たちは濃い霧にまかれながら急坂を登った。小さな池があった。池というよりも水溜りという感じだった。この池は駒飼《こまかい》ノ池というのだと赤羽が大声で云っているのを彼等は漠然と聞いていた。

濃霧のため遠くは見えなかった。天気が悪くなったと同時に、附近の様相も一変した。灌木とハイマツとの混生地帯を過ぎると、ハイマツ地帯の急な登りになった。

「列から離れるな、小屋は近いぞ」

赤羽の声を霧の中に聞きながら登りつめたところに、岩石が堆積している台地があった。賽《さい》ノ河原である。

小屋はどこだ、小屋がないぞと叫ぶ声が聞えた。そこには小屋はなく、小屋の形骸だけがあった。高さ一メートルばかりの石垣によって四角にかこまれた四坪ほどの敷地内には、あちこち水溜りがあって、その中に焼けぼっくいが散乱していた。前夜誰かが野営した跡であることは歴然としていた。石垣の上には十数本の角材が掛け渡してあった。どうやらそれが、小屋の用材の残りのようであった。

少年たちは呆然とその場に立ちすくんだ。小屋につけば、火を焚《た》けるし、温い湯も飲める。ゆっくり身体を延して休むこともできると考えていたのに、その小屋は影も形もなかったのだ。

（いったい、おれたちは今夜、どこに泊ったらいいのだろうか）

少年たちの頭をよぎったのは、その心配だった。宿るべきところがないということは、たいへんなことだった。容易ならぬことだと思った。

赤羽が小屋の跡の石垣の上に立って、大声で云った。

「小屋は嵐に吹き飛ばされ、残った木材は焚かれてしまったらしい。だが心配するな、此処には小屋の基礎となるべき、石垣がちゃんと残っている。これを利用して、われわれは自分たちの力で小屋を作ろう。時間は充分ある。力を合わせてやれば、今夜一晩泊れるだけの立派な小屋ができる」

石垣の上に立って叫んでいる赤羽の顔は怒ったように赤かった。

赤羽は、小屋作りに、清水政治のほか青年会の有賀基広と浅川政雄を指名し、征矢隆得の他七名の青年には小屋掛けの材料のハイマツを切り取ることを命じた。少年たちには切り取ったハイマツと、屋根へ置く石を運搬する仕事が割り当てられた。

赤羽によって、咄嗟《とっさ》の判断がなされ、直ちに小屋作りが開始された。少年たちは一ヵ所に荷物をまとめて身軽になり、ハイマツ運びに走り歩いた。暴風雨はそこまで来ていた。暴風雨に打ちのめされるか、その前に小屋を作って逃げこむかの競争だった。彼等はなにも考えなかった。ただ来るべき凶暴なものと戦っているのだという意識だけがあった。勝たねばならなかった。青年会のうち四名が鉈《なた》を持っていたことが役に立った。学校から持って来た鉈一丁ではどうにもならないところだった。

石垣の高さは一メートルほどあった。伊那小屋が存在していたころ、小屋の周囲を風除けのために覆ったものがそのまま残ったのである。赤羽はその石垣の上に、十数本の角材を並べて骨組とし、中央が高くなるようにハイマツの枝を積み上げ、更に敷きならべて山形の屋根を作り、その上に全員の着茣蓙を敷き、ハイマツを積み重ね、最後に石を置いて、風によって吹き飛ばないようにした。

「ようし、全員中へ入れ」

赤羽が叫んだときには、もう、一間先は見えないような濃霧になっていた。風雨は容赦なく急造の小屋を叩いていた。

全員が濡れていた。着がえをするようにと云われても、既にほとんどの者は冬仕度になっていたから、せいぜい、濡れた頭を手拭いで、ぬぐうぐらいのことしかできなかった。

三十七名が四坪の小屋に入るとすれば畳一枚あたり五人ということになる。坐ることはできても、かなり窮屈である。また天井の高さは頭に触れる程度だから立上ることはできなかった。かろうじて腰をおろすことができたが、身動きは自由にできない状態だった。

「間も無く夜になる、風や雨も強くなるだろう、いまのうちに、食べたい者は食べ、持っている着物は全部身につけて、いらないものは、小屋の隅に置け」

と赤羽が云った。

赤羽は風や雨は強くなるだろうと云ったが、嵐になるとは云わなかった。既に嵐になっていたがその言葉が出なかった。

「六時半だ……」

と誰かが云うのが聞こえた。小屋の中は暗かったが、まだ人の顔を識別できるだけの明るさはあった。誰も一言も云わなかった。良い天気の筈の山がなぜこうなったのか、なぜ小屋が破壊されてしまっていたのか、なぜこんなひどい目に会わされねばならないのか、それぞれ云いたいことがあったが、それを口にする者はいなかった。暗い沈黙はそのまま赤羽を責めた。彼はそれにひとりで耐えながら、心の中では、なんだこれぐらいと胸を張っていた。

高さ一メートルの石垣の上に立って、小屋掛けをするぞと叫んだあのとき、これから、駒ケ岳頂上の木曾小屋に向うぞと叫んだとしても、ほぼこの時間には木曾小屋に到着していただろうと思った。木曾小屋の炉に赤々と燃える火が見えるような気がした。

(これでいいのだ。これが修学旅行なのだ)

赤羽は心の片隅に見たその火を吹き消した。

*

暴風雨の夜を迎えた。

小屋の入口には岩石を積み上げ、尚内側にはハイマツの枝を積み上げて風雨が直接吹きこむことを防いだ。赤羽は小屋のほぼ中央で火を焚《た》こうとしていた。彼は小屋跡に残っていた焼け残りの木を集め、それに火をつけようと試みたが、木はしんまで濡れていてなかなか火がつかなかった。その濡れた焼けぼっくいは小屋の残骸だった。小屋は不完全だったが、ちゃんとしていることを征矢隆得が確かめたのは二十三日のことである。それ以後に小屋は倒壊し、そして登山者によって、燃えるものはすべて処分されたものと想像された。赤羽は残っている焼けぼっくいに、鉈を入れて小片として、まずこれに火をつけ、それに生のハイマツをくべようと思った。そのつもりでかなりの量のハイマツの枝が集められていた。

赤羽の仕事を青年会の有賀基広と浅川政雄が手伝った。燃料になるものはかなりあったが、その濡れたものに火がつくかどうかははなはだ疑問だった。焼けぼっくいが濡れているのは、小屋あとに水がたまっていたからで、前夜そこで火を焚いた人たちは小屋を出るときに、ご丁寧にも、焼け残りを水たまりに蹴こんで消したもののようであった。

小屋の中は暗かったから、用意の提灯《ちょうちん》に火がつけられた。

じめじめと水っぽい床の上に石が並べられ、その上に、こまかく割った木が互いちがいに積み上げられて、その底に丸めてほうりこまれた新聞紙に点火された。周囲が明るくなった。少年たちの間にかすかなどよめきが上った。これでわれわれは寒さから助かるだろう、濡れたものを乾かすこともできるだろうと思った。だが火は新聞紙を焼きつくすとそのまま消えた。木が濡れていたからであった。

「新聞紙を持っている者はないか、いらない紙があったら出してくれ」

赤羽が呼びかけたので、小屋の中にぎっしりつまっている人の群が揺れた。折角、小屋の隅におしやったカバンや包みが手に手に渡って、その中から、にぎり飯や餅を包んで来た新聞紙が集められたが、それらの多くは濡れていた。

激しい風雨となって、雨が洩り始めた。あっちこっちで悲鳴が起った。急ごしらえの天井から音を立てて水が落ちた。

火を焚くどころではなかった。まず、なんとかして頭上から降りそそぐ水を防がねばならなかった。てんでに手を延して、天井の底を突き上げると、洩っていた水が止るかわりに、別のところから雨漏りが始った。

その騒ぎがひととおり収ったころを見計らって、赤羽は集められた新聞紙によって焚火を試みた。今度は直ぐには消えなかった。火はどうやら、割った木に燃え移り、小屋の中の全員の顔がその焰の色に染った。

もっと燃えろ、もっと燃えろと少年たちは祈る気持でその火を見詰めていた。だがその火もたちまち消えた。丁度その火の真上の天井から、バケツの水をこぼすような勢いで水が洩り始めたからであった。

寒い、寒いという声が起った。あちこちで居眠りを始めるものが出て来た。

「眠っちゃあいけない。眠ると死ぬぞ」

赤羽が怒鳴った。お互いに身体をぶっつけるようにして暖を取れと云った。抱き合ってわっしょいわっしょいと声を上げて、寒さと眠りから逃れようとする者もいた。

赤羽は焚火をあきらめなかった。ハイマツにはなかなか火がつかないが燃え出したら、容易には消えないものだということを土地の猟師から聞いたことがあった。

赤羽はふところ深く持っていた懐中ノートの紙を一枚一枚破いて丸めて、紙の団子を作り、地図に包んだ。これで火がつかなかったら、あきらめるより仕方がないと思った。火をつける前に、天井から水が洩らないように確かめた。

彼は祈るような気持で火をつけた。

「今度はうまくいったぞ」

彼は火の勢いを見つめながら云った。火がかなり勢いよく燃え出したところで、試みに、ハイマツの小枝を火の上に置いた。その部分だけの火勢がおとろえただけで、ハイマツの小枝は容易に燃えようとはしなかった。燃えるかわりに、さかんに水を吐き出し、ぶつぶつと小言でもいうような音を立てた。ハイマツの小枝から猛烈な煙が発生した。それが、洞穴のような狭い空間に充満した。

「煙くて死にそうだ、止めてくれ」

と叫ぶ者がいた。それまでも、火をつけるたびに煙いと云う者がいたが、多くは我慢していた。今度は我慢の限度を越えた煙の量であった。

赤羽は地面に這うようにして火を吹いた。そのハイマツの小枝から発する煙に火がつけば、煙は真赤な焔と変り、自分たちは救われるだろうと思った。だが、ハイマツには火がつかなかった。一度は燃え上った火も、燃えるものだけが燃え、生木のハイマツを残して消えた。と同時に、天井から吊り下げてある提灯に雫《しずく》が落ちて来て火を消した。真の闇になると、暴風雨の音は一段とたくましくなったように聞えた。赤羽は手を伸して提灯を取り寄せローソクに火をつけた。時計を見ると十一時を過ぎていた。


　唐沢可作は、いままで一度も、これほど大きな音を聞いたことはなかった。鼓膜《こまく》が痛くなるほどの音だったが、それがなにかは分らなかった。単に風と云えばそれまでだが、その中に、悲鳴や咆哮《ほうこう》や絶叫に似た音が混っていた。砂や小石が強風に飛んで岩にでも当るような確かな音がするかと思うと、頭上で鞭《むち》を振るような音がした。

（殺されそうな音だ）

　と彼は思った。寒かったが、耐えられないほどの寒さではなかった。彼は寒さよりも外の音が怖かった。彼はできるかぎり身を小さくして、両手をふところの中に入れた。彼は着物のすぐ下に毛糸のジャケツを着、その下に冬のシャツを着ていた。手をジャケツの上に置くと温みを感じた。彼は母との短かいやりとりを思い出した。

〈可作これを持って行きなさい。山は寒い。いざというときに役に立ちますよ〉

〈先生は、冬シャツを持って来いと云ったけれど、ジャケツは持って来いとは云わなかった〉

〈ジャケツも冬シャツも同じようなものさ、西洋の冬シャツのことをジャケツというのだよ、さあいいから持ってお出で〉

　両手を伸して自分で自分の胸を抱きしめるようにしていると、眠くなった。可作はうとうとした。母が豪雨の中を蓑《みの》をつけ、笠をかぶって歩いている姿が見えた。こんなに暗い雨の中を母は何処へ行くのだろう。可作は母に呼びかけようとした。

「眠るな、眠ると死ぬぞ」

唐沢武男に背中を叩かれて可作は、眼を覚した。暴風雨はいよいよ激しくなっていた。暗い穴蔵《あなぐら》の底のようなところに提灯が一つ吊り下げてあった。

「眠るな、眠ると死ぬぞ」

赤羽が怒鳴っていた。だが、多くの者は、うつら、うつらとしているようだった。赤羽が怒鳴ると、清水が怒鳴り、そして征矢が怒鳴った。その声で眼を覚すけれど、またすぐ目を閉じる者が多かった。

「おい、眠ったら死ぬぞ」

唐沢武男に背中を叩かれて眼を覚した唐沢可作は、今度は唐沢圭吾の肩を揺すぶって同じことを云ったが、圭吾はなかなか眼を覚そうとしなかった。強く身体を揺すぶると、圭吾は恨めしそうに目を開いて、なんだと云った。その圭吾に可作は眠ったら死ぬぞと云ってやりながら、この場合、これ以外に呼びかける言葉はないものだろうかと考えた。眠ったら死ぬぞ、眠ったら死ぬぞと歌うように云っているうちに、ほんとうに死んでしまいそうな気がした。

「な、圭吾、起きろよ、おれだって眠いけれど起きている」

と可作が云うと、圭吾は、

「ああ、そうだなあ」

と云って、しゃんと姿勢を正したと同時に、

「おお寒い、おお……」

と云って震《ふる》え出した。尋常一様の震え方ではなかった。止めようがなかった。震えながら死んでしまうのではないかと思われるほど彼は激しい身振いを続けた。

上古田郷は中箕輪尋常高等小学校から、西に一里余（約五キロ）離れている、山の麓の村だった。東山道がこのあたりを通っていたころからあった村である。村の中央に一本の道が坂の上に向って伸びていた。その坂を登りつめたはずれに鎮守の森があった。

唐沢可作の母は風の音で眼を覚した。ひどい吹き降りだった。山へ行った可作のことが心配になった。ここでこれだけの風が吹いているのだから、山は目も開けられないような暴風雨になっているに違いないと思った。じっとしてはおられなかった。彼女は身仕度をととのえると、まず提灯を用意した。物音で彼女の夫が眼を覚した。

「どうしたのだこんな遅くに……」

彼は起き上って云った。

「可作のことが心配で、寝てはおられません、これから鎮守様にお参りに行こうと思います」

この雨の中をかと彼は外を窺った。かなりの吹き降りだった。鎮守の森は村はずれにあり、途中は人家が途絶えている。一人で出してやるのは心配だった。

「どうしても行くのか」

どうしてもというなら、一緒について行ってやろうと彼は思った。

「一人で行きます。あなたと二人で行くより、その方が御利益はあると思います」

「それもそうだが、山へ行ったのは、可作一人ではない。新屋《しんや》（分家のこと）の圭吾も武男も行ったではないか、新屋の者を誘って一緒にお参りに行ったらどうだ」

彼女は夫の言葉に頷いた。そうすべきだと思った。彼女は蓑と笠をつけ提灯を携げて、圭吾の家へ行った。彼女の家から一丁ほど坂道を降りたところに、圭吾と武男の家が二軒間を置いて並んでいた。

戸を叩いたが、圭吾の家はよく眠っていて起きる様子がなかった。武男の家では起きるには起きたが、

「圭吾の家の者を誘って後から行くから一足先に行っておくれ」

そして、それでは一足先にと云う彼女の背に向って、

「赤羽先生がついていなさることだ。まず心配することはないと思うがね」

とつけ加えた。鎮守様にお参りをしようとする気はない様子だった。

彼女は坂道を真直ぐ登った。冷たい雨が吹きつけて来た。村のはずれに来ると、鎮守の森が風に鳴っていた。背丈ほどの草の道を石の鳥居のところまで来て、彼女は蓑と笠を取り跣《はだし》になった。高い石段を登って社殿の前に立ったとき、彼女は可作に間違いなく不幸が襲いかかっていることを直感した。

「私の生命を縮めても、可作の命をお助け下さい」

と彼女は社殿の前にひざまずいて、しばらく祈ってから石段を鳥居のところまで引き返えし、また同じことを繰り返えした。ずぶ濡れになった。足の裏の感覚が無くなったころ、夫が提灯を下げて来た。

「おれがかわってやるからお前は帰れ」

彼はそう云って、彼女と代った。

*

暴風雨は、夜が更ければ更けるほど、猛威をたくましくした。やがて仮小屋も風に吹き飛ばされることは間違いないようにも思われた。雨水の洩れはその手当のしようがなくなっていた。ついにはあきらめて濡れるにまかせるしかなかった。

赤羽は火を焚くのを断念した。焚きつけとなるものはすべて使い果してしまった。

赤羽は石の上に腰をおろし、膝の上に、傍にいた東城規矩男を腰かけさせてやった。

「寒いか」

と赤羽は東城に訊いた。

「寒い、うんと寒いが、それよりも眠くて死にそうだ」

と東城は云った。

「眠くても寝ちゃあいけない、眠ればそのまま眠り死んでしまうぞ、頑張れ、もうすぐ朝になる。明るくなれば嵐は止んで、あったかい太陽が顔を出す」

赤羽は東城だけではなく、周囲のものにも聞えるように云った。

「眠らないためには、自分で身体を動かすなり、歌を歌うなり、お互いに肩を叩き合うなりしろ、それでも眠る者があったら、横面を引っぱたけばいい。そうだ、なにか少しずつ食べるのもいいぞ、スルメを噛むのもいいし、餅をかじるのも眠気さましになる」

赤羽はそう云った。

東城はふところに、餅の包みを持っていた。カバンを肩からおろして、小屋の隅に置けと云われたとき、夜食用のつもりで、ふところにしまって置いたのである。それは砂糖で味付けをした餅だった。東城はそれを齧った。赤羽に云われたように餅を齧っているとどうやら睡魔からのがれることができた。彼はそれを、彼の隣りにいる友人たちに分けて与えようとしたが、誰一人として手を出す者はなかった。多くは疲労と寒さで食慾を失っていた。

「先生一つどうかね」

東城は赤羽に餅の一片をやった。赤羽はありがとうと云って受取ったが、ポケットに入れたままで食べようとはしなかった。

眠ったら死ぬぞの呼声にも限度があった。赤羽も清水も征矢もその言葉を叫ぶだけで疲れ果てたようだった。その呼声が聞えなくなると少年たちはいっせいに首を垂れた。引き摺り込まれるような睡魔には勝てなかった。そして、すぐまた先生たちの叫び声や友人たちに肩をたたかれたり、揺すぶられたりして眼を覚し、寒さに身を震わすのであった。

赤羽は自分自身に負けまいとして叫んでいた。眠ったら死ぬぞというのは自らへのいましめだった。言葉を代えれば、

(引率して来た生徒二十五名のうち一人でも死ぬようなことがあったら、自分も生きてはおられない)

ということを、眠ったら死ぬぞという言葉に短縮したに過ぎなかった。

七月の末に開かれた職員会議の席上で、白樺派の若い教師たちに、駒ケ岳登山に対して激しく批判されたときのことが思い出された。
十四、五歳の少年たちに危険を冒してまで登山させる必要がどこにあろうかという意見に対して、多少の困難はあるだろうがその困難を乗り越えるところに登山の意義があると云い切って、駒ケ岳登山は実行に移された。
（もし、なにかが起れば、自分は白樺派の教師たちの云っていたように、敢て生徒たちを危険な目に落しこんだことになる）

だがもし、一人の怪我人も出さずに全員を連れて、中箕輪尋常高等小学校の庭に再び立つことができたならば、鍛練がどんなものか、実践とはいかなるものであるかを、若い理想主義教育者の目の当りに見せてやることができるのだ。

しかし、今となってはそれはきわめてむずかしいような気がした。いくら、叫んでも身体を叩かれても、一途に眠りをむさぼろうとするかのように首を垂れる少年が半数はいた。

（眠ったら死ぬ）

ということについて赤羽はもう一度考えた。彼等のうち早い者は朝の二時、三時に起きて、それからずっと歩き続けている。今や、彼等は肉体的に休養を迫られているのだ。眠るなというのは無理な話だった。眠らせてやりたかった。いったい、このような場合眠ったらほんとうに死ぬものだろうか。或はいくらかの睡眠を与えて体力を恢復させてやったほうがいいのではないだろうか。そうは思っても、この場合少年たちの生命を賭けることはできなかった。眠ったら死ぬの原則を押し通す以外に方法はなかった。

「おうい、眠ったら死ぬぞ、ほんとうに死ぬのだぞ、死ぬのが厭なら目を開けろ」

彼は怒鳴った。反応がなかった。すぐその声に応じて来る、清水、征矢の声もなかった。清水、征矢の二人も疲れ果てて居眠りを始めたようだった。

(この雨の中で居眠りをするとは)

天井のいたるところから雨水が洩っていた。風こそ防げたが、彼等は雨の降る中に背を丸めて寝こんでいるのと同じ状態にいた。天井から吊り下げた提灯の光だけが、眼を覚している唯一のもののようだった。

最悪の事態が起きたのだと思った。なんとかしなければならない。彼は、そうしてじっとしていることが、全員を死の眠りへ追いやっているような気がした。

膝の上の東城がずっしりと重い。どうやら膝の上の東城も居眠りを始めたようだった。

彼は東城を力いっぱい揺すぶった。

「起きろ、こら起きないか」

「眠っちゃあいねえ、けむいから目をつぶっているだけだ」

　東城はそう云った後で時間を訊いた。

「二時だ……」

　赤羽は東城がけむいから目をつぶっていると云った一言の中に、居眠りをしている者を、うむを云わさず起こす方法を発見した。

「おいちょっと降りろ」

　赤羽は東城を膝の上からおろして、残っていた三本のローソクに火をつけて、立て並べ、その上にハイマツの枝を置いた。ハイマツから猛烈な煙が上った。火はつかないが、煙はたちまち、小屋の内部に充満した。

「けむいぞ、先生けむくてしょうがない」

　という声が起った。はげしく咳き込む者が出た。煙の中で眠っている者は一人もいなくなった。

「赤羽先生、いぶすのは止めておくれ、おれたちはムジナでもタヌキでもない」

　と青年の一人が怒気を含んだ声を上げた。

　赤羽は黙ってローソクの火を消して、東城を膝の上に抱いた。

「えれえ目にあった。小屋があるというのに小屋はない。その上、ムジナ燻《いぶ》しに会ってさ」

別の青年が云った。

「いまさら、泣きごとを云ってなんになる。やめろ」

有賀基広の声が聞こえた。登山に参加した青年会の九名は同窓生であった。有賀基広がその中の年長者だった。有賀の一言に制せられたのか青年の中から再び声は上らなかった。

（これでいい。これでみんなが眼を覚した）

と赤羽は内心ほっとした。ローソクの火でハイマツを燻したのは、眼を覚まさせるためだということは誰も気付いていないようだった。それでいいのだと思った。天井から降る雨水が下に溜った。彼等が、小屋に入る前にも、あちこち水溜りになっていたので、そこに石を運び入れ、腰をかけていた。その小屋の溜り水は次第に量を増し多くの人の尻を濡らした。草鞋を履いたままの足も水びたしになっていた。

彼等はなんとかして、下からやって来る水から逃れようとして、位置を変えたかったが、混み合っていてどうにも動きようがなかった。

煙に燻された後の一騒ぎがあってしばらくは、お互いに声を掛け合って、眠るのを防いでいたが、小一時間も経つと、三十七名が揃って集団催眠術にでも掛ったようにいっせいに首を垂れた。

荻原三平は、眠ったら死ぬという言葉を忠実に守ろうとした。死ぬのは厭だ。どうしても生きたい。それには眼を覚していることだと思った。身体を動かしたり、歌を歌ったりした。隣りにいた、小平芳造や平井実と肩を叩き合ったりして、眠気から逃れようとした。

ひどい寒さだった。襟首から流れこんだ雨水が背まで濡らしていた。その冷え切った背筋に、氷の棒がぴったりと当てられるように感じた。その氷の棒はどうしても取り除くことができなかった。手を廻しても、身をよじっても駄目だった。氷の棒のあたりから寒さが全体に拡がるのをこらえようとしているうちに眠くなるのである。うとうとしていてはっと眼を覚すと激しい寒さに襲われた。その耐えがたい寒さに震え続けながらも、彼は小屋の中央に吊り下げてある提灯の火とその下に胸を張って坐っている赤羽の顔を見た。赤羽はいつも目を開けていた。

提灯の下に坐っている赤羽の顔を見るとなぜかほっとした。大丈夫だ。赤羽先生があアしている以上自分たちは死ぬことはない。そう思いながら再び睡魔にとらわれるのである。眠りの底で煙を吸いこみ咳きこんで眼を覚したときも、煙の中に提灯の光はあり、その下に坐っている赤羽の不動の影が見えた。

小屋の中の全員が居眠りを始め、いくら呼んでも叫んでも反応がなくなると、赤羽は、膝から東城をおろして、ローソク三本に火をつけてハイマツの煙を上げた。煙が小屋に充満して全員が眼を覚すと、ローソクの火は消された。

るだろうか）

（この三本のローソクが燃え尽きた後はどうやって、彼等を自覚せしめることができるだろうか）

その三本のローソクのほかに提灯用のローソクはまだ四本取ってあった。夜が明けるまでには、なんとしても、提灯の火だけは消したくなかった。提灯の火がともっているかぎりは三十七名の生命の火に別状はないものと考えたかった。

風雨が強くなったような気がした。朝が近づいていた。猛烈な寒さが押しよせていた。

「風が強くなった。まもなく嵐は去ってよい天気になるぞ」

赤羽は怒鳴った。その言葉の終らないうちに、山でも崩れて、一度に土砂が落ちて来たかのような音がした。石が降って来たような感じでもあった。小屋の屋根に当ってはね返える音がした。激突音とともに小屋の屋根はその異物に突き破られた。少年たちの悲鳴の中に、屋根を突き破って鶏卵大の雹が落ちて来た。この異変はそう長くは続かなかった。再び前と変らぬ嵐となった。天気恢復の兆候はどこにも見えない。いつのまにか、夜が明けかかっていた。

「時間は今四時だ。われわれはこの小屋でとにかく一晩嵐に耐えたのだ。もうしばらく頑張ってくれ必ず天気は恢復する」

その赤羽の声も、一夜過ぎるとすっかり、嗄れ声となっていた。

＊

夜明けと共に暴風雨は勢いを増した。風は小石を飛ばし小屋の屋根を剝《は》ぎにかかっていた。一ヵ所が破れたら、一気になにもかも吹き飛ばされそうな勢いだった。

赤羽は清水、征矢の他に青年会員にも応援を求め、外に出て、屋根の補強をした。風に剝ぎ取られそうになっているハイマツを直し、その上に石を運んで来て置く仕事だった。ほんの十四、五分のことだったが、全員がずぶ濡れになった。小屋に入って着ていたものを脱いでしぼると、水が音を立てて落ちた。彼等は寒さのために口もきけない状態だった。

少年たちは外に出ることが危険であるのと同様に、そのままでいることにも恐怖を感じた。この風の強さでは間もなく小屋の屋根は吹きとばされるだろう、そうなったらいったい何処へ逃げたらよいのだろうか。この風雨から逃れることのできる洞窟のようなものはないだろうか。少年たちのその思いに答えるように、

「この近くに木曾小屋がある。そこへ逃げこんだらいいじゃあないかな」

一人の青年が云った言葉に、その小屋はどこにあるのだ、多少無理しても、そこへ移動すべきだ、このままだと犠牲者が出るぞなどと青年たちが口々に叫んだ。

木曾小屋は駒ケ岳頂上から、木曾側（西側）に五十メートルほど下ったところにあ

り、伊那小屋からは尾根伝いに約一キロメートルほど離れていた。途中、中岳があったが、中腹を通る道があった。天気さえよければゆっくり歩いて一時間ほどのところだった。

木曾小屋の話が出ると、赤羽としても、放っては置けなかった。その赤羽の気持を察して、清水と有賀基広が見て来ましょうと申し出た。

二人は三十五名の期待を背に負って小屋を出た。数歩も歩かないうちに、木曾側からの向い風にはばまれてそこに坐りこんだ。小石や砂が飛んで来るので目を開いてはおられなかった。

まともに強風を受けると呼吸ができなくなるから、石の陰、石の陰と選んで中岳の方へ這い寄って行った。霧が深くて、視界は狭い。せめて中岳の中腹へ廻りこむ道まで思ったが、立上って方向を確かめることができなかった。岩陰から、少しでも顔を出すと、木曾谷から吹きつけて来る風に引っくり返えされそうになった。大きな石にかじりついて、ようやく自分の身体を持ちこたえるのがせいいっぱいだった。

「だめだ、帰ろう」

と清水は彼の後から這って来る有賀に身ぶりで示した。言葉など通じようがなかった。二人は風の中を這った。

二人は小屋の中に這いこんで、水溜りの中にばったりと倒れた。赤羽と征矢が二人を抱き起して、手拭いでマッサージをした。濡れた物を脱がして、水をしぼってまた着せた。乾いた暖いものを着せてやりたくともそれはなかった。赤羽が持って来た毛布も既に濡れてはいたが、それを有賀にかけてやると、彼はようやく人心地がついたようだった。清水は彼自身が持って来たマントにくるまった。それも濡れてはいたが、冷たい風雨に打たれて来た身にはその濡れたマントが暖く感じられた。

二人は口がきけなかった。その事実が、木曾小屋へは行けないことを雄弁に物語っていた。二人は小屋を出て三十分後に敗退して来たのである。午前七時であった。

少年たちは二人が木曾小屋への道を探しに出て行ったのを見ただけで、木曾小屋のことをあれこれと想像していた。四方を石垣で囲まれた木曾小屋の囲炉裏には真赤な火が燃えていた。鉄瓶《てつびん》から湯気が立昇っていた。その小屋に間も無く行けるような気がしていた少年たちは、口もきけなくなって這いこんで来た二人を見て、われに返えった。彼等は絶望感に打ちのめされ、目の前に迫って来る黒いものにおびえた。

強風が小屋の屋根をまた剝ぎに掛ったようだった。ハイマツと着茣蓙で葺《ふ》いた屋根に、風の梃子《てこ》が加えられると、まずハイマツが飛ばされ、そして茣蓙が吹っとんだ。

赤羽と征矢と青年が二人ほど外に飛び出して応急の処理をした。

「このままでは危険です。木曾小屋がだめだとなると伊那に逃げるしか手はありません」

中に入った征矢が赤羽に云った。

「伊那のどこへ逃げるのだ」

現在居るところも伊那ではないかと赤羽は云った。

「安全地帯、つまり森林地帯まで逃げこめば風はやわらぐでしょう。ここは頂上に近いところだから、余計風の当りも強いのです。下へ降りれば、それだけ風はやわらぐでしょう」

「いま、こどもたちを外へ出すことは危険だ。なんとかして、ここで頑張っておればやがて風はおさまる。それから山を降りよう」

赤羽は云った。

「だが、風雨がすぐ収まるという保証はありません、夕べから風の向きもほとんど変っていません。しかも風速は増加しています。このままだと小屋が危険です。とにかく私は駒飼ノ池あたりまで降りて偵察して来たいと思います。いけないでしょうか」

軍隊の経験がある征矢は偵察の二字に力をこめて云った。征矢には、このままでいると、なにか不幸な事故が起るような気がしてならなかった。それがどんな形で現われるかは想像できなかったが、あれほど寒い寒いとわめいていた少年たちが生気を失ったうつろな顔をして、いっせいに黙りこんでしまったところにただならぬものを感じた。じっとしてはおられなかった。

「見て来てくれるか、だが降りるとするとたいへんだぞ。一人では無理だ」
赤羽は青年会の浅川政雄に視線を投げた。浅川は黙って立上って身仕度をはじめた。征矢と浅川は小屋を出ると強い向い風を受けた。

八丈島附近に停滞していた低気圧（当時の気象台はこれを単なる低気圧として扱っていたが、現代流に表現すれば、明らかに台風）は二十六日の午後になって北に向って動き出した。このため太平洋沿岸にあった前線は北へ押し上げられ各地に降雨をもたらした。駒ケ岳山上における二十六日夜の暴風雨はこの影響だった。一度動き出したこの台風は発達しながら東京湾を斜めに突っ切って北上し二十七日の午前八時ころには銚子あたりを通過していた。異常なスピードを持った韋駄天台風ともいうべきものであった。

駒ケ岳山上の小屋から征矢と浅川が偵察に出た時が、ちょうどそのころだった。風は北西の強風だった。この時の天気図等から想像すると、四十メートルないし五十メートルの北西の烈風がほとんど間断なく吹いていたものと思われる。伊那小屋から木曾小屋への道は北西に延びていたから、真向から風を受けて清水と有賀は頭を上げることもできなかったし、呼吸もできなかった。だが、伊那小屋から駒飼ノ池に向った征矢と浅川は、道を北北東にとっているから、北西の風を斜め左前方から受ける恰好になった。

強い風に対しては、たとえそれが斜め前方から吹いて来たとしても、感じとしては正面《まとも》に風を受けたのと同じことだった。二人は小屋を出て直ぐ這わねばならなかった。

小屋がある台地から、二十メートルほど降りると、ハイマツ地帯になり、その中に一条の道があった。風は下から吹き上げて来た。小石や、木の葉や、枯枝などが飛んで来るのできわめて危険だった。帽子の上から手拭いで頬かぶりをし、片手で顔を覆いながら、どうにか、駒飼ノ池まで降りて来ると、風は強いけれど立って歩けるようになった。西側にある馬の背尾根の陰に入ったからであった。

「やはり、小屋は出たほうがいい、山は降りれば降りるほど風は静かになる」

浅川が云った。

だが征矢は首を横に振って云った。

「ここから、濃ケ池までは西側に山があるから風を防いでくれる。だが、そこから、行者岩の最低鞍部まではずっと吹きっさらしの尾根道だ。山の陰にあたるここでさえ、これだけの風が吹いているのだから、尾根の上に出たら、とても歩けたものではないだろう」

「ではどうしろというのです。こどもたちをあのまま放って置いていいのですか」

「放っては置けない。われわれは力を合わせてあの小屋を守って嵐と戦うのだ。それ以外に生きる道はない」

征矢は、寒さのため歯を鳴らしながら浅川に云った。

「さあ小屋へ帰ろう。数時間も戦えば風はきっと衰えるだろう」

征矢は風の中に飛びこんで行った。登りは急傾斜だったが追風だから、降りて来る時よりはいくらか楽だった。二人は全身から雫を落しながら小屋の中に這いこんだ。赤羽と清水と有賀基広の三人が二人を介抱した。午前八時を過ぎていた。ようやく呼吸がつけるようになったとき、征矢は一言赤羽に向って云った。

「駄目だ」

＊

外は嵐だったが、小屋の中には、限られた静けさがあった。全員は征矢と浅川の報告を待ち兼ねていた。小屋を出たほうがいいと云ったら、すぐにでも飛び出すつもりでいた。が、征矢は駄目だと云った。それは生きられる望みのすべてが断ち切られたかのような悲しい言葉に聞えた。

「われわれはこの小屋を守って嵐と戦うしかない」

征矢の言葉は悲愴を越えた絶望の溜息《ためいき》にも似ていた。

征矢の報告に一縷《いちる》の望みをかけていた少年たちは駄目だという一語を死の宣告のように聞いた。彼等は枕を並べてこの寒い小屋で死んでしまうかもしれないと思った。

「先生、古屋がおかしい！」

と絶叫する声がした。小屋の奥で、唐沢可作が古屋時松を支えていた。

「なんとかしてやっておくれ」

重ねて唐沢可作が叫んだ。

古屋は両手を肩のあたりに上げたままで縮め、目を見開き、歯を食いしばって可作の胸に倒れかかっていた。

赤羽が時松の口を鉛筆でこじ開けて、噛みほごした宝丹《ほうたん》を入れてやった。周囲の者が、足を擦《さす》り、手を擦った。全身のマッサージと、時松の名を呼ぶ少年たちの声で、時松はようやくわれにかえった。宝丹が更に与えられ、水が飲まされた。口はきけなかったが、意識を取り戻したことだけは確かだった。赤羽が持って来た毛布で包まれた。

「古屋しっかりしろ、もうすぐ嵐は止んであったかい日が出るぞ、それまで頑張れ」

と唐沢可作が耳もとで叫ぶと、それに答えるように、時松はなにか云った。

「水を汲んで置けばよかった……」

とたしかにそう聞えたので、可作は、

「水ならいっぱいあるぞ、さあ飲め」

と云って、水筒を時松の口もとに持って行ってやったが、時松は口を開こうとしなかった。なにを云っても聞えないようだった。見開いた目が据って目瞬きをしなくなった。彼等ははげしく彼の身体を揺すぶってやった。頰も打った。考えられるあらゆる手を尽してやったが死への道を直行する時松を引き留めることはできなかった。

呼吸が止った。赤羽が人工呼吸を続けたが生き返えらなかった。脈搏も止った。一時間余の介抱もむなしい結果に終った。赤羽は懐中電灯で時松の瞳孔《どうこう》が開いたのを確めると、その場に坐りこんでしまった。赤羽が懐中電灯を取り落したので清水が拾って赤羽の顔に当てた。赤羽は時松と同じような蒼白な顔をしていた。

時松の死はあまりにも突然だった。なにかが起るだろうという予想は誰でもしていたが、死がこともなげに訪れたのを見てすべての者は動顚《どうてん》した。自信が持てなくなったと同時に、赤羽を頂点とする団結に信頼できなくなった。なんとかして、この場を逃げ出さないと、時松と同じ目に会うことは間違いのないことのように思われた。

「おれは山を降りるぞ、こんなところにいたら、みんな死んでしまう」

青年の一人が立上って叫ぶと同時に、いっせいに青年が立上り、そして少年たちが立上った。てんでに、小屋の隅に置いてある自分の荷物を取った。

「待て、もうちょっと待て、いま小屋を出ることは危険だ。もう二時間待ってくれ。いや一時間でもいいから待ってくれ」

清水と征矢が、かわるがわる叫んだが、青年たちは聞かなかった。

「先生たちの云うことなんか聞いていたら、時松のようになるからな」

「おれたちはこれ以上だまされたくはない」

「おれたちは青年会として来たのだ。先生たちの云うことを聞く必要はない」

そういう青年たちを有賀基広が、なだめた。

「待て、もう少し待ってくれ、先生たちと話し合ってみてからにしたらどうだ。おれたち青年会員もこどもたちも同じ村の者じゃあないか、こどもたちを放ったらかしにして自分たちだけが逃げ帰っていいというものではあるまい」

有賀基広の言葉で青年たちは小屋を飛び出すのを止めたが、落ちつこうとはしなかった。

「では、どうすればいいのだ、はやく決めてくれ、だが、金輪際《こんりんざい》この小屋に居ることだけはごめんだぞ」

青年の一人が云った。

赤羽はこの小屋で嵐の過ぎるのを待つ以外に生き得る道はないと思っていたが、それは原則であって、今は、青年たちの動揺をおさえ、少年たちの気を落ちつけることが先決問題のように考えられた。

「落ちついて考えて見るのだ。外は呼吸もつけぬほどの嵐だ。清水先生や征矢先生の報告のとおり、外へ出たら危険だ。それこそ、雨風に打たれてすぐ凍え死んでしまうぞ。ここは外より安全だ。この小屋以外にわれわれの居るところはないのだ」

その赤羽の声をさえぎるように、

「そんなことはもう何度も聞いた。おれは死んでもいいから降りる。こんなところで死ぬより一歩でも家へ近づいたところで死んだほうがましだ」

そう叫んで一人の青年が小屋の外へ飛び出そうとした。赤羽が青年の腕をつかまえて云った。

「分らないのか、まだ分らないのか、自分のことばかり考えずに少しはこどもたちのことを考えろ」

だがその青年は止めようとする赤羽を突き飛ばし、入口にいた少年たちを押しのけて外へ飛び出した。その青年の後を次々と青年たちが追った。赤羽や征矢や清水がなにを云っても、彼等の耳には入らなかった。

外に出た青年たちは、小屋の屋根がわりにしてあった着茣蓙を取りにかかった。屋根がこわされ、水がどっと洩れた。それを見て青年や少年たちが一せいに外へ飛び出した。

赤羽の統率の限界が来ていた。彼等は外の恐怖よりも、死と同居している小屋の内部の恐怖から一刻も早く逃れたい気持だった。もはやいかんともしがたい、混乱状態に落ち入っていた。

小屋を出た青年たちはてんでに屋根のハイマツをはぎ取ってその下にある着茣蓙を身につけた。誰のものやら分らなかった。自分のものを探している余裕はなかった。

強風が小屋の破壊に力を貸した。またたく間に屋根は剝がされ、あっという間に、十枚ほどの着茣蓙が吹き飛ばされた。その中を彼等は早い者勝ちに着茣蓙を身につけ、下山道に向って歩き出していた。誰も他人のことは考えなかった。自分一人のことだけでせいいっぱいだった。

数分間のうちに小屋は消え失せ、そこにはきのう来たときと同じような小屋の跡だけが残った。

「まるで狂気の沙汰だ」

征矢が云ったが、その声は風にさらわれた。赤羽は古屋時松の遺体のそばにしゃがみこんでいた。赤羽は、少年たちが青年たちの後を追って行ったのを、当然なことだと思った。時松が死んだとき、自分は指導者ではなくなり、同時に生きては帰れぬ身になったのだと思った。

赤羽のまわりに、清水、征矢、有賀基広、浅川政雄が集った。赤羽はその四人に向って山を降りろと手で示した。だが四人は動かなかった。

「先生一刻を争うときです、しっかりして下さい」

清水が赤羽に云った。

「私は、時松の遺体を守ってここに残る。君たちはこどもたちを連れて帰ってくれたまえ、内ノ萱に着いたら誰かを寄越してくれ……」

赤羽が云った。残るということは死ぬということだった。なんの覆いもない、吹きさらしの山頂で生き残れる筈がなかった。

「時松は可哀いそうなことをしました。私も傍に居てやりたいと思います。だが先生。われわれには生きているこどもたちの生命を守ってやらねばならない義務があります。一人でも多くの大人の手が必要です」

征矢と清水が同じような意味のことを交互に云った。

「そうだなあ――」

と赤羽は云った。二十四人の少年たちのことを忘れてはならない。感傷は捨てるべきだと思った。赤羽は時松の遺体にかけてやってある毛布の裾《すそ》を伸して、草鞋を履いたままの足の先にかけてやった。

「その毛布はこれからも必要です。持って行くことにしましょう」

清水が云った。赤羽はむっとしたような顔で清水の顔を見たが、睨みかえして来る清水の目なざしには勝てなかった。征矢が毛布を取り除いた。紺絣《こんがすり》に黒い帯をしめた時松の遺体が出て来た。

「このままでは置けない」

と赤羽は云った。着茣蓙をかけてやりたいと思ったが、赤羽も清水も征矢もそれを持っていなかった。有賀基広が自分が着ている着茣蓙を脱いで時松に着せかけてやった。着茣蓙が吹き飛ばされないようにその上に石が置かれた。

「征矢君は先頭に立ってまとめてくれ、清水君はしんがりをたのむ。そして私は中間にいる。前後の連絡は有賀君と浅川君にお願いしたい」

赤羽はそう指示して立上ると毛布を頭からかぶった。

五人が小屋跡を離れたのが九時半だった。

＊

五人は身体をかがめながら風雨の壁を突っ切って子供たちに追いつこうとした。気はあせっても、正面から吹きつけて来る風雨におしもどされた。五人は、飛来する小石を、帽子や、着物の袖などで防ぎながら、岩石の台地からハイマツの道に入って二、三百メートルほど下ったところで荻原三平が倒れているのを見付けた。助け起したが歩行できる状態ではなかった。

清水は兵児帯を解いて、荻原三平を背負って行こうとした。帯のかわりには細引きを腰にしめた。

「清水君、おれたちは先が心配だから急ぐ、あとを頼む」

赤羽は清水に向ってそう云うと心配そうな顔をしている征矢に、

「君は急いで先頭集団に追いつき、濃ケ池を過ぎたあたりの、風かげに待避させて置いてくれないか、ばらばらになって降りることは危険だ。なんとかして一団となって山を降りたい。私たちは遅れた者を拾いながら行く、全員が揃ったところで、次の行動を取ろう」

と命じ、征矢の後を追おうとする有賀基広と浅川政雄の二人には、

「君たちはもうしばらく私と一緒にいてくれないか、連絡をして貰わねばならないことが起るかもしれない」

と云った。

四人の姿が霧の中に消えた後で、清水は背に負っている荻原三平の頭の上からマントをすっぽりかぶせた。

「そのマントを風に奪い取られたら、お前もおれも死ぬことになるのだぞ、どんなことがあっても、風に取られるな」

その清水の声を風が奪い取って、そこからそう遠くないハイマツの中にいる唐沢圭

吾のところに運んで行った。

圭吾は人の気配のするほうにちょっと頭を動かした。そのとき圭吾は着茣蓙を探していたのである。

彼は小屋を飛び出すとき、うしろから押されてつまずいて倒れた。すぐ起き上って、屋根の着茣蓙を取ろうとした。一枚目をようやく引き出そうとしたとき、青年の太い手が伸びてそれを横取りされた。二枚目に手が届きそうになったとき茣蓙の端が風に吹き上げられた。それはその端を押えた少年のものになった。三枚目に手をかけようとしたとき、屋根の三分の一は強風に吹き飛ばされ、彼が取ろうとしていた着茣蓙はまたたくまに霧の中に消えた。

着茣蓙の無い者は彼だけではなかった。十人ほどの少年は着茣蓙無しで風雨の中に立たねばならなかった。

着茣蓙が彼の手から離れて霧の中へ吹き上げられたとき、圭吾は、ありとあらゆるものから見放されたような孤独感を味わった。強風に足がよろめき、砂礫の上に手をついたとき、小石が飛んで来て、彼の額を打った。流れ出る血が水と混って、彼の右の目に入った。彼は這った。少しでも下へ降りれば風は静かになるだろうという期待だけが彼を前進させた。

前後には、彼と同じように、片手で顔を覆いながら這っている者がいた。誰が誰やら分らなかった。声など出せる状態ではなかった。数メートル先は霧で見えなかった。

ハイマツ地帯の中に道があった。道に出たときには、前後に見えていた人がいなくなっていた。人の列が延びたのである。先になったのか後になったのかも分らなかった。正面に風雨を受けると、襟首から冷い雨が入りこみ、全身が濡れた。麦藁帽子も風に飛ばされた。

(着茣蓙があったら、この風雨を避けることができるのに)

そう思うと、着茣蓙を取れなかったことが残念でならなかった。着茣蓙のことばかり考えていると、頭が重く、眠くなって来る。こんなことではと自分を叱りつけると、どうやら立って歩けそうだった。風は強いけれども、頂上附近の風ほどではなかった。

「これで着茣蓙があればなあ」

とつぶやくと、

「着茣蓙はあるぞ、おれのを貸してやろう」

という声がした。振り返えると、内ノ萱で出会った白髯の老人が立っていた。

「これはな雷獣が着ていた茣蓙だがこれでもいいなら貸してやろう」

「寒いからはやく貸して下さい」

「だが、これを着ると、お前は死ぬぞ」

死にたくはないだろう。だから貸してはやれないと老人は云った。

気がつくと老人の姿は消えていた。

唐沢圭吾は更にハイマツの道を降りた。強風に何度か押し倒されては立上った。なんでこんなに腰がふらつくのか分らなかった。寒さのかわりに痛さが全身を走り、それもやがては感じなくなった。

莫蓙が一枚、風に吹かれて飛んで来て、ハイマツの中に落ちた。先に行った誰かが飛ばしたのだなと思った。或は頂上で吹き飛ばされたそれが、なにかの理由で此処に舞って来たのかもしれない。いずれにしても彼にとっては有難いことだった。

圭吾はハイマツの中に入りこんだ。足がハイマツに取られて倒れた。ハイマツの上を歩くことはできなかったから、這った。莫蓙は飛ばずに彼を待っていた。もう少し、もう少しと這い寄って行って手を出そうとすると、莫蓙はぱっと逃げた。まるで莫蓙は生き物のようであった。

だが、彼はついに莫蓙を捕えた。

(これさえあったら、もう大丈夫だ)

彼はその莫蓙をかぶった。くるっと背に廻して、首のところで紐をしめようとしたが、それができなかった。気がついてみると、莫蓙はなかった。彼はハイマツの上に坐っていた。周囲が急に暗くなった。雷獣が住んでいる雲に乗ったのだと思った。鷹《おう》揚《よう》に近づいて来る黒いものがあった。眼も鼻も口もなかったが、足だけはあった。

「なんだ雷獣って雲の化けものか」

怖くはなかった。むしろ滑稽に見えた。圭吾は笑いだした。

「なにがおかしい」

口が無い雷獣が彼に向って口をきいた。

「なにがってなにもかもおかしい。いったいそんなおかしな恰好でなにをしようというのだ」

「お前を助けに来たのさ。おれの背に乗せて、お前の家まで運んで行ってやろうと思ってやって来たのだ。さあおれの背に乗れ、そして目をつぶれ」

雷獣は彼の前で背をかがめた。ふわりとした温い黒い気体が彼を包んだ。

「そうか、お前はおれを助けてくれるのか」

圭吾は黒い雲に乗って、目を閉じた。

＊

唐沢武男は体力に自信があった。中箕輪尋常高等小学校が、この春、郡下の小学校野球大会で優勝したのも、武男が投手と打者の両面で活躍したからだった。彼は高等科二年生の中でも体格が並はずれてよい方だった。

武男は小屋を飛び出し、着茣蓙を取ろうと屋根の石を持ち上げたとき、足を滑らせ、石を抱いたまま倒れた。起き上ったときは、彼の手の届くところに茣蓙は一枚もなかった。

(茣蓙などいるものか)

彼は、風に吹き飛ばされないように石を乗せてあった麦藁帽子を取って顔に当て、向い風を避けながら下山の途についた。駒飼ノ池のあたりまでは先頭集団に従っていたが、池を過ぎたあたりから遅れ勝ちになった。足がふらふらして、思うように前に出ないのである。強風に足をすくわれて何度か倒れた。駒飼ノ池の直ぐ下のがれ場のあたりで、滑って転び、数メートル下に落ちた。その時彼は帽子を失った。やっと下山道にたどりついたとき、彼の呼吸はひどく乱れていた。

(苦しいのはおれ一人ではない)

彼は友人たちから遅れたくはなかった。そうすることは彼の自信が許さなかった。だが彼は次々と友人たちに抜かれた。集団はそこにはなく個人個人が長い列となって歩いていた。

「頑張れ先に行って待っているからな」

征矢が武男に声を掛けて傍を通り過ぎて行った。間も無く征矢は先頭に出て、乱れた隊列をたて直すのだろう、そうなれば、またみんな一緒になれるし、それまでにはこのたよりないほどふらふらしている身体も元通りになるだろうと思った。

がれ場を下って、馬の背尾根の東側中腹の捲き道にかかると風がいくらか静かになった。ハイマツは背が高くなり、ダケカンバ、ハンノキ、ナナカマド、シャクナゲなどの灌木が密生していた。

武男はほっとした。このような道をずっと下るならば風雨は更に弱くなるだろう、みんなはどうしたのだろうかと周囲を見廻した。他人のことを考える余裕がなかった彼が、そんな気持になったほど、そこまで来ると、風はおだやかになった。

(圭吾や可作はどうしたのだろう)

彼は唐沢圭吾と唐沢可作のことを考えた。上古田の村を出るとき、

〈三人で助け合って来いよ〉

と父に云われたことを思い出した。小屋を出たときは無我夢中で誰が先になったか後になったかは分らなかった。ただ彼には、なんとなく圭吾も可作もうしろに居るように思えてならなかった。

(もし、うしろに居るならば待ち合わせて一緒に帰りたい)

武男はそんなことをふと考えたりした。

ダケカンバの葉が音を立てて揺れて、目の前の霧が一瞬に霽れた。濃ケ池が半分ほ

ど見えた。
（濃ケ池まで来たとすれば、伊那小屋から樹林帯までの距離のほぼ半ばを過ぎたことになる）

彼は頭の中で自分に都合のいい計算をした。だが、彼は一歩濃ケ池の平《たいら》に踏みこんだとたんに、立ってはおられないほどの強風を受けた。そこはカール（氷河の侵蝕の跡、半円形の窪地になった圏谷《けんこく》）状に地形が開け、濃ケ池の平から伊那の太田切川上流に向って風が吹き通る道に当っていた。

彼は強風の中に、呆然と立ちすくんだ。しかし彼は持ち前の根性で、
（なにこれくらいの風に負けるものか）

とその風の中にふらふらと入りこんで行った。十歩目に吹き倒され、二十歩目からは這った。三十歩目にやっと、彼の腰ほどの高さのダケカンバの木の傍までたどりついた。風が強いために、いじけて育った背の低いダケカンバだったが、強風にも負けずに、黄葉しかけた葉が風に鳴っていた。

起き上ろうとしたが、直ぐには起き上れなかった。風の重量感が彼を圧した。彼は風に吹きさらされながら、倒れていた。強風が彼の体温を奪い去った。

頭が朦朧《もうろう》となり、睡魔の足音が近づいて来た。その足音が彼の枕もとでぴたりと止った。風が止んだ。止んだのではなく、風速が突然衰えたのだが、彼には、風が止ん

だように思われた。

（今のうちに、今のうちにこの強風地帯を突破しなければならない）

彼はそう思った。だが彼の身体は動かなかった。頭がふらふらした。

「おい武男じゃあないかどうした。さあ一緒に行こう」

見ると唐沢可作が立っていた。

「眩暈《めまい》がしてなあ」

と武男が云った。

そうかちょっと待てと云って、可作はカバンの中から宝丹を出して、武男に与えた。武男はそれをガリガリ噛み、可作がすすめた水筒の水を一杯飲んだ。

「なんだか気持がよくなったようだ」

「じゃあ一緒に行こう」

と可作が手を貸そうとしたが、武男は、

「お前先に行ってくれ、ちょっと休んだら直ぐ追いつくからな」

武男の言葉は乱れてはいなかった。眩暈《めまい》がすると云ったが、歩けないような状態には見られなかった。武男が云うように、もうちょっと休んでいたい様子だった。

「そうか、じゃあおれは先に行くぞ」

可作は歩き出した。可作自身もふらふらしながら歩いていた。武男は眩暈がすると云ったが、可作は眠かった。休んだりしたら、眠りこんでしまうことは間違いなかった。そうなれば死ぬ。可作は死から逃れるために歩いていた。武男に宝丹を与え、水を飲ませてやったことが、彼にでき得るせいいっぱいのことであった。可作は危い足取りで、濃ケ池の平を通り過ぎた。そこで背後に強風の音を聞いた。

しばらく休んでいた武男はその場から腰を上げようとした。強風の吹き出しは彼が立上がるのを待っていた。秒速数十メートルの風は雨粒の散弾を武男の頭上に浴せた。可作から貰って飲んだ宝丹と休息によって持ち直しつつあった彼の頭は、無防備のまま雨の散弾に打たれた。それでも彼は一度は立上った。崩れかかる身を支えようとしてナナカマドに手をかけたが、手は寒さのため感覚を失い、それを握りしめることはできなかった。

彼は倒れた。すっかり黄葉したダケカンバの枝が紅葉しかけたナナカマドの枝をいたわるように抱きしめていた。彼は倒れたまま、赤と黄との、配合を見上げていた。赤となんと美しいのだろう、これほど美しいものはいままで見たことがないと思った。赤と黄がぐるぐる廻り出した。はげしく廻って、色がとけ合うと、赤でも黄でもなく、灰色の渦になった。そうなってもそれは彼の頭の奥の方で廻り続けていた。

誰かが自分を呼ぶ声がした。どこかに引き摺って行かれるような気がした。寒くも痛くもなかった。なぜこんなに暗いのだろうかと思った。

唐沢武男の身体は、遅れてやって来た赤羽等によって風が当らぬところまで移され、介抱されたが、武男の意識はもどらなかった。武男の身体は、時松の時よりも速く冷たくなって行った。

征矢を先行させた赤羽は有賀基広と、浅川政雄の二人を連れ、遅れた少年たち十名を拾い集めながら、濃ケ池に達したとき唐沢武男の死に出会ったのである。

(征矢君のことだから、約束どおり少年たちをまとめて、待っているだろう。今となっては、一団となって合流したところで、良い結果になるとは考えられない。今は一刻も猶予《ゆうよ》はならない。できるだけ早く安全地帯にこどもたちを導くことだ)

赤羽はそう考えた。

彼は浅川政雄の耳元に口を当てて云った。

「この緊急事態を征矢君に知らせ、こどもたちを、樹林帯の安全な場所に連れこんだら救助隊を迎えに内ノ萱へ走るように伝えてくれ。後は私と有賀基広君でなんとかする」

赤羽は同じことを繰り返えして云った。浅川政雄は大きく頷くと、少年たちに、

「元気を出せ、救助隊が来るまで、倒れちゃあいけないぞ」

と云った。その声は風に吹きちぎられて、少年たちには、ほとんど聞き取れなかっ

た。ただ浅川の口の動かしようで、彼が自分たちを元気付けようとしていることだけは分っていた。

＊

征矢は下山道を急いだ。青年たち七名が先に立ちその後を少年たちが歩いていた。列は延びほうだい延びて、それぞれの姿は霧の中に隠されていた。

「頑張れ、もう少し行ったところに風の弱いところがある。そこで待っているからそこまで歩くのだ」

征矢は少年たちに声を掛けながら前へ前へと急いだ。少年たちをゆっくり休ませてやれるようなところがあるかどうか自信はなかったが、頭の中には赤羽と約束した、待ち合わせの場所があった。

征矢は濃ケ池に達する前に青年たちすべてを追い抜き、その先の灌木地帯の陰で先頭集団をまとめた。青年七名、少年十名、征矢を含めて十八名だった。征矢は赤羽との約束通りそこで待った。五分、十分、寒さで全員が震え出した。そこは比較的、風が弱いというだけのことで、秒速十数メートルに近い風が吹いていた。青年の間に動揺が起った。単独で降りようとする者が出た。少年の中に眠いと云って坐りこむ者があった。それ以上その場にとどまることはすこぶる危険だった。

征矢は青年たちを集めて円陣を作り、声を高くして云った。

「これから、樹林帯まではずっと尾根続きだから、風雨が強くなる。こどもたちを一人で歩かせるのは無理だと思う、安全地帯に出るまで、青年一人がこども一人か二人と必ず組んで行って貰いたい。各自が持って来た細引きで身体を結び合って行ってもいいいし、危険な個所は横抱きにしても、背負ってもいい。その方法は各自にまかせる」

青年の一人が征矢に不満の目を向けた。征矢はその目に答えて云った。

「もし、きみたちがこどもたちを捨てて自分だけ逃げるようなことをしてみろ、それこそ村中の人に顔向けならぬことになるぞ。そんな男にはおそらく嫁も来ないだろう、生涯肩身の狭い思いをしなければならなくなる」

征矢のその一言は不満面《づら》をしている青年を反省させるに充分だった。それまでに青年と少年のパーティーが三組ほどできていた。青年と少年の兄弟が二組、青年一人と少年二人のいいとこ同志が一組だった。他の四名の青年は、征矢の言葉に従って、それぞれ知り合いのこどもを呼び寄せてパーティーを組んだ。あとに残った一名の少年は征矢自らが守って下山することになった。

東城規矩男は伊那小屋を出るときから兄とずっと一緒だった。

「どうする？」

と、兄が細引きをカバンの中から出して訊いた。規矩男は首を横に振った。そんなものをつければかえって行動の自由が奪われそうで不安だった。兄が傍にさえ居てくれたらいいと思った。

「出発する前にもう一度服装を改めろ」

征矢が叫んだ。聞えても聞えなくとも、そう云わないと区切りがつかなかった。征矢は全員を見渡した。揃って着茣蓙を身につけていた。茣蓙を身につけていたものが先頭隊になり、それを持たない者のすべてが後に残された事実が、征矢の心を一瞬暗くした。茣蓙のあるなしによって生死が分れるのではないかというような不安が、高まり出すと、後続隊のことがいよいよ心配になった。だからと云って、この十七名をほうり出して彼一人が引き返えすこともできなかった。彼には先導者としての任務があった。

征矢は二人の少年を小脇にかかえこんだまま、強風の中に飛びこんで行った。それまでは馬の背尾根の陰を歩いていたが、いきなり馬の背の鞍部に出たので、烈風を真正面に受けた。その鞍部は風の吹き通る場所だった。それを証明するようにその附近はハイマツはなく、岩石がむき出しになって堆積していた。

青年たちは少年たちを抱きかかえるようにして、その強風の中に次々と飛びこんで行った。ほとんど膝行《しっこう》するような状態で進み、岩の陰で一呼吸つき、また前進するという方法を取った。風がひと呼吸《いき》ついたところを見計らって、次の岩の陰まで走る者もいた。

征矢は二人の少年を左右に抱きかかえながらようやく強風帯を突破した。すぐ先が将棊頭であり、そこからはもう隠れるところのない吹きさらしの尾根道だった。

バンドがわりに細引きを使って、着莫蓙が吹き飛ばないように工夫する者もあった。着莫蓙の上から細引きで身体と身体を結び合う者もいた。

東城規矩男もまた着莫蓙の上に細引きを結んで風の中に出た。着莫蓙を細引きで身体に結びつけても、剝ぎ取ろうとする風の力が強く、着莫蓙の紐で首が締めつけられて苦しかった。目も口も開けることはできなかった。彼は兄の身体の陰に隠れるようにして尾根を前進した。耐えられないほどの風速になると、兄が彼を支えた。彼には兄の身体が岩のようにたのもしく思えた。そこには兄と自分の二人しかいなかった。吹きつける風雨と濃霧の中に二人だけが生き残っているようだった。砂が口に入ってざらざらした。耳にも入った。襟首からも吹きこんだ。呼吸がつまって、大地に這いつくばってしまうことがあった。倒れ伏した身体を風が持ち上げようとした。ひっくり返えそうとした。自分の身体と大地との間に隙間ができ、そこを小石が吹き通るのが見えた。

兄が傍にいることだけがたよりだった。兄を信じた。兄についていたら必ずこの難関を突破できるだろうと思った。兄と言葉を交わしたかったが、話ができるような状態ではなかった。彼は、強風に向って、じりじりと身体を押し進めて行く兄の背の陰にぴったりくいつくように隠れこんでいた。けっして背後を振り向こうとしない兄は、後ろに目でもあるかのように、彼がぐらつくと、ひょいと手を出して助けてくれた。もう苦しくて歩けないよ、兄さん、と叫ぼうとすると兄は待ってくれるし、風が強くて、どうしても動けなくなると、横抱きにして、強風地帯を乗り越えてくれた。

時々霧が切れて周囲が見えたが仲間の姿はなかった。兄と二人だけだということが、彼をいよいよ強く兄に密着させた。

行者岩下の最低鞍部へ向う下り坂が、このコース中もっとも恐しい烈風地帯だった。風に負けて、尾根の東側へ東側へと押し流され、そして、背の低いハイマツの中の道を、すぐ下の樹林帯の中へ兄と抱き合ったままころがり込むと、風はぴたりとやんだ。急に静かになった。たった、十メートルか二十メートルの高度差で、生と死の境が別れているようであった。

征矢は樹林帯で全員をまとめた。次々ところがりこんで来る人たちはすべて死人の顔をしていた。その蒼白な顔が次第に赤らんで来ると、まず目が生き返えり、物を云いたげに口を動かすけれど、言葉にならないもどかしさに、互に肩を叩いたり、押し合ったりしていた。ダケカンバの根本に死んだように横たわったままの者もいた。征矢を含めた十八名は危機を脱した。

「おらあ、助かったぞ」

と誰かが云った。

「おっかさんに会える……」

とつぶやいた少年がいた。助かったという実感が全員の顔にありありと浮んでいた。

「ここまで来れば、あとはきのう来た道を迷わずに歩いて行けば内ノ萱へ出る。きみたちは先に降りろ」

征矢は彼等の下山を急がせたが、彼自身はそこに踏み止ったまま、後続隊を待った。連絡員の有賀基広か浅川政雄が必ず来るだろうと思っていた。

後続隊はなかなか現われなかった。

(なにかよくないことが起ったのだ)

征矢は引き返えそうとして、強風の鞍部まで登って来たとき、上から浅川政雄の降りて来るのが見えた。

浅川はしばらくは口がきけなかったが、その顔つきで、征矢は後続隊に不幸が起りつつあることを知った。

「唐沢武男が死んだ。……次々と犠牲者が出そうだ……内ノ萱へ……至急救助隊を……赤羽先生……」

浅川は断片的に云った。次々に犠牲者が出そうだというのは浅川自身の予想で云ったのだが、その悪い予想は当っていた。

征矢は赤羽の命令を受けるとひたすらに走った。一秒でも早く内ノ萱に到着して、急を知らせることが、より多くの生命を救うことだと確信した。

征矢は途中で青年や少年たちを追い抜いた。追い抜くとき青年たちにこどもたちのことを頼んだ。

山の上ではあれほど吹いていた風が、樹林帯ではたいしたことはなかった。ただ木々を揺すぶる音だけが大きかった。

征矢は内ノ萱のはずれで村の男に会った。彼はその人の前に崩れるように坐りこんで、急を知らせようとした。言葉が出なかった。彼は山の方を指し示してから、手を合わせた。村の人はそれで事件の発生を知ったようだった。

その男の叫び声で村人が集り、遭難を知ると、その一人は村の中央にある火の見櫓《やぐら》に登って半鐘を乱打した。

村人は間も無く疲れ果てて降りて来るだろう、青年たちや少年たちのために、村の中ほどに新築したばかりの、唐木《からき》金弥《きんや》の家を用意した。その家にはまだ誰も住んではいなかった。村中総出で遭難対策に当った。降りて来る者たちの受入れの準備の一方、救助隊の編成が急がれた。

　征矢が内ノ萱に急を知らせたのは午後三時半だった。午後四時に第一次救助隊十六名は村を出発した。その中に征矢が加わっていた。村人がどんなに止めても彼は聞かなかった。彼は熱い味噌汁を二、三杯飲んだだけで、

「たとえ死んでも行かねばならない」

と云って立上った。

　村人は征矢の顔を恐ろしいものでも見るような目で見詰めていた。

　救助隊が村はずれの発電所を通過して間もなく、下山して来た青年や少年たちの先頭隊と出会った。東城規矩男はそこで半鐘の音を聞いた。

*

　唐沢可作は濃ケ池を出てからもずっと一人だった。時々立止っては後から来る筈の唐沢武男を待ったが、なかなか姿を現わさなかった。比較的風が弱い灌木地帯から馬の背の鞍部にさしかかろうとしたとき、彼は立ちすくんだ。小石が横に吹き飛ぶような強風地帯にうっかり踏みこんだら、おしまいになるような気がした。彼は一歩退いて、風が静かになるのを待った。風の呼吸《いき》をする間を見計らって、その場所を通り抜けようと思った。

霧の中から浅川政雄が姿を現わした。

「武男はどうしました」

彼は真先にそれを訊いた。

「死んだよ、濃ケ池のほとりでな」

浅川は冷たく答えると、まだ次々と犠牲が出るかもしれないから救助隊を迎えに内ノ萱へ急ぐのだと云った。

可作には信じられないことだった。武男に宝丹を分けて与えたのは、ついさっきだった。それから一時間とは経っていなかった。死んだとは考えられなかった。

「いいか、立止ってはいけない。休むと眠くなる。そして死ぬのだ。歩けよ、歩き続けるのだ」

浅川はそう云い残して強風の霧の中に消えた。一緒につれて行って下さいと叫ぶ余裕もなかった。武男の死は可作にとって、大きな衝撃だった。武男の死が事実なら、自分自身にも武男と同じように、突然死が訪れて来るように思われた。全く予告なく、呼吸が止り、冷たくなり、そして、あの時松と同じように歯を食いしばり、両眼を見開いて死ぬのだと思うと、身体中が震えた。浅川が次々に犠牲者が出るかもしれないと云った、その犠牲者の一人に、自分が予定されているような気がしてならなかった。

彼は帽子が吹き飛ばされないように、その上から締めつけた手拭いの結び目をしばり直して、強風の中に入りこんで行った。先に行った友人たちがどうなったか、後になった者たちがどうしているか全く分らなかった。或は全員が死んでしまって、自分一人になったかもしれない。自分一人になっても、道はそこにちゃんとあった。道を間違わないで歩いて行けば、家へ帰りつくことができる。這っては休み、時には岩陰で呼吸を整えながら、ハイマツの中の一本の道を将棊頭まで来た。小出《こいで》の方へ出る道と、内ノ萱へ行く道の分岐点であった。そこまでは道がはっきりしていたが、そのあたりは吹きっさらしの岩石の堆積場になっていて、霽れてさえおれば道ははっきり分るけれど、霧が深いと、道を迷うおそれがあった。

可作は濃い霧と強風に襲われた。目も口も開けられず、強風に叩かれ、押しやられながら、少しずつ、尾根から沢の方へ追いつめられていった。道をはずれたことは知っていたが、戻ることはできなかった。戻らねばならないと思っても身体が云うことをきかなかった。彼は烈風に足を取られ、灌木帯の中にころがり落ちた。腰ほどの高さのハイマツと、同じぐらいの背丈のダケカンバが混生している密林だった。落ちたときしたたか腰を打ったが、その返礼のように呼吸ができた。風の陰に入ったのである。もとの道に戻ろうとしたが、滑り落ちた崖を這い上る力はなかった。

彼は灌木の密林の中を尾根への登り口を探して歩いた。歩けば滑り、動けば滑った。一度滑れば、二、三メートル下へ押しやられ、いよいよもと来た道へ引き返えすことはできなくなった。高度が下っただけ風速が落ちた。風雨が気にならなくなったとき、彼は樹林帯の中にいた。シラビソの梢が風で鳴っているのを見上げたとき、彼は、新しい危険を感じた。

(このまま沢を下ると、深い沢にはまりこみ、断崖から滝壺へ落ちるようなことになる)

彼は頭の中でそう判断した。彼は山の子であった。山で道を迷ったら沢へ降りてはいけない、尾根に出て、尾根伝いに下山しなければならないというのは山の子の常識だった。出発前赤羽先生にもそのことをきつく注意されていた。

(この樹林帯を横断すれば、きっと、内ノ萱へ降りる道に出るだろう)

その見当が外れていたとしても、今彼のしなければならないことは、とにかく尾根に出ることだった。

(いよいよ一人になった。生きるか死ぬかは自分一人できめることだ)

そう思うとかえって気が落着いた。風のことは心配しなくてよかった。そのかわり眠かった。雨は相変らず降っていた。休みたかったが、死の恐怖がその欲望を抑えた。すべってころんだときが、もっとも危険だった。そのまましばらく休みたいという誘惑をおしのけて歩き出すと、どこかで自分をあざ笑う声を聞いた。水筒の水を飲むと頭がすっきりして、彼が置かれている状態が分るけれど、すぐ眠くなった。彼は歩きながら半ば眠っていた。駒ケ岳登山のことも、遭難しかけていることもすべて忘れて、

（自分はいま歩いているのだ）

という一点だけにすがりついていた。

（そうだ自分は鎮守の森の裏山で道を迷ってしまったのだ。しかし、ここを歩いて行けば必ず鎮守の森へ出られる）

そう思った。周囲の様相も、踏みごたえも、霧の去来も、裏山と同じだった。なぜ裏山で道を迷ったのかは考えなかった。鎮守の森だけがあり、鎮守の森に入って、鎮守様の社《やしろ》の裏から、ひょいっと社殿の前に出たあたりに、母が待っているに違いなかった。母が社殿の前で彼を待っていることが、唐突ではなくいささかも矛盾したことには考えられなかった。そこに早く行きたいのだが、なかなか行けなかった。裏山がそんなに奥深いとは思わなかった。裏山の木の枝に見掛けたことのないサルオガセが垂れ下っているのもおかしなことだと思ったが、裏山以外のところにいるのだとは考えなかった。時間さえかけたら必ず鎮守の森へ行きつくことができるものと確信した。

鎮守の森が霧の切れ間に見えたような気がした。鈴を振る音が聞こえた。早く母に

会いたいと思うと鈴の音は消えた。

（もう此処まで来たら大丈夫だ。一休みしよう）

と腰をおろそうとすると、木の繁みの中から唐沢武男の顔が見えた。

「なあんだ武男、生きていたのか」

傍へ寄ろうとすると武男の姿は消え、そこには倒木の株が苔《こけ》に覆われていた。可作はわれに返えった。彼は、自分がいま落入ろうとしている危険な穴の前で立止り、周囲を見廻した。このまま沢へ降りてはいけない、尾根の方へ方へと歩いて行かねばならないと思った。彼は針葉樹林帯への方向を修正しながら、

「おい可作眠ったら死ぬぞ、お前死んでもいいのか」

と呼びかけた。大きな声と一緒に自分の中から飛び出したなにかが、自分を誘って、尾根道につれて行ってくれるような気がした。

鎮守の森には小鳥が多かった。遠くから小鳥の声が聞えた。だから、鎮守の森を先に発見してもいいし、小鳥の声を先に聞いてもいいのだ。彼はそんなことを考えた。そして、思いどおりに鎮守の森の小鳥の声を聞いたときには、もう間違いなく、その先に鎮守の森があるに相違ないと思った。

小鳥の声は次第にはっきりして来た。しかし、よく聞いてみると、それは小鳥の声ではなく、鈴を振る音だった。

（あれはきっと、社殿の前で母が振っている鈴の音だ）

人声がした。同時に多くの大人たちの顔が自分を覗きこんだ。

「おお可作、よくここまで降りて来たな」

征矢が云った。その周囲に知らない顔があった。内ノ萱から救助隊が来たのだと思った。

「水を飲め」

一人の青年が水筒の水を可作の口に当てた。水が咽喉の奥に通る音と共に、身体の芯を鈍痛が走り、そして頭がはっきりした。

「他の者はどうした」

「武男が死んだ。それからはずっと一人だ」

と可作は答えた。武男が死んだのを自分は見たのではなく、浅川から聞いたのだと云いたそうとしたが、次々と投げかけて来る質問が多すぎて答えようがなかった。

「平井利秋に会わなかったか」

征矢が云った。

「浅川さんに追い抜かれてからは誰にも会わなかった。ずっと一人だった」

「そうすると、一人だけ途中で何処かに迷いこんだのかもしれないな」

征矢は内ノ萱に急を告げると三十分後に救助隊と共にそこを出た。途中で遅れて来た者に会った。彼は一人ずつ名前をチェックしながら登った。彼が、安全地帯まで連れて来た二人の少年のうち一人が平井利秋だった。征矢は山を走り降りるとき青年たちに二人のことを頼んだ。お前がこの少年の面倒を見てくれと指名しなかったことが悔やまれた。征矢と救助隊員たちが話しているのを可作はぼんやり聞いていた。平井利秋がこのあたりまで来たことは確かだと思った。

「東城規矩男等九人は無事に内ノ萱に着いてお前たちを待っている。気をつけて行けよ、道を迷うな」

征矢が云った。そして征矢は、

「遅れた者を助けに行かねばならないのでな……」

とつけ加えた。

十六人の救助隊員が風のように通り過ぎたとき、可作は完全に正気を取り戻していた。彼は丁度二十四時間前に歩いた胸突き八丁の登り口の針葉樹林の中にいたのである。いつの間に道に出ていたのか覚えてはいなかった。鎮守の森に向う道が、生きる道だったことは確かだった。

(もう少し降りると水場がある)

彼はその水の匂いを嗅いだような気がした。濃ケ池の水を水筒に汲み入れて置けばよかったが、その余裕はなかった。前日に汲んだ水筒の水を時々飲みながら、樹林帯をさまよい続けたのだった。その水筒はいつのまにかからになっていた。

水場へ出て、水を飲み、水筒に汲み入れた。いつの間にか霧は消えていた。雨も止んでいた。それまでのことがどこか遠くの国で起きたことのような気がした。だが一歩歩き出すと、全身が痛かった。時松の死顔と並んで武男が、宝丹を飲んだらさっぱりしたと云ったときの顔が浮んだ。

「可作、油断したら死ぬのだぞ、お前しっかり歩くのだ」

彼は自分に向ってそう云った。そう云い続けながら、暗くなりかけた道を内ノ萱へ降りて行った。

内ノ萱の発電所まで来ると村の人が待っていた。彼はかかえられるようにして民家へ連れこまれた。熱い味噌汁を出された。彼は涙を流しながら何杯もおかわりをした。なぜ涙が出るのか分らなかった。悲しいという感情はなかった。助かってうれしいということより後に残った友人のことが知りたかった。先生たちがどうなったかを訊きたかった。そこでも平井利秋のことを聞かれた。可作は歩いて来た道を話し、平井利秋とは会わなかったと答えた。

「すると、ひとりだけ遅れた彼は、途中で、権兵衛峠へ行く道へ迷いこんだのではなかろうか」

「急いで、そっちの道を探さないとあぶないぞ」

村の人はそう云って外へ出て行った。

「さあ御飯をおあがり」

その家の主婦がすすめてくれたが、飯は食べたくなかった。味噌汁だけで充分だった。彼は首を横に振った。

「疲れたずら、ゆっくりお休みな」

そう云われたとき可作は、今度こそほんとうに眠っていいのだと思った。赤い炉の火が目に痛くしみた。

*

清水政治には背中の荻原三平が重かった。気ばかりあせっても、足が前に出ないのは不甲斐ないことだった。何度か尻もちをついた。前に重心をかけると、二人もろとも谷底にころがり落ちそうで不安だった。強風雨にさらされながらもっとも危険なぬれ場の急坂を降りて、横通しの灌木の道に入ったところで、一呼吸ついた。背の荻原三平に声をかけると返事があった。

清水はそこで一休みして、濃ケ池へ向って歩き出した。前夜一睡もしていない上に早朝木曾小屋への道を探しに行ったのがこたえていた。体力を消耗《しょうもう》し尽した状態だった。一人で歩くのも容易ではないのに背に少年を負っていたのでは、間も無く肉体の限界に来ることが予想された。荻原三平を背負ったまま、ばたっと倒れてそのままになる姿が目のあたりに見えるようだった。だが彼は歩かねばならなかった。身を隠すところはない。背の荻原が石臼のように重くなった。眠りかけているのだと思った。左右に揺すぶって、眠るな、眠ると死ぬぞと云うと、背中から答えがあった。

膝関節のあたりに力が入らない。足が前に出ないのである。やっとのことで、右足を前に出しても、今度は左足が出ない。強い風が来ると、たわいもなく崩れて、へたへたとそこに坐りこんでしまった。

自信を失うと、前途の霧が黒く見える。間もなく、ぶっ倒れるだろうと分っていても歩かねばならなかった。

濃ケ池についた。きらっと光る池の水を見たとき、水筒に水を補給し、荻原三平にも飲ませてやったら、少しは元気になるかもしれないと思った。

「おい濃ケ池についたぞ」

清水は帯を解いて、背の荻原三平を草の上におろした。答えがないのでよく見ると、彼は眠っていた。力一杯肩を揺すぶってやるとうつろな眼を開くけれど、そのまま眠りに落ちてしまいそうだった。

荻原三平は清水の背中でせいいっぱいの努力をしていた。眠るまいと頑張ることと、マントを風に吹き飛ばされないように押えることが彼の仕事だった。だが濃ケ池に着いたときには、マントを押えようとする力も失せ、死の恐怖も頭の中から消えかかっていた。清水は荻原三平がきわめて危険な状態にあることを知った。風雨の当りが少い岩陰に入れて介抱しないととんでもないことになると思った。

清水は荻原三平をいそいで背負いその上にマントをかぶせた。二十歩ほど行ったところに、唐沢武男の遺体が風雨に打たれたままになっていた。倒れた唐沢武男を引き摺って行って岩陰で介抱した形跡が残っていた。身体は氷のように冷たくなっていた。

清水は自分の死の姿を見せつけられたような気がした。紺絣の着物の下から、突き出している白い股引《ももひき》の末端からしずくが滴り落ちていた。

清水はその姿を背中にいる荻原三平には見せるべきではないと思った。清水はその場を通り過ぎてから荻原の身体を揺すぶった。マントの下からかすかに返事があった。

清水は荻原を背負って、濃ケ池の強風地帯を越えた。どうやって越えたのかはっきり覚えてはいなかった。死の恐怖に追われて無我夢中で逃げ切ったというのが事実に近かった。だが、この強風の場からの脱出のために、ほとんど彼のエネルギーは消耗し尽されたようであった。そこからやや登り坂の灌木地帯にかかったが、足が出なかった。

清水は軍人として日露戦争に出征し、体力の限界がどのような形で訪れるかを体験していた。

(避難すべき場所を探すことだ。これ以上前進すれば死ぬしかない)

彼は周囲を見廻した。岩は処々にあったが、身を隠すにふさわしいものは見当らなかった。灌木帯に逃げこめば動けなくなる。

尾根の鞍部を吹走《すいそう》する霧の側面にできた渦が、彼の前で逆風を作り頰を打った。その濃い霧の幕が切れてその中からよろめくように赤羽が出て来た。生きている顔ではなかった。

「どうしました先生」

「すぐそこで、堀峯、有賀直治、北川秀吉が死んだ」

赤羽は云った。疲れ果てた顔だった。清水は返えす言葉もなく荻原を背負ったままそこに坐りこんだ。

それまでの三人はすこぶる元気がよかった。昨夜も、眠るな、眠るなと声を掛けていたのは主としてその三人だったような気がする。その三人が死んだと云われても、にわかに信ずることはできなかった。

(どうしてあの三人が)

清水はそう訊きたかったが訊けなかった。

「此処らあたりまではどうやらまとまって来たが、この先の馬の背の鞍部にかかったとき、洪水をまともにかぶるような強風にあって、幾人かが動けなくなった……」

赤羽はそのときの様子を話し出した。

彼等は、強風に吹き倒されて動けなくなったというよりも、そこまではどうやら歩いて来たが、そこで強風に打たれて急速に体温を奪われ、身体の自由を失ったもののようだった。

赤羽と有賀基広は倒れた少年たちを一人ずつ抱きかかえて、岩陰まで運んだ。

「ひどい風だ。おらあ死ぬかと思った」

歯をがつがつさせながらそんなことをいう少年がいた。だが多くは口がきけずに震えていた。堀峯、有賀直治、北川秀吉の震えは特にひどかった。赤羽は三人のうちで一番震えの激しい堀峯に毛布を着せかけてやった。身体を温めはしなかった。堀峯、有賀直治、北川秀吉の三人の身体を手分けして擦ってやった。それ以外に、激しく震え続ける三人を助けてやる方法はなかった。三人はなにも云わなかった。三人は震え続け、その震え方が静かになるに従って、次第に元気を失くしていった。顔色が蒼白になり、そして震えが止った。他の少年たちは時松と同じようなことが、吹きさらしの強風の中で行われているのを見ると、生きた心地はなかった。赤羽は狂気のようになって三人の少年を死の淵から引き戻そうと介抱したが、三人の死はたちまちやって来た。堀峯は、しきりになにか云おうとしていたが、それが言葉にならずに死んだ。赤羽には、彼が母の名を呼んでいるように思われた。有賀直治は、

「大丈夫だ。ひとりで家へ帰るぞ」

と云った。口がきけなかった彼が突然口をきいたのだ。周囲の者は彼が意識を恢復したのだと思った。だが、それが有賀直治の最期の言葉になった。ひとりで家へ帰ると言明したとおり、彼は幽明境を異にした世界を一足先に帰って行ったのである。北川秀吉は、赤羽の手を握りしめたまま死んだ。彼は赤羽校長を信頼し、彼の手を離さないかぎり、自分は大丈夫だと思っていた。

「短い時間のことだった。三人の死はあまりにも突然だった。……なんとかしてやりたかったがどうしようもなかった。あの洪水のような強風に押し倒されたとき、既にあの三人は力尽きていたのかもしれない。可哀そうなことをした。取り返えしのつかないことをした」

赤羽はそう云って口をつぐんだ。

洪水のような強風という赤羽の表現に、清水は恐怖した。単に風が強いのではなく、重量を持った強さだということが言外に生きていた。

「清水君、その子を背負って、これから先へ行くことは無理だ。どこか岩陰を見つけ

て、避難して待っていてくれ、間もなく救助隊が来る。それまでの辛棒だ」

　赤羽はそれを云うために引き返えして来たのだった。先頭が征矢、最後尾が清水、そして赤羽は全体の中央に居て指揮を取ると約束したとおり、彼はわざわざ、清水のところまで引き返えして指示を与えたのである。

「そこに大きな岩がある。あの岩陰には必ず、君たちが入るだけの余地があるだろう」

　赤羽は霧の中の一点を指した。道の傍の一叢《ひとむら》のハンノキの陰に、その岩はあった。清水の通り過ぎた後であった。あれほど探したが見当らなかったのは、ハンノキの陰になっていたからだった。逆の方向、つまり赤羽の方から見れば、おぼろげながらその大きさは確認できた。

「先生はどうします。先生も一緒にあの岩陰に避難しましょう。これ以上は無理です」

「先へ行ったこどもたちを放っては置けない。有賀君一人ではとても無理だ。おれは行かねばならぬ。清水君、おれは行かねばならないのだよ」

　赤羽が行かねばならないのだよと云ったとき、彼の両眼に光るものが見えた。清水は、おそらく赤羽は死を覚悟しているのだと思った。赤羽にそれ以上生きられる体力があるとは思えなかった。だが、清水には赤羽を引き止めることはできなかった。

霧が二人の間を遮《さえぎ》った。

清水は荻原を背負い直して、赤羽に指示された岩陰に向った。一見して、なんの変哲もない岩のように見えたが、裏側に廻るとその岩の隣りにもう一つの岩があり、その二つの岩が両方からもたれかかるようになっており、そこにほぼ三角形の空洞ができていた。どうやら二人が入れるだけの容積はあった。しかも穴が東側にあるから、北西の強風雨を防ぐことができた。

清水は穴に入りこんだとき、助かるかもしれないと思った。赤羽が霧の合間に指示したその岩によって救われることになるだろうと思った。

彼は穴の奥に荻原三平を抱き入れた。二人が並んで坐れるほど広くはなかったので彼は荻原三平を膝に抱き、その上にすっぽりとマントをかぶせた。

「眠るなよ、眠ったら死ぬぞ」

彼は荻原に向って叫んだ。だが、そう云っている自分自身が、睡魔には勝てなくなっていた。頭の中心が空白になり、冷たい風が吹き通っていた。眠るな、眠ると死ぬぞと云いながら彼はいつか瞼を閉じた。

＊

赤羽は先行した少年たちの後を追った。三人の少年の遺体からそう遠くないところを、有賀基広が平井実を抱きかかえるようにして歩いていた。

平井は歩くのがやっとだった。三歩行っては休み、十歩に一度は膝をついた。強風を受けるとよろけた。もはや一人では歩けない状態にいた。

「この子は私がみてやるから、君は先に行ったこどもたちをみてやってくれ」

赤羽は云った。清水が殿《しんがり》としての任務を果して、岩陰に避難したのだから、今度は自分が殿《しんがり》をつとめるべきだと思った。この場合体力のある有賀基広を先にやった方が有効だと考えた。赤羽は、自分の力が平井実一人を守るのにせいいっぱいであることを知っていた。

有賀は赤羽に平井実をあずけて、その場を離れた。後のことが気になったが、先行した少年たちのことがそれ以上に心配だった。その中には彼の弟の有賀邦美が居た。

先行した少年たちは小平芳造、有賀邦美の二人のグループと原高美、日野孝男、有賀繁雄、小島覚の四人のグループに分れていた。二人のグループの方が先行し、少し遅れて四人のグループが歩いていた。

馬の背の鞍部《コル》の岩陰で、一呼吸している間に三人の友人が次々と死んで行ったのを見た少年たちは、死神が彼等の後を頂上からずっとつけて来ていることを知らされたような気がした。死神は遅れた少年の帯にひょいと手をかけて、そのまま別な世界へ連れて行ってしまうように考えられた。

（樹林帯に逃げこまないと、死神に追いつかれる）

少年たちは、後から追って来る死神の手から逃れようとして急いだ。

将棊頭の強風の場で、四人のグループは立往生した。なんとしても、強風に逆って前進することができなくなった。西風に押された四人は風下へ風下へと追いやられて小出口《こいで》への岐路に入りこんだ。あまりに風が強くて呼吸もできないので、一人が風に背を向けた。それにならって他の三人も同じようにした。風に背を向けた状態で小出への道に目をやると、それが、彼等の窮状を救うべく手をさし伸べているように見えた。

小島覚が風を背にしたまま歩き出した。原高美が驚いて引き止めて、小島の耳元で叫んだ。

「この道を行けば小出へ出るぞ」

「小出だってどこだっていいさ」

小島は原にそう云うと、そのまま、よろめきながら前進した。それは捨《す》て鉢《ばち》の姿であり、神がかりに似た姿でもあった。小出へ出ないで、内ノ萱へ出なければならないと先生たちに何度も云われていたのを忘れたのではなかった。そこしか行けるところがないから行くのだと開き直った姿勢だった。その小島に理窟なしに牽かれて、他の三人もその後を追った。吹きっさらしの将棊頭の頂から、尾根道の下りにかかると、風は急に静かになった。樹林帯に入ると、ゆっくりと呼吸をすることができた。

「おいこの道を下って大丈夫だろうか、途中で道が無くなるようなことはないだろうか」

原が云った。誰も返事をしなかった。どうなろうと今さら引き返えすつもりはさらさらなかった。

道を迷ったのではないが、入ってはいけない道に入りこんだという意識が四人を不安にさせた。

「とにかくこうしてはおられない」

みんなで助け合って山を降りようと申し合わせて立上った瞬間、日野孝男が眩暈《めまい》がすると云って坐りこんだ。原高美は日野の傍に残り、小島と有賀繁雄は先行した。彼等四人が将棊頭の岐路を小出へ向って降りて行ったのを見た者は誰もいなかった。彼等の後を追って有賀基広がその場に来たときには四人の姿は既にそこに無かった。霧も深く風雨も強かった。

有賀基広はひたすら尾根道を急いだ。強烈な風が進路をさまたげた。彼は半ば這いながら進んだ。すぐ先を弟の邦美も同じような恰好で歩いているだろうと思った。彼はもしかすると邦美が石の陰にでも隠れているのではないかと目を配った。追いつけないほど距離が引き離されたとは考えられなかった。きっとこのあたりに居るだろうと見当をつけて探したが弟の姿はなかった。弟ばかりでなく、先行した少年たちの姿は一人もなかった。小出口の方へ迷いこんだとしたらその方が安全かもしれないと思った。烈風を正面に受けての匍匐《ほふく》前進は危険に思われた。彼自身、強風によって体温が奪われ、手足の自由がきかなくなっていた。

(弟は多分、小出へ出たのだろう)

いや確かにそっちへ行った。だとすれば自分一人の身を考えればいい。ふとそんなことを思い浮べているとき、前方にうずくまっている人の姿を見た。弟の邦美だった。基広は思わず声を上げた。

「邦美、どうした邦美」

邦美の耳もとで叫ぶと、邦美は目を開けて眠いと云った。口を動かしただけだったが、そう云ったように思われた。

「元気を出せ、すぐ下が樹林帯だ。そこまで行けばゆっくり休める」

邦美は頷いたようだった。兄の云うことを理解し、立とうとして、手を砂の上に突いたが、腕を伸すことができなかった。もろく崩れて俯せになると、悲しそうな目を上げて兄を見た。

「ようし、おれが背負って行ってやるぞ」

基広は、自分の帯を解き、かわりに細引きで腰を結んだ。倒れている邦美を坐らせるのが一苦労だった。坐らせて置いて帯で背負った。これで弟を助けることができたと思った。しかし、彼は立つことができなかった。腰が切れないのだ。彼は弟を背負ったまま、何度か倒れた。

(こんな筈がない。いったいおれはどうしたのだ)

彼は自分を叱った。手足だけではなく腰からも力が失せて行くのが不思議だった。

「おい邦美、しっかりおれの肩につかまるのだ、しっかりな」

彼は背中の邦美に云った。

うんという声が聞こえた。弟は兄を信頼しているのだ、その信頼に答えねばならない。彼は全身の力をしぼってようやく立上った。その途端《とたん》に麦藁帽子が風に奪われた。帽子の上から結んでいた手拭いが立上るときにはずれたのだ。ぺしゃんこにつぶれた帽子だったが、風除けには効力があった。彼は風の中に立ったままで、手拭いの結び目を解いて、改めて頬かむりをしようとしたが手がかじかんで、手拭いの結び目を解くことができなかった。結び目をそのままにして、手拭いを引きのばして頭からすっぽりかぶろうとしたが、隙間ができてうまくゆかなかった。風のためたちまち手拭いは面部からはなれて首にまつわりついた。完全に頬かぶりするには、手拭いの結び目を解いて結び直さねばならなかった。

(おれは自分の手拭いにまでも見放された)

彼は手拭いをあきらめ、頭部を強風にまる出しにした。その一瞬突風に撃たれて膝をついた。膝行しようとしたが、それはまことに非能率なことだった。

(立上って、一気にこの烈風の尾根を走り下り、安全地帯に逃げこもう)

心の中でそう思ったが今度ばかりはなんとしても立上ることができなかった。立上るどころではなく、膝行することもできなかった。身体の隅々から力が抜けて行った。頭の中がぼんやりして来た。立上ろう、立上ろうと力んでもどうにもならなかった。

「邦美しばらく休ませてくれよな」

と彼は背の弟に呼びかけたが返事がなかった。

「邦美、眠ったらいけない、眠っちゃあいけないぞ……おれは、ほんのちょっと休んだらまた歩く……眠らないでいてくれよ、なあ邦美……」

彼は背の邦美に呼びかけていた。寒さも疲労も気にならなくなった。邦美を背負って雲の上をすいすい歩いているような気持だった。両親や姉や弟たちの顔が見える。心配そうな顔をしていた。なにか口々に云っているのだが、その声は聞えなかった。

「心配しないでもいい、すぐ家へ帰るからな」

基広の唇が僅かに動いた。彼は邦美を背負ったままハイマツの中に倒れた。

有賀兄弟から二百メートルほど先を、小平芳造は行者岩の最低鞍部に向って、急坂を降りていた。その坂を一気に走り降りて右側の樹林帯へ逃げこみたいのだがそう簡単には行かなかった。最低鞍部には木曾側から強烈な風が吹き通っていて、容易に入りこむことはできなかった。彼はうしろ向きになって這った。そうしないと小石を顔に受けるからだった。その鞍部は日頃風が強いところだから、ハイマツは稜線より後退して、がれ場になっていた。もう一メートル、あと一メートルと思いながらうしろ向きに這い降りたが、その姿勢では誤って、木曾側へ降りる危険があった。霧の切れ目にちらっと見える地形の中に正しい進路を見出すには、やはり前を向いていないといけなかった。

彼は風に対していろいろと姿勢を変えたが、身体全体が寒さで感覚を失ってくると、あとはただ成り行きにまかせるしかしかたがなかった。霧の切れ間に樹林帯が見えた。ダケカンバの大木が倒れているのまで見える。その場に行きついたような気がした。

彼は急傾斜の尾根道を半ばは滑り落ちるようにして最低鞍部へ達した。寒さと疲労で身体が利かなくなっていた。あたまの中に払い捨てることのできない重い気怠さがあった。一思いに伊那側へ飛びこみたかった。風に吹きとばされて、そっち側へ落ちてもよかった。立上ろうとしたときちらっとそんなことを考えた。

彼がふらふらと立上ったと同時に、それまで吹いていた風がぴたっと止んだ。地形性の乱流の中に入るとしばしば起ることであった。

彼が立上ったときには北西の秒速三十メートルほどの風が吹いていた。それに耐えるために風の吹いて来る方向、つまり木曾側に向って全力をかけて押していた。風が止んだ瞬間、彼は平衡感覚を失い、自分の力で木曾側へ飛ばされた。彼の身体は白い砂礫のがれ場を数メートル滑って止った。朦朧《もうろう》とした中で彼は身体に受けた痛みを感じた。うまいこと伊那側の樹林帯へ飛んだのだと思いこんでいた。横腹に受けた痛みはじっとしていればすぐ治る。もう安心だと思った。ここで一呼吸してあとは樹林帯へ下ればいいのだ。彼は再び吹き出した強風の中で俯せになったまま目をふさいだ。全力で風雨と戦って来て、終に勝ったのだ。勝ったからしばらく休んでもいいのだと自分に云い聞かせていた。寒くもない疲れてもいない、甘い暗い靄《もや》の中で彼はひとこと、

「きれいだなあ」

と云った。烈風の寝床の外で聞いたことのない音楽が聞こえ、その向うに黄金色に飾られた伊那平の秋が見えた。

赤羽は平井実を抱きかかえるようにして、天水岩の下まで来た。そのあたりには大きな岩が所々にあった。風に隠れて呼吸をするには適当なところだった。ハイマツが岩をめぐって生えていた。

＊

平井は寒さと気怠さを訴えた。赤羽は上衣の下に着ている冬シャツを脱いで平井が着ている冬シャツの上に着せ、更に着物の上に毛布をかけてやった。風に吹き飛ばされないように細引きでその上を締めた。毛布は濡れていて重かったが風を防ぐには充分だった。吹きさらしの尾根へ出て行く準備はできた。

「さあ、行くぞ」

赤羽が云うと、平井は笑顔で頷いた。きのうの夕方頂上の小屋跡に着いて以来、笑顔を見たことが一度もなかった赤羽は、平井の笑顔にいささか狼狽しながらも、前途に曉光を見出したような気がした。なんとかして、平井とともに樹林帯に逃げこみたいと思った。先行した少年たちは既にそこに逃げこんで待っているものと考えたかった。

二人は烈風の尾根に立った。風に全身をさらした瞬間、赤羽は裸のまま寒風の中に立たされたような気持になった。骨の髄までしみとおる寒さだった。上衣の下に夏シャツ一枚を着ていたが、それはなんの役にも立たないようだった。冬シャツを脱いで平井に着せたためだった。一枚のシャツの差がこれほどきつく効いて来るとは想像していなかった。黒羅紗の上衣の下から風が吹きこんだ。上衣をズボンの下に入れて、かたくバンドをしても、胸の合わせ目や、ボタンの穴から、寒風の針が彼の肌を刺した。

彼は頭に手拭いでしばりつけていた帽子を牛の角のように風に向けながら、平井と共に前進した。転んだり、這ったり、物陰にかくれたりしながら次第に尾根を進んで、もう少しで行者岩の最低鞍部への降り道にさしかかろうとしたとき、彼は、ハイマツの上に倒れている有賀兄弟を発見した。有賀基広が弟の邦美を背負ったまま息絶えていた。もはや手当てのしようがなかった。

(あの元気な有賀基広が……)

絶望感が彼を襲った。有賀基広が死んだからには、先へ行った少年たちも、そのあたりで折重って倒れているだろう。

(もはや、どうにも取り返しのつかないことになってしまった)

それまでも、少年たちの死に接するたびに責任者としての自分をどう処置すべきかを考えないではなかった。だがそれを考える前に、生きている少年たちを救うことが先決問題だった。そのために努力して来たのだが、頼りとしていた有賀基広の死を見ると自信はぐらついた。彼はその場に行き暮れた旅人のように坐りこんで荒い呼吸をついていた。

樋口裕一のことがふと頭に浮んだ。

（もし樋口が居てくれたら）

考えたところでどうにもならないことなのだが、樋口がこの山行に参加していたら、もう少しなんとかなっていたようにも考えられた。この重大事に彼の手足となって働く者はもはや彼の周囲にはいなかった。赤羽はひとりになった自分を見詰めた。

「先生行こう……」

平井実に云われて、赤羽はよろめきながら立上った。この平井だけはなんとかして安全地帯までつれて行ってやらねばならない。赤羽は自分自身の心に鞭を当てた。

赤羽は平井実を小脇に抱えこむようにして、一歩一歩前進した。行者岩の最低鞍部の降り口にかかると強風のために呼吸がつけなくなった。烈風地帯は彼の前進を強硬にはばんだ。続けて眩暈がした。三度目に倒れてからはもう動けなかった。

「早く行け、樹林帯へ逃げこめ」

赤羽は平井に云ったつもりだったが、言葉にはなっていなかった。平井実は、突然倒れた赤羽の身体をどうしてやっていいやら分らなかった。平井は赤羽に取りすがったまま動こうとしなかった。赤羽が目で叱った。行け行けと赤羽は腕を上げて指示しようとしたが、その腕も思いどおりには動かなかった。全身の感覚が麻痺したようにむなしかった。平井は赤羽が動けなくなったのを見て、自分もだめだと思った。だが、彼は絶望に打ちのめされながらも、なんとかして恐怖の烈風の場を脱出しようとした。滑ったりころんだりしているうちに毛布が身体から離れたが、それに気がつかなかった。意識の底にもうすぐそこが樹林帯だということだけはあった。それだけしか頭になく、そこが彼の終着点だった。だから彼は、その樹林帯にころがりこんだとき、助かったと思った。とうとうおれは安全地帯にたどりついたぞと、大きな声で叫びたいような気持だった。

（樹林帯に入りさえすればもう大丈夫だ。風もないし、雨だってたいしたことはない）

平井は倒木の傍に腰を下ろした。ほんの一呼吸入れるつもりで休んだまま眠りこんだ。助かったという安堵が彼の生命を奪った。強風地帯からそこに入りこむとまるで風が止んだように静かになり、暖かくなったような気がする。だがそれは錯覚であって、そのあたりは依然として秒速十数メートルの風があった。更に高度差にして百メートル、時間にして十分か二十分頑張れば、風は更に弱くなる。彼は助かったかもしれない。彼は疲労困憊していた。体力の限界に来ており、しかも濡れていた無防備な形で眠った彼の身体からは、無造作に体温が奪い取られて行った。

赤羽は、五無斎こと保科百助と話し合っていた。そんなところになぜ寝こんでしまったのだという五無斎に、眠いからだと答えた。

(ここに珍らしい石がいっぱいあるというのになぜ取らないのか)

と五無斎は杖で大地を叩いた。たしかにそこには石がいっぱいあったが、特に珍らしいと思われる石はなかった。

(こんな石がどこが珍らしいのだ)

(見かけだけでは分らない。ハンマーで割って見ろ。そうすればよく分る)

それもそうだと赤羽は思った。だが、ハンマーでいくら石を叩いてもそれは割れなかった。

(おい、校長、昼食はまだだぞやい)

と云われて気がついて見ると、五無斎は印半天《しるしばんてん》を着て大八車を曳いていた。それに文房具が山と積んである。

(赤羽君、これをそっくり買い取って貰いたいのだ)

五無斎は腹掛けのどんぶり(職人などが着る腹掛けの前にある袋形の物入れ)に手を突っ込んで笑っていた。

(そんなに要《い》らないよ、第一それを買う金がない)

（あっても無くてもきみは買わねばならないのだ。これはきみの遭難碑を建てるための基金だからな）

（誰の遭難碑だって）

（駒ケ岳へ修学旅行にでかけて遭難した赤羽長重と生徒たちの遭難碑だよ）

（そうか死んだのか、おれは、やっぱりな……）

赤羽はつぶやいた。

（そういうわけならそっくりそれを買いましょう）

と赤羽が云ったが、五無斎は知らんふりをして大八車を曳いて行く。赤羽は待て待てと声をかけた。大八車が見えなくなり別の人が現われたがその姿は見えなかった。その人が話している内容も聞き取れないのがもどかしかった。

内ノ萱を四時に出発した救助隊は、駈け登るような速さで登山道を急ぎ、先発隊が行者岩の最低鞍部に達したのは午後の六時半であり、平井実の遺体に次いで、赤羽長重が発見されたのは七時ごろだった。

「生きているぞ、まだ身体が温い」

真先に駈けつけた唐木喜高《よしたか》が赤羽の身体に触れて云った。

「助かるかもしれないぞ、急いで樹林帯へ移そう、こんな風の強いところには置けない」

後から駈けつけた唐木亀吉がそう云いながら赤羽を抱き起こそうとしたとき赤羽が目を開いた。うつろな目だったが、どうやら救助隊が来たことを察知したようだった。唇がかすかに動いたが何を云っているのか分らなかった。

「先生しっかりして下さい」

唐木亀吉が赤羽の身体を持ち上げようとしたとき、赤羽の唇が動いた。かぼそい声だったが唐木亀吉にははっきり聞こえた。

「おれ、ひとりだ」

赤羽はそう云ってふたたび目を閉じた。

唐木亀吉が赤羽を背負い、唐木喜高がサポートしながら、強風の中を安全地帯までおろしたとき、赤羽は、

「うれしい」

と一言云った。それが最期だった。

その赤羽のすぐ傍で平井実が救助隊員によって介抱を受けていたが、再び生命を呼びもどすことはできなかった。

「ほんの一足遅かったために二人を殺してしまった」

征矢はそう云って号泣した。

行者岩下の最低鞍部の烈風地帯へ踏みこんで行った救助隊が次々と引き返えして来た。木曾側の谷に落ちこんでいる小平芳造の遺体が発見されたが、烈風の吹きすさぶ中では、それ以上の行動は無理だった。救助隊員たちは吹きさらしの尾根へ出るのがやっとで、引き返えした者のほとんどは口がきけないような状態だった。それ以上強行することは救助隊を遭難に追い込むことになりそうだった。

救助隊は遺体をその場に残して下山することになった。そこには彼等が泊るべきところはないし、急いで登って来たから、装備、食糧、燃料等すべて充分ではなかった。

「おれはここに居残る」

と頑張る征矢を、救助隊が半ば力ずくで引き摺りおろして行った。

あたりはもう暗くなっていた。

第三章　その後の山

午後三時半に征矢隆得《そやたかえ》が急を知らせに下山して以来、内ノ萱は村を挙げての大騒動の場になった。僅か十数戸の小村区だったが、駒ケ岳登山口として古くからあった村でもあるし、当時既に案内人組合の組織さえあったくらいだから、駒ケ岳にかけては村人のことごとくが精通していた。

駒ケ岳頂上の暴風雨が如何なるものか、その頂上の仮小屋で暴風雨に襲われたらどうなるか、また暴風雨のさなかに下山したらどうなるか、村民たちはよく知っていた。内ノ萱の区長であり、駒ケ岳案内人組合長を兼ねていた唐木金弥《からききんや》は、征矢が到着した三十分後には救助隊を組織して駒ケ岳へ向わせ、一方では村民を指揮して、疲労困憊《こんぱい》した状態で山から降りて来る少年や青年たちの収容に当らせた。唐木金弥は八方に人を走らせて急を告げた。いち早く伊那町の警察署に事件の発生を知らせたのも彼であった。

隣村区の横山、小屋敷、大坊、平沢等では事件を知ると半鐘を乱打して消防隊員を集めた。村と村との連帯意識は強かった。このような大事件が起るとなにを置いても馳せつけなければ義理が立たないとすべての人は考えていた。

遭難の実情が明らかでないから、話には尾鰭《おひれ》がついて伝わった。中箕輪尋常高等小学校の先生と生徒が駒ケ岳に登り昨夜の嵐に遭《あ》って百人あまりが死んだらしいというふうな噂が流れた。

隣村区から救助隊が続々と内ノ萱に向った。だが、内ノ萱についた彼等もけわしい山道と夜を目の前にして、足踏みをした。救助してやりたくとも、どうしようもないというのが実情だった。各隣村区から派遣された者の多くは消防団員だった。揃いの消防隊員のはっぴを着、股引に草鞋《わらじ》を履いていた。恰好は勇ましいが、その軽装姿で直ちに高山へ登ることはできなかった。

伊那町から駈けつけて来た大川警部補は、浅川政雄等を呼んで事情を聴取してから、隣村区の救助隊の代表者に対して真相を発表した。夜になってからである。髭をぴんと立てた大川警部補は、唐木区長の庭に代表者を集めて云った。

「駒ケ岳に登山した中箕輪尋常高等小学校の児童数は二十五名、青年会員が九名、引率教師三名の計三十七名である。昨夜来の暴風雨に遭遇して、帰途、死亡した者二名、無事、内ノ萱に到着した者十九名、十九名の内訳は教師一、青年会員八名、児童十名である。残余の十六名の消息は未だに不明である。内ノ萱より登山した救助隊が帰って来れば、更にくわしいことが分るだろうが、それまでは、手の打ちようがない。各救助隊は伝令を二名ずつ残して、各地区へ帰って、遭難事務所よりの通報を待つように。救助隊の進発はおそらく明早朝となるであろうからその準備をして待機していて貰いたい」

大川警部補が遭難事務所と云ったのは、区長の唐木金弥氏宅ではなく、通りを八だうところの遭難対策本部になったのである。その家の入口には墨痕あざやかに、「駒ケ岳登山遭難者救助隊内ノ萱出張事務所」と書いた紙が貼られた。村の中央にあるから、すべてに便利であった。

中箕輪尋常高等小学校へ遭難の第一報が入ったのは午後五時半であった。二十六日の夜から二十七日にかけての風雨はかなり激しかった。学校の関係者で、登山した児童たちのことを心配しない者はいなかった。登山した三十七名は二十七日の夕刻には学校へ帰ることになっていたので、ほとんどすべての教師は学校に待機していた。山のことを心配しながら学校まで迎えに来た父兄も多かった。

中箕輪村役場から電話で遭難発生の報を受けたときの学校側の驚きはたいへんなものだった。犠牲者が二人出たこと、二十五名の児童のうち十名だけが内ノ萱に降りて来たが、あとの十三名の消息は摑めないという情報はかなり悲観的に拡張されて考えられた。消息不明の十三名もおそらく死んだのではなかろうかと考える者が多かった。犠牲者二名の名も不詳だし、生還した者の名前も明らかではなかった。

学校としてはまずなにをすべきかが問題だったが、取敢えず、十名の若手職員による救助隊を組織し主席訓導清水茂樹が引率して内ノ萱に出発することになった。学校には次席の有賀喜一が責任者となり、職員とともに居残ることになった。児童の父兄にはただちに使いを走らせて、このことが知らされた。父兄の有志もこの救助隊に参加した。出発したのは午後八時である。

中箕輪村役場では村長を中心として対策が練られ、まず中箕輪村各区の消防団員が救助隊として内ノ萱へおもむくことになった。

平和な村の中に突如起ったこの不幸な事件は多くの人を恐怖に巻きこんだ。対象となったのは登山隊三十七名であるが、参加者の縁故をたどれば影響するところはすこぶる広かった。

内ノ萱は夜になるとともに人で溢れた。続々と到着する救助隊や、わが子の安否を心配してやって来る父兄たちで、内ノ萱の遭難事務所附近は足の踏場もないような混雑を呈した。唐木金弥区長は区民を指揮して、これらの人々を分宿させようと努力したが、すべての人を受け入れるわけにはゆかなかった。近くから馳せつけた消防団員には理由を説明し、伝令だけを残して帰村して貰い、中箕輪村のように遠くから来た人たちには内ノ萱に泊って貰うように配慮した。泊りきれない消防団員は、火を焚きながら夜を明かすことになった。

夜の十一時を過ぎたころ、内ノ萱から派遣された救助隊が下山して来た。走るようにして山を駈け登り、その足で救援に当り、夜を迎えての下山だったから、彼等は極度に疲労していた。特に征矢隆得の疲労は著《いちじる》しく、村の入口で倒れたまま起き上ることはできなかった。遭難事務所に担《かつ》ぎこまれて、医師の手当を受けたが、ほとんど口もきけないような状態だった。

内ノ萱から派遣された救助隊によって、駒ケ岳の惨状は報告された。胸突き八丁を登り切ったところの稜線附近で、平井実、小平芳造の二人の遺体が発見され、また赤羽校長は一旦救助されながらも、間も無く息を引き取ったことなどが、中箕輪村から来ている父兄たちに知らされると、そこには収拾のつかないような混乱が起きた。十三名の消息不明者のうち、大人は清水政治と有賀基広の二人で他の十一名は少年であった。それら少年たちの父兄の中には、

「現場まで行ったのに、人一人助けもしねえでよくおめおめと帰って来られたものだ」

と云って救助隊員を責める者もあった。

「救助隊なんかにまかせては置けねえ、自分の子は自分で行って連れて帰って来る」

と云って、出て行こうとする者もいた。それを引き留めるのがまた一騒動であった。

夜が更けると共に、消息不明を伝えられている父兄たちの焦燥感はつのる一方で、ついに我慢できずに、父兄等のうち何人かは山から降りて来た八名の青年たちが収容されている宿舎におしかけ、山の様子を口々に訊ねた。話し合っているうちに、昂奮

した父兄の一人が、同じ村の子供たちを見捨てて、自分たちだけが先に逃げ帰って来たとはなにごとだと青年を責めた。するとその青年も負けてはおらず、おれたちは少年を一人ずつ、連れて降りて来た。そうするのがせい一杯だったと抗弁した。

　未だに帰らぬ子の親が、甥に当る青年をきびしく責めていた。その青年はなにを云われても黙って首を垂れていた。時松の死によって、集団全体が恐怖に襲われ、一人の青年が赤羽の制止を聞かず小屋を飛出したのがきっかけとなって混乱状態に陥ったことなどいくら説明したところで他人には分っては貰えないだろうと思った。その甥の頭を伯父が殴った。人でなし、きさまは人間ではない、伯父甥《おい》の縁はいまここで切ってやると云いながら殴った。周囲の者が入って止めたが、なかなか昂奮は静まらないようであった。青年たちがわれ先に山を逃げ降りたということは、この一夜だけではなく、生涯、批判されるべきことであった。青年たちは将来を含めてことの重大性の前に小さくなっていた。浅川政雄は、未だに行方不明となっている少年たちを、最後に見た人であった。

　彼は赤羽の命令を忠実に実行するために走り下ったのであるから、一応弁解は成り立った。父兄たちは浅川を取り囲んで、山の情況を聞いた。浅川が最後に見た自分の子や弟がどんな状態だったかを訊いた。

「ひどい風だったが、そのときは元気で歩いていたようだった。どうしても歩けなくなったら、岩の陰にでもかくれて風をよけ、一夜をすごし、明日の朝になってから山を降りて来るんじゃあないかね」

と浅川は答えた。父兄たちを安心させるためにでたらめを云っているのではなく、彼自身、そうなって欲しいと願っていたからであった。

有賀基広、有賀邦美兄弟の父有賀文治は、その浅川の言葉を信じていた。おそらく基広も邦美もどこか安全なところに隠れこんでいるだろうと思った。

「基広はほかの子供の世話がいそがしくて、弟の世話をしてやれなかったのでしょうか」

文治は浅川に訊いた。

「基広君は赤羽先生の片腕として活躍していました。邦美君は比較的元気で、遅れた方のグループでは先の方を歩いていましたよ。おそらく、全員がひとかたまりとなって、どこかに隠れこんだのではないかなあ」

有賀文治は、浅川の言葉のようであって欲しいと思っていた。そう思う以外にやりようがない気持だった。

「救助隊の代表者は集れ、消防団の団長と小頭《こがしら》は集れ」

という声が聞こえた。代表者が手に手に提灯を持って遭難事務所の庭に集った。

大川警部補が踏み台の上に立って、

「明朝の救助隊は、中箕輪村各区の消防団を中心として編成し、四時に此処を出発する。それまでに充分な用意をして置くように」

その後を引きついで唐木金弥が台の上に立って、登山についての注意をいろいろと述べ、救助隊の各班には内ノ萱の人を案内人としてつけることを約束した。

明朝出発が決った消防団の多くは、焚火を囲んで朝を待つことにした。内ノ萱の住民は、徹夜で飯を炊き、握り飯を作った。救助隊の朝食及び携行食であった。

内ノ萱は夜を徹して焚き上げる炎のもとに人影がうごめいていた。弦月が山の上に昇り、澄み切った空に星が瞬《またた》いていた。

*

将棊頭の分岐点を小出方面に向って降りていった四人は、樹林帯に入ってから間もなく二組に分れた。有賀繁雄と小島覚が先になり、原高美と日野孝男が後になった。

樹林帯に入ると、風は無くなったが、道が荒れていて踏跡がはっきりしない。あっちこっちと道を探しながら歩いているうち、深い沢を覗きこむような、崖のふちに立っていた。

「おい道を間違えたようだぜ、引き返えそう」

と原高美は日野孝男に云ったが、日野は返事をしなかった。

「このまま降りて行けば深い沢に入りこんで動けなくなるぞ」

と原が云うと、日野は、

「おれはいまだって動けねえ」

と力のない声で云った。赤羽校長から道を迷ったときはもとのところへ引き返えせと教えられていた原は、なにがどうあろうと、引き返えして下山道を探さねばならないと思った。だが、日野を放り出しても置けなかった。原はカバンの中から餅を出して食べた。日野にも分けてやったが、彼は一口かじっただけだった。原はゆっくり食べた。餅は冷たくて固かったがよく嚙むと味があった。昨夜仮小屋に入ったときにぎり飯を食べて以来、なにも口にしていないのにいままで空腹を感じなかったことが不思議に思われた。

(あの風の中だったからなあ)

原は、そのことを強風のせいにしていた。風が無くなったから腹が減って来たのだと妙な理窟をつけながら二切れの餅を食べて水筒の水を飲んだ。日野がそれを見て、おれにも水をくれと云った。日野は原の水筒の水をむさぼるように飲んでから、うまかったと云った。返えされた水筒は空になっていた。

「さあ、頑張って引き返えそう」

と原が日野の手を取って引っ張ると、よろよろと二、三歩歩いたところでたわいなくころんで、そのままずるずると一メートルほど滑って止った。そこはきつい傾斜面だった。日野はその近くの岩のところまで這って行って、岩を背にして腰をおろすと、せわしい呼吸を繰り返えした。

「おれはだめだ。きみひとりで行ってくれ」

と日野は云った。すべてをあきらめ切った顔であった。

原は日野の顔を見た。あの強風地帯で次々と倒れて行った友人たちのように、土色の死の表情こそ浮べてはいなかったが、このまま無理して歩かせると、また倒れることは間違いないように見受けられた。

「食うものを持っているか」

と原は訊いた。

「ある。いっぱい持っているぞ」

日野は肩にかけたカバンを叩いて云った。

「それじゃあおれは先に行って、救助隊を呼んで来るからな」

原は、そんな生意気な云い分が自分の口から出たのが不思議なことに思われた。しかし彼はその言葉を口にした瞬間に、日野に対して義務を感じた。先に行ってしまった二人の友人のことなんかどうでもいい、日野だけは助けてやらねばならないと思った。

原は道を探しに引き返えそうとした。だが、意外なほど急斜面で、登るのは容易なことではなかった。どうやら道を迷って、小黒川の上流の断崖近くに入りこんだように思われた。彼は出発の前日、赤羽校長から渡されたガリ版刷りの概要地図を出して見た。自分自身で赤い×点をしるして置いたその危険地帯に踏みこんでいるように思われた。

〈深山で道を迷ったら尾根へ出ろ、どんなことがあっても沢へ下ってはならない。そこには断崖があり、その下には滝がある。入りこんだら絶体絶命だ〉

赤羽の言葉が思い出された。だがその尾根に引き返えすにしてはあまりにも下へ降り過ぎている自分の位置を考えると、この危険な場所から逃げ出すには、横へ横へと移動して行くことしかないように考えられた。そうしているうちには、枝尾根《えだおね》に取りつくことができるだろう。道はなくとも、尾根伝いに歩いて行けば、やがては人が住んでいるところへ出られるだろう。そのように考えられた。

原は歩きだした。横へ横へと移動するつもりでいても、そのとおりには行かず、つい歩きやすい方へ足が向き、少しずつ高度がさがって行った。あたりが暗くなって来たのは沢深く降りて来たのだろう。そうすると自分は小黒川近くまで来ていることになる。

（これから先に危険がひかえている）

彼はそのように直感した。そうでなければならないと思った。雨が小降りになった。赤羽校長の声が聞こえたような気がした。空耳《そらみみ》だと分っていても気になった。

〈危険なところへ来たら、落着いて、どうしたらいいかを考えるのだ。大人なら、そんな時はタバコを吸うのがいい、子供ならなにか食べると不思議と気が落着くものだ〉

原は赤羽が云った言葉を思い出した。彼は倒木にまたがるように腰をおろして、餅を食べた。日野と別れてから、二時間経ったのか三時間経ったのか或はもっと経っているか、分らなかったが、はっきりと空腹を感じていた。餅はうまかった。三切れ食べて水を飲もうとしたが水筒はからになっていた。水が無いとなると、むしょうに水が欲しくなる。彼は水のある沢へ向って降りようと考えた。水の音はまだ聞こえなかったが、間もなくそれが聞こえて来るだろうと思った。

（こんなことをしていたら、間も無く夜になる。暗くなるまでに、危険地帯を脱出しなければならない）

それには、日のあるうちになんとかして急斜面の崖を降りて、小黒川の河畔まで達しなければならないと思った。小黒川には発電所があるから、川筋には河川監視用の道があるに違いない。それは彼の想像だった。

彼は横歩きをやめて、断崖を下ることを考えた。木の枝や草の蔓《つる》に頼りながら、暗い方へ暗い方へと降りた。日のあるうちに危険地帯を脱することだけで一所懸命だった。当てにしていた木の枝が折れて、三メートルも滑り落ちたが、どこも怪我はなかった。ほとんど垂直に近い断崖に出て、岩を這いながら降りるときは、もしものことを考えた。滑ったら最期だった。だが彼はなんとかしてそこを降りた。

断崖の下の樹林帯に入ると、そこに人の臭いを感じた。切り株があったり、人が歩いたらしい跡があった。その足跡をたどって行くと、樵小屋《きこり》に出会わした。既に日は暮れていた。薄明りの中で探し出した樵小屋の中に水瓶があった。彼は柄杓《ひしやく》でその水を飲んだ。

「助かったぞ、おれは助かったぞ」

原は自分自身に云った。

彼はそこで残りの餅を食べた。餅を食べて水を飲むと眠くなった。ここで眠っていても死ぬことはない。ここで一夜を明かして明日の朝帰ったほうがいいと思ったが、後に残して来た日野のことを思うと、そうすることもできなかった。

彼はそこで一休みしてから外に出た。小道だがはっきりしていた。星明りで、どうやら道を失うことはなかった。道は川原に出たところで終った。川に丸木橋がかかっていた。渡ろうと思ったが、疲労のため腰がふらついて立ったままでは渡れなかった。彼は丸木橋をまたいで渡った。足が冷たい水に洗われると背筋まで寒くなった。

橋を渡ってからはしっかりした道だった。暗くてはっきりは分らないが、歩いていて迷うような道ではなかった。道は暗いが頭上を見ると、木の繁みの間に星が輝いていた。

樹林の中の道は限りなく続き、時間の経過は迅速だった。道が暗いから急ぐことはできなかったが、ゆっくり歩いて行けば、やがて村へ出るだろうことは確実だった。その村はおそらく内ノ萱であろうと思っていた。

疲労と眠気が出た。彼は半ば居眠りをしながら歩いていた。なにかにつまずいて倒れ、そのまましばらくの間眠りこんでしまうことがあった。そうなっても、彼の内に強く存在している日野が、彼を呼び起した。はっと眼を覚したとき彼は、日野に済まないことをしたと思った。彼は、行き倒れては眠り、起き上っては歩いた。幻覚と幻聴に悩まされながら、もはや自分さえも分らなくなって来たとき、突然、眼の前がひらけて、まばゆいばかりの電灯の明りを見た。しばらくの間彼は自分自身を疑った。自分の膝をつねってみた。痛かった。木の幹に頭をぶっつけてみた。頭がはっきりした。発電所だと気がついたとき彼はそこに坐りこんだ。全身から力が抜けた。

発電所の近くには提灯のあかりや焚火の火が見えた。おおぜいの人がいた。なぜ、こんなに夜遅く、多数の人が集っているのか分らなかった。

彼は人を呼んだ。おおいと叫んだ。助けてくれ、これ以上動けないのだと云いたかったが口がきけなかった。彼はなにか叫びつつ、火に向って這いながら近づいて行った。

　彼の叫び声に人々が気がついた。提灯の火がいっせいに彼に向って駈け寄った。

「どうした。ほかの者はどこにいる」

　最初にそう云った声は聞こえたけれど、あとは多数の人から一度になにやかやと訊かれて、答えようがなかった。自分の子を案じている父兄はまずその子がどこにどうしているかを訊いた。原はもみくちゃにされながらも、

「日野を助けてやってくれ」

　とはっきり云った。

「おおぜいで一度に聞いても答えようがないだろう。さあこのお湯を一ぱい飲んでからゆっくり話すがいい」

　内ノ萱の老人はそう云いながら茶碗の湯を原にすすめた。

　原高美は馬ノ背尾根の鞍部《コル》で堀峯、有賀直治、北川秀吉の三人が死んだことをまず告げた。それをみとどけてから原等四人は将棊頭から小出《こいで》に向ったが途中で別れ別れになり、更に日野孝男が動けなくなったので、一人で断崖を降り、樵小屋を発見し、そこから川を渡って来たことを話した。

　原高美が内ノ萱にたどりついたのは午前零時半であった。救助隊は色めきたった。

小島覚、有賀繁雄、日野孝男の三人が将棊頭山から小出への山道を踏み出したことが明らかになったからである。森林地帯へ逃げこんだ三人の生存の可能性は強かった。

提灯を手にした救助隊員十五名が、内ノ萱村民の案内で、三人の救出に出発したのは午前一時半である。

*

原と別れた日野孝男はその場で眠った。眠ったら死ぬぞとうるさく云う者もいないし、歩け歩けとすすめる者もなかったが、彼の内部に眠ったら死ぬぞと、常に彼に囁きかけている者がいた。彼は自分自身の声に起され、そこには自分ひとりしかいないことを知ると、それまでにない恐怖に襲われた。山を降りなければならないと思った。水のあるところまでたどりつけば生きられると思った。

彼は歩き出した。歩くというよりも、山を滑り降りるような恰好だった。滑ったりころんだりしながら、下へ下へと位置を変えていった。危険感はなくひたすらに水だけを望んでいた。そう長いことは動けなかった。疲れると眠り、また動いた。夢と現実の境の中で彼はとうとう動けなくなった。断崖の上に出たのである。一歩進めば谷底に落ちこむようなところだった。いまさら引き返えすことはできなかった。

「えらいところに来てしまったぞ」

谷底を見下ろすと霧が動いていた。その下には死神が口を開けて待っているようだった。死に臨んだ気持とはこういうものかと思った。ぼんやりしていた頭が冴えた。それまでのことがはっきりとよみがえった。原高美が救助隊を呼びに降りて行ったこともはっきり思い出した。

〈動かないで、ここにじっと待っていろ〉

と原が別れ際に云ったことを忘れて動いたのがいけなかったのだ。

「こうなったら、ここで救助隊を待つよりしようがないだろう」

日野は自分に云った。それにしても、その場所はきわめて危険なところだった。もっとなんとか安全なところへ移動したかったが、その体力はなかった。一本のダケカンバが岩の割れ目に生えていた。彼はカバンの中から細引きを出して、その木の幹にくくりつけ、その端を自分の腰に巻きつけた。寝ぼけてその岩棚《いわだな》からころげ落ちないように工夫したのである。これでよいと安心したらまた眠くなった。

夜になった。寒かった。寒い、寒いと彼が云うと母がそこに薪木がいくらでもあるではないか、なぜ火にくべないのかと云った。彼の家の炉端《いろりばた》の周囲には家族が揃っていた。どの顔も炉で燃えさかる炎に照らされて赤かった。パチパチと音を立てて榾《ほだ》が燃えた。長兄は、それを野薔薇《のばら》の枯枝だというし、次兄は、いや生木《なまき》だからあんな音を立てるのだと云った。

「生木《なまき》なら水を吹き出す筈だ」

と日野孝男は次兄に云った。

（よく見ろよ、ちゃんと泡を吹き出しているではないか。ほらこの泡を舐《な》めてみろ蜜のように甘いぞ）

次兄がそう云って突き出して来るそれに手を出そうとすると、

（ばか、それは漆《うるし》の木だ。その汁を舐《な》めて見ろ、身体中がかぶれるぞ）

長兄がその木を叩き落して、

（お前はきっと咽喉がかわいているのだろう、水をやるから飲め）

長兄は大きな丼にいっぱい水を汲んで持って来た。だが、その水は孝男の口もとまで達しないうちに、すべてこぼれ落ちてしまうのである。どうしても水を飲むことはできなかった。長兄が意地悪をしているのではなかった。長兄はなんとかして、弟の孝男に水を飲ませようとして汲んで来るのだが、それが孝男のところまで来る前にこぼれてしまうのである。

彼はあきらめて、長兄から目をそらし、炉の炎にやり、更に炉にかかっている鉄瓶、そしてその上にある、すすけた吊り鉤《つかぎ》から天井へと視線を移して行った。天井には煙抜きの空洞がありその上に屋根があった。よく見るとその天井に星が光っているのである。不思議なことがあるものだと思った。なぜ、家の中にいて星空が見えるのだろうか。そして彼ははっとわれに返えった。

風の音も聞えないし、渓流の音もなかった。死のように暗くて静かな夜の中で彼は自分がまだ生きていることを自覚した。

(眠ったら死ぬなんていうのは嘘だ。おれはちゃんと生きているじゃあないか)

と自分に云いきかせようとすると、別の自分がでて来て云った。

(そうだ。眠っても死ぬことはない。だが水を飲まないと、必ずお前は死ぬぞ)

(だが、その水はここにはない)

(すぐ下にあるではないか、耳を澄ませてよく聞け、小黒川の水音が聞えて来るだろう。降りろ、勇気を出して降りて行け、水はいくらでもある)

そうだ。水はいくらでもある。行けば飲めるのだと思って、腰を上げようとすると、ダケカンバにつながれている細引きによって引きもどされた。頭上のダケカンバの枝が大きな音を立てて、動くことがきわめて危険であることを警告した。

彼は再びわれに返えった。

夢とも現実ともつかない闇の中にいるとひどく疲れた。入れかわり立ちかわり、色々の人が出て来て勝手なことを云った。それに受け答えしているのがつらかった。頭の芯が痛かった。ぐっすり眠りたいと思ったが眠れなかった。ひどく寒かった。夜明けに近いなと思った。ひょっとするとこの夜明けの寒さで、自分は死んでしまうかもしれないと思ったが、眠りの誘惑から逃れるわけには行かなかった。

内ノ萱を午前一時半に出発した救助隊は四時ごろには、原高美が日野孝男と別れたというあたりまで来ていた。大声を上げて呼んでみても答えはなかった。

「この辺だと思うが、明るくならないと、どうしようもない」

救助隊員は焚火をして暖を取りながら夜明けを待ち、明るくなると同時に捜索を始めた。断崖の上の岩棚で眠っている日野孝男の姿は間もなく発見された。

捜索隊の一人が、眠っている彼を起こさないよう静かに近づいて行った。日野孝男が自分自身の身体をダケカンバの木に縛りつけてあるのを見て、その救助隊員は安心した。

肩を揺り動かすと、日野は眼を覚して、怖ろしいものでも見るような眼で救助隊員を見詰めていた。

「しっかりしろ、それ水だ」

と云って、救助隊員が水筒の水を日野に飲ませた。日野は音を立てて水を飲んでから、ありがとうと礼を云った。

「さあ、立ってみろ、歩けるか」

救助隊員がそう云ったが、日野は歩けるような状態ではなかった。救助隊員が彼を背負い、他の隊員が、綱で彼を上から引っ張り、別の隊員が側面から援助した。一歩一歩が死につながるような危険な断崖での仕事だった。

日野孝男を尾根まで背負い上げたのが朝の六時だった。足の速い救助隊員が、その朗報を持って内ノ萱に走った。隊員たちは二手に別れ、一隊は日野孝男を交替で背負いながら、尾根道をゆっくり下った。一隊はその附近に必ず居るであろう他の二人の少年を探すことになった。彼等は、口々に、おうい、おういの呼声を掛けながら朝靄の山道を降りて行った。声を合わせて呼んでは、しばらく休んで、答えがあるかないかを確かめた。

枝尾根《えだおね》が小黒川の支流に向って落ちこんでいるあたりまで来たとき、呼びかけに対してかすかながらの答えがあった。捜索隊員はわれ先にと森の中に駈けこんだ。小島覚と有賀繁雄が放心したような顔で土の上に坐っていた。二人は倒木の下で抱き合って一夜を過したが、もはや動く元気はなくなっていた。これからどうしたらいいかと二人で相談していたところだった。二人は捜索隊員がさし出す水筒の水をむさぼるように飲んだ。二人の目にうれし涙が光っていた。伝令が内ノ萱へ朗報を持って走った。小島と有賀は救助隊員に背負われて山を降りた。

内ノ萱では、日野孝男、小島覚、有賀繁雄の三人が救助されたという報を受けて湧き立った。或は他に何人かの生存者があるかもしれないという希望が出た。

朗報は更に続いた。木曾へ通ずる権兵衛峠で平井利秋が樵《きこり》に無事救助された。平井利秋は征矢をリーダーとする先頭グループの一人だった。駒ケ岳の稜線から胸突き八丁を降り、水飲み場を過ぎたあたりで、草鞋《わらじ》の緒が切れたので、予備の草鞋と履き替えている間に一行からおくれた。そして、権兵衛峠へ通ずる道に迷いこんだのである。平井利秋が途中で行方不明になったという報告を受けた遭難事務所では、夜間にかかわらず、この方面に救助隊をさし向けた。だが、救助隊が現場に達したころは、平井利秋は炭焼小屋で熟睡していた。夜が明けてから彼は権兵衛峠に向い、そこで樵に会ったのである。平井利秋はひとりで歩いて自宅へ帰れるほど元気だった。

救助された日野孝男、小島覚、有賀繁雄そして原高美は一軒の家に収容されて手当を受けた。別室には少年たちの父兄と救助隊員が賑やかに話し合っていた。夜中に村を出て行って、見事にその任務を終った救助隊員十五名には、その労をねぎらうために酒が出された。

「あなたたちはうちのせがれの生命の恩人です」

と云いながら酒をついでいる人がいた。救助隊員も、いかに救助が困難だったかを繰り返えして語った。断崖の上にいた日野孝男を安全地帯まで引っ張りあげるには、身が縮《ちぢ》む思いがしたと語る隊員もいた。

「自分の身体をダケカンバの木に結びつけて置くなんて、それにしてもえれえもんじゃねえか」

と日野孝男を讃めた隊員もいた。この席は喜びの声が満ち溢れていた。死の影などひとかけらもなかった。生還の嬉しさのあまりつい声が高くなった。

だが、すぐ隣りの家には遺体を待っている父兄や行方不明の少年たちの身を案じている父兄がいた。悲喜こもごもの内ノ萱は、きのうの嵐とは打ってかわってよい天気だった。外に出ると真夏の太陽が頭上から照りつけた。遭難事務所には朝から人がつめかけていた。何人かの新聞記者の姿も見えた。夜半に生還した原高美によって、更に三名の死が確認されたので死者は古屋時松、唐沢武男、小平芳造、平井実、北川秀吉、堀峯、有賀直治の七名の少年と赤羽長重の計八名になった。未だに消息不明の者は唐沢圭吾、荻原三平、有賀邦美の三少年とその兄有賀基広、そして教員の清水政治の計五名であった。

＊

岩陰に避難した清水政治と荻原三平は、ひたすら風の止むのを待った。そこにいると強風を直接受けることはなかったが、岩陰に部分的に発生する風の渦《うず》が彼等を打ち体温を奪い取った。

清水は三平を膝の上に抱き、その上にマントをかぶせて、

「眠ったら死ぬぞ、眠っちゃいけない」

と昨夜来云い続けていたことを口にした。それに対して三平は時折は答えたが、眠らないでいることはとうてい不可能に見えた。清水自身も、眠るなという声が出なくなり、瞼《まぶた》が重くなって来ると、ついにはそれに耐えられなくなることがある。眠っているのか起きているのか、はっきり自覚できない朦朧《もうろう》とした状態で、気だけは確かに起きているつもりでいた。

(起きているぞ、おれはちゃんと目を開けている)

と清水は自分に云いきかせながら眠っていることがあった。そう長くは続かず、はっとして眼を覚すと、眠りこんでいる三平の身体をまず揺すぶった。三平が眼を覚してしばらくの間は眠ったら死ぬぞの題目が、清水の口から出るけれど、その声が吹き荒《すさ》ぶ風の音に消されて細くなり、やがて途絶えてしまうときには、二人ともふたたび眠りこんでいるのである。

時間の経過が明瞭ではなかった。ひたすら、睡魔と格闘することだけが二人の世界だった。清水は三平一人を助けるという目的のために生きていた。彼は古屋時松と唐沢武男の死に会い、堀峯、有賀直治、北川秀吉の三人が強風地帯で死んだことを赤羽から聞かされたとき、おそらく他にも何人かの犠牲者が出ているに違いないと想像した。

(だがおれはこの荻原三平だけはちゃんと守ってやるぞ)

彼は自分に云い聞かせた。今となったら、荻原三平ひとりを守ることがせいいっぱいだった。そして三平を守り通すことが、この場における彼の責任だった。

(三平が死ねば、おれも死なねばならない)

彼はそのようにも考えた。

嵐の中に、教師の代表と生徒の代表が取り残され、二人は、共に生きるか、共に死ぬかの試錬の中に立たされたのだとも考えられた。

彼がうとうとしている最中でも、彼の神経の一部は起きていて、膝にいる三平との間に通《かよ》っている体温を感じとっていた。三平が生きていることの確証はそこにあった。

ほとんど口をきかずに、目を開いたり、つぶったりしている三平が、突然はっきりした声で、

「先生、なぜこんなところにいるのだえ?」

と訊くことがあった。外は暗くなって来たようだった。

「この強風の中に出て行ったら、必ず死ぬ。おれたちはこうして救助隊を待っているのだ」

と答えてやると三平は深く頷いた。三平は、二人が置かれている状況を改めて認めたようであった。三平のうつろな目が嵐の中に向けられ、やがて絶望の眼ざしに変る

ことが、清水にとってもっとも怖しかった。救助隊が来るなんて嘘だ、自分たちはここで死を待っているのだと思いこんだら最後、絶対に生きることはできないのだ。

「救助隊は必ず来る。きっとおれたちを迎えに来るぞ」

清水は自分に云いきかせ、そして三平にそう思いこませようとした。

長い長い一日の風との戦いが終って、二日目の夜を迎えると、さしもの風も吹き疲れたのか、ときどき休むようになった。その風が息をつく時間が長くなるに従って、風速も落ちて行った。時折、思い出したように突風が吹き、やがてその突風もおさまり、静穏な夜になった。満天に星が輝いていた。夜になってから、かなり長い時間が経ったころ、

「先生、何時だね」

と三平が訊いた。暗くなっても必ず救助隊はやって来るのだと信じこんでいるらしい三平に、でたらめは云えなかった。清水は懐中深く抱いていたマッチを出して擦ろうとしたが濡れていて火を点ずることはできなかった。三平が、カバンの中を探した。油紙に幾重にも包んであるマッチと別包のローソク五本があった。三平の母がそのように配慮して置いたのだ。

マッチを擦って懐中時計を見ると十時を過ぎていた。清水は時計の針を覗きこんでいる三平の目を見て、

（三平は大丈夫だ。もう一晩頑張れば、三平は助かる）

動かずに岩陰に風をさけていたことが、よかったのだ。その間に元気を恢復したのだろうと思った。

「何か食べよう」

と清水が云った。彼はにぎり飯を出した。凍ってはいなかったが、凍っているように冷たかった。

「さあ食べろ。なんでもいいから食べないと夜の寒さに勝てないぞ、凍え死ぬのがいやなら食べるのだ」

「食べたくはない。水が飲みたい」

と三平が云った。

「少しでいいから、なにか食べて水を飲め、なあ三平」

三平が力ない返事をして、カバンの中に手を入れた。なにか探しているようだった。

「袋の中に入れて置いた氷砂糖が溶《と》けてしまった」

と三平は悲しそうな声で云った。あれだけの風雨に打たれたのだから、溶けるのは当り前だった。

「スルメはどうした」

「スルメも、カツオぶしも握り飯もある……」

だが、食べたくはないと三平は云った。三平が甘いものを欲しがっていることは分っていたが、清水はそれを持って来てはいなかった。

「スルメを噛め、ゆっくり噛んでいると、味が出て来る」

清水が云った。そのスルメもカバンの中で濡れてふやけていた。三平はちょっと口にしただけで吐き出した。

「そうだ。これはどうだ」

清水は食べかけていたにぎり飯の芯にある梅ぼしを取り出すと、三平の口の中に半ば強制的に押しこんだ。

「どうだ、うまいだろう」

と云うと、三平はうんと云った。完全に食慾を失った三平の味覚に、梅ぼしの酸味が刺戟を与えたようであった。清水はあと二個持っている握り飯を割って、その中の梅ぼしを三平に与えた。ついでに、二口、三口、飯のかたまりを入れてやった。

三平が、それらを飲み下す音を、清水は涙の出るような思いで聞いていた。おそらく三平はこの夜を耐えてくれるだろうと思った。さあ、もう一口食べてくれと清水はにぎり飯をさし出した。食事が終り、水を飲んだところで、清水は三平に云った。

「しっかりしてくれよ三平、もう一晩だ。夜が明けたら、暑いくらいの天気になるぞ」

それは嘘ではなく確実だと思った。

間もなく二人は本格的な睡魔に襲われ、眠ったら死ぬぞ、眠ったら死ぬぞのお題目を唱えながら、夢とうつつの坩堝《るつぼ》の中に没入して行った。

三平は、うとうとするたびに清水に起こされた。そしてすぐ、深い泥沼に足から先に入って行くような気持で眠りに落ちこんで行くのである。いい心持ちだった。すべてが楽しく静かに霞んで行く境地に立っている自分を無理矢理起こす、清水のやり方が非情に思えることもあった。起きないと、清水は頬を打ったり、腕をつねったりした。叩かれても、つねられても痛くなかった。それほど三平の肉体は眠りを要求していた。

清水に起こされた直後には決ったように赤羽校長が顔を出した。

「清水君、困ったよ、また三人死んだ」

赤羽はそんなことを云ったあとで、

「おい、救助隊が来たぞ、みんな助かった。時松も武男も息を吹き返した。堀峯、北川秀吉、有賀直治の三人も、救助隊に背負われて山を下った。さあ、帰る準備をしろ」

などと云った。ほんとうに救助隊が来たかと思って目を見張ると、そこには誰もいなかった。

　その夜、三平はなにかつぶやきながら、歩き廻っている赤羽の姿を何度か見た。見廻りに来てくれているのだと思った。赤羽校長がそうしてくれているかぎり、自分は死ぬことはないとも思った。

　清水は疲れ果てて眠った。眠ってはいけない、大敵は夜明けの寒さなのだ。その寒さに耐えられるかどうかによって、生きるか死ぬかが決るのだ。眠ってはいけないし、三平を眠らせてはならないと自分に云いきかせていながらも、つい眠ってしまった。

　三十分か、一時間かはっきりしないが、かなりまとまった時間眠ったような気がした。眼を覚したのは、膝に抱いている三平が冷たくなったように感じたからだった。彼は三平を膝の上にしっかり抱きしめ、その上にマントをかぶっていた。三平の体温と彼の体温とは通じ合っていた。その温《ぬく》みが続くかぎり、三平には異常がないことの証拠であった。温みがなくなったのは、三平の身体に重大な変化が起ろうとしている知らせなのだ。

　清水は狂気のようになって三平を揺すぶった。三平は目を開けて、なにか低い声で答えた。

（ああよかった）

て、
ほっとした直後に清水は放心したようになった。三平が死んだと思ったときのショックから立直るにはしばらく時間がかかった。清水は、心臓の動悸が収まるのを待って、

「三平、寒いのか」

と訊いた。寒いのは当り前のことだった。清水が訊いたのは寒さの程度だった。

「寒くはねえ……」

どうやらそのように聞えた。言語が不明瞭だった。清水の心臓の動悸がまた激しくなった。死に近づく前には、寒ささえも感じなくなるということを聞いていたからだった。三平がその状態にあるとは思いたくなかった。そんなことはない。なんとかして、三平を元気にさせてやるぞと気負いこんでみても、さてその彼になにをしてやっていいかは分らなかった。眠るなと怒鳴ったり、身体をこすったり、揺すぶったりしたところで、彼自身の内部のエネルギーが渇《か》れてしまった今は、彼を元気づけることも覚醒させることもできないのだ。これ以上彼の身体から熱を奪い取られないようにしてやることが今の場合為し得る最上の方法だった。しかし、彼に着せかけてやる物がなかった。清水自身が濡れた着物を脱いで、三平に着せかけたところで、たいした効果はありそうもない。

(この場合は外から熱を取る以外に方法はない)

そんなきまりきっていて、ここでは不可能な理窟を考えたところで、なんにもならないと分っていながら、更に彼は、

「それこそ、焚火でもできたら、申し分ないのだが」

と、ひとりごとを云ったあと、その言葉尻を飲みこんだ。

「そうだ、五本のローソクがあったぞ」

清水は叫んだ。なぜそれに早く気がつかなかったのだろうかと自分を叱りながら、三平のカバンの中にある、油紙に包んだローソク五本の包みを取り出した。三平の母の深い思いやりが、いまここで三平を救うことになるだろうと思った。清水はローソク一本で暖を取る方法を軍隊で習って知っていた。

「おい、三平しっかりしろ、すぐ暖くしてやるからな」

清水は、三平をマントでくるんで、岩にもたせかけたまま、外へ出た。弦月の弱い光が喬木を照らしていた。そのあたりは背丈ほどのダケカンバ、ハンノキ、ナナカマドの混生地帯だった。彼は淡い光の中に腹這いしているように見える喬木の一叢に入りこんで、その一本を根こそぎ引き抜こうとした。両手の指が、かじかんできかないから腕に抱えるようにして引き抜こうとした。根が張っていて容易には抜けなかった。その隣りの木を根本から折り取ろうとして踏みつけると、たまたまそれは岩の上の浅い土に生えていたらしく、根からすっぽりと取れた。彼はそのままそれを岩穴に

持ちこんで、その木を支柱にし、そのてっぺんに帽子を乗せマントをかぶせかけると簡易テントが出来た。あとは三平をその中に坐らせ、ローソクに火をつけて、そのマントで作った密室内の温度を高めればよかった。

彼のマントは二人を収容するほど大きくはなかった。三平をマントの密室に入れるためには彼は外へ出なければならなかった。承知の上だった。用意はできた。

清水はマッチを擦ろうとした。手の指がかじかんでいて、マッチの軸を持つことができなかった。彼は歯にマッチの軸をくわえて擦った。焔が目の前いっぱいに拡がり、鼻毛を焼いた。鼻の先に火傷を負ったがくわえているマッチの軸は離さなかった。その火はローソクに移された。ローソクを簡易テントの中に立て、マントの裾《すそ》をよく押えてから、彼はその外に坐った。ローソク一本だけでは不足のように考えられたので更に一本を追加した。

「これでいい……」

彼はマントの隙間から洩れるローソクの火を見詰めながら云った。間もなく簡易テントの中の温度は上り、三平は救われるだろうと思った。だが、自分はどうなる。それを考えたとき彼はぞっとした。彼は、岩穴に簡易テントを張ったために居場所を無くし、外の寒さに直接さらされることになった。風は弱くなってはいたがまだ吹いていた。マントも着ていないし、帽子もない。頬かぶり一つの彼の頭は朝の寒気に全く無防備だった。

新しい心配が出た。急造テントの中の温度が上ると、かえって眠くなりはしないかということだった。彼はテントの外から、眠るな三平、眠るんじゃないぞと声を掛けた。声を掛けながらも、自分は間もなくものが云えなくなるだろうと思った。かじかんだ手を簡易テントの中に入れて暖めたかったが、そうすることは簡易テント内の温度を下げることになるからできなかった。

二本のローソクを使ってしまうと、残りは三本になる。あとは一本ずつ使えばよかった。そのうち朝が来るだろう。彼はテントの外から、三平に声を掛けて、マッチとローソクをふところの中に入れて置くように云った。

「火が消える前に次のローソクに火をつけることを忘れるな」

すると三平は、低い声だがはっきりした声でそれに答えて云った。

「とてもあったかくなったから、先生も入らねえけえ」

入りたかった。入りたかったが入る余地はなかった。三平が自分の身を案じてくれていることが身にしみて嬉しかった。

「先生は寒くはないから、こうして外にいる。心配するな」

彼は三平にそう云って、東の空を仰いだ。気のせいか、いくらか明るくなって来ているように感じられた。朝の激烈な寒さとの戦いがいよいよ始まるのだと思った。

(或は寒さに負けて死ぬかもしれない。しかし、三平はきっと助かる)

彼はそのように確信した。頭の芯が痛くなるような寒さだった。再び睡魔が襲って来た。彼はそれに耐えるために立ったり坐ったりした。

「先生そこでは寒い。中へ入ったらいい。そんなところに居ると死んじまうよう」

三平が泣くような声で云った。

清水は答えなかった。口がきけなくなっていた。そのうち立ったまま眠ってしまうかもしれないし、倒れるかもしれない。だが、三平の領分に入ってはならないのだと思いつめていた。

かなりの時間が経過した。頭がぼんやりして来た。手足の感覚が定かでない。突然、簡易テントの中から三平の手が出た。

「先生、餅が焼けたで食べておくれ」

三平はローソクの焔でモチを焼いていたのである。清水は夢の中でそれを受取った。餅の熱さで眼を覚した。餅の熱さは痛さとして感じた。唇にも、歯にも痛かった。三平の好意に感謝したかったが言葉がでない。無言で食べた。胃のあたりに熱がこもり、そこからなにかが浮き上って来る。

「三平、ありがとうよ」

彼はやっと、ものが云えた。生き返えったと思った。ローソクは五本目が燃えつきるところだった。五本のローソクで三平は或る程度元気を取り返えしていた。

「お前の餅はどうした」

「おらあ食いたくねえ」

三平がそう云った。三平を膝に抱いて、マントをかぶりたかったが、そうすれば、折角温められた三平の身体の熱を奪うことになる。清水は頑張った。東の空に赤みがさし始めていた。日の出はもうすぐだ。ローソクは間も無く消えた。彼は三平に、マントを頭からかぶるように云った。

「おい三平、おれたちは勝ったぞ」

清水は、マントの外から三平に呼びかけた。三平が生きたことが自分が生き得たことだと思った。三平、よく頑張ってくれたなと、何度も何度も繰り返えして云った。ここで眠ったらおしまいだ。今までの努力が無駄になる、眠るな、先生も頑張るからお前も頑張れと彼は怒鳴りつづけていた。

日の出は美しかった。三平にも見せてやりたかったが、そのままにした。その日の太陽の第一矢が清水の顔に射掛けられたとき、彼は生命のどよめきを聞いた。岩も石も白砂も頂も樹林も、ナナカマドの叢もすべてが桃色に輝いた。それは凱歌のように華《はな》やいだ朝の訪れだった。

日が出ると、直ぐ温度は上った。マントを取って、岩の上に拡げて乾すと、湯気が上った。風はほとんど止んでいた。太陽に当ると、もう寒くはなかった。あの明け方の寒さが突然消えたことが不思議に思われるほど、夜と昼との交替が、一瞬の間に行われた。清水は勝利を確信したが、勝ち誇ろうとはしなかった。危険はまだ去ってはいなかった。死神は近くの岩陰に潜んで、二人をじっと見ているようだった。

「三平、眠いだろう。おれも眠い。だがここで眠っちゃあいけない。ぼつぼつ歩こう。歩いているうちに必ず救助隊に会うだろう。おそらく、救助隊はすぐそこまで来ているに違いない。歩くんだ。救助隊が来るまでは、自分で歩かなきゃあいけないのだ。な、三平……」

清水はそう云いながら立上った。腰がふらついたがすぐ立直り、太陽に向って手を合わせた。彼はそのときほど太陽が有難いと思ったことはなかった。

三平は太陽に向って合掌している清水の顔を見詰めながら、生きていた確証を摑もうとするかのように清水に向って手をさし延ばした。清水がその手を引っ張った。

三平は立った。歩くこともできた。清水は三平の手を引きながら帰路に着いた。三平が歩けなくなると清水が背負った。二、三歩行っては休んだ。三平を背負ったり、歩かせたりしながら、北川秀吉、堀峯、有賀直治の三人の遺体の傍にさしかかったとき、救助隊の先頭隊に会った。

三平が救助隊員に背負われるのを見て清水は全身から力が抜けた。彼はそこに坐りこんだまま荒い息をついた。

「すぐその先に、有賀兄弟が死んでいる。それから赤羽先生も死んだ」

青年からそのことを聞いた清水は、全身から血が引いて行くのを感じた。

(清水君後をたのむぞ)

という赤羽の言葉を思い出した。

(おれは、赤羽校長にたのまれたその後をほんとうにまっとうしたのであろうか、赤羽先生にバトンタッチされた義務を完全に果したのであろうか)

清水は砂の上に両手をついて、死んだ赤羽に許しを乞うように何度も何度も頭を下げた。

救助隊員は、清水のその行為を、救助隊に対する感謝だと単純に理解していた。清水の目に浮んだ涙も嬉し涙だと思っていた。

「おい、誰か清水先生を背負って行け」

救助隊の先頭に立っている男が云った。

「いや、おれはひとりで歩ける」

清水はふらふらと立上った。その時、彼は死んだ赤羽先生がうらやましいと思った。

＊

有賀基広、有賀邦美両兄弟の父、有賀文治は救助隊と共に未明（午前四時）に内ノ萱を出発した。救助隊の他に、行方不明となっている少年たちの父兄等数名、郡役所から郡書記が二名、警察署から大川警部補他巡査五名、林医師及び若林警察医が同行した。百名に近い人数だったが、大川警部補の指揮によって、その中から若くて足の達者な者三十名ほどを選んで先行させた。先頭隊が出発するに際して、林医師より、生存者があった場合の応急処置について注意があり、また若林警察医によって、遺体が発見された場合は、そのままにして置くように指示された。

内ノ萱を出発すると間も無く、先頭隊は後続隊を引き離した。後続隊も、体力によって差がつき、全体として長い列となり、各消防団長や小頭《こがしら》が団員をまとめるのに苦心した。

原高美の生還により死者三名が追加されたことによって、救助隊の目的は残余の生存者をすみやかに救出することと、遺体引きおろしの作業の二つになった。

先頭隊は、青年たちばかりだった。各区から選抜された者だけあって、足に自信があった。内ノ萱を出発して三時間後には胸突き八丁を登り切って、行者岩下の稜線に達していた。そこで、赤羽長重、平井実、そして小平芳造の遺体を確認し、休みもせず朝日を受けて美しく輝く白砂の尾根を駒ケ岳に向った。

有賀兄弟の遺体が発見されたのは、午前七時半である。先頭隊は伝令を走らせて、これを後続隊に知らせ、更に駒ケ岳へ向って前進した。先頭隊は天水岩を南側に下ったところの鞍部で、北川秀吉、堀峯、有賀直治の三人の遺体を発見したと同時に、清水政治、荻原三平両名の生存を確認した。第二の伝令はこの朗報を持って走った。日は高く上っていた。

有賀兄弟の遺体発見を知らせるための伝令は、途中で行き会った救助隊員にそのことを知らせながら、まだ樹林帯の中を歩いている大川警部補のところへ向った。

「どうした誰か生きていたか」

大川警部補の周辺にいる人たちは走り降りて来た伝令の青年を見ていっせいに問いかけた。

「有賀兄弟が……」

と云いかけた青年は、大川警部補から数メートル遅れて歩いている、有賀文治の姿を認めて、あわてて口をつぐんだ。彼は大川警部補の耳もとに口を寄せて、有賀兄弟の死を報告したあとで、有賀兄弟の父がすぐそこにいることを告げた。

大川警部補はいっさいを了解した。

「なにがあったのです？」

有賀文治は大川警部補と伝令の青年の顔を交互に見較べながら訊いた。青年が文治の視線に耐えられず下を向いた。文治は胸騒ぎがした。或は自分の息子たちになにかよくないことが起ったのではないかと思った。

「うちの息子たちがどうかしましたか」

文治は声を高めて云った。

重ねて訊かれると大川警部補も黙ってはおられなかった。

「有賀兄弟が発見されたという伝令である。くわしいことはまだ分らぬ」

警部補は苦しい答弁をした。

「生きているのか……それともうちの子供たちは死んだのか」

文治は青年の法被《はっぴ》の袖をつかまえて訊いた。青年は黙ったまま、うなだれていた。

「死んだと確認されたのではないぞ」

大川警部補は大きな声で怒鳴ると、林医師と、若林警察医に、

「さあ、急ぎましょう」

と云った。

文治はそこに佇立《ちょりつ》した。基広も邦美も生きている。どこかの岩陰に風をさけて必ず生きているに違いないと、思いこみながらそこまで登って来た彼だった。たとえ死んだと云われたとしてもにわかに信じられなかった。

何人かが文治の近くに寄って来たが、ものを云うことをためらっていた。彼等は伝令と大川警部補とのやり取りや、大川警部補が文治に向って云った言葉から、有賀兄弟の死は確かなものだと思っていた。だが大川警部補が云ったように、死んだと確認されるにはまだ至ってはいなかった。だから、彼等は文治の傍に集っては来たもののなぐさめのような言葉をうっかり掛けられなかった。彼等は、

「文治さやあ、ぼつぼつ登ろうか」

とか、

「稜線までもう一息だでなあ」

などと云ってその場をごまかしていた。伝令の青年は、その場の空気から逃れるように走り出した。内ノ萱の遭難事務所に報告するためだった。

有賀文治の頭の中で黒い戦いが始っていた。

「死んだと決ったわけではないですねえ」

と彼は大川警部補に語りかけようとしたが、警部補はもう彼の声の届かぬところを歩いていた。

(あの青年は、おっちょこちょいだ。基広と邦美が倒れているのを見て、死んでいるのだと早合点したに違いない。きっとそうだ)

強いてそのように思いこもうとした。

「二人が一度に死ぬ筈がない」

と言葉にも出した。一度は彼の周囲に集った人たちも、なんとなく彼から離れ、先になったり、後になったりして彼を見守っていた。

(この眼で確かめて見るまでは、あの二人が死んだなどと云わせるものか)

気があせっても、足は前に出なかった。二人の息子の倒れている姿が目の前に浮んだり、なにか語りかけようとしている瀕死の顔が頭の中をかすめて通った。二人の元気な顔はもう浮んではこなかった。あの青年が大川警部補に耳打ちをしたのは、二人が尋常でない姿でいることを意味しているのだと思うと、二人の死が頭の中にクローズアップされて来る。それを打ち消すためにありとあらゆる反証を挙げたが、結局は二人の死を信ぜざるを得ない方向へと傾いて行った。

彼は樹林帯の尽きるあたりで布をかぶせてある、赤羽長重、平井実、小平芳造の三人の遺体を見た。足のすくむ思いだった。自分の二人の子がこのような恰好でいるかと思うと恐怖で足が前に出なかった。

行者岩下の鞍部から稜線に取りつき、白い砂の尾根道をたどるようになってからは、二人のうちせめて一人だけでも生きていて貰いたいと願うようになった。

そこから遠くないところに、息子たちが、おそらく通常ではない姿でいることがはっきりして来ると、心は重くなるばかりだった。

坂道を登り切って、ハイマツの尾根伝いの道にかかって間も無く、前方にひとかたまりの人々を見た。

「来たぞ、よう」

という声を微風が彼のところまで運んだ。来たぞ、ようというのは、明らかに自分を指していた。その声には悲しい思いやりのひびきがあった。

文治はもう駄目だと思った。息子たちの生存は期待できないと思った。心臓が痛いほど鳴っていた。息が切れて、そのままそこに倒れそうだった。

人垣の一角が開かれ、文治の進むべき道ができた。彼はよろめきながら近づいて行った。兄の基広が弟の邦美を背負ったままで、うしろ向きに倒れていた。二人の顔にかけられていた風呂敷を取りのぞくと、そこに息子たちの顔があった。二人は目を開けていたが、その目はなかった。開けた目に砂が吹きつけていた。耳の穴にも、鼻の穴にも口にも砂や小石がつまっていた。顔中が疵だらけだった。大きな石でも当ったように、邦美の額は破られ、そこから流れ出た血は乾いていた。基広は胸部に負傷したらしく着物が赤黒く染っていた。

「基広、邦美……」

と叫んで、二人に抱きついた文治はそのまま気を失った。

気がついたときには、ハイマツの中に寝かされていた。

「まことにお気の毒のことでした。検死は終りましたから、どうか遺体を引き取って下さい」

と大川警部補が云った。

文治はそのとき二人の息子が死んだことを確認した。悲しみよりも怒りが先に湧き上った。

「畜生め！」

彼はそう云って立上った。

「誰がおれの息子を一度に二人も殺したのだ」

そのすさまじい憤りの声に救助隊員は彼の傍から一歩離れた。

「担架をこしらえろ、なにをぐずぐずしているのだ」

大川警部補が怒鳴っているのを文治は上の空で聞いていた。

樹林帯から適当な木が切り出されて来た。二本の長い棒を並べ、それに横棒を縄でしばりつけた簡単な担架が二つ作られた。だが、道が狭いし足場も悪いので、担架は使いにくかった。救助隊員が交替で遺体を背負いおろすことになった。

文治は自ら進んで、基広の遺体を背負った。死の重みが肩にかかったとき、息子の死が実感となって胸に迫った。彼は泣き続けながら山を降りた。

内ノ萱の遭難事務所の庭には、既に先着の三つの遺体が並べられていた。太陽が頭上から照りつけていた。

有賀兄弟の遺体はそこから、中箕輪村、沢地区の消防団員によって、自宅まで運ばれることになった。ややしっかりした担架が作られた。有賀兄弟の遺体が、沢地区の生家に帰ったのは暗くなってからだった。その前に知らせがあったので、有賀家とその親類の人たちは、庭にねこ（藁を編んで作った、厚目の広い筵《むしろ》のこと、籾《もみ》や雑穀などを乾すのに使用する）を敷いて待っていた。

遺体はねこの上に置かれた。そこで遺体が清められて納棺する手筈になっていた。

遺体を運んで来た消防団員たちには、席を別にして食物や酒の用意がしてあったが、一人としてその座につく者はいなかった。遺体が運びこまれると同時に、それにすがりついて泣く家人の声を聞いて、消防団員たちは、いたたまれぬ気持でその場を去った。

悲惨な遺体を目の前に見て有賀家の者や親類の人たちは驚き且つ悲しんだ。大釜で湯を沸かして、遺体が清められ、それぞれ死装束に着替えさせられ、納棺された。座敷の奥に二つ揃えて並べられた真新しい棺桶の前で、

「どうしてこんなことに……なぜこんな目に……」

兄弟の母は、そう云いながら泣き続けた。

有賀家はその夜を泣き明かした。朝になっても、悲しみは終るものではなかった。

悲しみはいよいよ深まり、やがて二人を死に至らしめた原因に対する怒りに変っていった。

「なんだって、まだ年端《としは》も行かない少年を駒ケ岳などに連れていったのだ。だいたいそんな無謀なことを計画した学校が悪いのだ」

文治の怒りは、はっきりと学校に向けられ、校長の赤羽長重に向けられた。その悲しみに代る怒りは永遠に続くもののように思われた。親類の多くは黙っていた。二児を同時に失った親の気持を考えると、なぐさめるべき言葉とてなかった。

*

赤羽長重の留守宅に遭難の知らせがあったのは二十七日の夜だった。

「二十六日の夜から二十七日の朝にかけての暴風雨に遭遇して、中箕輪尋常高等小学校の生徒二十五名、青年会員九名、引率教師三名、計三十七名のうち、二名の少年が死にました。その後の消息は第一次救助隊員が帰って来るまでいっさい分りません」

という、春日《かすが》訓導の言葉を赤羽つぎは姿勢を正して聞いていた。

「学校からは若手の先生たち十名が救助隊を組織して内ノ萱に向いました。校長先生も昨夜の嵐ではかなり困難されているだろうと思われます。なにかお届けするものがありましたら、私が持って参ります」

学校から赤羽の自宅へ派遣された、春日《かすが》訓導はやや早口で云った。落着いて云うつもりだったがいざとなるとあがって、自分も救助隊員の一人となって今夜にでも山へ登るのだとつけ加えるのを忘れていた。

赤羽の生家は西春近村下小出にあった。内ノ萱まで一里余（約五キロ）の比較的近いところにあった。

「亡くなられた子供さんの名は」

赤羽つぎは落着いた声で訊いた。

「古屋時松と唐沢武男の二人です」

「申しわけないことをいたしました。心からお詫びを申し上げます」

つぎは春日訓導が二人の少年の父兄でもあるかのように両手をつかえ、深く頭を下げた。春日はどう答えていいか分らなかった。ただ頭をわけもなく下げながら、

「赤羽先生へとどける物はございませんか」

と小さな声で云った。

「引率して行った生徒が一人でも死んだら、私の主人も生きてはいません。生きて帰れるわけがないではありませんか」

つぎはきっとなって云った。春日は叱られたように首を垂れた。

「主人は間違いなく死んでいます。死んだ人に持って行ってもらう物はなにもございい

ませんが、できましたら油単《ゆたん》（嫁に行く時、長持にかぶせる、紺地に家紋を染め抜いたひとえの布）を持って行ってくださいませんか。用途はおわかりのことと存じます」

つぎは蔵を開けて、油単を持って来て春日に渡した。あとは一言も云わずに、門の外まで彼を見送って行った。

赤羽長重の死が生家へ知らされたのは、二十八日の未明であった。知らせに行ったのは消防団員だった。

赤羽つぎは起きていた。部屋は片づけられ、障子が貼《は》り替えられていた。つぎは夜どおし起きていたようだった。

赤羽の死が報ぜられても、特に驚いたふうもなく、

「みなさまに御迷惑をおかけしてもうしわけございません」

とだけ云った。涙ひとつ見せなかった。

油単に包まれた赤羽長重の遺体が帰って来たのはその日の午後遅くだった。遺体はすっかり用意が整えられた奥の座敷に運び入れられた。子供たちが年の順に並んで、亡き父を迎えた。

つぎは涙を見せなかった。取り乱した風はどこにもなかった。遺体を運んで来た消防団員にひたすら迷惑を掛けたことをわびながら、隣家に用意してある食事をどうぞ

口にしていただきたいと乞うのであった。

学校関係者に対しても、

「すべての責任は主人にあります。多くの子供さんを死なせて、全く申しわけないと思っています。御遺族の一人一人に会って、おわびをしたい気持です」

と云った。つぎが懸命に感情を押えていることは、その言葉のはしばしに現われていた。涙を見せまいと努力しているのも明らかだった。だが、赤羽の遺体が清められて納棺され、その前でお通夜が始ってからは、彼女は時折、ハンカチを出して目に当てた。それもなにか控え目だった。

赤羽長重の遺体が自宅に帰ったその時から彼女は、多くの少年たちを死に至らしめた夫の責任を転嫁《てんか》されたようであった。夫にかわって、その責めを負う身には、夫の死を卒直に悲しむことさえ控え目にしなければならないようだった。強いて悲しみを表面に出すまいとする彼女の心を知った子供たちもまた、父の遺体の前で声を上げて泣くこともできずに、じっとしていた。

二十九日の午後になって樋口裕一がやって来た。彼は変り果てた赤羽の姿を一目見て、

「さぞかし私のことを恨んでいたでしょう」

と云った。赤羽と共に登山する予定だった彼が行かなかったことが、今度の遭難を

大きくした一つの原因になったのだと考えていた。

樋口は、その事件は全く知らなかった。その日の午後、日輪寺の和尚が村の人からこのことを聞いて来て、樋口と春子に知らせたのであった。樋口は春子をそのままにして、取り敢えず赤羽家へ駈けつけたのである。

つぎは樋口を見ると、

「山から帰って来たら、あなた方二人を正式に結婚させてやるのだと云っていたうちの主人も……」

と云いかけて顔を覆った。それまで、こらえにこらえていた涙が一度に溢れ出た。

だが、つぎはすぐ涙を拭いて、彼に云った。

「樋口さん、負けてはいけませんよ。強く生きねばなりませんわ」

それは、彼女自身が将来に向って云っている言葉のようであった。

*

唐沢可作《からさわよしなり》は風の中を彷徨していた。歩いても歩いても道は見つからなかった。恐ろしい風の音がどこまでも彼を追いかけて来た。逃れようもなく迫って来る風の音に追いつめられて、底が見えないほど深い断崖に立たされ、はっと眼を覚すと知らない家の蒲団《ふとん》の中に寝ていた。内ノ萱にいることがはっきりするまでしばらくは戸惑った。

(もう心配することはない。自分は助かったのだ)

と自分に云いきかせて目をつむると、また風の夢を見るのである。晩中彼は風に追いかけられていた。

翌朝彼はその家の人によく眠れたかどうかを訊ねられた。よく眠れましたと答えはしたが熟睡した後のような爽やかな気分ではなかった。頭の芯が痛かった。身体中に気怠《けだる》さが残っていた。

彼はその家の人から、昨夜遅くになって帰って来た救助隊によってもたらされた話や、一人で山から降りて来た原高美などの話を聞いた。犠牲者が合計八人になったことを知らされて、声も出ずにうなだれていた。

内ノ萱には一夜の間に数え切れないほどの人が入りこんでいた。遭難事務所の庭には赤十字の印がついたテントが張られ、そこには白い服を着た看護婦が待機していた。可作は山で起きた今回の事件がいかなるものであったかを改めて考えさせられた。

可作は朝の食事が終ったとき、その家の人に登山の折、発電所の近くで会った白髯の老人のことを訊いたが、そのような老人はこの村には居ないということだった。では近くの村の人かと訊くと、

「さあ思い当る人はいねえな」

ということだった。他の二、三の人に訊いたがやはり同じ答えだった。

「そんな人が通ったら誰かが見ている筈だ。見た人がいねえとなると、夢でも見たことになるのかな」

と三人目の人が可作の顔を見て笑った。

その老人と会ったのは唐沢圭吾、唐沢武男そして可作の三人だった。老人が去った後に、なにを話していたのだと赤羽校長に訊かれたから、赤羽を入れて四人がその白髯の老人を見たことになった。そのときの圭吾は行方不明となり、武男と赤羽校長が死んだいまになってみると、白髯の老人と雷獣について話をしたことを直接知っている者は可作以外にはいなかった。

可作は同じ家に泊っていた同級生に、その老人のことを訊いてみた。誰一人としてその老人に気付いていた者はいなかった。彼等は発電所の前の広い原っぱにそれぞれ分散して昼食を摂《と》ったあとごろ寝をしていた。三人が白髯の老人を見なかったとしてもおかしくはなかった。しかし可作にはなにか腑《ふ》に落ちないものがあった。その白髯の老人は嵐の到来を予言し、恐怖の種を播いて去った。圭吾は嵐のことを三人のうちで一番心配していた。その圭吾は行方不明だし、武男も赤羽校長も死んだ。なにか白髯の老人の呪いにでもかかったように薄気味が悪かった。

「まぼろしの白髯の老人か」

考えこんでいる可作の顔を見て同級生が云った。可作はその言葉に一瞬刺された。まさかと思った。彼は一息ついてから、

「あの老人は遠くからやって来た人なんだ。だからこの近所の人は知らないのだ」

と云った。

少年たちは原高美が起きるのを待って遭難事務所の庭に勢揃いした。内ノ萱は超満員だから、用のない者はなるべく早く去ったほうがいいという遭難事務所からの配慮もあって、少年たちは帰村することになったのである。そのころまでに、山からは次々と知らせがあった。唐沢圭吾一人を残して、他はすべて、その生死が判明していた。

一昨日この村を通ったときの少年たちの数は二十五名だったのに、いまここに集ったのは僅かに十一名であった。その朝助けられた日野孝男、小島覚、有賀繁雄は疲労がはげしいので民家に寝かされたままになっていた。

少年たちは暗い気持で、内ノ萱を離れた。少年等を中に挟んで前後には父兄が立った。わが子が危難から脱することができた父兄たちの心はその日の朝のように明るかったが、彼等は自分の気持を押し殺して歩いていた。続々と登って来る、死者や行方不明者の関係者たちに対しては特に慎重な言葉使いをしているようであった。

彼等は伊那町の駅へ向った。そこから電車に乗って行ったほうが歩くよりはるかに

早く帰宅することができた。

内ノ萱から小屋敷を過ぎて大坊《たいぼう》あたりまで来たとき、下からやって来る一団の人に出会った。その中に唐沢可作の母がいた。

彼女は既に可作が下山したことを伝え聞いてはいたが、疲労困憊して、山を降りて来ただろう息子の身を案じて、わざわざ訪ねて来たのである。

彼女は元気な可作の姿にまず眼を止め、そして他の少年たちの顔を見廻してから、

「圭吾と武男はどうしたね」

と可作に訊いた。母の声には、いままで聞いたことのないきびしい響きがあった。

圭吾と武男はどうしたと云われても、簡単には答えられなかった。母に理解させるためには、当時の情況を初めっから話さねばならなかった。

「なぜ、圭吾と武男を一緒に連れて来なかったのだえ」

彼女は、はっきりと彼を責めた。唐沢圭吾も唐沢武男も共に新屋《しんや》（分家）の子供であり、しかも同級生である。大きな声で呼べば届くほどの近くに住んでいて、毎日誘い合って学校に行っていた仲間である。可作、圭吾、武男の三人は同じ年齢だが、可作が大屋《おおや》（本家）の出であるから、なにかにつけて、可作が三人の指導的役割を演じていた。その大屋《おおや》の可作がなぜ新屋《しんや》の息子たちを一緒に連れて帰らなかったのかと可作の母は云ったのである。

（おそらく、それは母の気持だけではなく、新屋《しんや》からそのような抗議を持ちこまれたのであろう）

と可作は咄嗟《とつさ》に思った。

「お前、圭吾には会わなかったのか」

母は、武男の死は既に知っているらしかった。未だに行方不明の圭吾について訊かれると、可作はいよいよ困った。

「小屋を飛び出すまでは確かにいたが、その後どうなったのか知らない。おい、誰か圭吾のことを知らないか」

可作は同級生に訊いた。小屋を出てから圭吾の姿を見た者は一人もいなかった。

生存者の父兄が彼女のところへ寄って来て、あの暴風雨の中では、少年たちには自分の身を守ることがせいいっぱいで他人の面倒を見てやる余裕はなかったと、可作にかわって弁解した。

「それでもねえ――」

彼女は溜息に近いものを洩らしてから、持って来た包みを開いて、葡萄《ぶどう》を一房ずつ、少年たちに分けて与えた。

少年たちはその葡萄をむさぼるように食べた。

「こんなにうまい葡萄を食べたことははじめてだ」

と彼等は口々に云った。

少年たちの列はゆっくり動き出した。可作は、彼と並んで歩いている母に、山でどんな目に会ったかを少しずつ語った。濃ケ池の近くで武男に宝丹をやって元気づけてやったことも、それから間もなく追いついて来た浅川政雄に武男の死を知らされて、死の恐怖に襲われたことも話した。彼女は黙って聞いていた。それから自宅へ着くまで彼女は二度と、圭吾と武男のことは口に出さなかった。

可作は家の門をくぐり、引戸を開けた。明るいところからいきなり家の中に入って土間に立つとしばらくはなにも見えなかった。よく帰って来たとか、よかったなあという家人の声は聞こえたが顔は見えなかった。彼は広い土間の中にじっと立っていた。まず最初に土間の隅に置いてある風呂の釜《かま》の火が赤く見え次いで湯気が見えた。風呂と反対側に馬小屋があった。馬が飼葉《かいば》でも欲しいのかしきりに首を上下に振っていた。

明るいうちから風呂に入ったことはなかったが、自分はいま特別の待遇を受けているのだと可作は思った。風呂に入っている間にも山のことを色々と訊かれた。そして風呂を出てからは、家人や隣家の人たちの口から再び、圭吾と武男のことを訊かれた。

「新屋の連中がひどく怒っているぞ」

と家の人に云われて可作は、いやな気がした。なぜ自分が責められねばならないのかと思った。新屋がそんなことを云っているなら、おれが新屋へ行って、山のことをくわしく話してやろうと可作は云った。

「いや、やめたほうがいい。そんなことをすればかえって新屋を怒らせることになる」

こまったことだと父が云うのを聞いて、可作は小さい時から、

（大屋と新屋は家の兄弟だ。したがって、お前たちと新屋の子供たちとは兄弟同然だ）

と云われていたことを思い出した。

兄が弟二人を見捨てて、逃げ帰ったというふうに取られると、可作の立場がすこぶる悪くなるのである。そうではないということを家人や隣家の人に分らせるために可作は、更に念入りに当時の様子を語らねばならなかった。強風をさけて、樹林帯に迷いこみ、ほとんど夢遊病者のようにさまよい歩いていたときは、裏山を鎮守の森へ向って歩いているような気持でいたことを話し出すと、可作の母が、ああやっぱりと声を上げた。

「お前は鎮守様に導かれて助かったのだよ。武男だって圭吾だって……」

と云いかけて彼女は口をつぐんだ。

母があの暴風雨の夜から朝にかけて一睡もせず、村の鎮守にお百度参りをしたことを可作はその時はじめて知った。新屋をお参りに誘ったが行かなかったことも母の口から聞いた。可作はなんとも云いようのない感動の中で、

(おれが生きて帰られたのは、母のお蔭だ。母が持たせてくれた毛糸のジャケツと、そして母が鎮守様にお参りをしてくれたからだ)

と思った。

その夜になって唐沢圭吾の捜索は引き続いて行われることになり、上古田から出動した消防団は当分帰れないだろうという報告が入った。可作の兄も救助隊に参加しているのでその夜は終に帰らなかった。

武男の遺体はその夜遅く生家へ運び入れられた。親戚一同が集ったが、唐沢可作は勿論のこと大屋の人々が通夜の席に顔を出すことは拒絶された。

「新屋では可作が武男を見殺しにしたと云ってひどく怒っている」

と近所の人が知らせてくれた。

武男の両親にとっては武男を失った悲しみの持って行きどころがなかった。悲しみが怒りに変り、それが可作に向けられた。唐沢一族の大屋と新屋の間にできた冷たい壁は長いこと取り除くことはできなかった。

可作はなにも悪いことをしたのでもないのに、新屋の前を通らずに、しばらくは遠

廻りをして学校へ通わねばならなかった。何時も三人で肩を並べて通った道を一人で歩かねばならなくなった可作は、やはり、自分はあのとき、圭吾と武男に声を掛けて、三人で助け合いながら、あの苦しい場を切り抜けるべきだったかもしれないなどと、現実にはできそうもなかったことを考えては思わず涙ぐむことがあった。

内ノ萱の遭難事務所は多忙だった。二十九日には中箕輪村の救助隊百余名が駒ケ岳に派遣され唐沢圭吾の捜索に当った。この日から、救助隊の名が捜索隊に変更された。隣町村の応援捜索隊として、伊那町消防団員、西箕輪村消防団員、南箕輪村消防団員等が登山した。総数二百名を超える人数だった。

午後二時になって大川警部補より伝令があり、捜索隊のうち八十名は山中に露営して捜索に当らせるから、食糧等必要品を背負い上げるように連絡があった。

二十九日の夜は遅くまで駒ケ岳周辺に灯火が流れ動いた。伊那町の天竜川のほとりの河岸段丘上にある富県《とみがた》尋常高等小学校の校庭からは将棊頭から馬ノ背にかけて無数の灯火が右往左往するのが見えた。下校しようとしていた教師の一人は遠くそれを眺めて、鬼火のようだとつぶやいて身をふるわせた。

翌三十日も未明から捜索が開始された。この日も二百人近い人が捜索のために登山したが、何等の手がかりもなかった。

八月三十一日には濃ケ池から伊那小屋跡までの区間を集中的に捜索した。生きて帰った少年たちや青年等の証言によって、圭吾は仮小屋からそう遠くないところで道を迷ったものと推定されたからであった。その日、山頂附近では午後二時頃になって驟《しゅう》雨《う》があった。捜索隊は下山せざるを得なかった。

この夜、遭難事務所で関係者の打合わせがあって、唐沢圭吾の大がかりな捜索は中止することになり、今後は地元内ノ萱、横山地区からそれぞれ特選隊数名を出して捜索を続行することになった。その費用は中箕輪村が負担するばかりでなく、九月二十日を限って、生死にかかわらず、唐沢圭吾を発見した者には金百円也の懸賞金を出すことが決められた。

九月一日には内ノ萱の遭難事務所は取片づけられた。内ノ萱は再び静かな村となった。

八月二十七日から八月三十一日までの捜索に際して中箕輪村が負担した物資のうち主なる物を挙げると、白米七俵、鮭罐等三十個、干鱈《ひだら》二貫目、佃煮五箱、酒三斗、ローソク十箱、草鞋《わらじ》三百五十足等であった。応援の隣町村の多くはそれぞれ自前で賄《まかな》ったから、それらを合わせると相当多額な物資がこの遭難事件に投入されたことになる。物資だけではなく中箕輪村役場が内ノ萱で雇った人の数は男女合わせて九十八名であった。

＊

樋口裕一は赤羽長重の遺体に別れを告げた足で一度は中箕輪尋常高等小学校へ向った。校門に向う坂のところで同僚の増沢訓導に会ったが、彼は樋口に軽い挨拶をしただけでその坂を駈け降りて行った。学校は遭難事件でごった返えしていた。彼は有賀喜一から急ぎの用を云いつかって役場へ行く途中だった。樋口に会ったが話している時間はなかったから目で挨拶して走り去ったのである。だが、樋口の目には白分が無視されたように映った。赤羽校長等と共に駒ケ岳へ登る筈だった彼が直前にやめて、行方をくらましたことに対する批判の目があのような挨拶になったのだと一途《いちず》に思いこんだ。そのまま学校へ行けば手伝うべき仕事が山ほどあったのに、そうはせず、彼は踵《きびす》を返えした。

どうしたらいいのか分らなかった。逃げ出した家へ再び帰るつもりはなかった。足は自然に、日輪寺で待っている水野春子のところへ向った。春子に会って相談してみよう、彼女ならきっとなにかうまい思案があるだろうと思った。

松島の町の中を通り抜けて天竜川の橋の上に出たとき、彼は天竜川の水がいつになく濁っているのに気がついた。降雨があったのは一昨日である。上流からの濁り水が入りこんだとしても、もう澄んでいい頃であった。上流で工事でもしているのだろうか。そんなことを考えながら通り過ぎようとしたとき、橋の向うからやって来る小沢銀兵衛の姿を見かけた。銀兵衛は親戚の一人で春子との結婚に強く反対している一人であった。まずいなと思ったが逃げ出すわけにも行かなかった。

「どうせ、この近くに隠れているだろうと思っていた。だがね裕一さんよ、もう隠れおおせることはできないぞ」

と銀兵衛は裕一の目の前に来て云った。裕一には銀兵衛の強い口臭が毒気のように感じられた。

「赤羽先生が死んだからにはもうお前さんの味方になる者はいない。結局あの女と一緒になることはできないのさ。お前の隠れ家もだいたい見当がついたことでもあるし、明日あたりには、迎えが行くだろう」

彼はそう云うと、日に焼けた顔に薄ら笑いを残して去って行った。

赤羽先生が死んだからには、もうお前の味方になる者はいない、と云われたことは、裕一自らの心の中にあるものを銀兵衛に云い当てられたと同様だった。どう考えても赤羽校長が死んだ今となっては、春子との恋を達成することはできない。彼は悲しみに沈みこんでしまうとなにもかも忘れた。彼の後を銀兵衛が付《つ》けて来ているのにも気付かなかった。

日輪寺の門の陰に隠れるようにして春子が立っていた。彼女は裕一の後を銀兵衛が付けて来たのを見た。

「なにもかも終った」

と裕一は春子を見ると、まず云った。その時裕一は死を考えていた。

その夜二人は遅くまで話した。

彼は、赤羽の死によって春子との結婚が絶望となり、同時に教師としての立場も失ったと思った。駒ケ岳修学旅行の引率教師と決っていながら直前になって中止したその真相について問われることは明らかだった。その点を問い詰められると、春子とのことが公になる。おそらく自分は学校から追われるばかりではなく、教育界からも追放されるだろうと思った。そうなったからと云って、いまさら家に帰るわけにはゆかない。彼はそんなことを春子に話したあとで、

「暴風雨に会って多くの少年を死なせた責任は誰にあるかと云えば、それは引率教師にある。その引率教師の一人と予定されていて行かなかった自分の罪は大きい。もし自分が行っていたら、もっと犠牲を少くできたに違いない。ぼくは子供たちを死にいたらしめるような原因を作った一人なのだ」

彼はランプを見詰めた。二人だけで暮したままごと遊びのような数日間にとうとう終りが来たのだと思うと涙が出た。

その涙を見て春子が押えていた感情を一度に吐き出すように云った。

「裕一さん、ね、一緒に死にましょう」

彼女は彼にすがりついて泣きながら同じことを繰り返えしているうち、死の決心はいよいよ固まって行くようだった。

「そうだ一緒に死のう」

裕一は胸の中の春子をこのときほど、いとしいと思って抱きしめたことはなかった。生きていても甲斐のない人生だとか、死んであの世でとかいう、よまいごとは口にしなかった。二人は一緒に死ぬということだけで愛情を確かめ合った。

「夜明けにこの寺を抜け出して、伊殿井《いどのい》の淵《ふち》へ行って身投げをしましょう。裏の森から、崖縁《がけぶち》に近づき、身体を結び合って淵に沈むのよ」

春子は云った。そのとき考え出したことではなく、ずっと前から、そのような場合のことを考え続けていたようであった。春子はもう泣かなかった。

彼等は二人だけの時間を充分に過した。思い残すことはなかった。裕一は日輪寺の和尚宛に一通の遺書を残し、有賀喜一あての一通の遺書を懐中にして未明に寺を出た。誰にも気付かれずに、伊殿井の淵に立ったとき、夜が明け初《そ》めていた。樋口はその空を見上げながら、赤羽校長が、駒ケ岳登山に出掛ける前日、薄気味悪く濁った夕焼空を見上げて、

〈どんなことがあっても、あきらめるでないぞ、生命を大切にしなければならない〉

と云ったことばと、きのうの午後赤羽つぎが、

〈樋口さん、負けてはいけませんよ、強く生きねばなりませんわ〉

と云ったことを思い出した。生きよ、死ぬるなと云われた赤羽夫妻の言葉にそむいて死んで行く自分を弱い男だとは思いたくなかった。

「今の二人にとっては死ぬことが生きることよりも大事なのだ」

彼は春子に云った。それは樋口が自分自身に向って死を急がせることばだった。

固く結び合った二人の遺体が発見されたのはその日の午後であった。

＊

有賀喜一は二十七日以来、学校に詰め切っていた。主席訓導の清水茂樹が、教職員によって編成された救助隊と共に内ノ萱に出発して以来、学校内の責任のいっさいは有賀喜一が負わねばならなかった。

二十七日の夜は、男性教師全員が学校に残って、新しい情報が入るたびに、手分けして父兄に伝えた。わが子の身を案じて学校へやって来る父兄や縁故《えんこ》者は夜を徹して続いた。

二十八日の朝になると遭難の様相は更に深刻なものとして伝えられ、それに対する学校側としての処置もまた輻湊《ふくそう》した。

役場と警察との連絡は絶えることなく続けられていた。ゆっくり食事を摂《と》るひまも無いので、在校職員一同、握り飯を食べて飢えをしのいだ。

来訪者は引きもきらぬ有様だった。遭難者の父兄、学校関係者の見舞い、新聞記者、そしてたいして用もないのに心配顔をしてやって来て、あれこれ世話を焼こうとする者など、それらの人たちとの応対に当らねばならない有賀喜一は、真相の細部が未だに分っていない時だけにしばしば苦しい立場に立たされねばならなかった。

午前十時に生徒を一堂に集めて、事件の発生を告げ、全員を自宅へ帰した。当分は授業などできない状態だった。

昼ごろまでには、行方不明者唐沢圭吾を残して、他の者たちの消息はすべて判明した。悲喜こもごもの遭難関係者の間にもみくちゃにされながら、有賀喜一は息苦しいほど緊迫した時間を過していた。

午後になって生還した生徒たちが父兄等と共に電車で帰って来た。有賀喜一は彼等を松島の駅まで迎えた。彼等を学校に集めて、遭難の事情について、くわしく聞きたかったが、疲労している彼等を引き止めることもできないし、またそのような雰囲気でもなかった。なにかにおびえているような目付をしている彼等は、そのまま、真直ぐに家へ帰してやるのがこの場合もっとも適した処置と考えられた。午後遅くなってから、遭難遺体が担架に乗せられて、彼等が歩いて行った道を逆にたどって村へ帰って来た。古屋時松の遺体が到着したのは夜の十一時を過ぎていた。それが最後だった。

その日の午後六時過ぎに、有賀喜一は、長野県より派遣された渡辺県視学の訪問を受けた。渡辺県視学は高等科二年生の駒ケ岳修学旅行計画の内容について詳しく尋ね、その資料の提出を求めた。

「この登山は今年が初めてではなく、昨年も一昨年も行っています。云わば本校の年中行事の一つのようなものでもあります」

有賀は、そう前置して、赤羽校長が事前の準備にいかに慎重であったかを話し、赤羽が生徒たちに配布した計画書や注意書等の印刷物を提示した。渡辺県視学はざっと読んだ後で、

「ずいぶん、こまかいことまで書いてあるのですね」

そう云ったあとですぐ語調を強めて、

「登山の前に飯田測候所に電話を何度か掛けたそうですね」

と訊いた。

「掛けていたことは知っていますが、その回数までは知りません。出発直前に飯田測候所へ電話を掛け、天気は別条なしと聞いて安心して出発したことだけはたしかです」

「別条なしと測候所では云ったのですか」

「私が直接聞いたのではないのですが、天気予報は『北東の風、曇り、俄雨』でした。夏のことですから、午後になると必ず雲は出ます。つまり曇りとなります。夕立ちもどこかの山にはきっとあるでしょう。『北東の風、曇り、俄雨』という天気予報は、この季節ではもっとも一般的なもので、表現を変えれば別条なしということになるでしょう」

有賀は一気に云った。

「そうですね。私もそう思います。長野測候所長も、飯田測候所長も、二十六日の夕刻から二十七日にかけて、東方海上を通過した低気圧（註・現在の目で見れば明らかに台風だが、このころ、この程度のものは低気圧として処理していた）については、『突然発達して全く予想もしないほどの速さで突っ走った韋駄天《いだてん》低気圧』だと云っておりますす。天気予報は東京でもはずれています。東京附近は豪雨による出水騒ぎがあり、相当な被害があったそうです」

渡辺県視学はそこまでちゃんと調べていた。

「やはり遭難の直接原因は、測候所でさえ予知できないほどの速さで襲いかかって来た、暴風雨のためだったのですね」

有賀喜一は、県視学がそのように判断し、そのような報告書を持って帰って貰いたいと願いながら云った。

「直接の原因はそうです。だが、その場合、引率責任者がどのように処置したかという点が問題だと思います」

そして渡辺県視学は、

「詳しいことは征矢訓導と清水訓導に会って直接訊かねば分らないことですが、今までの情報を綜合すると、まず手落ちはなかったように思われます」

と云った。

「その言葉を聞くと、なにか本校の職員の手落ちでも探しに来られたように受取れますが」

と有賀がやや不満気な顔で云うと、

「いや、そういうわけではありませんが、なにしろこのようなことは本県だけではなく、日本中どこを探してもなかったことですから、後のためにも詳しく調査したいと思っています」

と云って帰って行った。

有賀は県視学を送り出した後で死亡した生徒の家へ学校を代表してお通夜に行くべき人を決めた。赤羽校長宅へも派遣すべき人を決めた。学校をからっぽにはできないから有賀ほか二名が後に残った。

お通夜に出掛けた職員のうち四人が、出掛けて間もなく、悄然と帰校した。

通夜の席では身がちぢむ思いだったと彼らは口々に云った。学校を代表してお通夜に参りましたというと、そうですかと云っただけで、上れとは云わない家があった。家へ上っても、

「こんなことになったのも、もとはと云えば、学校が悪い。その学校から、よくもしゃあしゃあとお通夜に来られたものだ」

と聞こえよがしに云われると、学校から派遣された職員はその場に居たたまれず逃げ出すよりしようがなかった。

有賀は唇を嚙みしめながらその話を聞いていた。

有賀等はその夜もほとんど眠らずに学校に頑張っていた。或は唐沢圭吾救出の報が飛びこむかと、それだけを待ち続けていた。

二十九日になって、内ノ萱へ出張していた職員たちのうち約半数が帰校した。征矢《そや》隆得《たかえ》と、清水政治が登校した。

保坂郡視学と渡辺県視学が午後やって来て、征矢と清水の両人から、当時の模様をくわしく聴取した。

有賀喜一はその傍で黙って聞いていた。想像を絶する暴風雨の荒れ方と、その中で起きた悲劇の有様を聞いていた二人は、しばらくは質問の言葉を失ったようだった。

「最後に一つだけお訊ねしたいことがあります。仮小屋を出たときの模様をもう一度ゆっくり話していただけませんか、よく思い出して、ゆっくりと」

渡辺県視学が云った。よく思い出して、ゆっくり答えろと云った言葉の裏には、仮小屋をとび出したことが、今度の大悲劇の発端《ほったん》であることを示唆《しさ》しているように考えられた。征矢隆得と清水政治はしばらく顔を見合わせたあとで、清水が云った。

「古屋時松が死んだのを目の前に見ていた少年たちはもちろん青年たちも、あたかも、同じ死の危険が身近かに迫ったように感じたのか大いに動揺しました。死者とともにその仮小屋にじっとしておられるような状態ではなくなりました。下山しようということになったのは、むしろ自然ななり行きでした。いかなる人もこの場合、仮小屋を逃げだしたいと切望する人たちの動きを阻止することはできなかったと思います」

清水は言葉を拾うように云った。

叫び声を上げて仮小屋の入口に迫った一人の青年が、阻止しようとする赤羽長重を突きとばして外へ出たことによって、収拾のつかない混乱が起ったことを、清水はそのとおりには伝えなかった。そこまで云わなくとも察しがつくだろうと思ったからである。

「よく分りました。御苦労様でした。お二人ともしばらく休養されたらよいでしょう」

渡辺県視学と保坂郡視学はそれ以上のことは聞かなかった。

樋口裕一を学校の近くで増沢訓導が見掛けたという話を、有賀喜一が耳にしたのは視学たちが帰った直後であった。

「学校へ来たなら、なぜ此処に顔を出さないのだろうか」

有賀はひとりごとを云った。そして直ぐ彼は、学校の傍まで来て学校に寄らずに姿を隠した樋口の身を心配した。なにかよくないことが起りそうな気がして不安だった。この日は、死んだ少年たちの仮埋葬があった。夏のことだから遺体をそのままにしては置けなかった。学校からは昨夜に続いて職員を葬儀に参列させた。お通夜の時以上の激しい憎悪の目に会った者もあるし、怒りの言葉をまともに受けて逃げ帰った者もあった。なにも云わずに葬儀の列に加えられた者もあり、よく来てくださいましたと礼を述べられた者もいたが、遭難者遺族たちの学校に対する感情は総じて冷たかった。

三十日になると、前日に続いて仮葬儀があった。赤羽長重もこの日、先祖代々の墓地へ送られた。

有賀喜一は学校を代表して赤羽校長の仮葬儀に参列した。おそらくこの席に、樋口裕一が居るだろうと思って見廻したがそれらしい姿はなかった。

有賀はつぎ未亡人に対して云うべき言葉がなかった。黒枠にはめられた赤羽の写真を見ると、涙が溢れた。生前、赤羽と駒ケ岳登山について論争した際、赤羽が鍛練ということを口にしたが、有賀はそれこそ暴挙というものだと反論したことを思い出した。

（だが今私は、そうは思っていません、これは決っして私の感傷が云っているのではありません）

有賀は写真に向ってそう語りかけたい気持だった。赤羽と同行した征矢と清水の両人から、赤羽が死に至るまでの、詳しい事情を聞いた直後に有賀の心を衝き上げたのは、鍛練か暴挙かの論争のとき、

〈体験こそ人間を造るものだ。修学旅行という実践教育を、登山に求めようとするのはきわめて自然なことである〉

と云った言葉を思い出した。赤羽はその実践教育を身を以て示し、職に殉じたのである。

葬儀が終ったあと、つぎが有賀に云った。

「主人は読書が好きでした。暇さえあれば本を読んでいました。主人が読んでいたその本をまとめてそっくり学校へ寄附したいと思いますが、受取っていただけないでしょうか」

有難く頂戴いたしますと答えながら有賀は泣いていた。

帰途有賀は役場によって村長と会い、開口一番声を大にして云った。

「このたびの遭難者の合同葬を村が主催してやっていただきたいのです」

「村葬を行えというのですか」

「そうです。今回の事故は全く不幸なできごとでした。韋駄天《いだてん》低気圧（註・現在ならば韋駄天台風というべきもの）の接近を予知することができなかった科学の貧困が生んだ悲劇です。運が悪かったのです。その非運の中で赤羽校長は身を投げ出してこどもたちを助けようとし、自らも殪《たお》れたのです。こどもたちもそれぞれ立派に嵐と戦いましたが、ほんの紙一重の条件の差によって生死を分ち合うことになったのです。亡くなった者は、修学旅行の途上で殪れたものであり、云わば公式の死でもあるのです。村として死者に礼を尽すのは当然だと考えます」

村長は頷きながら聞いていた。

「修学旅行中に起きた不可抗力の事故死だと考えようというのだね」

「そのとおりです。ほかに云いようがありません。だから村葬にしていただきたいのです」

「そうすることによって、亡くなった少年たちの父兄の気持を慰撫《いぶ》しようと云うのかね」

「それは違います。死者に対して村を挙げて哀悼《あいとう》の意をささげるということ以外になにもありません」

村長はそうするように考えてみましょうと答えた。

＊

有賀喜一は真直ぐに学校へ向った。坂のところで呼吸が切れた。頭が重かった。

席についてお茶をいっぱい飲んだところに津田正信が来て、小声で云った。

「樋口君が死んだそうです。それも普通の死に方ではないらしい……」

「なにっ、樋口君が死んだ？」

有賀は自分の耳を疑った。そんな筈はない、なにかの間違いだろうと、心の中で否定しながら、一方ではその可能性について合槌を打とうとしていた。

「水野春子と？」

と、云いかけて津田の顔を見た。

「そうなんです。二人の死体が伊殿井の淵で発見されたのは、つい三時間ほど前だということです」

「樋口家から学校の方へなにか通知があったかね」

「まだないようですが、そのうち……」

津田は一礼して去った。

それは噂であったが、ほとんど学校内で知らない者はいなかった。有賀は樋口の机に眼をやった。机の上がいつになくきちんと整理されていた。

有賀は増沢訓導を呼んで、前日樋口裕一と会ったときの様子を訊いた。

「役場へ走って行く途中でしたので話している余裕はありませんでした。ただ、ちょっと目で挨拶だけして通り過ぎました」

増沢はそのときのことを話した。

「なにか樋口君に変った様子はなかったかね」

「そう云えば、打ちしおれたというふうな様子でした」

増沢訓導はそれ以外のことで特に気がついたことはないと云った。

(樋口は学校へ来たかったのだ。くわしい事情も訊きたかったし、手伝いもしようと思っていたに違いない。だが彼は増沢と会った。増沢は急いでいたから言葉をかけなかった。樋口はその増沢の態度を、学校を代表する冷たい態度だと誤解したのに違いない。彼は純粋過ぎるほど純粋な男だ。そう思うのは無理もない)

有賀は深い溜息をついた。

有賀は樋口と水野春子との関係も、赤羽が間に入ってまとめようとしていることも、おおよそは知っていた。おそらく、樋口は赤羽の死によって前途を悲観して死の道を選んだものと推察された。早まったことをしてくれたものだと思った。

樋口家から夕刻になって、樋口裕一が水泳中に心臓麻痺を起して水死したという知らせがあった。学校から誰かがお通夜に行かねばならなかったが、行くとすれば白樺派のグループとしてもっとも彼と親しかった有賀が行くべきだった。有賀はその役を進んで引き受けた。

急ごしらえの祭壇の向うに、樋口裕一の写真があった。その前で、泣きながらしゃべっている女と、彼女に対して怒声を張り上げている男がいた。

有賀は樋口の霊に手を合わせながら、駒ケ岳で起きた不幸が拡大され、更に二人の生命を奪ったその因果関係を考えていた。次々と生命が、たわいもなく消えて行くことに怒りをおぼえた。

家人が来て有賀を別室に導いた。そこには樋口裕一の叔父樋口泰二郎が待っていた。いかにも洋行帰りらしい派手な洋服を着て、座蒲団の上にあぐらをかいていた。

「どうも、長いこと外国生活をしていると、坐ることができなくなりまして、これで失礼いたします」

という云い訳をしてから、彼の傍に置いてあった一通の手紙を有賀の前にさし出した。有賀喜一あての樋口裕一の遺書であった。水に濡れて字がにじんでいた。既に開封してあった。

「裕一の懐中から出たものです。濡れていたので、乾かすために封を切りました。お許しいただきたい」

と泰二郎は云った。お許しいただきたいと云ってはいるが、開封したことに対する罪の意識はないようだった。

有賀はその行為をなじる前にまずそれを読んだ。有賀に対する謝辞や学校に対する謝罪のことばがごく一般的に並べられたあとに、

「……私は春子と共に自らの生命を断つ結果になりましたが、もし私が赤羽先生と駒ケ岳へ登山していたら、おそらくは赤羽先生と共に死んでいたように思われます。私は教師としてむしろその方の道を選んだ方がよかったかもしれません。きっと赤羽先生は嵐の中で私の名を呼んでいたでしょう。私は同行すべきでした。春子を日輪寺に残して、私は行くべきでした。行かねばならなかったのです。赤羽先生の死は立派なものです。きっと駒ケ岳山頂に赤羽先生の精神《こころ》を残す碑が立つでしょう。私はあの世でそれを見守っております。……」

有賀が読み終って顔を上げると、そこに泰二郎の目があった。

「表向きは水泳中に心臓麻痺を起して死んだということにしてありますが、二人が投身自殺をしたのは今朝未明のことです。はやまったことをしたものです。確かに二人の結婚には親類中が反対しました。古い日本の殼《から》の中に生きている人たちだから、反

対も或る程度止むを得ないことです。しかし、私だけは二人の心情を理解してやっていたつもりでした。一応は反対のような顔をして、実はなんとか二人を一緒にしてやろうと考えていたのです」

有賀はその言葉の中に嘘を感じた。嘘までついていい顔をしていたがる洋行帰りの泰二郎をいやらしい男だと思った。

「樋口君の話によると、あなたがもっとも強硬に反対なされていたそうですが」

「だから、一応は反対したと申し上げたではありませんか、まず反対者側に立って、彼等の云うことを聞いてやり、それからじわじわと彼等の頑迷《がんめい》な頭を開かせてやるつもりでした……しかし、もう遅い。彼は死んだのですから」

そう云っている泰二郎の顔には、露ほどの悲しみも認められなかった。

泰二郎は話題を変えて、フランスのことを話し出した。絵の話がちょっと出たので、有賀がよく『白樺』に登場する二、三の印象派の画家の名を口にすると、ああ彼の絵はどうのこうのと、具体的に作品の名を挙げることはせず、暗いとか明るいとか、美しいとか陰湿だとか、ごくきまりきったような形容詞を使いながら、知ったかぶったふりをするのが滑稽《こっけい》を過ぎて醜悪だった。

有賀喜一はひどく疲れた。お通夜の席を中座して学校に帰ると、三人の男が彼を待っていた。酒気を帯びていた。その日行われた遭難者の仮葬儀に参加した帰りのようであった。

「お前が校長の代理か」

と一人が云った。そうではないが、留守職員の責任者であることを告げると、

「おれたちはこれから、征矢隆得と清水政治の二人をこらしめに行くところだ。その住所を教えろ」

と云うのである。行くつもりはないが、いやがらせに来たことだけは確かだった。

「なにか用がありましたら、私が二人に替って聞きましょう」

と有賀が下手に出ると、

「征矢隆得はこどもたちを見捨てて真先に逃げおりて来た。教師としての責任を問いたい」

と云った。なにもかも知り切っての上で、からんで来るのだから、まことに厄介だった。云いたいだけ云わせて置くしかしかたがなかった。

「清水政治はどうだ。荻原三平ひとりだけをかくまってやって、他のこどもは見殺しにしたではないか、一人を助けるのも二人を助けるのも同じだ。きっと、自分の身可愛《かわ》いさから、荻原三平という隠れ蓑《みの》を着て、岩穴の中に竦《すく》んでいたのだろう」

などと云うのである。三人は、云いたい放題を云ってやがて帰って行った。有賀は窓のそばに立って、風に当りながら、疲れた身体を休めていた。やり切れないほどの

倦怠感が全身を覆い、そのあとになんともいいようのない怒りが湧き上って来るのである。

　彼は再び机にもどった。

「唐沢圭吾の消息は本日もつかめず。大がかりな捜索は明三十一日を以て打ち切りとなる模様」

　という内ノ萱からの通報が机の上に置いてあった。

　有賀は、夜になっても帰宅せず、ずっと学校につめていた職員たちに、宿直室に引き上げて寝るように指示してから、校務日誌の頁を開いた。ランプが暗かったので芯を掻き立てて、ペンを取った。書かねばならぬことがあまりにも多過ぎた。時間の経過を追って書いて行ったが樋口裕一の件についてはどうしても触れることができなかった。彼はペンを置いて嘆息した。

　三十一日も休校した。見舞客は後を断たなかったし、新聞記者、雑誌記者などの訪問が続いた。

　午後になって、中央紙や地方紙の切り抜きを持った若い雑誌記者が有賀に面会を求めた。その男は、この事件の責任はすべて学校側にありという結論を持っての来訪だった。

　有賀は初めのうちはおだやかに応対していたが、その男の言葉のはしはしに、赤羽校長を詰《なじ》る言葉が出て来るようになってから、有賀自身もその男に反発した。

「赤羽校長の行為は無謀と云うべきか、暴挙というべきか、兎に角、教育者の資格を問われるべきものです」

と男が云ったとき有賀は立上って怒鳴った。

「赤羽校長こそ真の教育者だ。彼こそ教育者としてもっとも尊敬せられるべき一人である。それが分らないような人はここから直ぐ出て行って下さい」

有賀は絶叫した。顔に血が上るのを感じた。胸が熱くなって咳《せ》きこむと、彼はそこにかがみこんだ。咽喉の奥が痛かった。

「熱でもあるのではないですか」

彼を扶《たす》け起した職員が云った。

「いや熱なんかない。あっても軽い風邪だ」

彼は、確かに微熱を感じていた。休養したかったが、責任上、帰宅することはできなかった。

その夜遅くなって、清水茂樹が帰校した。二十七日に出て以来、ずっと内ノ萱にあって連日登山していた。自分の学校の生徒を捜索するために来てくれている人々の手前、学校の代表者として参加せざるを得なかったのである。数日の間に彼の頬はこけ、髯面の中に眼ばかり光っていた。彼は職員を集めて、八月三十一日をもって、組織的捜索が打ち切られ、明日九月一日から九月二十日までは内ノ萱地区と横山地区よりそれぞれ五名ずつの特捜隊員が出され、それに学校から春日一恵と春日利喜弥の両訓導が参加して、捜索を続行することになったと告げた。

「ほんとうはこれからがたいへんなんだ。後に残された者の戦いは明日から始まるものと思って貰いたい。私たちは、赤羽校長の名をけがさないように後の処理をきちんとやり遂げねばならない」

彼は憔悴《しょうすい》し切った顔でそう云った。

九月一日にあと三十分ほどを残していた。職員たちは、仮の宿直室に当てられた裁《さい》縫《ほう》室と宿直室とにそれぞれ引き揚げて行った。

有賀喜一と清水茂樹の二人は職員室に残って、尚しばらくは打合わせを続けていた。

＊

九月一日から学校が始った。だが授業は午前中だけで、午後は職員会議があるという理由で生徒たちは帰宅させられた。

遭難事件発生以来、職員が一堂に会するのはこの日がはじめてだった。主席訓導の清水茂樹は、校長の代理者としての立場で今後のことについて職員の意見をただした。

彼はまず、詳細な記録を作ることを提案した。登山計画から始って、遭難にいたるまでの経緯《いきさつ》は、征矢隆得、清水政治両訓導がまとめる。内ノ萱を中心としての捜索活動は清水茂樹がまとめる。この間、学校内であったことは、すべて有賀喜一がまとめる。そして、この三件についてそれぞれ助力すべき人が決められた。

「さて……」

と清水は改まってからも、なにかまだ、ためらうように、しばらくは考えこんでいたが、彼が云い出すのを待っている職員たちの目に会うと、初めは静かに、ゆっくりと、低い口調で話していたのがすぐ尻上りに高い調子になって、

「実は、昨夜遅くまで、有賀君と遭難者の合同葬儀を村葬として取り行う件について話し合って、二人の間ではほぼ合意に達したが、皆さんの意見もこの際ぜひとも聞かせていただきたい」

清水茂樹は赤羽校長と生徒八名それに青年の有賀基広を加えた十名の合同葬儀を村葬の形で行うよう、村当局に積極的に働きかけることについて説明した。

「この件については既に有賀君から、日野村長に申し入れてはあるが、職員一同の強い希望として申し入れたい」

これについて意見があったらどうぞと云った。村葬に持って行ければ、今度の遭難

が不可抗力のものであったことを或る程度公式に認められることになり、学校側にとっても遺族にとっても、あきらめにつながるなにものかが得られる。

異議を唱える者はなかった。

「次の問題は遭難碑を駒ケ岳に建設する件だが、これについては有賀君から直接、考えを述べて貰うことにする」

清水は有賀の方を向いた。有賀が立上った。

「今回の遭難はまことに不幸なことでした。しかし、修学旅行中のこの事故を、単に不幸なことだとして終らせずに、この事件を永遠に忘れないようにすることによって、登山の意味を価値あらしめたいと思います。私は遭難慰霊碑でも、遭難殉難碑でもなく、遭難記念碑——つまり遭難そのものを忘れないための碑を造りたいと思います。それこそ赤羽先生及び亡くなったこどもたちの霊に報いることではないでしょうか」

有賀はまずその趣旨《しゆし》を説明してから、この碑の建設は中箕輪尋常高等小学校が主体になるのではなく、縁の下の力持ち的な役割を分担し、表面上は上伊那郡教育会の名において実行して貰うように運動したいと云った。

「駒ケ岳は伊那の人々にとって古来から親しまれている山です。昔は宗教登山の対象としての山であったが、これからは青少年たちの修学旅行の場としての山であって欲しいと思います。遭難記念碑は、その新しい出発の道しるべとして建てたいのです。今回は気象異変によってわが校から事故が出ましたが、山小屋さえ完備すれば、危険なことはないと思います。おそらくは、わが校の遭難事故が刺戟となって、上伊那郡の各校の修学旅行登山はかえって増加するものと思われます。そうあって欲しいものです」

多くの職員は有賀の言葉を唖然《あぜん》とした表情で聞いていた。同じこの職員室で彼が赤羽校長の修学旅行登山を暴挙だと云ったのはたった一ヵ月半ほど前のことであった。職員たちは黙っていた。

「私は修学旅行登山についての考えを変えました。豹変《ひょうへん》したと云われても仕方がありません。そうなったのは、赤羽校長の厳粛な死に会ったからです。私は赤羽校長が、強風の吹きすさぶ最中に、冬シャツを脱いで、こどもに着せてやったという事実を聞いたその瞬間、教育は机上のものではないということを痛感しました。私たちが、常に口にしていた、愛と善意を軸にした人間尊重の理想主義教育を赤羽校長が身を以て示されたことに心を動かされたのです。赤羽先生の実践教育も私たちが口にしている理想主義教育も煎じつめれば表現の相違だけのように考えられます。赤羽校長は自らを犠牲にされて、こどもたちに対する教育者としての強烈な愛の重さを示されました。私はそれを率直に受け取ろうと思っています」

有賀は赤羽について発言しながら、どこかで樋口裕一を見ていた。有賀あての遺書を書いたが、それを寺にも置かず、投身する前に処理もせず、懐中にしたまま死んで行った真意は、それを樋口自身のものとして抱いて死んだほうがいいと判断したのに違いない。その彼の遺書の中にあった、『赤羽先生の精神《こころ》を残す碑』という言葉が、今しゃべっている建碑計画の基礎になっていることを、有賀ははっきりと意識しながら話を続けていた。樋口のことをこの席で一言も云えないことが残念だった。

彼は樋口の遺書を清水茂樹以外には見せてはいなかった。

有賀の熱のこもった話しっぷりに頷く者もあったが、多くは戸惑ったような顔をしていた。

「遭難記念碑を上伊那郡教育会の名によって建てることには原則として賛成です。けれども、遭難を起こした、わが校からそれを云い出すのはちと……」

おかしいではないかと云う者がいた。それと同じ意見が出た。

「原則として賛成していただくだけで非常に大きな力を得ました。実はこのことは、私の個人の意見として上伊那郡教育会に持ちこもうと思っているのです。その前に本校職員の内諾を得たかったのです。個人の意見ではあっても、独走はしたくないのです」

有賀はそこで軽い咳をした。腰をおろして、額の汗を拭いた。疲れ切った顔だった。

「本校の意見として上伊那郡教育会へ持ちこんだっていいじゃあないかな」

という者も出て来たが、遭難を起した学校としては、この際遠慮すべきで、むしろ立て前は飽くまでも上伊那郡教育会が考え出したように、持ち掛けて行くのが得策だろう、という意見が大勢をしめていた。

「では、遭難記念碑については、有賀君から上伊那郡教育会に、打診してみるというあたりから始めて貰いましょう」

と清水茂樹は云った。

職員会議は終った。

「君、ひどく疲れているようだ。家へ帰ってゆっくり休みたまえ。私も休むことにする」

清水は立上ってから、もう一度有賀を振り返えって、

「な、今夜は家へ帰ってゆっくり寝よう」

ともう一度云った。

＊

有賀喜一の妻の梅代《うめよ》は夫のやつれた顔を見てただごとではないと思った。二十七日

以来の連日の徹夜による憔悴だと単純には考えられなかった。

「あなた、どこか悪いのじゃあない？」

彼女は訊いた。

「なあに、ちょっと風邪を引いただけさ、夏風邪はなかなか直らないのだ」

そう答える喜一の声は嗄《しやが》れていた。とにかく眠いのだと彼は云った。彼女はまず彼に食事を摂らせてゆっくり休ませてやることを考えねばならなかった。彼はこの二年ほど前から、よく風邪を引いて、学校を休むことがあった。ここしばらくはそのようなことはなかった。丈夫になってくれてよかったと思っていた矢先のことだった。梅代は夫の身がひどく心配だった。駒ケ岳で遭難したのは夫自身ではなかったかと考えられるほど、夫の変り方はひどかった。

彼は学校のことは話したがらなかった。それは以前からの彼の癖だった。彼はこの年生れた男の子を抱き、まつわりついて離れない四歳の男の子の相手をしながら、台所で食事の用意をしている梅代に、

「これからがたいへんなんだ」

と云った。そんないい方をしたことのない夫に、驚いて訊きかえすと、

「本当の意味の遭難の後始末はこれから始るのだ」

とつけ加えた。梅代には、それがどういうことなのか推測することはできなかっ

た。ただ夫が、今後もその疲れ切った身体に鞭を打って、なにごとかをしなければならないかと思うと、不安でならなかった。

「あなたは休まなきゃあいけないわ、その身体で出て歩くなんて無理よ」

彼女はそう云ってしまってから夫を病人扱いにしようとしている自分をいくらか反省した。

「学校も大事だけれど、身体も大事よ、一度お医者様に診て貰ったらどうかしら」

彼女は思い切って云ってしまったが、

「風邪ぐらいでいちいち医者へ行けるか」

と意外に強い夫の反発を受けると、それ以上云いようがなかった。

翌朝彼はなかなか起き上れなかった。徹夜が続いて疲れているのだろうと思って、梅代が黙っていると、七時ころ眼を覚して、なぜもっと早く起さなかったかと文句を云った。気だけはしっかりしていたが、家を出て行く彼の足は石でも背負わされているように重かった。梅代はその夫を不安な目で見送った。

有賀は登校すると、直ちに教壇に立った。授業と授業の間には清水茂樹と打ち合わせが続いた。午後の授業が終ると彼はその足で電車に乗り伊那富尋常高等小学校（現在の辰野《たつの》町）に矢島倫太郎を尋ねた。

上伊那郡内で学級数五十以上を有する学校としては伊那富尋常高等小学校、伊那町尋常高等小学校、赤穂尋常高等小学校等があり、この三校に、高遠、飯島、中箕輪各尋常高等小学校を加えて、六校が上伊那郡の中心校と目されていた。

郡内の教育はこの中心校によってほぼ代表され、その他の多くの学校は中心校の教育方針に準じて行われていた。

これ等の中心校の中で矢島倫太郎は特に大きな存在だった。彼は、その当時既に理想主義教育に理解を示し、いわゆる白樺派教師たちにも、話の分る校長として人気があった。郡の教育会にも顔がきくし、信濃教育会からは、いささか煙ったがられていながらも、注目されている教育者だった。

有賀は矢島倫太郎と向い合って坐ったとき、なにかほっとした。この人ならば自分の云うことを聞いてくれるだろうと思った。有賀は思うところを充分に述べた。

「要するに遭難そのものを記念する碑を上伊那郡教育会の名で建てるにはどうしたらよいかということですね」

「そうです。そのような形の碑を建てたいのです。でないと赤羽先生は浮ばれません」

「よく分りました。あなたの考えは、非常に斬新であるばかりでなく、二十年後、いや五十年後の将来においても立派に通用するだけの説得力を持っています。だがこれはなかなかむずかしいことですよ」

と、おっしゃいますと、と有賀が心配そうな顔をすると、矢島は、

「上伊那郡教育会の体質というよりもその上部組織に当る信濃教育会の組織そのものが、文字通り官制教育会であるからです。信濃教育会長は県の学務課長の兼任であり、上伊那郡教育会長は郡長が兼任しています。副会長ですら郡視学という役職者が兼任している情況では、なに一つするにしても官の鼻息を窺わねばならないのです。あなたの建碑案をわれわれ上伊那郡の中心学校の校長が共同して持出したとしても、上の方で首を一つ横に振ればおしまいです。まことに残念ですが、いまの信濃教育会が官制教育会から脱して自主的な教育会として独立しないかぎり、あなたの提案は実行できないでしょう」

矢島倫太郎は種々の実例を挙げてこの仕事のむずかしさを説いた。

「私はどうしてもその碑を建てたいのです。非常手段に訴えても建てたいと思っています。そうするにはどうしたらよいでしょうか」

「非常手段ですって？」

矢島は目を見張った。有賀があまりにも一途に思いこんでいる様子から、むずかしいという逃げ口上だけでは彼が納得しないのが分ると、矢島はさあねえと云ったまま考えこんでしまった。

「今回の遭難事件に対して、県がどのように考えているかということで、あなたが考

えている碑が建てられるかどうかが決ると思います。今回の事件で、県が修学旅行とし
ての登山を禁止する腹があるならば、その碑はできません。しかし、もし、修学旅行と
しての登山を認め、今後もそれを奨励するつもりならば、それを許可するでしょう」

だが、今のところ、県が今回の遭難事件についてどのように対処するかは全く分っていない。県の意向がはっきりしない前に動き出すのはむしろ危険であるというのが矢島倫太郎の考えだった。

「しかしね有賀君、こういうことは時機を失するといよいよむずかしくなる。やるなら、この遭難事件が生々しい印象として残っている間がいい。まず、あなた自身で、伊那の中心校の校長に一人ずつ当って、説得することだ。中心校の校長の意見をまとめて置かないと、上からの圧力に耐えるわけにはゆかないだろう」

矢島倫太郎のところを辞した有賀は最終の電車で松島の仮寓に帰った。疲労が全身を覆っていた。

有賀は翌朝、清水茂樹と会って矢島倫太郎の話を伝えた。

「むずかしそうだね」

と清水は云った。

「むずかしくてもやらねばならないでしょう」

「それはやったほうがいい。しかし、碑が建つ前に君の身体がどうにかなってしまうかもしれないよ、あまり張り切らないほうがいい」

そして清水は、建碑の方もむずかしそうだが、村葬の方も正式決定までにはまだ日時がかかりそうだし、遭難した児童の父兄たちの学校に対する衝き上げが高まりつつあるようだと云った。

「きのうの午後征矢君と清水政治君が、山で死んだ生徒の家におくやみに行ったのだ。ひどいものだったらしい。二人はなにがあったかは話さないが、帰って来た二人の様子でおおよそ推察することができた。死んだ生徒たちの父兄の学校に対する不信感は時間の経過と共に鎮静するものだと考えてはならない。むしろその逆になる可能性だってある。その父兄の怒りは役場に通じ、郡から更に県へと上げられて行くかもしれない」

そういう雰囲気の中で建碑はむずかしいだろうと清水は云うのである。そして清水はその日の午後下達されて来た文部大臣からの公文書を有賀の前に置いた。

遭難に際し文部大臣より

甲第六五六号

中箕輪小学校教員児童遭難ノ趣、貴報ニ接シ遺憾ニ堪エズ、文部大臣ニ於テモ

深ク同情ヲ表セラルルニ付、其ノ旨関係者一同ニ伝達セラレタシ
文部省普通学務局長

長野県知事殿

有賀はその文書を何度か読みかえした。『遺憾ニ堪エズ』という字句をとらえて考えてみると、遭難事件発生は残念であることを遠まわしに責めたことになり、『深ク同情ヲ表セラルルニ付……』とあるのは、そうなったのも止むを得ないことであろうと同情しているように解されるのである。つまり文部省は今回の事件に対して今後、ああしろこうしろというような方針めいたことはいっさい表面に出していないのである。

「この文部省からの公達だけでは県の意向は分らないけれど、文部省にこの公文を書かせた下地が、県からの報告を基にしたものだと考えれば、県としても、ほぼこの文部省の方針を取ろうとしているものと推察できる」

有賀は云った。

「そう思いたい。しかし、それがはっきりするのは今後の問題だ」

そして清水は別れ際に、

「征矢君と清水君は長野県知事あてに辞表を提出したよ」

と云った。

＊

有賀は毎日のように午後の授業が終ると外出した。日曜も自宅にはいなかった。上伊那郡の中心校の校長だけに限らず、有力者と目される教育者を歴訪して建碑の話をした。

「慰霊碑を建てようというなら話は分るが、遭難そのものを記念するための遭難記念碑を建てようというのは面白い。それを上伊那郡教育会の名において実行しようというのもなかなか凝った考え方だ」

と多くの者はその話に同感を示した。

「だが碑だけ作ってもしようがない、修学旅行登山を発展させようというならば、まず小屋を作ることだ。その方が先かもしれない」

と云う者もいた。

「いい案だと思うが、その前にくわしい遭難報告書を作って真相を広く世間に発表することが先決だ」

と注意してくれる者もあったし、建碑の趣意書に遭難報告書を添え、同時に募金要項も入れて置けば一度でこと足りると教える人もいた。

反対はなかった。上伊那郡教育会が建碑の運動に立上れば即座に応援しようと云う者が多かった。だが、その話を自ら上伊那郡教育会に持ちこんでやろうという者はいなかった。

有賀は伊那町の上伊那郡教育会に副会長の高山健次郎を尋ねた。高山は郡視学のかたわら、副会長を兼務していた。

高山は留守で、七月に一度学校へ来たことがある小池直栄郡視学が偶然そこに居合わせた。

「ほうこれはお珍らしい。あなたは、遭難記念碑を建てたいとあちこち説き廻っているそうですが、その目安でもついたので、お出で下さったというわけですか？」

と小池は云った。多分に皮肉がこもっていた。まずいところへ来たものだと思った。が、黙って帰るわけにも行かなかった。有賀はもう何度となくしゃべったことをまた繰り返えした。

「遭難事件を起し、多くの児童を死なせて置きながら、まだその合同葬儀もすまないうちに遭難そのものを是認するような碑を作れというのですか」

小池郡視学は威丈高になって云った。

「そうではありません。単に慰霊碑としてではなく、二度とこのような遭難を繰り返えさないための謹慎の碑を作りたいのです」

「今度の遭難は明らかに赤羽校長の過失である。碑を作ることはその過失を記念するようなことになる。しかもそれを教育会の名でやれなどとはもってのほかだ」

取りつくしまはなかった。有賀は黙った。むずかしいぞと先輩たちに云われたことが、やっと分ったような気がした。議論ができる相手ではなさそうだった。彼は首を垂れて聞いていた。

「駒ケ岳に遭難記念碑を建てることが、白樺派の理想主義教育と何等かの関係があるのかね」

小池が勝ち誇ったように云うのを背で聞きながら、有賀は教育会を出た。

伊那駅まで来ると、電車から降りたばかりの高山健次郎と保坂郡視学の二人に会った。

「いま教育会にお伺いしたところです」

有賀は高山に向って云った。

「誰かいましたか」

「小池郡視学がおられました」

「それで用件を話したのかね」

「訊かれましたので……しかし……」

高山と保坂は顔を見合わせた。それだけでなにがあったかをすべて見すかしたようだった。保坂が困ったような顔をした。今度の遭難事件に最初から関係し、常に学校側に同情的だった保坂は、有賀の肩を落した姿をそのまま見過すことはできなかった。

「駒ケ岳に碑を建てることは、さきほど伊那富の矢島校長から聞かされたばかりです。あなたの意見には賛成ですが、ただ、今すぐというわけには行かないでしょう。県の意向がはっきりしないとやはり動きにくいですね」

と保坂はなぐさめるように云った。高山はその言葉を補足するように、

「いざとなったら、郡だけでもやれるのですよ。そうそう、あなたは渡辺県視学を御存知でしょう、長野へ行って彼に当ってみたら県の意向が打診できるかもしれません。渡辺県視学は今回の事件についての理解者ですから、あなたの話を納得するまで聞いてくれるでしょう」

高山はそう云ってくれた。

有賀にとってはいらいらするほどもどかしいことだった。多くの人は賛成していながらも、郡の意向だとか県の意向だとか云って、逃げ廻っているような気がしてならなかった。怒りが内部に起ると、そのまま上に昇って来て身体中が熱くなるような気がした。彼は発熱を既に意識していた。午後になって出て来る熱は夏風邪にしては執拗に過ぎると考えられた。咳も出るし、時々痰も出た。咽喉の奥にたえず痛みが残っ

ていた。

「あなたはどこか悪いのよ、とにかくお医者様に診て貰わないと」

そういう梅代の言葉も聞き捨てにはならなかった。

「長野へ行って来てからにしよう。それまではどうにもならないのだ」

彼は、今この運動を止めたら、碑は永久に出来ないだろうと思った。

村葬が決定的になったと聞いた翌日、彼は休暇を取って長野へでかけた。

「あくまでも、有賀個人の考えだとして話しに行くのだから、休暇を取ったほうがいいと思います」

彼は清水茂樹にあとを頼んだ。教室の子供たちのことが心配だったが、止むを得ないことだと自分自身に云い聞かせた。

渡辺県視学は有賀の話を最後まで聞いた。

「県としては別に問題はないと思いますが、一応は学務課長に話して見ましょう」

と云って、有賀をその場に残して学務課長室に消えた。有賀は祈るような気持で待った。渡辺が直ぐ引き返えして来れば成功、時間がかかれば、この問題は難航するだろうと考えながら待っていた。

渡辺県視学は十五、六分有賀を待たせて引き返えして来ると、彼を学務課長室へ招じ入れた。

びっくりするほど大きな、ぴかぴか光るテーブルに向っていた学務課長が静かに立上って、応接用テーブルの向う側の椅子に坐った。

「上伊那郡教育会が碑を建てることに県としても信濃教育会としても原則として口は出さないつもりです。だが、結果については上伊那郡教育会が責任を取って貰うことになるでしょう。それでいいですね」

と云った。学務課長との会見は三分で終った。

渡辺県視学が県庁の外まで有賀を送って来て云った。

「どうもお役に立たないで済みませんでした」

彼は有賀に向って深く頭を下げた。

「一つだけお訊きしたいことがあるのですが」

有賀は渡辺に云った。これだけは聞いて帰らないと心配で眠れないだろうと思った。

「どうぞ、私にお答えできることならば、なんなりとも」

渡辺は有賀の近くに寄った。

「学務課長は修学旅行登山についてどのように考えておられるのでしょうか」

ああそのことですか、渡辺の顔はややほころびたようだった。

「長野県は山国です。本県から山を取ったらなにが残るでしょうか、山をこどもたちの錬成の場と考えるのは誰でも同じです。学務課長もそのことについて反対してはおりません。周到な準備のもとに行われるならば、いっこうにかまわないと思います。登山は禁止などということは県の面目にかけてもできないことです」

有賀はその言葉を聞いて、ほっとした。長野まで来た甲斐はあったと思った。その夜、彼は長野に泊った。どう繰り合わせてもその日のうちに帰ることはできなかった。翌朝彼は長野で汽車に乗り辰野で電車に乗り換えると学校にも自宅にも寄らず、真直ぐに伊那町へ向った。

(郡長以外に頼むべき人はいない)

彼はそう思いこんでいた。

郡長は上伊那郡教育会の会長をも兼務していた。こうなったら、その最高責任者に当る以外にはないと思った。

長いこと待たされた。その間頭痛が続いた。かなり高い熱が出ていることは承知していた。咽喉に針で刺されるような痛さがあった。朝から食事を摂ってはいなかった。

上伊那郡長兼上伊那郡教育会長の鈴木庄之介は有賀の話を大きく頷きながら聞いていた。最後に長野県学務課長が、上伊那郡教育会の名によって碑を建てるのは勝手だが、責任は取って貰いましょうと云った一言を聞くと、

「県は郡に対してなに一つしてくれない癖に、なにかと云うと、権限を振り廻して威張りたがる。責任を取れというその云い方はいかんとしても我慢ならぬ。よろしい。私が一切の責任を取ろう。安心しなさい。その碑は上伊那郡教育会の名において必ず建ててみせます」

そして郡長はすぐ上伊那郡教育会副会長の高山健次郎を此処に呼ぶようにと部下に命じた。

有賀は郡長の声を遠くに聞いていた。有難うございますと立上って云ったまでは覚えていた。突然、郡役所の天井がぐるぐる廻り出し、天地が逆になった。彼は床の上に倒れた。

「ひどい熱だ……」

「すぐ病院へ運べ……」

「いや医者を呼ぶのが先だ……」

などという声を聞きながら、彼はこれでいいのだ、これでいいのだと自分に云っていた。

九月十日の午後のことだった。

*

清水茂樹は有賀喜一が倒れたと聞いて伊那町の病院にかけつけた。有賀はよく眠っていた。医師に会って病状を聞くと、

「もともと肺に病巣があったのが、体力が弱ったのに乗じて咽喉結核という形で表面に出たのだと思います。だいたい、肺結核の患者のうち二十五パーセントないし三十パーセントが、このような経過をたどっているようです」

若い医師はてきぱきとものを云った。

「その……体力が弱ったのに乗じてと云いますと、具体的にはどういうことでしょうか」

清水は今回の遭難事件と有賀の発病とが直接関係がありはしないかと思って訊いた。それが不安だった。

「そうですね、例えば、なにかの用務のため、幾日も徹夜したとか、精神的な緊張状態が一時期続いたとか、とにかく、精神的にも肉体的にもかなり大きな負担が、一日とか二日ではなく一週間とか二週間とか続いた場合、このようになることが多いですね」

やっぱりと清水は思った。遭難が発生した二十七日の夜から三十一日までの間、有

賀はほとんど徹夜に近い状態だった。九月になってからも連日出歩いて、建碑のことを説き廻っていた。その疲労が直接原因となって発病したのに間違いなかった。

「あの方は、日頃強い方ではなかったでしょう。もしあったとすれば、その折り既に肺結核にかかっていたとも考えられます。運のいい人は、体力が病に打ち勝って自然治癒《ちゆ》の方向に進みますが、運の悪い人は、なにかの直接的原因によって急に進行するのです。そして咽喉へ出た場合は非常に治療がむずかしくなる……」

医師は言葉を切った。それ以上のことは云わなかったが、清水には医師が云わんとしていることがよく分った。

「どうしたらいいでしょうか」

「安静にして置くしかしようがありません」

医師は冷然と云った。それ以上の質問には答えたくないような顔だった。

清水茂樹にとって有賀は大切な人だった。赤羽校長が急逝した今、もっともたよりになるのは有賀だった。彼が居たから、遭難の際、学校のことを一任して、内ノ萱へでかけられたのだ。その有賀が倒れたら、いったい、誰と相談して、遭難の事後処理をやったらいいのだろうか。清水は暗い気持になった。

(有賀が碑を建てることにこれほどの情熱を示したその底にあるものはいったい何で

あったのだろうか。自分の身を犠牲にしてまで、なぜそれをしなければならなかったのか）

清水には有賀の真意がつかめなかった。

有賀は、赤羽校長の登山計画に反対していたその当時の贖罪《しょくざい》のためだけに、自分の身を投げ出しているのではないように考えられた。それについてもっとゆっくり有賀に訊きたかったがいままで聞けないでいた。今後もそれを訊くのは無理だろうと思った。

有賀は静かに眠っていた。眠りから覚めたとき傍に梅代がいた。

「碑が建つことは赤羽先生の復活だ」

と彼は梅代に云ったが、彼女にはその言葉を完全に理解することはできなかった。

有賀は遭難記念碑が建つことにより赤羽長重の実践主義教育が永遠に亡びることなく続くことを確信していた。一人の白樺派の教師の感傷的妥協でも、ましてや変節でもなく、こどもたちを真に愛し導くためには登山こそ最高の教科目だと考えたから、身を犠牲にして建碑運動をしたのだった。彼の明晰な頭の中には、先の先のことが透徹して見えていた。

清水茂樹は憂鬱な顔で夕焼け空を仰ぎながら学校の坂を登った。そこには更によくない知らせが待っていた。

村内の一部に、チブスと赤痢が同時に発生して、二名の学童が避《ひ》病院に収容されたのである。

「なぜこうも、よくないことが続くのだろうか」

清水は嘆息した。

この日発生した伝染病は急速に蔓延《まんえん》した。そのために、九月二十七日に施行される予定の村葬は無期延期されたばかりでなく、児童の死亡者が相ついで出たため、学校の大消毒が行われ、休校せざるを得なくなった。

「赤羽校長は駒ケ岳から死神をつれて帰って来た」

などと、蔭口をたたく者がいた。駒ケ岳遭難と伝染病とはなんの関係もないのに、いかにも関係ありそうに云うのである。駒ケ岳で遭難した児童の父兄の間から、

「村葬にして貰ったところで、死んだ子が生き返えるわけではない。また駒ケ岳に碑を建てたところで、怨念が晴れるものでもない。そんなことはいっさい止めて、それよりも、遭難を起した原因についてちゃんと調査して、しかるべき処置を取って貰いたいものだ」

と役場に対して苦情を申し込む者がいた。遭難の際の責任者の赤羽長重は死んでいるし、同行した清水政治、征矢隆得の両訓導が取った行動は賞讃こそされ、責められるような点は毛頭ない。が、父兄にとっては、子供を失った悲しみをなにかにぶっつ

けないと居たたまれぬ気持だった。それが、村葬に対する非難となり、碑に対する反発となった。

　役場は常に学校側に立っていた。当時の小学校は村費で賄っていたのだから、役場と小学校は緊密な関係にあった。

　役場は遭難児童の父兄及び関係者の慰撫に極力つとめていた。まあまあ、そう云うな、そちらの気持も分るが、学校の身になってても考えてやってくれというような云い方で、学校衝き上げに積極的な父兄等を押えていた。とにかく村葬がすめば、この問題は下火になるだろうと考えていた。

　こうしている最中に、故赤羽長重に対して、最終月給の三ヵ月分を給与するという辞令が上伊那郡長の名において実施された。辞令の上では上伊那郡長となっているが、給与金そのものは村から支出されたものであった。一種の退職金のようなものであり、当時はこれが慣例になっていた。

　この辞令があった翌日、征矢隆得、清水政治両訓導の進退伺いが其儀におよばずとして長野県知事より郡長を経て返戻《へんれい》された。

　遭難児童の関係者の中にはこの二つのことを不満とする者がいた。

「こどもたちを死に至らしめた責任者の赤羽校長になぜそのような恩典を与える必要があるか。また征矢、清水の両訓導に対しても、ただ進退伺いを返戻《へんれい》するのではなく、ひとこと但し書がついてもよいだろう。これでは、学校側にいっさいの落度はなく、死んだこどもがばかを見たということになってしまう。村長は、これでいいとほんとうに思っているのか」

と日野村長に直々抗議した者もいた。確かに理のあることでもあり、さりとて、そのとおりだと同調することもできない村長は、言葉につまって、唸っていた。

村長は、はやく村葬を終らせこの問題から逃げ出したい気持だった。

村葬は十月二十二日に学校の校庭で行われた。その日になっても未だに行方不明の唐沢圭吾は、家族からの申し出があって、死んだものとして扱うことになった。十一名の柩《ひつぎ》が校庭に並べられ、その前に二十余人の僧侶が並んだ。遺族席の後方には全校生徒が椅子に腰をおろして葬儀の成り行きを見詰めていた。村の各団体代表、故人の姻戚《いんせき》関係者には洩れなく招待状が出された。上伊那郡各地区の代表者が弔辞をささげた。校庭の向うには駒ケ岳へ続く山々が紅葉に映えていた。

村始って以来の大掛りな葬儀であったが、死んだ少年たちの遺品が入れられてある柩《ひつぎ》の近くに坐っている故人の両親の姿は意外に少なかった。既に葬儀は各自済ませたことでもあり、いまさらという気持と、子供を失った怒りが一緒になって、村葬不参加というささやかな抵抗になったのである。故人の両親のかわりに、兄弟や親戚が参加した。

赤羽長重の未亡人つぎが焼香のため立上ったとき後方から叫び声が起った。

「教育者の妻だったら、亭主の犯した罪のつぐないをしろ！　自分の子供を殺して、てめえも死ね！」

その声に列席者は慄然《りつぜん》とした。

つぎもそれをはっきり聞いた。つぎは涙をこらえていた。

つぎの家へはしばしば投石があった。その声は、場所をかえ、時を経ても、わが身に加えられて来るだろうと思った。つぎは涙をこらえていた。誰が投げたのか分らなかった。障子を破って中に飛びこんで来て、器物を破損したことがあった。

外を歩いているつぎに向って、悪罵を浴せかける者もあった。つぎはひたすら耐えた。生涯忍従を強いられてもいたし方はないだろうと思った。

清水政治や征矢隆得に対しても、これに近いようないやがらせがあった。子供を山で失った父兄がやるのではなかった。その関係者としてもかなり遠い距離にある一種のやじ馬的存在がそういうことをしているらしかった。そう多い数ではなかったが、誰だかは分らなかった。学校に対して漠然とした敵対感を持つ者の仕業とも考えられないことはなかった。この投石やいやがらせは別として、遭難事件以来、学校に対する村民一般の不信感が底流となって動き出しつつあることは見のがせない事実であった。

村内にそのような底流があれば、それはいち早く役場と学校に通じた。村葬が終っても、中箕輪尋常高等小学校にかかった暗雲は霽れようとはしなかった。

村内の事情とは別に、上伊那郡教育会では、有賀喜一が倒れた直後に、「駒ケ岳遭難記念碑建設委員会」が設立され、委員長に上伊那郡教育会副会長高山健次郎が推薦《すいせん》された。

高山健次郎は、征矢隆得、清水政治両訓導が書き上げた遭難記録報告を上伊那郡教育会の名で印刷し、別に遭難記念碑設立の趣意書を同封して活発な募金活動を開始した。上伊那郡長兼上伊那郡教育会長の鈴木庄之介は強力にこれを推進するよう号令を掛ける一方、伊那町に働きかけて、駒ケ岳に山小屋を建てることを要請した。

「駒ケ岳ほどの山に、地元で経営する小屋がないなどということは伊那町の恥であろう」

郡長のこの一言で伊那町長は動かされた。小屋建設計画は伊那町が中心となって進められて行った。雪解けと共に小屋をまず建設し、その小屋に石工を寝泊りさせて、遭難記念碑を建てようというのがおおよその計画だった。

山小屋設立の基金募集も、建碑の基金募集も順調だった。意外なほど遠いところから、募金に応ずる者があった。それは駒ケ岳遭難を全国の新聞が不幸なできごととして大々的に取上げたからであった。赤羽校長を責めるような記事は見当らなかった。

ただ、地元の信濃毎日新聞だけは終始批判的な筆を取っていた。だが県民全体としてはこの事件に同情的だった。悲劇が起きたのは天気が急変したからであり、測候所さえ予報できない天気の急変の前には致しかたがなかったというのが世論だった。

遭難碑建設基金として金八百二十八円五十五銭六厘が集められた。

小屋の敷地は将棊頭と決められた。小屋の建設には内ノ萱の村民が率先して協力した。でき上ったのが大正三年の六月の下旬である。そして石工がこの小屋に泊って、自然石を利用して遭難記念碑を完成したのが同年の七月の下旬である。現存する西駒山荘がこれである。

上伊那郡教育会が主催して除幕式がこの年の七月の末に行われた。碑文の後に大正二年十月一日とさかのぼって日付が記入された。行方不明のままの唐沢圭吾が死者の名に加えられたのは、この時点になっても消息が分らないから、既に亡き者として、その名を残したのである。

清水茂樹はこの除幕式に参加した後、駒ケ岳頂上まで行こうと思っていたが、その日、内ノ萱から、有賀喜一が重態だという知らせを持って登って来た者があったので、急遽下山して、松島にある有賀の仮寓へ向った。

痩せ細った有賀は清水茂樹の顔を見て、なにか云おうとしたが言葉が出なかった。

「有賀君、喜んでくれ、君のおかげで、立派な遭難記念碑ができたよ」

清水は有賀の枕元で声を高めて云った。有賀の唇が動いた。

「そうか、よかったなあ。遭難碑はもともと樋口裕一君が云い出したものなんだ。樋口君が生きていたら、きっと喜ぶだろう」

有賀はそう云ったが、清水には、樋口という一言しか聞き取れなかった。有賀がなぜ樋口の名を口にしたのかすぐには分らなかったが、間も無く、清水は樋口の遺書の中に『赤羽先生の精神《こころ》を残す碑』という一言があったことを思い出すと、

「そうだ。樋口裕一君の墓へ行って、このことを報告してやろう」

清水の言葉に、有賀は満足そうな笑いを浮べた。

有賀喜一が三十三歳の若さで死んだのはその翌日だった。

＊

駒ケ岳に当時としては立派な山小屋が建ち、遭難記念碑ができ上ると共に、上伊那郡の諸校の修学旅行登山が盛んに行われるようになった。

「これで赤羽校長の初志は貫徹《かんてつ》された」

と上伊那郡教育会を形成する多くの教育者たちは喜んだ。しかし中箕輪村にはこれとは異った見解を持つものがあった。問題になったのは遭難記念碑の文章である。

遭難記念碑
大正二年八月二十六日、中箕輪尋常高等小学校長赤羽長重君は修学旅行のため児童を引率して登山し、翌二十七日暴風雨に遭って終に死す。
共殪者
堀　峯　唐沢武男
唐沢圭吾　古屋時松
小平芳造　有賀基広
有賀邦美　有賀直治
北川秀吉　平井　実
大正二年十月一日　上伊那郡教育会

この碑文を読んだ遭難児童の父兄たちが、

「これは慰霊碑でも殉難碑でもない。まさしく赤羽長重を称《たた》える碑である。遭難した児童たちは、単に共殪者《きょうえいしゃ》として扱われているに過ぎないではないか。これでは死んだこどもたちは浮ばれない」

と云い出した。父兄ばかりでなく、役場の内部でもこの碑の文面について反感を示す者があった。

「上伊那郡教育会は出しゃばり過ぎている。遭難が起ったときにはなんの援助もしなかった癖に、碑を建てるとなると、いやに張り切って基金募集をしてそれに上伊那郡教育会の名を刻みこむし、当然中箕輪村、又は中箕輪尋常高等小学校の名において発行すべき遭難報告書にまでも、上伊那郡教育会の名を附している。なんだか、今度の遭難を種に上伊那郡教育会がひとりいい子になっているようだ。また伊那町が駒ケ岳に山小屋を建てられたのも、うまいこと今度の遭難事件に便乗して金集めが出来たからだ。わが村は多くの犠牲者を出し、多額の捜索費を出した上、村葬までやったが、あとにいったいなにが残ったというのだろうか」

役場の中にこのような批判が現われ、やがて、このようにしむけたのは、学校が悪いのだ。学校が上伊那郡教育会や伊那町にうまいこと利用されたのだというふうに見られるようになると、清水茂樹の立場はすこぶるまずいものになった。弁解しても無駄だった。こじれ出すと悪い方へ悪い方へ片寄って行った。父兄と学校との間に溝《みぞ》ができたばかりでなく、役場と学校との間がまずくなると、もはやどうしようもなかった。

清水茂樹、征矢隆得、清水政治等の訓導が転校して、新しい先生や主席訓導が来ても、村と学校との間に生じた不信感はなかなか取り除けなかった。この村と学校の不信感をさらに煽《あお》ったものは、教師たちの入れ替えと同時に急速に増えた白樺派教師たちであった。

有賀喜一、樋口裕一、津田正信などは云わば白樺派教育者の主流であり、新理想主義を標榜し、こどもたちの個性尊重を骨子とした一種の天才教育、芸術主義的教育に重きを置いていた。しかし彼等は理想主義に溺れこみはしなかった。理想は理想とし、現実には、進学に必要な教科目をおろそかにするようなことはなかった。事実、中箕輪尋常高等小学校から、飯田中学校、諏訪中学校等への進学率は郡下でも上位を示していた。だが、白樺派教育者の主流が学校を去って、亜流が彼等と交替したときから、中箕輪尋常高等小学校の進学率は急に悪くなった。これは、役場(つまり村)にも責任があった。学校に不信感を持つようになってから、学校の予算が削られ、そのため師範学校出の経験豊かな教師を雇うことができなくなった。ほとんどの教師を代用教員を以て当てるような状況になった。赤羽校長の時代は代用教員は一名か二名しか居なかったのに、彼が死んで数年を出ずして、このような傾向が生じたのである。

代用教員の中には白樺派の主流もいれば亜流もいた。若い教師で「白樺」を口にしない者は一人もいなかった。

白樺派亜流の教師は気分屋と呼ばれ、彼等の教育は気分教育と云われた。

主流にしろ、亜流にしろ、こどもを可愛がることは同じだった。ただ亜流の気分屋

たちは、こどもの個性を生かし、こどもの自由を尊重するがためにこどもたちを放任した。こどもたちが、

「先生、外へ出ねえか」

と云えば写生だと称して外へ連れ出し、一緒に遊んだ。

「先生、本を読んでおくれ」

と云えば小公子やロビンソン・クルーソーを読んだ。イワンの馬鹿やレ・ミゼラブルを読んで聞かせることもあった。教科目をスケジュールどおりに追おうとはせず、或る程度はこどもたちの云うなりにまかせた。教室では、図画と綴り方に重点が置かれ、算術や理科はよそ者扱いにされた。一日中、俳句ばかり作らせていて、ろくな授業をしない教師もいた。キリスト教の話を、毎日毎日、涙を流しながら続ける教師もいた。

大正八年に倉田友幸校長がこの学校に愛想を尽かして去って以来、大正十二年に高橋慎一郎校長が来るまでの間は無校長時代が続いた。この学校の悪名があまりにも高いので、校長になりてがなくなったのである。

学校は荒廃した。放課後、生徒たちが自分の学校の窓に石を投げて、何枚割るかの競争をした。そんなことをしても叱られないし、立たされることもなかった。窓ガラスは一枚も残らずこわされたが、それを修復する金は学校にはないし、役場として

も、そこまで放って置く先生が悪いのだとして、修復費を予算に計上することを拒否した。冬は寒風が吹きこみ、授業どころではなかった。学校とは云えないような有様だった。父兄たちはあきらめていた。

「やっぱり赤羽校長のころがよかった」

とひそかに当時を回顧する者もいたが、気分教育の墓場となった学校を自ら建て直そうという者はいなかった。

大正十一年に中坪鞆治《ともじ》が中箕輪村の村長になった。信念の中坪と云われた彼は着任と同時に学校の再建を計った。彼は、当時長野県内で気魄に満ちた教育者と云われていた高橋慎一郎を校長として迎えようとした。学校の予算を増額計上して、大もの校長や教師を迎えるべき準備を整え、村長自ら、何度か長野師範学校附属小学校に高橋を訪れて、村の実情を述べて懇願した。

高橋慎一郎は大正十二年四月に中箕輪尋常高等小学校長として赴任した。

着任と同時に、彼は中坪村長に、学校の窓ガラスをすべて張りかえるように交渉した。村会が開かれ、臨時予算が計上され、学校の修復工事はなった。

「お前たちはお前たちの家の窓ガラスをその手でこわそうと考えたことがあるか。学校はお前たちの家だ。家のものは大事にしなければならない」

高橋慎一郎は生徒を集めて訓示した。

高橋は教師たちにも厳格な態度で臨んだ。気まま勝手な教育は許さなかった。

「私の教育方針に異をとなえる者があればすぐ出て行って貰いたい」

彼はそう云った。毎時間、各組を廻り歩いて、逸脱した教育をしている者には注意を与え、讃めるべきものは讃めた。

彼が来校して以来、中箕輪尋常高等小学校は生れ変った。気分教育は姿を消した。このころ、長野県全体の傾向として、白樺派亜流の気分教育は下火になり、反省期に入っていた。

高橋慎一郎は高等科二年生による駒ケ岳修学旅行登山の再開を提唱した。当時、上伊那郡内の学校で、駒ケ岳修学旅行登山をやっていない学校は少なかった。定期的に実施している学校が多くなっていた。

「赤羽校長が残した教えは守り通すべきである」

彼は村民の反対を押し切ってこれを実行しようとした。断行するに当っては周到な準備をした。大正十四年七月二十六日、遭難以来十三年目に高橋校長自ら高等科二年生を引率して登山し、遭難記念碑に花束を捧げた。

この日は、上伊那郡青年会の主催による、第一回駒ケ岳マラソン大会の日であった。マラソン大会の応援に参加していた青年たちが、駒飼《こまかい》ノ池《いけ》上部のハイマツ地帯に兎が走りこむのを認めたので行って見ると、そこにぼろぼろになった布と共に人骨があった。それが行方不明の唐沢圭吾の変り果てた姿であることは、持って帰った着衣と手拭いによって証明された。

唐沢圭吾の遺体が登山再開の日に発見されたことは奇しき縁でもあり、駒ケ岳修学旅行登山再開に対する啓示でもあった。

爾来《じらい》、今日に至るまで中箕輪尋常高等小学校高等科生徒（現在は箕輪中学校二年生）による駒ケ岳登山は毎年欠かすことなく行われている。人数は男女合わせて約二百五十名に増えた。赤羽長重が身を以て残した遺訓を守り、完璧《かんぺき》な準備のもとになされる登山であるから、その後事故が起きたためしはない。戦前、高等科二年生による登山を実行していた学校は、伊那富、川島、朝日、中箕輪、西箕輪、伊那、手良、富県《とみがた》、美篶《みすず》、東春近、西春近、宮田、中沢、東伊那、赤穂、片桐、七久保、飯島、南向《みなかた》等の尋常高等小学校で、戦後、新制中学校になってから毎年登山している中学校は、辰野、箕輪、伊那、伊那東部、春富、宮田、駒ケ根東、赤穂、飯島、中川西、中川東等各中学校である。これら中学生の登山人数は二千を超えるであろう。

実践主義教育者赤羽長重の修学旅行登山の思想は、信濃教育の中心地上伊那において、執拗に追求され、六十年後の今日においてその成果を見たのである。

遭難記念碑は風雪に耐えて、いささかも動ずることなく、夏になると必ず登って来る中学生たちが捧げる花束に飾られている。

取材記・筆を執るまで

私の故郷の霧ケ峰に立つと、甲斐駒ケ岳も伊那駒ケ岳（西駒ケ岳）も手の届きそうなところに見える。その伊那駒で、遭難があっておおぜいの児童が死んだという話は、小学生のころから知っていた。誰に聞いたかはっきり覚えてはいないが、一人にではなく、何人かの人を通じて、いかにその遭難が悲惨なものであったかを聞いた。私が好んで山岳を舞台にした小説を書くようになってからは、いつかは、この遭難についての報告書を読んでみたいと思っていた。小説に書く書かないは別として、調べてみたい問題だった。

この遭難について書かれたものは、春日俊吉著「山と雪の受難者」（昭和十七年朋文堂発行）がある。遭難の大要が書かれてあったが、短文なので、真相を摑むことはできなかった。昭和三十二、三年頃、当時小学館に勤務していた黒板拡子（永井路子）さんの依頼で小学館発行の少年向き雑誌に、この遭難の話を小説として書いた。題名は「風よ哭け」だったように覚えている。それ以来、この遭難事件をくわしく調べてみたいという思いがつのって今日に至った。

　この遭難事件についての本格的資料集めに入ったのは昭和四十九年からである。資料と共に断片的ではあったが、この遭難事件にまつわる話を、伊那出身の知人に会って訊いてみた。六十年前のことであるから既に伝説となりつつあるようなことだが、六十歳以上の上伊那出身の人ならたいていは知っていた。

　赤羽長重という、軍国主義的な教育思想の持主が、大遭難を起した張本人であるというふうに簡単に思いこんでいた人も若干はあったけれど、いやいやこの遭難はそれほど単純なものではなく、明治から大正に移り変る境目に起きた事件で、その背景には、明治の実践主義教育と、そのころ長野県下に流行のきざしを見せていた、白樺派の理想主義教育との嚙み合いが根にあって起きた遭難らしいなどと、まことしやかに話してくれる人もいた。私は、いよいよこの事件に興味を持つようになった。

　私は信濃教育の変遷を知るための本を漁り出すと同時に上伊那郡関係の本の蒐集にかかった。

　長野県の教育史の中で白樺派教育の問題は非常に大きな座を占めていた。影響するところも非常に大きく、私自身も小学生の頃（大正八年――大正十三年）白樺派教育の余燼の中に育った一人であった。

　私は、信濃教育の歴史を勉強しながら一方では上伊那地方の教育に関する資料を読んだ。断片的に、駒ケ岳の遭難事件が出て来るけれど、所謂《いわゆる》遭難報告書のようなものは見当らなかった。これだけの遭難があったのだからきっとなにかがあるだろうと、あちこちに頼んで探すと、当時、上伊那郡教育会の名において出版された「駒ケ岳山上における大惨事」という小冊子が手に入った。これが正式な遭難報告書であり、その中には実にくわしく、遭難に至るまでの経過が書かれていたが、救助や遺体捜索の実態についてはほとんど触れていなかった。上伊那郷土研究会が主宰している雑誌「伊那路」から昭和三十八年十二月に、駒ケ岳遭難五十年特集号が発行されたことが分り、この別刷を手に入れたのは昭和五十年になってからだった。これには、上伊那郡教育会が出した遭難報告書の他に、その遭難に関係した先生たちの回顧談のようなものや、当時、この遭難に関して発表された新聞、雑誌の記事などが載っていた。だが、飽くまでもそれは遭難に関するものであって、遭難の陰にかくされているものは、芥子粒《けしつぶ》ほども書かれてはいなかった。ではそのようなことはなにもなかったのか。偶然というか、運が悪いというか、たまたま、台風に遭遇《そうぐう》したことによって多くの児童が生命を落したということなのだろうか。と考えると、どこかでノウと云う声が聞こえた。だが誰も、その真相はこうだとは教えてはくれなかった。しかし、

「大正デモクラシーと白樺派の理想主義教育とが、一緒になって火を噴き上げようとしていた時代の遭難事件であり、しかも、長野県でも最も教育熱心な、上伊那郡内で

起ったことであるから、当時の教育思想の動向を背景にして考えないのがむしろおかしいではないか」

という人が意外に多かった。

「白樺派教師たちによる理想主義教育が長野県を風靡《ふうび》したのは大正三、四年の頃だが、上伊那は、東京で雑誌『白樺』が出版された明治四十三年の終りころから、これを愛読する教師が急速に増えて、大正に入ったころには、所謂《いわゆる》白樺派による新理想主義教育がはっきりと芽を出していた」

と云う人もあった。白樺派教師による、新理想主義教育がどんなものだか分らなかったので、私はまず雑誌「白樺」を読んでみる必要を感じた。国会図書館には、「白樺」そのものはなかったが、復刻版が、全巻洩れなく揃っていた。

私は時代を忘れて読んだ。

それは、初々《ういうい》しい感覚とひたむきな情熱をこめて編集されていた。現在では日本文学における神格的存在であるような作家たちの初期の作品が並んでいた。これら大先輩も、初めのころは決してお上手ではなかったなと思うようなものもあり「栴檀《せんだん》は双葉より芳し」とはこういうことを云うのだろうと感心させられるものもあった。小説よりも西洋美術を主とした写真やその解説、論評に関する著述が多かった。明治の終りころに流行した、暗い、私小説風に片寄り過ぎた自然主義文学に飽き足らないでいた信濃の若い教師たちが、こぞってこれに飛びついた気持が分るような気がした。しかし、これは飽くまでも雑誌であって、この雑誌に影響されて、「白樺派の新理想主義教育」なるものを打ち樹てようとした若い教師たちの精神的飛躍が私にはどうしても納得できなかった。おそらく、当時、中箕輪尋常高等小学校長をしていた赤羽長重氏にも理解できなかったことと思う。

昭和五十年の前半は小説新潮誌上に「銀嶺の人」を毎月執筆していたから、資料を読む時間は都合できたが、他の小説に手を出す余裕はなかった。この仕事が終り、一息抜きにヨーロッパ旅行をして帰って来ると、いよいよ、駒ケ岳遭難事件の調査に出かける決心をした。それまでの資料や聞きこみなどから、書下ろし小説として、ぶっつかるには好適な話だと思った。この段階で出版社は講談社と決めた。

私は、下諏訪町の湖国新聞の主筆をしている、市川梶郎氏を通じて、まず上伊那の箕輪町へ取材に行くにはどうやったら一番いいかを相談した。信濃というところはどこへ行っても前もって、ちゃんと筋を通して置かないと、

「おらあそんなことは知らねえぞ」

とそっぽを向かれる可能性がある。だから、いきなり出かけて、取材に来ましたなどとは云えないのである。市川氏は私の話を聞いて快く承知してくれた。数日後に彼から電話があった。

「駒ケ岳遭難事件を調べるならば、なんと云っても箕輪の学校が取材の中心になる。そうなると、箕輪町の教育長のお世話にならねばならないだろう。ところが、教育長の河手貞則という人は上伊那教育会切っての大もので、筋が通らないといっさい受付けないという頑固一徹な人である。俳人であり、歌人でもあって、著書が十冊ほどあるそうだ」

市川氏はそこで一息ついて、

「だが、河手氏に頼まないと学校は動いてくれないし、学校がそっぽを向いたら、その当時の資料は見せて貰えないだろう。結局どうすればよいかということになれば、町長に直接頼むしかない。町長の清水重幸氏を通して、その話が教育長に降りて行けば、河手氏は多分引き受けてくれるだろう」

ということだった。その町長はどんな人かと訊いたら、

「伊那市の新聞記者の云うには、八方美人だが、文化的なことには力を入れる人だし、町の評判はすこぶるいいそうだ」

ということだった。文化的なことに力を入れる人であっても、さて、私の小説について援助してくれるかどうかは全く不明だった。

私は当ってくだけろのつもりで、町役場へ電話をかけた。町長は不在で秘書が出た。秘書に用件をくわしく頼んだ。直接町長に話すよりも、この方が相手を驚ろかせ

ずに済むだろうと思った。

翌日電話を掛けると清水町長がいた。

「話は聞きました。できるかぎりの御援助はいたしましょう。教育委員会の方にも都合を聞いて置きましょう。その件についてはこちらから連絡致します」

ということだった。私は、当方の電話番号を相手に知らせてほっとした。町長自らがああ云ってくれたからもう大丈夫だと思った。

しかし、待てど暮せど、その返事がないのである。一週間経った。たまりかねて、秘書に電話を掛けてみた。その件について町長はいろいろやっているようですから、近いうち必ず返事があるでしょうということだった。それからまた五日経った。

私は半ばあきらめた。町長の力も教育委員会の力も借りず、自分ひとりで出かけて取材しようと思った。取材拒否をされるような問題でもないし、まあ行けばなんとかなるだろうと思った。

それから二日目の夜、清水町長から電話があった。

「教育委員会にも話しましたし、町議会の了解も得ました。宿舎の準備は終りました。案内の先生に話しをつけてもある。何時でもお出で下さい。尚、この問題については、今後いっさい教育長の河手貞則先生との間で話を進めて下さい」

ということだった。返事が遅れた理由は町議会の承認を得るため、その開催期日まで待っていたのである。

「まことに至れりつくせりのことで、お礼の申しあげようがございません」

と云って電話を切ってから私は汗を拭いた。やっぱり信濃だなと思った。なんでもかでも筋論で行く信濃のことだけあって、私の取材訪問を町議会にまでかけて、町を挙げて取材に協力しようと云うのである。いささか恐ろしい気持になって来た。

教育委員会の河手氏に電話を掛けると、

「でき得るかぎりの資料を掻き集めて待っています。どうぞお出下さい」

とのことだった。電話の感じでは、頑固一徹というふうには思えなかった。

＊

出発は旧盆《きゅうぼん》（八月十四、十五、十六日）が終った直後がよいだろうということになった。講談社文芸図書第二出版部に電話をかけて、この予定を告げると、広田真一氏が、ぜひ同行したいというのである。私はいままで、種々の小説を書いたが、取材の段階で出版社の協力を受けたことがなかった。「八甲田山死の彷徨」でも「アラスカ物語」でも単独の取材だった。そのほうが気が楽だった。そのことを話すと、

「取材の協力に行くのではなく、久しぶりで駒ケ岳登山がやりたいのです。同行させて下さい」

と云った。彼が大学時代登山をした経験があるということをこの時初めて聞いた。この暑いのに、東京にいるより、山に登りたいという彼の気持は、登山愛好家の私にはよく分る。あなたと同行するのは嫌だとも云えず、私は今までの習慣を破って編集者と同道することにした。私も六十三歳、二十代の若者がついて来てくれれば気丈でもあった。

二人は新宿駅で落ち合って車中の人となった。広田氏の服装を見ると、一応は山をやったことがあるらしく、装具はかなり使い古されていた。しかし、これだけではまだ信用は置けない。私は、彼と山の話はあまりしなかった。列車の中で、駒ケ岳遭難記をもう一度読み直した。

辰野の駅に降りてタクシーを待つ列に加わったが、旧盆の帰省客が列をなしていて、なかなか順番が来ない。やっとのことでタクシーに乗って二十分後に箕輪町役場についた。早速町長室に案内された。そこには、清水町長、河手教育長、翌日の駒ケ岳の案内者として予定されている、箕輪中学の土橋寛一郎先生などが待機していた。

挨拶が終った後で、私は予定を話した。取材についての希望も卒直に述べた。そのほとんどが快く受入れられたあと、

「ではこちらで準備したものについてご説明いたしましょう」

と云って、河手氏が、駒ケ岳遭難事件に関する資料一覧表を提示された。私のため

にわざわざ用意したもので、二十余の資料の要目が載っていた。それらの資料の多くはコピーされてそこにあったし、遭難事件に関係した人たちのリストまで揃ってい
た。

筋を通して頼めば、応《こた》えはあると思っていた。しかし、これほどちゃんとしすぎているとこっちが面喰った。さすが信濃教育の中心地、上伊那だなと思った。

「駒ケ岳遭難事件については、ぜひ誰かに小説として取り上げて貰いたいと思っていました。なるべく正確に、そして、その背景となる、私たちの郷土を具体的に書いていただきたいと思っています」

面と向って清水町長にそう云われると、とても私の筆力ではその期待には応じられそうもないような気持になった。

打ち合わせが終ったあと、まだ時間があるので、箕輪町立博物館を訪れた。数年前に二億円をかけて作ったという堂々たる博物館の中には、縄文文化を象徴する数々の土器から始って、江戸時代にいたるまでの考古学的逸品が展示されていた。すべて箕輪町内の出土品又は秘蔵品であった。

伊那谷は縄文文化の花と云われているところで、此処から、その時代の代表的な土器類が出土していることは知っていたが、目の前にずらりと並んだそれ等を見ると、その見事さに圧倒されて、讃め言葉も出なかった。弥生時代のものから、土師器《はじき》、須《す》

恵器《えき》と時代を降るに従って、いよいよ、この地方に咲いた文化の花がいかに豪華であったかがしのばれた。中央の文化が東山道《とうさんどう》を通ってやって来て、伊那で定着し、伊那から信濃各地へ拡がって行ったという考証は博物館内に見事に取りまとめられていた。

この地は従来学問の盛んな土地柄だった。上伊那の豪族は、好んで、文人、墨客《ぼっかく》、学者等を招待した。私塾《しじゅく》に類するものも多かった。幕末のころこの地にいた知名人の書画も展示されていた。伊那谷は人形芝居の盛んなところだった。江戸中期に大阪附近の人形芝居が歌舞伎に押されて衰亡の道をたどったとき、伊那谷の各村がこぞって、人形使いの一座を招いた。彼等は人形と共に土着し、もっとも盛んなころは、伊那谷全体で二十三座あったという。箕輪町上古田には今も尚、この古典芸能が、人形と共に残されている。博物館にはその人形の一部が出品されていた。

博物館のすぐ近くに昔の中箕輪尋常高等小学校、現在は箕輪町立、箕輪中部小学校があり、その隣りには箕輪中学校があった。

箕輪中部小学校は河岸段丘上のまことに眺望のよいところにあった。西山（木曾山脈）方面は雲で覆われていて見えなかったが、晴れたらすばらしい景色になるだろうと思われた。中原英太郎校長に会って、資料のお礼やら依頼をした。大正二年の遭難については、本家本元だけあって、資料も残っているし、云い伝えのようなものもかなりあるようだった。改めて訪問することにした。

宿舎は箕輪町立の長田温泉保養センターに取ってあった。入口の宿泊者団体名記入用の木札に「アラスカ物語の新田次郎先生御一行」と達筆で書かれていた。御一行と云っても、二人だし、広田氏は、下山した翌日には東京へ帰る筈である。それに、「アラスカ物語」とはなんの関係もない取材旅行だから、その名札を取ってくれるよう事務長の小林曾氏に頼んだが、なんと云っても撤回しようとはせずとうとう私の滞在中、ずっと恥しい思いをさせられる結果になった。

その夜、広田氏と明日の駒ケ岳登山についての打ち合わせをしたあとで荷物の整理をした。彼が私の荷物を持とうというので、その言葉に甘えて、私はサブザックに弁当と雨具と地図だけを持って登ることにした。彼は私がさし出した荷物を風呂敷にまとめてから、彼のルックザックに入れた。荷物のつめかたと、ルックザックの括《くく》り方を見て、

(相当山をやった経験があるな)

と思った。東京を発って以来の心配はなくなった。この人となら、きっと楽しい山旅ができるだろうと思った。この宿は静かだった。隣室の麻雀をひっかき廻す音が消えると、怖いような静かな夜になった。窓を開けると寒いくらいだった。窓から見える星のまたたきが少々心配だった。上空は風が強いらしい。

駒ケ岳登山の案内を依頼した土橋寛一郎氏とは松島の駅で合流した。彼は戦後、教職に身を置くようになってから、二十数年間に渡り、例年欠かすことなく駒ケ岳登山をしている。何れも中学二年生を引率しての登山だった。

＊

われわれ三人は駒ケ根駅で電車を降り、バスに乗換えて、駒ケ岳ロープウェイ駅についたのは、十一時、ここからロープウェイを利用して、終点の千畳敷まで登った。私は、このロープウェイが出来た翌年の四月に千畳敷まで行ったことがある。雪が多いし、天気が良くなかったので、そのまま引き返えした。その時にくらべると、今回は天気にも恵まれたし、登山の最盛期だから、千畳敷の見晴し台から遠く南アルプスを見物するだけでは満足できずに、駒ケ岳へ向って登山する人たちが列を作っていた。急勾配《こうばい》の道を四十分ほど歩けば、一応は山の頂に出ることができるとあって、七、八歳の子供を連れた家族や、サンダル姿の若者たちが続々と石ころ道を登って行く。実際は高山にいるのだが、高山にいるという感じはいささかもないようだった。

急坂を登りつめると平たい山の頂に出た。そこは駒ケ岳の前衛の山、前岳から宝剣岳に通ずる稜線の最低鞍部に当っていた。一度に視野が開けた。万歳でも叫びたいような気持だった。宝剣岳の頂がすぐそこに見えたが、駒ケ岳の頂上は中岳の陰で見えなかった。駒ケ岳から発する馬ノ背尾根に沿って眼を下げて行くときらりと黒く光る濃ケ池が見えた。眼下は一帯にハイマツ地帯だった。視線をもとに戻して周辺にやると、すぐ眼の前の賽《さい》ノ河原一帯は、岩石に覆われ、そこに大きな建物が見えた。宝剣山荘と天狗荘である。

大正二年当時、伊那小屋はこの附近にあったということであったが、ロープウェイから続々と登って来る軽装の登山者の姿や、いざとなったら千人や二千人は収容できそうな大きな旅館を前にしては、目をつぶって見たところで、当時の模様を想像することはできなかった。

上伊那郡教育会によって発表された、駒ケ岳遭難記録を何度か読み返してみて、いったい何が遭難の原因になったかを考えたとき、まず第一に気が付くのは、内ノ萱から案内人を連れて登らなかったことである。前年もその前年も案内人を連れて登ったのに、その年は予算節約のために案内人を連れて行かなかった。もし、前もって案内人を頼んでいたとしたら、その人は責任上、伊那小屋がどの程度破損しているか、くわしいことを調べて置いたに違いない。だが、案内人だけにたよるのは危険だから、責任者が下見登山《したみとざん》をすべきであった。団体登山でありながらこれをしなかったのが第二の過失である。第三は、伊那小屋が影も形も無くなっていたのを知ったときの処置であった。がっかりして、そこに坐りこんでしまった青年や児童を前にして、赤羽校長は仮小屋作りを命じた。そんなことはせず、時間はあったのだからなぜ木曾小屋へ避難しなかったのだろうか。既にその時は天気は悪くなっていた。その天気と児童たちの疲労状態とを勘案した上で、応急に小屋を作って収容したほうがよいと判断したのであろうか。私はその疑問を解くために、木曾小屋まで行ってみたいと思った。

私たちは昼食を摂ると、すぐ木曾小屋に向った。駒ケ岳へは中岳の頂上を経由して尾根伝いに行く道と、二つの峰の中腹を捲いて行く道とがあった。私たちは行きは捲き道、帰りは尾根道を通ることにした。

捲き道は西側にあり、眼下には木曾谷への絶壁があった。風が強い時には通れそうもないところだった。ここまで来ると、歩いている人は少なくなり、はじめて登山気分を味わうことができた。宝剣山荘を出て五十分ほどで、福島小屋（木曾小屋）に出た。小屋の周囲が積み石で覆われていて、山小屋らしい感じの小屋だった。声を掛けると、小屋番の二人の娘さんが出て来た。揃って眼の美しい女性だった。霧が深くなり、雨も降って来たので、ここで晴れるまで一休みすることにした。その日、宿泊の予定者は数人だということだった。伊那側の豪華な山荘とその混雑さに比較して、この小屋の静かなのには驚いた。この小屋に泊るべきだったと悔いたが、宝剣山荘に泊るつもりで荷物を置いて来たのでいまさらどうにもならなかった。二人の娘さんは、山が好きだから夏の間中この小屋に手伝いに来ているとのこと。彼女等の話によると、大正二年の頃の木曾小屋は、現在位置より高度差にして二十メートルほど、高いところにあったのを、この地点へ移築拡張したのだそうだ。

雨が止んだので、外へ出て、現在は荷物運搬用ヘリコプターの離着陸地点になっている、旧木曾小屋の跡に立った。五、六坪ほどの面積だった。その直ぐ上が駒ケ岳の頂上であり、そこには二つの神社が仲良く肩を並べていた。

駒ケ岳のことを木曾では木曾駒ケ岳と云い、伊那では伊那駒ケ岳という。頂上にそれぞれお国柄の神社があってもおかしくはない。私は両方の神社にお参りした。また霧が出て来て視界を閉じたが、通路の両側にロープが張ってあるから道を間違えることはなかった。土橋氏の説明によると、これは登山者が道をはずして、自然を傷つけるのを防ぐためだということである。ロープウェイが出来てからの、頂上附近の荒れ方がいかにひどいかの実情を聞いていると、そら恐ろしくなった。

風が出て雨になると、急に寒くなった。あわてて雨具をまとい、手袋をはめた。

今でこそ、道はしっかりしているけれど、大正二年のころは、天気が悪い日に、捲き道を歩くと木曾側へ落ちこむ危険があったであろう。また尾根道で霧にまかれ、風に吹かれると道を迷うおそれは充分にあった。特に中岳の頂上附近は迷い易いところだった。私たちも、霧の中で、方向を誤り、木曾谷の方へ降りて行くところだった。

ロープがあったので、気がついて直ぐ引き返えした。

大正二年八月二十六日、中箕輪尋常高等小学校の少年たちが賽《さい》ノ河原に着いたときは、既に天気は悪くなっていた。風も吹いていたし、雨もあった。しかも少年たちは疲労困憊していた。その状態で、更に風が強いところを歩かせるのは危険だと赤羽校長は考えたに違いない。大暴風雨が来るとは予想していなかったから、多少雨があっても一夜ぐらいなら仮小屋で過せるものと判断して、あの処置を取ったに違いない。私は木曾小屋までの道を往復してそのように推論した。

私達は賽ノ河原に引き返えした足で宝剣岳へ登った。雨は止み日はだいぶ西に傾いていた。鎖り場ではちょっと肝《きも》を冷した。宝剣岳の頂に立ったとき、霧が頂の東側を横切り、その瞬間、ブロッケンの妖怪が現われた。人間の影を中心として三重の虹が出たので、カメラを向けようとしている間に消えた。その向うに伊那の平が見えた。駒ケ根市の向うに一筋白く長く走っている天竜川と黄金色の水田地帯が印象的だった。視線を足下に移すと、切り立った岩壁の下にお花畑がある。クルマユリ、ハクサンフウロ、そしてずっと手前には濃い紫色のイワキキョウが、岩の間に密生して咲いていた。そのお花畑へは、下からも上からも近づけないから、そこだけに自然が残されていたのであろう。私たちは、宝剣岳を降りたその足で、前岳へ向った。白砂の稜線をただ歩くだけの山だった。伊那の谷から見上げると宝剣岳と前岳がよく見える。

誰もが駒ケ岳だと思って見上げる山だった。これを登ってしまうと、もうここらあたりには高い頂はなかった。日が落ちかけると風が出た。夕陽を背に浴びながら、伊那谷を越えて向うの甲斐駒ケ岳、仙丈岳、北岳、間ノ岳、農鳥岳、塩見岳、荒川岳、赤石岳、聖岳等の連りを眺めていると飽きが来なかった。それらの連山の背後に一段と高く大きく富士山があった。夕映えの山々は静かに静かにこの日に最後を告げようとしていた。

伊那谷は既に暗い靄に包まれ、東の空には月がかかっていた。その月に、まつわりつくように先端が曲った巻《けん》雲がたなびいていた。明日の天気が気になった。

宝剣山荘の食堂にはおよそ百ほどのテーブルがあった。一つのテーブルに詰めれば六人坐れる。その広いところにざっと二百人ほどの人がいた。セルフサービスであった。ライスカレーをごってり盛った皿と水のコップとスプーンを持って席につくと、どこからか音楽が聞えて来る。登山者が持ち込んで来たトランジスターフジオだった。

部屋の中央の石油ストーブが赤々と燃えていた。

その夜は眠れなかった。私は山に来れば、いつもこうだった。二日も三日も眠れないことがある。久しぶりで山に来たという昂奮のためであろう。私はけっしてあせらずに、目をつぶっていた。絶え間なく霧がおし寄せ、風が窓を叩いた。午前二時頃になると、かなり激しい吹き降りとなった。停滞していた台風六号が動き出したのかもしれない。もしそうだとすれば、大正二年の遭難のときと、似たような現象にぶっつかるかもしれないと思った。その嵐の中を、征矢訓導が通った道を忠実にたどって内ノ萱まで行けるだろうか。私はやや気弱になっていた。土橋氏の豪快《ごうかい》な鼾《いびき》と広田氏のせせらぎのような歯ぎしりを暴風雨の伴奏《ばんそう》として聞いていた。

薄明るくなったころから、いよいよ本降りになった。私は雨の中を下山する覚悟をした。そう心が決ると眠くなった。私は二時間ほど眠った。私が目を醒したときには二人は既に起きていた。多分私の鼾で起されたに違いない。食堂に出たが、食慾はなかった。私はお茶をがぶがぶ飲んだ。

＊

雨は降ったり止んだりしていた。風はそれほどでもないが、時々突風性の風が戸を叩いていた。風速十三メートルぐらいだなと思った。天気予報を聞いてみると、台風六号は南方海上にそのまま停滞しているらしく、この雨はどうやら弱い前線の通過によるもののようであった。

私たちは七時半に宝剣山荘を出た。

六十年前の八月二十七日の朝、赤羽校長以下三十五名が、丁度今、私たちが出ようとしているあたりにあった仮小屋から、暴風雨の中に飛び出した状況について、遭難記録には次のように書いてある。

古屋時松は顔色蒼白に、目を開いたまま、遂に他界の人となつた。不安の念に打たれつつ、寒気に襲はれ人心地もなくて居る一同は、目のあたり此悲惨の古屋の最後を見たので、一同は既に死の運命が目の前に迫れる如く感じ、云ひしれぬ恐怖の念に打れた。此時校長の顔色土の如く、古屋を抱いたまま一時無言であつた。然し、かくてあるべきにあらねば、いざ急ぎ下山の準備をせよ、と用意させた。用意というて多く改むる迄もなく小荷物を腰につけ、屋根のゴザを取つて着けた。中に一人「僕のゴザがない」といふ声が聞えた。征矢訓導は「誰のでもよい、早く付けよ」と云うて順次小屋を出た。

（上伊那郡教育会著『駒ケ岳山上に於ける大惨事』より）

私はこの部分を暗記するほど何回も読んでいた。外は立っては歩けないような暴風雨だったというから、風速三十メートル以上の強風が吹いていたであろう。その中へほとんど無防備なこどもたちを出したということは、常識的に考えて、どうしても納得できない点であった。遭難発生原因の第四は実にこのときの決定にあったように考えられた。この場合は、暴風雨が去るまで、仮小屋で頑張るのが当然である。然し、かくてあるべきにあらねば、いざ急ぎ下山の準備をせよ——というあたりに、なにか秘められたものを感じた。時松の死の外になにかがあったのだ。そうでなければ、仮小屋を出る筈はない。そのなにかは、この遭難報告書には書かれてはいない。私はそれを知りたかった。遭難報告書には、いざ急ぎ準備をせよと用意させたのは、赤羽校長であるかのように書いてあるけれど、(文脈の上ではそのように判断される)もし、それがほんとうだったならば、赤羽長重はリーダーとして欠けた性格の持主だったと判断すべきである。私はそのことを考え続けながら、風雨の中に出て行った。

大正時代と違って現在の登山用具は進歩していて、通気性には弱いけれども防水は万全である。少々ぐらいの風雨に恐れることはなかった。

山荘を出て、すぐハイマツの下り道に入った。このあたりで、荻原三平が倒れたのであろうと、土橋氏が指すあたりのハイマツ地帯には雨しぶきが上っていた。

風は向い風であるから、風が弱いということ以外は当時の状態とまことに似ていた。ハイマツ地帯に真直ぐ続く白砂の道をしばらく降りると、ハイマツ地帯と背の低いハンノキの叢《むら》とが入り乱れているところに出た。西側は馬ノ背尾根の陰になり、そこで西風は遮られ、雨具を脱いでしまいたいほどの暖さになった。その直ぐ下が駒飼ノ池だった。

唐沢圭吾の遺体が十三年目に発見されたのはこのあたりであった。このあたりのハイマツの背丈は腰の高さほどある。その下に入ってしまうと、外からは見えない。圭吾は道を踏みはずして、ハイマツの中で倒れたのであろう。

駒飼ノ池の水は涸れ果て、そのほとりにイワツメクサが、細長い葉に可憐な白い花を咲かせていた。

ここまで来ると人影はなく、道ばたに咲く高山植物が目を楽しませてくれた。白砂の急斜面のがれ場を降りて、灌木地帯に入ると、風は全く無くなり、雨も小降りになったので、雨具の頭巾をはね上げた。ハンノキ、ダケカンバ、ナナカマド、シャクナゲ等が密生していた。馬ノ背尾根が西風を防いでいるから植物が育っているのだろう。霧の去来がはげしく、遠くは見えなかった。

灌木地帯の中の道をしばらく歩くと、突然前が開けて、濃ケ池の平に出た。それまで止んでいた風がまた吹き出した。今まで風を防いでいた馬ノ背尾根の一部が半円状に欠き取られていた。そこから風が吹き降りて来るのである。その地形は氷河時代の圏谷（カール）の跡のように思われたので土橋氏に訊くと、やはりそれに間違いないということだった。そのカールの方向に西風が流れこみ、そのまま太田切川の上流の沢へ吹きこむ、このコースが風の通り路であるらしく、ここに出ると植物の背は急に低くなる。

唐沢武男はこのあたりで強風に会って逝ったのだ。濃ケ池は不気味な静寂を保った池である。クルマユリとリンドウに周辺を飾られた美しい池ではあったが、じっとしていると、池の冷たさが、そっくり自分の中に入って来そうにも思われた。

濃ケ池を過ぎてすぐ土橋氏に、清水政治と荻原三平の二人が風を除けながら一夜を明かした岩はどこにあるかを訊ねた。駒ケ岳遭難記録には、駒ケ岳遭難場所略図が入れてある。その図を見ると、濃ケ池を過ぎてすぐ右側にその岩があったことになっている。土橋氏はその岩がどれかは知らなかった。はっきり分ってはいないのではないだろうかと彼は云うのである。清水政治と荻原三平は岩を出て自力で帰路につく途中で救助隊に会っている。だから、救助隊はその岩を見ていない。清水政治はその後駒ケ岳へは登らなかったらしいし、荻原三平も登ってはいない。そうすると、地図にある場所は、聞き書きしたものということになる。私たち三人はその岩を探すことにした。岩はたくさんあるが、二人が一夜を過すにふさわしい岩はなかなか見つからなかった。行き過ぎては引き返えして探しているうちに、濃ケ池を過ぎてすぐ右側に、三つの岩が重なり合うようになって、そこに三角形の空洞を作っているのがあった。その空洞の口が東を向いていた。中に入ってみると、大人二人では無理だが、大人と子供の二人ならようやく入れるぐらいの容積があった。二人が避難した岩はまずこれに間違いないと見当をつけた。岩穴の傍に、花の時期はとうに過ぎたチングルマの群れと、今は盛りのリンドウの花の群とが、夏と秋とを分ち合っていた。

霧は次第に晴れては来たが風は止まなかった。いくらか登り気味の灌木の中の道をたどって、馬ノ背尾根の鞍部に出ると、かなり強い風が吹いていた。そこが強風帯であることの証拠のように、ハイマツは尾根から後退し、しかも背丈が短くなっていた。

風化の極に達した白い砂と岩石によって覆われた尾根がずっと続いていた。北川秀吉、堀峯、有賀直治が死んだのはこのあたりだった。おそらく、この三人は強風地帯で体温のすべてを奪われて相継いで倒れたのだろう。寒かったであろう。苦しかったであろう。せつなかったであろう。

この強風地帯から、尾根伝いに天水岩に向って登る途中に遭難記念碑があった。大きな自然石に深く刻みこまれた碑であった。石そのものも大きいし、字も大きく、思い切って深く刻みこんであるから、六十年後の今日において、いささかも明瞭を欠く文字は見当らなかった。私はこの碑に対しているうち、地の底から衝き上げて来るような感動を覚えた。この碑文は、これまでに調べた各種の資料の中で読んでいたのに、なぜこのような感動をこの地で受けたのだろうか。わざわざここまで来たという感慨に加えて、碑の前に捧げられたまま枯れている、下界から持ち上げた花束から来る一種の感傷の変形だろうか。そうとは思いたくなかった。

私は碑文の最後に刻みこまれた、上伊那郡教育会の七文字に打たれたのである。この七文字はふてぶてしく太く深く刻みこまれていた。字の大きさは、碑文や遭難者名の三倍ほどの大きさであり、中央に大きく刻まれた遭難記念碑の五文字に次ぐものだった。遠くから見ると、遭難記念碑上伊那郡教育会と読めるように、設計されてあることは明らかであった。殉難碑でも、遭難者供養塔でも、遭難慰霊碑でもなく、遭難そのものを記念する碑であることを、碑文にも、碑題にも、強調したその常識破りの碑の在り方が、私を戸惑わせた。そして、そのすべての責任を上伊那郡教育会が負うものであると、ふんぞり返えって云い放った碑文の姿勢に私は圧倒された。

それは、将来ともに、赤羽長重等十一名の死を上伊那郡教育会の面目にかけて、無駄にはしないぞと豪語しているようにも思われた。その気の強さに私は面喰らった。六十年前に、このプランを考え出した人は誰であろうか。こういうことは、誰か中心となるべき人がいなければできるものではない。誰かが遠い将来を考えて、この構想を立案し、上伊那郡教育会を動かして、この碑を建てさせたに違いない。その人は誰であろうか。土橋氏に訊いたが知らなかった。現在において分っているのは上伊那郡教育会がこれを建て、そして、この碑の教えを、六十年間、上伊那郡下の諸校がこぞって守り続けているという事実だった。

この碑から将棊頭までは、それほどの距離ではなかった。道は尾根の東側を捲いていた。おそらく西風をさけるためであろう。将棊頭に出ると、また風が強くなった。ちびたハイマツが風当りの強いところをさけて弱々しく生えていた。

　この風の強い将棊頭で、悲劇の少年たちは三つの道に分れて逃げた。風に追い落されるように、小出への山道に入りこんで助かった四名と、樹林帯に吹き落されたが、独力で下山道へ達した唐沢可作の歩いた道と、そして、内ノ萱へ通ずる白砂の尾根道である。

　三番目の道は、危険が多いのでその後廃道になって、現在は、おそらく唐沢可作が通ったと思われるあたりにできた捲き道が本道となっていて、その旧道と新道の分れ目に、大正三年、遭難記念碑と同時に建てられた伊那市経営の西駒山荘があった。二人の学生アルバイトが小屋番をしていた。

　西駒山荘から、一歩誤れば、ころがり落ちそうな急斜面を百メートルほど降りると、樹林帯に入った。風はぴたりと止み、小鳥の声がした。道は、樹林帯の中を通って、行者岩下の最低鞍部に通じていた。

　白砂の鞍部に立つと木曾側からの風が強かった。取材しながら歩いていたので、意外に時間がかかり十一時になっていた。尾根に腰をおろして眺めると、木曾側の針葉樹林帯の立枯れは寒々と迫り、対照的に伊那側の緑したたる樹林帯が目にしみる。その境目の白砂地帯を岩ヒバリが飛び越えて行った。

この最低鞍部が内ノ萱から駒ケ岳への登山ルート中、もっとも風の強いところだった。むき出しの白砂の尾根の途中に赤羽校長は力尽きて倒れ、更にその上部百メートルほどのところで有賀兄弟が終焉を迎えたのだ。最低鞍部までたどりつき、東側の伊那側にころがりこめば助かったものを、木曾側に落ちこんだがために死んだ小平芳造と、最低鞍部から樹林帯の安全場所に逃げこみ、その場で息を引き取った平井実等のすさまじい風との戦いの場に立っていると、身が凍るような思いがした。

遭難の跡をたどりながらここまで下って来て思うことは、犠牲者が出たところはすべて風が強いところであった。彼等が風に命を奪われたことは明らかであった。

(赤羽校長はこの風を考慮せずに、なぜ帰路を内ノ萱ルートと決めたのであろうか)

これが、第五の遭難原因と思われる点であった。これについて、土橋氏に訊いて見た。

「現在は駒飼ノ池の下と濃ケ池の先のあたりから宮田に通ずる道が分岐しています。しかし、当時はこの道はなく、将棊頭から小出へ通ずる道と、内ノ萱へ通ずる道の二本しかありませんでした。赤羽先生も、風をさけるためには、将棊頭から小出へ出たほうがよいではないかと一度は考えたに違いありません。しかし、先頭集団を引率している征矢先生はこの道を通った経験はないし、当時この道はあまり使われていなかったから、多分荒れていたでしょう。二次的危険度を考えると、やはり知り切っている内ノ萱コースを選ぶよりいたし方がなかったのではないでしょうか」

私はその説明でほとんど満足した。

＊

樹林帯に入ると全く風が無くなった。胸突き八丁の急傾斜の下山道は、膝が笑って歩きにくい。時々足を止めて附近の針葉樹林に目を移しながら、前を歩いている土橋氏に声を掛けた。土橋氏は無口である。こちらから質問しないかぎり、絶対に口を開くことがないので、話の口火を切るのは常に私だった。すぐ答えることもあるが、ちょっと待って下さいと、ポケットから小さい本を出して、それを見てから答える場合が多かった。きのうもそうであった。私は、彼のポケットの中にあるそれが見たかった。

胸突き八丁を降りて、大樽小屋を過ぎたあたりで昼食を摂ったとき、それを見せて貰った。上伊那教育会編、同会発行の西駒ケ岳登山案内であった。中央アルプスの概要から始って、登山のコースがくわしく書いてある。駒ケ岳登山に伊那側から七つの登山コースがあるのには驚いた。それぞれについてのコースタイム、途中の地物、特に注意すべき動植物や鉱物、水場、小屋などのことがくわしく書いてあった。登山の準備については、服装から食料品にいたるまで、こまかい注意が述べられ、登山中の注意の章ではまず自然保護の必要性を説いた上で、登山の際の常識やエチケットを教え、持って行った空罐、空ビン、紙くず等、すべてルックザックに入れて持ち帰ることなど、細部にいたるまで指示されていた。登山のための学習の章には、西駒ケ岳についての地質学、気象学、生物学そして、駒ケ岳登山の歴史がまとめられていた。この中に大正二年の遭難のことが載っていた。付録として高山植物の原色写真があった。はさみこみの登山地図にはルートが分りやすく描かれていた。私はあちこちの山を歩いたが、一つの山に対して、これほど懇切丁寧にしかも正確に書かれた案内書を見たことはない。観光地でよく見掛ける、アンチョクな間違いだらけの案内書（中にはよいものもあるが）とはくらべものにならないほど価値あるものに思われた。第一、携帯に便利である。これが非売品であることは残念だった。ざっと頁を繰ったあとで冒頭に掲げてある「登山の目的」に目を止めた。

一、旺盛な気はくと忍耐力によって西駒ケ岳に登り、身体をきたえるとともに強い意志を養う。
二、高山の自然（高山植物、地形、地質、原始林、雪渓、雲海など）に親しみ、観察する。
三、高山の景観に接し、自然の偉大さを味わう。

四、仲よく協力の精神を発揮し、登山のよろこびを共に味わう。

実に、すっきりと上手にまとめた登山目的の内容だと思った。こういう本までちゃんと作って集団登山を実施している上伊那教育会傘下の諸中学校に私は拍手を送りたい気持だった。

私はこの本について感心したことを土橋氏に卒直に述べてから、実際の登山はどうやっているかを訊いた。土橋氏は、箕輪中学校二年生を例にとって、西駒ケ岳登山が次のような段階で行われていることを明らかにした。上伊那郡内の他の中学校もほぼこれと同様であろうということだった。

一、中学二年生になるとほとんど同時に登山予備態勢に入る。毎日一回、中学校の周囲二キロコースを全員走らせる。雨の日も風の日も走らせる。駒ケ岳登山までに合計百回以上走るよう指導する。

二、六月になると経ケ岳（二二九六メートル）へ日帰り登山を行う。地下足袋を履かせ、雨具を用意させる。一人（男女共）四キログラムの荷（学校の砂を袋に入れて）を各自に背負わせる。

三、この予備登山によって登山不適格者がほぼ決る。大体二百五十名中十名ぐらいは脱落する。病弱の者や肉体的に何等かのさしさわりがある者である。
四、駒ケ岳登山を目前に控えて、生徒たちによる登山班長の自主的選挙が行われ、約四十名の班長が決る。生徒たちは自分の好きな（信頼の置ける）班長のところに集まる。だいたいクラブ活動のグループ毎に班が形成される傾向になるが、人気ある班長のもとには集まり過ぎるから、一班が男女それぞれ三名ずつの六名になるよう調整される。班長は登山中班員についての一切の責任を負う。弱った班員があれば助けながら登る。班長は引率教師が掌握する。班制が出来た当時は班長はほとんど男性だったが、現在は三分の二が男性で三分の一が女性である。年々女性班長が増える傾向にある。引率、附き添いの教師十三名が決るのもこの時点である。
五、七月の駒ケ岳登山を前にして、大正二年の遭難記録を全員に熟読させ、更に上伊那教育会編の西駒ケ岳登山案内を読ませ、内容について勉強会を行う。毎日の二キロの駈け足は連日続ける。
六、登山の前に全員医師の診断を受けさせ、登山者名簿が最終的に決る。
七、引率教師たち三名が下見登山にでかける。案内人はこれに同行し、生徒たちの登山日にも同行する。下見登山中に植物に名札をつけて帰る。この名札は集団登山（又は下山）の折最後尾の班が撤収する。

八、登山当日は、マムシの血清を持った医師が途中まで同行し、帰途も途中まで迎えに出る。
九、登山した生徒たちには、帰ったらすぐ感想文を書かせる。高山植物の名前は十種以上覚えるよう慫慂《しょうよう》する。イワカガミが最もよく覚えられる植物だということである。

以上が駒ケ岳登山のやり方であった。伊那の中学校がいかに用意周到な準備のもとに、この集団登山を実施しているかが、この話を聞いて分った。

このような慎重な計画のもとに行っている登山だから、今年の七月二十四日に、伊那市立伊那中学校の二学年生二百五十一名の一行が下山中樹林帯に入ってから落雷にあったときも、引率教師等の適切な指導と配慮によって、十二名が雷撃を受けたにもかかわらず、大事には至らずに済んだ（内一名は重傷を受けたが八月五日には退院し、八月十九日に登校した）のであろう。これについては伊那市立伊那中学校編「西駒ケ岳落雷事故報告」及同校発行の「あしあと」にくわしく述べられている。

私は、この完璧登山の底力になっているものがあの遭難記念碑だと思った。案内人を雇うことや下見登山を行うなど、やはり、大正二年の遭難の教訓から出たものであろう。

「その作文ですが、どんなことが書かれていますか」

私は土橋氏に訊いた。

「なんて云ったらよいか、ちょっと表現のしようがありませんが、要するに感動の極に達したというふうな文章を書いています。男子より女子の方がはるかにその感動が大きかったように受け取れます。登山はつらかったが楽しかったと書く者がいても、つまらなかったと書いた者はこの二十数年間一人もいませんでした」

この登山がいかに多くのものを中学生たちに与えるか計り知れないと土橋氏は最後をまとめた。私は地下の赤羽校長はさぞ満足しておられるだろうと思った。上伊那教育会が、赤羽校長の死を生かし、学童の登山をここまで完全なものにした辛棒強さに畏敬以上のものを覚えた。

*

駒ケ岳の修学旅行登山は、上伊那郡下の各尋常高等小学校がそれぞれ別個の計画をたてて実施していた。「東春近小学校沿革誌」によると、

当校に残る一番古い明治三十三年の「学校日誌」に、九月十七日（月）晴、駒ケ岳登渉、高等二年以上生徒及職員、田中、春日、久保村、細田四氏駒ケ岳登

渉。と記録されている。この外に計画案などの詳細な解説や、話し合いの記録がないところによると、登山はこれ以前にも実施していたのではないかと考えられる――中略――

登山の際、学校と連絡を出来るだけ早くとるため、昭和十三年には、伝書鳩が使われている。それはごく薄い和紙に細かい文字で書かれたもので、それが学校日誌に添付されて残っている。

《午後二時四十五分無事到着。一度放シマシタガ帰ツテ来タノデ他ノヲ放シマス。一同頗ル元気ナリ御安心ヲ乞フ。鳩所属、東春近村飯島義人》

東春近小学校の他にもそれぞれ駒ケ岳修学旅行登山についての記録が残されていると思うが、すべて調査するまでに至らなかった。

＊

樹林帯の歩きは、ただただ長くて飽き飽きした。この長い帰路をひとりで歩いた唐沢可作はさぞ淋しかったであろう。一行から遅れて権兵衛峠への道へ迷いこんだ平井利秋の心境もまた悲しかったに違いない。

針葉樹林帯を過ぎて、落葉樹の森に入ると、ずっと下に水の音が聞こえた。いよいよ山麓へ近づいたなという感じだった。

先を歩いている土橋氏がふり返えって私に云った。

「マムシに注意して下さい。あまり音を立てないように、一定の歩調で歩いて下さい」

さっき聞いた話の中にもマムシのことがあった。さては、本当にマムシが出るのかと訊いたら、

「つい一ヵ月前の下見登山の折にはこのあたりの道に出ていたマムシを三匹取りました」

と云うのである。彼は、過去六十年間の学童登山の折、マムシに咬まれた例は一度もないが、マムシの恐ろしさを知らない都会の人が、マムシにちょっかいを出して咬まれて死んだ最近の例を二つほど話してくれた。

私も田舎育ちだからマムシの怖さは充分に知っていた。マムシは二番目を歩く人に咬みつくものと云われていた。最初の人がマムシを驚ろかし、マムシが身がまえたところへ第二の人が通りかかるからやられるのである。我々のパーティーはリーダーが土橋氏、二番は私、そしてラストは広田氏ときのうから順番が決っていた。マムシの警告を受けてから、では私が三番目を歩くとは云えなかった。私は手拭いを、腰の下にだらりと下げた。マムシは白いものに飛びつく習性がある。もしもの場合は、私の

手先や、足に咬みつかずに、手拭いに咬みついて貰いたかった。マムシの恐怖は内ノ萱に着くまで消えなかった。水のにおいがするようなところでは特に神経がいら立った。マムシは出る年と出ない年があって、今年は久しぶりのマムシの当り年だそうだ。

内ノ萱の発電所の周囲には厳重な鉄条網が張ってあった。広い道路に出ると、自動車が土ぼこりを上げて通り過ぎた。そのとたんに私は下界に連れ戻されてしまった。午後の三時を過ぎていた。

内ノ萱は十数戸しかない、小さな村だったが、どの家も新築したばかりの立派な家だった。

大正二年の遭難当時、遭難事務所の置かれたところはすぐ分った。偶然、とびこんだ家の主人唐木好春氏の曾祖父、唐木金弥氏が建てた新屋を遭難事務所に提供したのである。その新屋は通りをへだてて前にあったが、今は改築されていて、昔の面影をしのぶことはできなかった。唐木家からちょっと登ったところに、消防のポンプ小屋があった。ポンプ小屋も火の見やぐらも当時のものではなかったが、その下を流れている小川と、栗の木の大木はおそらくはその当時からあったものであろう。唐木好春さんのお母さんが、当時のことをいろいろと伝え聞いていた。山から逃げ降りて来たこどもたちには、まず最初に味噌汁を飲ませた話など、興味あるものが多かった。

涼しい風が、庭から百日草とダリヤの花の香を運んで来た。

＊

私たちは内ノ萱から自動車に乗って、下小出の赤羽長重氏の生家へ直行した。時間はあるし、小出は帰路にも当っているので、登山服のままで失礼だが、まず墓参を済ませてから、取材しようと思っていた。

赤羽氏の家は河岸段丘のすぐ下にあった。当主は赤羽利典氏で赤羽長重氏の孫に当っていた。新築したばかりの家と広い庭、池には大きな鯉が泳いでいた。長重氏のころは草葺《ぶ》き屋根の家だったが、その家は取りこわされ、跡は畑になっていた。庭のあったあたりに、松が一本往時の面影を止めていた。長重氏の長男利穂氏の未亡人ふじえさん（利典氏の母）が私たちを墓地へ導いた。

墓地は河岸段丘のふもとの鬱蒼《うっそう》とした樹林に囲まれていた。黒御影石《くろみかげいし》の墓碑には、

駒嶽院釈愛山長巍義重居士

と刻まれていた。

墓参が終ってから、赤羽家の奥座敷に通された。高いところに、礼服を着た赤羽長重、つぎ夫妻の写真が掲げられていた。

「山からお帰りで咽喉が渇いたでしょう」

さあどうぞ、とふじえさんにすすめられて、私たちはビールを口にした。下山した直後に飲むビールの味は格別だった。塩烏賊《いか》入りの胡瓜もみの味がまたすばらしかった。ふじえさんの他に、勤め先から帰られた利典さんと、その夫人も加わって、いろいろ話を伺った。利典さんの奥さんは、さきほど訪問して来たばかりの内ノ萱の唐木好春氏の新屋から嫁いで来られたということだった。

私は、ふじえさんに駒ケ岳の遭難について知っていることがあったらなんでもいいから聞かせて下さいと乞うた。

「私がこの家に嫁に来たのは昭和五年でした。それから二十五年間姑《はは》に仕えましたが、その間遭難のことについて姑は一言も話しませんでした」

ではつぎ夫人についての話をお伺いしたいと云うと、しばらく考えてから、

「一口に云うと、きびしいおひとでした。気が強い、しっかり者で、私はいつも叱られどおしでした」

ふじえさんの話によると、つぎさんは士族の出であることを鼻にかけるようなことはなく、万事身をもって、他人《ひと》に教えるという姿勢を取っていたそうである。邸内で使う履物と、邸外で使う履物は厳然と区別していた。二つの蔵の中にあるものは、すべてその所在を覚えこみ、提灯や懐中電灯なしで、出し入れできるように心掛けるのが嫁の仕事だと云われたこともあった。事実、つぎ夫人はそれができたのである。

赤羽長重、つぎ夫妻には四男二女があった。教育熱心なつぎ夫人はこの六人の子を男女共すべて県立の中等学校以上へ進学させた。当時の中等学校は現在の大学へ入るよりはむずかしかった。六人のうち大学へ進学したものは男子三人、女子一人であった。子供たちは才能に恵まれていたが、必ずしもすべてが健康に恵まれてはいなかった。六人のうち三人は学業を終ると、すぐ他界した。末子の利春氏（遭難当時つぎ夫人のお腹にいた）は応召を受けて出征後、戦死した。長男の利穂氏と、幼くして、つぎ夫人の生家、高遠町の清水家に養女として迎えられた次女の八千代さんがつぎ夫人の相談相手となった。そして現在は、清水八千代さんだけが高遠に住んで居る。

「姑《はは》は愚痴をこぼすようなことは絶対にしませんでした。私に涙を見せたことは一度もありません。苦労して上級学校へ進学させたその子等が次々と死んで行ったのですから、その悲しみはたいへんなものだったと思います。しかしいっさい泣きごとは云いませんでした。私には及びもつかない、偉い女《ひと》だったと思っています」

そういう、ふじえさんも立派な女《ひと》だと私は思った。つぎ夫人が気丈であることを語っても、悪口になるようなことはひとことも云わなかった。庭に咲き誇っている、グラジオラスの花の色が私の目に痛かった。

高遠に住んでいる清水八千代さんを訪問したのは三日ばかり後のことである。

八千代さんの家は高遠城址の北西に当る、藤沢谷の中腹にあった。先祖伝来の武家屋敷だった。高遠藩は代々、藩士に万事節約を奨励していたという。しかし清水氏は上級武士であったから、書院や控えの間を許された。その家屋敷がほとんど当時のまま残されていた。

つぎ夫人は清水知嘉《ちか》、ゆき夫妻のもとに次女として生れた。長男の雅太氏が早逝したので、清水家は長女あいさんに、養子滝次郎氏を迎えた。その滝次郎、あい夫妻に子供がなかったから、姪の八千代さんが養女として迎えられたのである。

八千代さんの実父、赤羽長重氏が亡くなったとき、八千代さんは五歳であった。養母あいさんに連れられて実家へ行った。

「薄ぼんやりとした記憶ですが、仏前の高坏《たかつき》に盛り上げられた氷砂糖が蠟燭《ろうそく》のゆらめきに従って、きらきら光っていたのを覚えています」

彼女は葬儀の日のことをそのように話した。実母のつぎ夫人は、その後ちょいちょい高遠へ来たし、八千代さんも下小出の実家をしばしば訪ねた。しかし、駒ケ岳遭難について語り合ったことは一度もなかった。

つぎ夫人は子供たちを失ったときも愚痴はこぼさなかった。しかし、高遠町の士族の娘で、つぎさんの親友であり、よき隣人でもあった春日ともさんには、

「私ほど不幸な者はない」

と語ったそうである。その話をずっと後になって春日ともさんから聞いたとき八千

代さんは思わず涙ぐんだ。母が堪えに堪え、耐えに耐えていた気持が分るような気がしたからであろう。

八千代さんには二人の男の子があり、孫が合計五人ある。何れも遠く離れて住んでいる。庭が広かった。ヒマワリ、フヨウ、百日草、アサガオ等、百花撩乱《りょうらん》の庭の奥に、リンゴとトウモロコシの畑があった。彼女はムジナがトウモロコシを取りに来て困ると話していた。畑の裏は山だった。

つぎ夫人が私ほど不幸な者はないと、親友に語ったのはほんとうの気持だろう。遭難後、彼女は随分と悲しい目や苦しい目に会ったに違いない。そのことは取材中、各方面から断片的に聞いた。

上伊那郷土研究会編の「伊那路」駒ケ岳遭難五十年特集号の編集後記に、大正二年十月二十二日午後一時に行われた村葬に参加した、富県小学校長清水滝次郎氏（八千代さんの養父）の言葉として次のように記してある。

式場内は厳粛であり、極めて同情に充ちた幾多の弔詞があったのであるが、場外に充満した村民、その他の声、特に校長遺族席の後方の批判は、遺族としては聞くに堪え難いものがあった。

この聞くに堪えない批判をつぎ夫人は亡き夫にかわって生涯、受け止めねばならなかったのである。

＊

翌朝広田氏を送りながら、宿舎の外へ出た。眼下に伊那谷の緑が拡がり、その向うに東山連山が見えた。天竜川沿いに目を左に移して行くと有賀峠が見えた。その峠を越せば諏訪へ出られるのだ。守屋《もりや》山がその近くにあった。私の生家の庭から見た守屋山を正反対の側から眺めているのだと思うと、その山もまた懐しかった。その向うに、蓼科山と八ケ岳連峰があった。明らかに私は故郷と隣り合わせているのだ。故郷の諏訪湖は濁り果て、昔の面影とてないが、この伊那谷の景観は昔のままだった。私は、いつまでもこの姿であって欲しいと願いながらそよ風に吹かれていた。

私の取材の日程は朝の八時から始った。まずは、駒ケ岳遭難の折、この山行に参加した生存者の一人唐沢可作氏に会うことだった。学童二十五名中、九名が山で死に、十六名が残ったが、そのうち現存者は四名である。そのうち一名は病床に伏しているので、訪問は遠慮した。唐沢可作氏、東城規矩男氏、そして川崎市在住の荻原三平氏が教育委員会で調べたリストに上っていた。

唐沢可作氏は伊那市の郊外に豪壮な邸宅を構えていた。有名企業の社長らしく風格のある顔をした大きな体格の人だった。

彼は私を応接間に招いて、当時のことをくわしく話した。上古田の家を出て中箕輪尋常高等小学校の校庭に集り、どこをどう通って駒ケ岳へ登ったか、そして暴風雨に遭遇して命からがら内ノ萱へ逃げ降りて来るまでの経緯《いきさつ》を微に入り細にわたって話した。熱がこもった話しぶりだった。時折は涙さえ浮べることがあった。

唐沢可作氏の記憶は鮮明《せんめい》であり、臨場感が躍動していた。自ら、可作少年に返えったように眼が輝いた。彼は内ノ萱発電所下の広場で白い髯の老人に会って、雷獣という言葉を聞かされたことと、帰途、樹林帯の中を彷徨しているとき、自宅の裏山を鎮守様へ向って歩いているような気持だったという二つの話を特に強調し、最後に、

「私は母の祈りによって無事に生きて帰れたと信じています。このことだけは是非小説の中に書き入れて下さい」

と云った。私はそのことを約束した。彼が嘘や誇張で云っているのではないことが分ったからであった。彼が助かったもう一つの原因は兄のジャケツを借りて持って行ったことだった。そのジャケツは、長い年月を経てかなり形は変っていたが、海軍型丸首ジャケツに類するものだと判断した。私が昭和七年の厳冬に、富士山観測所へ交替勤務員として派遣されるとき、役所から貸与《たいよ》物品として支給されたのがこの種のジャケツだった。

私は唐沢可作氏の話の中から、上伊那郡教育会が作った遭難報告書とはかなり違ったものを聞き出した。仮小屋からなぜ外へ逃げ出したかという点について訊くと、「伊那谷へも木曾小屋へも行けないから、この仮小屋で嵐が通り過ぎるまで待とうということになっていた。ところが、古屋時松が死んだ。みんなが不安に襲われた。一部の青年の発言が更に不安を煽った。先生が制するのを聞かずに一部の青年が外へ飛び出したので、他の者もいっせいに小屋の外へ飛び出した」

唐沢氏は特定の人の名を云わず、一部の青年だと云った。この大悲劇の決定的な火付け役をした青年の名は知っているようだったがその名は終に云わなかった。その青年が悪いのではなく、その時は、みんながみんな、飛び出したい気持だったと付け加えた。

結果的には、こうならざるを得ない状況だったのに違いない。この決定的瞬間については、翌日、箕輪町、八乙女に住んでいる東城規矩男氏に訊くと、唐沢可作氏の云ったことと表現は多少違うけれど、いっせいに小屋を飛び出した点については同じだった。東城規矩男氏は、ここで重要な証言をした。

「小屋を出るとき、下山の順序など決めてはいなかった。わあっと出たと思う。ゴザはあらかた風に吹き飛ばされてしまった。ゴザを早く拾った人が助かったのじゃないかな」

東城規矩男氏の証言はおそらく真実であろう。とすると、上伊那郡教育会の遭難報告書の中にある、

中に一人「僕のゴザがない」といふ声が聞えた。征矢訓導は「誰のでもよい、早く付けよ」というて順次小屋を出た。

とあるのは嘘ということになる。ゴザについても嘘、順次小屋を出たのも、事実ではないということになる。私はこの遭難報告書の原文は征矢訓導が書いたものだと思っている。征矢訓導と清水政治訓導が、この報告書執筆に当ったということが、学校の校務日誌に記録されている。しかし清水政治訓導が、遭難直後、或る雑誌に「駒ケ岳山上の悲劇」と題して発表した文体は、この正式遭難報告書と全然違っている。まず、十中八九まで、この遭難報告書は征矢訓導が書いたものであろう。征矢訓導が、この決定的瞬間の真相をそのまま記録に止めるのに躊躇したのは、へたなことを書くと、青年の中から悪者《わるもの》を出す虞《おそ》れがあったからであろう。その筆の押え方は妙にして切《せつ》なるものがあった。

東城規矩男氏は、兄の東城義彦氏と共に先頭グループに混って内ノ萱へ無事帰りついた。翌朝、受持ちの清水茂樹先生は規矩男少年の顔を見て、

「おめえ生きていたのか。一番先に死んだと思っていたぞ」

と云った。当時東城氏は小柄の方だった。けっして頑健には見えなかったから、清水訓導はそのような冗談を云ったのであろう。現在も、東城氏はどちらかというと小柄の方だった。私は東城氏に向って、

「あなたが無事生きて帰れたのは、兄さんが傍に居たからですか」

と訊くと、しばらく考えてから彼は、

「それもあっただろうが、それだけではない。私はカバンを膝の上において眠気さましに、餅を齧っていた。あの朝、一度にどっと外へとび出したときも運よくゴザが拾えた。生きて帰れたわけはそのへんにあるように思われる」

含みのある言葉だった。

私は東城家の奥座敷に坐って彼と対面したその瞬間から彼を怖い人だと思っていた。とても七十七歳とは思われぬ、歯切れのよさで、開口一番、

「小説はもともと虚構《きょこう》でかためるものでしょう。私が真実を話したところで、そのとおり活字になるということではないから、むしろ私の話なんか聞かずに、あなたの思ったとおりに書いたほうがいいじゃあないですか」

と云われた。これには参った。時々彼の顔を影のように走る冷笑にも心を許せなかった。語彙《ごい》が豊富であり、表現が適確だった。頭脳のいい人だと思った。唐沢可作氏

は温い人柄を感じさせたが、東城規矩男氏は今度の取材中でもっとも信州人らしいクールなタイプの人であった。唐沢氏との会見は半日以上を要したが、東城氏との会見は一時間で終った。緊張の連続だったので、十時間も対談したように疲れた。

十月になって小説を書き始めてからもしばしば東城氏の顔が頭の中に浮び上った。教育長の河手氏の話によると東城氏は長い間村役場にいた。役場の重要役職に居ながら、給与はすべて辞退し、自ら村の財政の建て直しをやった人だということである。

唐沢可作、東城規矩男の両氏に会ったことにより、遭難事件の重要部分の真相が明らかになったことは私にとって大きな収穫だった。

*

天気が続いていた。南方洋上の台風六号は依然として動き出す模様はなかった。いずれ北上して来るだろうが、それまでにできる限り野外の取材をして置こうと思った。

人物の訪問は雨が降ってもかまわないけれど、箕輪町各地区内に点在する名所、旧跡や村々、辻々を見て廻るのは天気がいい方がよかった。予め町で用意してあったスケジュールどおりに古墳、古城、古社、古刹《こさつ》、遺跡、景勝地はほとんど余すところなく廻った。箕輪町は町村合併してからその面積は非常に広く、自動車で走り廻っても一日はかかる。ましてや、取材して歩くのだから、時間は意外にかかった。駒ケ岳遭難事件とは直接関係がないが、この事件が発生した母体としての土地柄をくわしく見て歩かないと、筆を執ることはできなかった。

古墳では前方後円型の王墓《おうはか》、古社では長岡神社、古刹では日輪寺、無量寺、澄心寺、薬師寺、羽広観音堂。城址では上《かみ》の平《たいら》城址、福与《ふくよ》城址、松島城址等が印象に残った。特に長岡神社の目通り、六・五メートル、高さ八十メートル、樹齢八百年というハリギリ（ウコギ科、センノキともいう）の巨木はとてもこの世のものとも思えぬほど雄大でしばらくは去りがたい心情だった。人里離れてぽつんと静かにある日輪寺の境内の白桔梗と露を含んだ庭の苔を眺めながら、いただいたお茶はうまかった。

福与城（箕輪城）址は、私が既に書いた、「小説武田信玄」にも登場する城であった。古城址としての趣きはあるが、なんとしても草藪が多くて、城の核心に近づけないのが残念だった。下手な観光城にするより、このままの方がよいのだという、教育長河手氏のお説を拝聴しながら私は、

「マムシは居ねえけえ」

と故郷の方言丸出しで訊いた。あまりにも草深かったのでいささか皮肉を云ったのである。この古城への道路は来年町が予算を計上して改修することになっているそうだ。

この城址を出た直後に河手氏が云った。

「大正二年のころというと製糸業が盛んでした。当時の世相を製糸業無しには考えられないから、ぜひその調査もして帰って下さい」

そして彼自ら多くの資料を集めて提供してくれた。当時の製糸工場は今は残っていないが、古い建物はまだ見ることができた。これらは、私が子供のころ、諏訪で嫌というほど見せつけられたものだから、懐しさはあったが興味を引くものはなかった。

「もともと伊那は大地主の多いところで、貧富の差が激しいところでした。戦後農地が解放されて、いわゆる小作人とか水吞百姓は無くなったが、大正二年当時は、大地主と小作とのトラブルは絶えなかった」

彼はそう云って、その資料も提供された。

大地主の家も遠くから見学した。戦国時代の館か、居屋敷を思わせるような豪勢《ごうせい》なものだった。当時は二十町歩級の大地主、十町歩級の中地主は珍らしくはなかったのである。小作はせいぜい、五段歩ぐらいの田を耕して、かろうじて生きていたのであった。

毎日、出歩いているうちに私の好きな場所ができた。天竜川沿いの河岸段丘である。

天竜川と云えば、この河岸段丘がもっとも顕著な特徴の一つであろう。上伊那から下伊那にかけて、河岸段丘はいたるところで見られる。河岸段丘の多くは居住地になっていた。小高いところに家を建て、平なところを農地にするのは当然であろう。学校や、寺や、神社や城址などもここにあった。森や林に覆われているところもあった。河岸段丘に沿って発達した文化遺産のおこぼれのように辻々で出会う古い碑の前には、いちいち立止まった。

天竜川は橋の上から見るのもよし、河原に降りて見るのもよかった。伊那の谷が、豊穣《ほうじょう》の地となったのは、この天竜川の水のおかげである、上流から分岐した用水路（西天竜用水路）がある。伊殿井《いどのい》の淵《ふち》もまた天竜川の水をせき止めて作ったものであった。人っ子一人いない淋しいこの淵のほとりに立ったとき驟雨《しゅうう》に会った。私はずぶ濡れになりながら、うず巻く水の流れを見詰めていた。

私は一日に何回も天竜川を渡って東に行ったり西に行ったりした。東山もいいし、西山もよかったが、西山の山麓で私が好きなところは、下古田、上古田、富田、羽広などの村々だった。この東山道沿いに古来からあった村々は、そっくりそのまま国の文化財として指定してもよさそうな趣きとたたずまいをしていた。

私が泊っていた長田温泉は箕輪町の北西部の桑沢山の山麓にあった。温泉の裏手（山手）に腰ほどの高さの崩れかけた長い土手があった。なにやら、これは昔からあったもののように思われるので、箕輪町博物館の大槻剛氏（町誌編纂委員会事務局次長）に訊いたら、なんと猪土手《ししどて》だった。

往時、西山方面（中央アルプス側の山地）に棲息している猪による農作物の被害が多かったので、各村が協同して、山の際に高さ六尺、幅六尺の猪を防止するための土手を作った。北は辰野町の、横川川《よこかわがわ》から、南は飯島町の与田切《よたぎり》川まで、その全長約四十キロメートルに及ぶ長大なものだった。ところどころには猪の見張所があり、また土手の一部に追い込み路を作って置き、猪を獲《と》ったということである。猪土手はところどころ取り壊されているけれど、大体はそのまま残っていた。これは人と猪とが戦った古戦場の遺跡で、猪土手は即ち防柵であり防砦であった。人と人との戦いの跡や古城址以上に重要な考古学的意味を持っていた。私は猪土手の名は聞いていたが、これほど完全に残されているのは見たことがなかった。これこそ、上伊那地方の最高の文化財だと思った。猪土手の近くの山林の中には、猪が身体につく、ダニやノミを擦り落すためにしばしば現われたという、野田道《のだみち》や野田場《のだば》（凹地になっていて、水が溜っていたり、湿地帯になっているところ）があった。

この雄大な規模を持った猪土手は何時誰の指導によって作られたのか、はっきりはしていない。作られたのは元禄年間以前ということしか分っていないということである。一度に作ったものではなく、長い年月をかけて完成したのであろうというのが大槻剛氏の意見であった。尚、この猪土手の保存については何等の対策も建てられていないということばは私の耳に淋しく残った。

やはりこの猪土手がある上古田には、唐沢可作氏の生家がそのままあった。屋根に石を置いた、二階建ての大きな家だった。可作少年が山から降りて来て入った風呂桶もないし、馬屋も改造されてしまっていたが、家そのものは昔のままだった。村の中央の坂道を登り切ったところに鎮守の森がある。私は石段を登り、神社の前で参拝した。暗い暴風雨の夜に可作少年のお母さんがお百度参りをした石段には苔が生えていた。小鳥の多い森だった。

駒ケ岳で死んだ武男少年と圭吾少年の生家は百メートルほど下にあった。圭吾少年の生家の屋根は緑色の瓦葺きで、庭にはオイランソウの花が咲いていた。武男少年の家はその後建て替えられ、当時、音を立てて廻っていた水車小屋はなくなっていた。遭難事件以来、交際を断っていた、本家の唐沢家とこの二軒の新屋とが、再び交際を始めたのは、大正十四年七月二十六日、圭吾の遺骨が発見されてからだということである。

その唐沢圭吾少年の遺骨を発見した青年会員の一人の坪井勝樹（七十六歳）氏を箕輪町福与《ふくよ》沢卯《う》ノ木《き》に訪れて、その当時の話を聞いた。その日はすばらしく天気がよかった。駒ケ岳マラソン大会は終ろうとしていた。最後のランナーが、走り降りて行く姿が駒飼ノ池の下の沢に消えたとき、上の方で叫び声が聞えた。

駒飼ノ池の上方のハイマツ地帯で白兎を発見したのは、坪井勝樹氏、小池修平氏の二人であった。駒ケ岳附近の野兎は、濃い茶褐《ちゃかっ》色をしていて、どちらかと云えば黒味がかって見える。ところがその兎は白かった。白兎だったから、それっ追っかけろという気持になった。二人はハイマツ地帯に逃げこんだ兎の後をしばらく追った。兎はぴょんと大きく跳躍して、ハイマツの中に消えたまま、再び姿を現わさなかった。きっとその消えた辺りのハイマツの中に隠れているだろうと、二人は忍び足で近づいて行った。

坪井勝樹氏が目をこらしてよく見ると、白兎は、ハイマツの繁みの中にじっとしていた。彼が近づいて行っても、じっとしていて逃げる様子は全くない。へんに思ってよく見るとそれは兎ではなく、風化して白くなった布であった。布を取除くと骨があった。

「圭吾の骨ではないだろうか」

二人は同時に、同じことを口に出した。二人は声を上げて人を呼んだ。その辺に居た人たちが集って来た。人々はそれが圭吾少年の骨だろうとは思ったが、そこでは断定はできなかったので、ぼろぼろになった着衣と商店の屋号が染めこんである手拭いを持ち帰った。それが圭吾少年の着衣であり手拭いであったことは圭吾少年の両親によって証明された。

「圭吾の霊が白兎になって十三回忌の命日に（ほんとうの命日は一ヵ月後の八月二十七日だった）現われたのだ」

と人々は噂をした。

白兎は兎の白っ子であろうか。非常に珍らしかった。その白兎に導かれて、圭吾少年の遺体は発見されたのである。圭吾少年の遺体発見の年に中箕輪尋常高等小学校の駒ケ岳登山は再開され、同時に、父兄と学校との間に停滞《ていたい》していた長い間の暗雲は霽れた。

＊

伊那市笠原に住む上伊那教育会の長老永沼栄氏を訪ねたのはすこぶる暑い日だった。彼は九十一歳とはとても思われぬようなしっかりした口調で駒ケ岳遭難事件について語った。当時彼は朝日尋常高等小学校の主席訓導だった。駒ケ岳に上伊那郡教育会の名によって、遭難記念碑を建てた経緯《いきさつ》について訊くと、

「どうせ建てるなら、死者の霊を慰さめるというようなものではなくして、将来、益々盛んになるだろうところの、修学旅行登山の戒教の碑となるものを作ろうではないかということになった」

と答えた。

「その主旨はよく分りましたが、それを真先に云い出した人がいるでしょう。つまり建碑の陰に隠れた人——それはどなたでしたか」

永沼さんは、それにははっきりとは答えなかった。

「確か中箕輪の……」

と云いかけたが、やめて、尚しばらく考えていたが、

「上伊那郡教育会が中心になって、建碑委員会を設けた。高山健次郎郡視学が中心だったように覚えている」

「それは建碑が決ってからのことでしょう。そこまで、話を進めた人が居たような気がします。それとも自然発生的にあの碑を作ろうということになったのでしょうか」

しかし、それに対する永沼さんの答えは得られなかった。そんなくわしいことまでは知らないようだった。私は追及をやめた。永沼さんが、確か中箕輪の……と云いかけたのは中箕輪尋常高等小学校の教師の誰かの名を思い出そうとしていたのではないかと思った。

私には、あの建碑の陰に隠れた人物は、遭難を起した中箕輪尋常高等小学校の教師であって、赤羽校長に深い信頼と尊敬を持っていた人のように思われてならなかった。なんとしても、赤羽校長の死を無駄にしたくないと思っている人が、建碑の話を上伊那郡教育会に持ちこんだもののように思われた。だが、永沼氏はその人の名は知

らなかった。

大正二年当時一番問題になっていたものはなんであったか、という私の質問に対して永沼氏は、

「いろいろあったが、一番問題にしていたのはこどもたちの個性を生かすような教育をするにはどうしたらいいかということだった。長所を生かすためには他の教科目を犠牲にしてもよいということではなくして、基礎教育はちゃんとやって、しかも本人の個性を生かすように指導しろというのが、その当時の教師がみな考えていたことだった」

永沼氏の話の中には、何々ではなくして、何々であるという云い方が多かった。信濃では理窟っぽい人がよく使う懐しい云いまわしだった。

信州白樺派の理想主義教育について訊ねると、それに関する多くの人の名前を上げ、声を高めて話された。永沼氏の話を要約すると、白樺派の理想主義教育そのものは、まことに純粋なものであり、信濃教育を充実させる力になったが、大正末期に雨後の筍のように現れた信州白樺派亜流の気分主義教育は父兄たちの顰蹙《ひんしゅく》を買ったようである。

「そのころ聖職という言葉が教師の間によく使われたものです。教師は単なるサラリーマンではなくして、こどもたちを愛し、導くためには身を犠牲にするのも惜しくは

ないという思想でした。赤羽長重氏がまさにその『聖職の人』でした」

永沼氏から「聖職の人」という言葉を聞いたとき、私はこれを今回の小説の題名に頂戴しようと思った。

永沼氏の次にやはり長年上伊那郡内で教職にあった郷土史家の中村寅一氏を辰野町平出に訪ねた。氏は信濃白樺派の中心人物と云われていた赤羽王郎氏やその周辺にあった人たちのことをよく知っていた。当時の白樺派の理想主義教育はまことに勝れたものであり、主流派には尊敬すべき人が多かったが、後年その亜流による気分教育が流行するようになってからの弊害は認めざるを得ないだろうと話した。ここで、中村氏から、

「今井信雄という大学の先生が、信州白樺派について調査している。なんでも近いうちにその本が出版されるそうだ」

と、耳よりな話を聞いた。

信州白樺派については、その大要は分っていても細かいことはどうしても分らなかった。これがよく分らないと、当時の信濃教育の現状は把握できなかった。

十月になって、信濃教育会出版部発行、今井信雄著「『白樺』の周辺―信州教育との交流について―」の書評を新聞で読み、早速購読した。四百三十五頁の美本で、信濃白樺派について、細大洩らさず書かれていた。この一冊があれば他の本は要らなか

った。それまで断片的に集めた資料から得た私の信州白樺派の理想主義教育に対する認識が一部訂正された。

中村寅一氏の庭には各種の花が咲いていた。永沼栄氏の庭もそうだった。伊那はどこへ行っても花ざかり、花に埋っていた。ほんとうに花の好きな人たちが住んでいる里だと思った。特に珍しい花はなかったが、種類が多く、のびのびと明るく美しく咲いていた。伊那谷の美しさは個々の庭から発したものでもあるように思われた。

中箕輪尋常高等小学校が、校長の来てがないほど荒廃していたころ、河手貞則氏はこの学校の生徒だった。彼から当時のことを回想した長い書翰が、資料を添えて送られて来た。話しだけでは間違いもあるかと思って、と、ことわり書きがしてあった。

河手氏の手紙を読みながら、私も当時のことを思い出した。私は上諏訪町高島《たかしま》尋常高等小学校に大正八年から十三年までの六年間を過した。毎年受持ちの先生が変った。一年に二度も変ることがあった。卒業までに合計八人の先生に教わった。あまり頻繁に受持ちの先生が変るので、特に親しみを感じた先生はなかった。代用教員が多く、その中に俳句の好きな先生がいた。この先生の俳句作りの時間は楽しかった。今考えると、この先生によって、私の中に潜んでいたなにかが引っ張り出されたような気がする。私の学校には、特に気分教育というようなものはなかったように覚えているが、他のクラスや他の学年にはあったかもしれない。或は信州白樺派の理想主義教

育の流行が既に過ぎていたのかもしれない。念のために「高島学校百年史」を調べてみると、

質実剛健な校風を養なって実を挙げてきた本校では、この思想（註・所謂白樺派の教育思想）に慎重であり、かつ批判的であった。

と記されてある。同じ長野県内でも学校によって白樺派による理想主義教育の受止め方が違っていたようだ。

＊

この季節の台風にしては、珍らしく尻が重い、台風六号がいよいよ北上を始めた。その台風の影響を受けて、伊那地方は風速二十メートル近い風が吹いていた。私はこの台風の中で、取材の仕事を終ろうとしていた。

駒ケ岳で亡くなった有賀兄弟の甥に当る有賀尚治氏が箕輪町役場に勤務していた。尚治氏の案内で有賀兄弟の墓参にでかけたのは、暴風雨警報が出ている最中だった。

有賀家は箕輪町沢《さわ》区北屋敷にあり、昔は名主をつとめていた家柄であった。墓地は近くの田圃の中にあった。石垣を組み、土を盛上げて作られた有賀一族の墓地の奥の

方に有賀基広、有賀邦美兄弟の墓があった。一つの墓石に、

正隆院寛仁基広居士
顕明院仁風邦美居士

と兄弟の戒名が並んで刻まれていた。

ひどい吹き降りで、持参して行った、線香を供えることもできなかった。私は墓前に花を供えて、瞑目合掌した。嵐の音が耳を打った。なにか愁然と胸にせまるものがあった。即興の短歌が頭の中に浮んだ。私は石碑に向ってそれを朗詠した。なぜかそうしたいという感情に迫られていた。

駒ケ岳暴風雨《あらし》に逝きし兄弟の
霊《みたま》に応《こた》う（霊《みたま》よ叫《さけ》べ）台風六号

括弧の中は二度目に歌ったときそのように変えたのである。短歌としてはまことに不出来なものであるがそのときの気持をありのままに歌ったものだから、そのとおりここに掲げた。駒ケ岳遭難の悲劇の核心となった有賀兄弟の墓の前に、台風を背に負いながら立ったことが、私を感傷に落しこんだのであろう。

墓参の後、有賀家に寄った。二度目である。前に訪問したとき有賀兄弟の実弟で現在当主である有賀尚祐氏（尚治氏の父）から、その当時のことを聞き、また資料などをお借りしたが、まだまだ訊きたいことがあったから、再度訪問したのである。

尚祐氏はこの前よりも打ち解けて、あれこれと話された。二人の子供を同時に失った尚祐氏の父君有賀文治氏の悲しみを彼は次のように語った。

「父はしばらく、半狂乱のありさまでした。夜中に、基広、邦美、と叫んでとび起きることがよくありました。夢だとわかって、大きな溜息をつき、しばらくは声をおしころすようにして泣いている父の姿が不憫《ふびん》でした。不眠症になり、そのころ発売されるようになったばかりの睡眠剤を使っていました。そのような状態が半年あまりも続いたでしょうか。母もその当座は嘆き悲しみましたが、仏にすがることによって、なんとか立ち直ってくれました。父はなかなか、もとのようにはなれませんでした。この時受けたショックが父の人生を非常に淋しいものにしたようでした」

有賀文治氏は子供たちに対して、厳格なしつけをしていた。兄弟が死んだとき、文治氏を責め付けたものは、

(なぜ、もう少しやさしくしてやらなかったか)

ということだった。それが、生涯の悔いとなった。もっともっと可愛がってやればよかった。温い言葉もかけてやればよかった。基広氏が願っていた進学も許してやればよかった。邦美少年が欲しがっていた本を買ってやればよかった等、数限りない悔恨が湧き出て彼を悲しませた。

「父はそれ以来、子供たちにやさしくなりました。全然人が違ったように、私に対し

てもやさしくするのです。私はそのやさしい父よりも、良いことは良い、悪いことは悪い、とはっきり決めつけて来る父が好きでした。そういう父が見られなくなったのが、私にとって新しい悲しみでした」

尚祐氏は柳行李の奥から二通の手紙を取り出して私の前に置いた。一通は長野県知事宛の手紙の写しであり、一通は長野県視学佐藤寅太郎氏よりの手紙だった。

長野県知事宛の手紙は原稿用紙に清書すると、約十枚ほどにもなる長文のもので、遭難の原因はすべて学校側にあるものと断じ、その責任を県知事の名において明らかにせよと、長野県当局に肉迫したものであった。十月十四日の日付になっていた。達筆であり、名文であった。子供を失くした父の悲しみが汪溢していた。十月十七日付の県視学佐藤寅太郎氏の手紙を見ると、どうやら、これが県側の返事のように思える。

《哀情を吐露せられたる御書面を拝読しましたが、まことに道理にかなった御意見であり、小生も泣然として、涙で膝を濡らしました》

というような文章で、もっぱら文治氏の慰撫に重点を置いて書かれたもので、学校に対する責任問題の追及についてはいささかも触れてはいなかった。文治氏の県知事に対する抗議文の中には、征矢隆得、清水政治両訓導の行動を非難した箇所があった。しかし、この時点では、両訓導の進退伺は、その儀におよばずとして県知事より却下された後であった。県としても今さら文治氏の言を取り上げるわけには行かなかったのであろう。

私は大正二年八月二十六日の朝の天気について尚祐氏に訊いた。

「その朝は、二班の修学旅行登山が予定されていました。一班は兄たちの駒ケ岳登山、一班は尋常科五、六年による経ケ岳登山でした。私はその経ケ岳登山に参加しました。出発するときは雨は降ってはいませんでした。天気が悪くなったのは下山してからです」

出発時の天気については、唐沢可作氏は、ぽつりと一粒二粒降ったと云い、東城規矩男氏は曇っていたと証言された。この降雨について飯田測候所の資料を調査すると、赤穂（現在の駒ケ根市）と伊那町では雨は観測されなかったが、朝日村（現在辰野町）朝日小学校の観測所により二十五日の午後八時から二十六日の午前八時までの間に五・五ミリの降雨があったと報告されている。唐沢可作氏の証言はこれによって裏付けされた。しかし飯田測候所の資料や、気象庁の記録によると、二十六日の出発時に天気が悪かったと証明するものは全然ない。天気の推移に関しては上伊那郡教育会の遭難報告書が正しいものと思われた。

私は、この天気のことを持ち出して、

「遭難の直接原因は、突然発達して東方洋上を通過した台風によるものであり、当時は人智を尽してもこれは予想しがたいものでした。運が悪かったとあきらめるべきでしょう」

と尚祐氏に云った。

「そうですか、やっぱり突然襲って来た暴風雨のせいですか」

尚祐氏は、それまでは、父文治氏の気持をそのまま受け継いだかのように厳しい顔をしていたが、このとき初めてなごやかな顔を見せた。私にはそれが、あきらめの顔に見えた。

尚治氏が色紙を持って来て、さっき私が墓地で朗詠した短歌を書いて欲しいと云った。むげに辞退しようもなく、下書きに二首を並べ、最初に詠った「霊《みたま》に応《こた》う」にするか、後に詠みかえした「霊《みたま》よ叫べ」のほうにするか、その選択を尚祐氏に一任した。

「『霊よ叫べ』にして下さい」

尚祐氏は再び厳しい顔に返えって云った。「霊よ叫べ」は強すぎると私は思った。しかし、今も尚、彼は不幸な死を遂げた兄たちの霊に叫びかけたいような気持でいるのではなかろうか。その気持が後者を選んだに違いない。有賀家で夕食を御馳走になった。瓜の奈良漬けが旨かった。こんなおいしい奈良漬けはどうしたらできるのだろうか。私は尚治氏の奥さんに訊いた。

＊

東海地方を荒し廻った台風六号は中央線を不通にした。

「ちょうどいいから、もう二、三日滞在したらどうかね、まだまだいいところがいっぱいある」

と長田温泉の事務長小林曾氏が云ってくれた。彼は今回の取材旅行に徹頭徹尾協力をおしまなかった。順調に取材が終ったのも、河手氏とこの小林氏のおかげであった。

長田温泉を発つ日は快晴だった。東山に仙丈岳と甲斐駒ケ岳（東駒ケ岳）が肩を並べていた。眼下の水田地帯は黄ばみ始め、ここらあたりの丘にはハギが咲き、ススキの穂が風に揺られていた。秋はもうそこまでやって来ていた。

東京に帰った私は川崎市に住む荻原三平氏と連絡して、東京都内で会った。

彼は、その後東京大学を卒業され、現在は二つの会社の社長である。実業家らしく、身のこなし方も目の配り方も、機敏《きびん》でとても七十六歳には見えなかった。

大正二年八月二十六日、彼が中箕輪尋常高等小学校の校庭を出るときは曇っていたが、雨は降ってはいなかった。出発してから、翌朝、仮小屋を飛び出すまでの経過は、唐沢可作氏と東城規矩男氏の証言とほとんど同じだった。

「私は仮小屋を逃げ出して、間もなく倒れた。それが、結果的には生きて帰れたことになったのだろう」

　と荻原氏は云った。

　清水政治訓導と岩穴に身をひそめて一夜を明かしたその苦闘は聞いていて身のひきしまる思いがした。それは師弟関係を超えた人間愛によってのみなされることのように思われた。

「赤羽先生は私達の隠れている岩穴へ何度か来たように覚えている。二度目に来たときは、ええことになっちゃったと云っていた」

　彼の記憶によると赤羽校長は夜になってからも見廻りに来たというのである。

「二十七日の日――つまり遭難が起きて、あなたと清水訓導が岩穴に隠れていた、その夜にですか」

　私は念を押した。

「そうです。赤羽先生は一晩中そのあたりを歩き廻っていた」

　荻原氏の言葉は確信に満ちていた。

　赤羽校長が死んだのは、その日の夕暮れ時だった。推定時間午後七時半ころ、征矢訓導及び救助隊に見守られながら、息を引き取ったのである。ではその夜、荻原少年の岩穴に現われた赤羽先生はいったい誰であろうか。私の背筋を冷たいものが走った。

後日、荻原氏から、彼が持っている遭難資料が送られて来た。その中にはその後の清水政治訓導と彼との交際を示す写真があった。清水政治氏は今は故人となっているが、未亡人は健在でおられる。その最近の写真も同封されていた。

「自分の生命を投げ出しても、教え子を助けようとした清水先生のおかげで私の今日はある。あのころの先生は、みんな清水先生のようにほんとうにこどもたちのことを思っていてくれたものだ」

荻原氏は私と別れるときしみじみと語った。「聖職の人」という表題が再び私の頭に浮んだ。

＊

私は大正二年八月二十七日の駒ケ岳遭難の直接原因となった暴風雨について特に関心を持った。出発時の二十六日朝、台風来襲の危険性が予想できなかったかどうかという点について調べたが、結論としては、当時の貧弱な気象業務の内容では、とてもこの台風の動きを前もってキャッチすることはできなかったし、たとえ分ってもラジオがなかったから国民に知らせることは不可能だったと判断した。突然やって来た暴風雨に驚いたときにはあちこちに大きな被害が発生していたというのが実情であろう。

当時の新聞を見ると、中央紙、地方紙ともにこの暴風雨の被害記事と同時に駒ケ岳の遭難記事を載せている。大正二年八月二十九日の「大阪朝日新聞」によると、

駒ケ嶽探検隊の遭難
校長、教員及び生徒九名凍死す。三名生死不明。

と題して、この遭難を詳細に報道しているが、その記事の中に大暴風雨とか暴風雨はあっても台風は見当らない。これは、台風、低気圧、不連続線（今でいうところの前線）等の気象用語が、当時は現在ほど徹底していなかったためで、気象台も、台風、熱帯性低気圧、低気圧の区別を、厳格にはしていなかったようである。しかし、この暴風雨は今で云えば間違いなく台風である。

昭和三十六年（一九六一年）、気象庁より発刊された気象庁技術報告第三二号によれば、大正二年八月二十七日の台風については次のように記録されている。

台風による東京の豪雨・大正二年（一九一三年）八月二十七日
二十七日六時、八丈島付近を通過した台風（八丈島での最低気圧九五四・五ミ

リバール）は北北東に進んで、二十七日十三時ごろ、銚子付近を通過した。東京での最低気圧は九六九・一ミリバールで、最大風速は一七・九メートル、降水量は一五八・七ミリであった。このため、東京市内では、下谷区、浅草区、四谷区、赤坂区、神田区、芝区、牛込区、麻布区等で多数の浸水家屋があったほか、深川区、本所区では合計、五、五〇九戸の浸水家屋があった。六郷川の堤防は決壊し、東海道線は不通になった。

この台風は銚子付近を北上した後、東北地方を縦断して、午後の八時ころには津軽海峡に抜けている。珍らしい進路を取った台風だった。このため、被害が日本海側の各地にも起った。特に新潟県、富山県下の被害は甚大だった。長野県はどうかと云うと、この台風による被害は報告されていない。飯田測候所の記録によってもたいしたことはなかったようだ。中部山岳地方では強風が吹いたが、伊那谷はそれほどでもなかったのである。今日、もしこのような台風が、登山最盛期に通過したとしたら、小屋のないところではやはり遭難事故は起こるだろう。当時としてはどうにもしようがなかったことだと思われる。

私は、取材のほとんどすべてを終った。あとは、小説としての構成を練り、執筆にかかればいいのだが、一つだけ私にどうしても分らない点があった。建碑の陰の立役者は誰だったかということである。伊那へ行って多くの人に会って聞いたし、河手氏にも調べて貰ったが、それが、中箕輪尋常高等小学校の先生だったらしいというようなあやふやなもので、人の名までは出てこなかった。

中箕輪尋常高等小学校当時に書かれた校務日誌が、現在の箕輪中部小学校に保管されていた。校長の中原英太郎氏がこれを使うようにすすめてくれた。なにしろ六十年前のものだから、コピーも取れないほどになった部分もあった。同校の伊東宏先生が、これを清書原稿とした上で、私宛送ってくれた。これによって、遭難当時の学校の模様が、おおむね推察できた。

八月廿七日雨　午後八時駒ケ岳登山者捜索のため左の諸氏出発

清水（茂）、春日、山口、山口（昇）、松崎、池上、高木、野沢、井口、春日（利）

八月廿八日晴　宿直留職員左の如し

有賀、征矢（朝）、千葉、上田、山越、荒木、羽場、梶野

これは、二十七日、二十八日の二日のうちの校務日誌のごく一部を抜き書きしたも

のである。これによって、捜索組（現地派遣組）の統率者は主席訓導の「清水茂樹」であり、留守組の代表責任者は「有賀」と推測される。このような場合人名の順位は、序列《じょれつ》に従って書かれるものである。

私は「有賀」なる人物に興味を持った。伊東宏先生に依頼して調べると、有賀は有賀喜一氏であり、席次は清水茂樹氏の次になっていた。有賀氏はこの遭難事件の終りころの九月二十九日より長期欠勤となっていた。

有賀喜一氏について分ったことはそれだけだった。

建碑運動の陰の役者になるには、あまり若手ではこまる。学校でも上級にいる人でなければ押しが利かないと考えると、清水茂樹氏か、有賀喜一氏あたりではないかと一応は考えられる。

（清水茂樹氏が建碑の陰の人だったろうか）

そうではないらしい気がした。私が取材した範囲内での清水主席訓導はどちらかと云えば温厚な、保守的な性格を持った人のように思われた。出過ぎたようなことをする人ではなく、着実にものをまとめる模範的な教職者だったようである。

建碑運動に陰の人があったとすれば、それは情熱的で一本気な性格の人でなければならないような気がした。だいいち、遭難の後始末と校長代理を同時にしなければならない清水茂樹氏には、建碑の陰の人となって活躍する時間の余裕などあろう筈がない。

　私は小説を書こうとしていた。小説だから架空の人物を設定して、作中で私が思うように動かせばいいのである。だが、今度に限って私はなにか、そのことにこだわった。真実の裏付けとまで行かないでもいいから、それらしい匂いを嗅ぎたかった。そうしないといいものはでき上らないような気がした。この点で迷い出すと、小説全体の構成がなかなかできない。私はいらいらした気持で日を過ごしていた。

　九月の半ばを過ぎたころだった。私の諏訪中学校（現諏訪清陵高校）時代の同級生有賀剛君から電話があった。有賀剛君は上伊那郡辰野町平出の出身者だった。

「故郷《くに》に帰って聞いたが、君は大正二年の駒ケ岳遭難事件のことを調べに伊那へ行っていたそうだな、実はそのことで話したいことがある」

　と彼は云った。その話というのは、彼の父有賀喜一氏に関することだった。

「有賀喜一氏が君の父親だったのか」

「そうだ。私の父、有賀喜一は、山でこそ死ななかったが、遭難の事後処理のため苦労して山で死んだのと同じような結果になった。父は駒ケ岳に遭難碑が建てられた大正三年の八月に死んだのだ」

　私はあまりのことに息を飲みこんだ。その夜、私は中学卒業以来、四十四年ぶりで有賀剛君と会った。

有賀剛君は諏訪中学校を卒業すると、師範学校へは行かず、検定試験で正教員の資格を取得した。そして自ら希望して、父喜一氏が最後に教鞭を取った中箕輪尋常高等小学校に奉職したのである。彼はここに六年間いた。その間、毎年、駒ケ岳修学旅行登山に加わり、遭難記念碑の前に立った。

彼は父のことは知らなかった。父が死んだのは数え年二歳の時だった。彼は、父のことはすべて母から聞いた。母の梅代さんは松本高等女学校を卒業し、検定試験によって正教員の資格を得られた才媛であり、喜一氏とは文学を通じて結ばれたのである。喜一氏の死後は再び教壇に立って二人の遺児を育て上げた賢夫人だった。

有賀剛君は、

「まず、これを読んでみてくれ」

と云って一冊の短歌の本を開いて私に示した。昭和四十七年八月号「青垣」であった。そこに彼の短歌が十首ほど並んでいた。

小屋失せて何にか寄らむ相抱き励ましつつもなほ行かむとす
今はもよ子らの骸をいだきしまま赤羽校長の命ここに畢る
世の人の怒りに耐へて病みつつも事の収拾に身をつくしけむ
遭難者追ふが如くに身まかりし父三十三われ一歳半

難のあと命《めい》尽くるまでの一年の時の刻みに耐へつつありしか
労咳の病に果てしわが父の下宿の品はみな焼きしとふ
父子二代赴任のことを秘めしままこころに尋《と》めし父の面影
さ夜更けし職員室に独り来て古き帳簿をひもとくわれは
秘めしことを果す思ひに今宵見し記録の中の父の名「喜一」

最後の三つの歌を除いて他はすべて梅代さんから聞いた話をもとに有賀剛君が読んだ歌である。有賀喜一氏は病を押して、事件の収拾に当って自分の身も亡ぼしたのである。また、この歌について有賀剛君は次のように補足説明をした。

「中箕輪小学校に勤務中、宿直の夜は、父が奉職していたころの文書綴りを探し出しては読んだ。父の書いた字に触れて涙することもあった。父と清水茂樹主席訓導とは、師範学校では同級だったが、清水茂樹氏の方がこの学校へ先に来ていたので主席訓導をしていた。私の父はその次の席にいたわけである」

宿直の夜、有賀剛氏は文書綴りの中から一片の反古《ほご》を発見した。それに父が遭難事件の後仕末の用務を帯びて長野市の県学務課へ出かけたことが書き留められていた。内容についての記述はなかったが、父は遭難の後仕末のために長野まで行ったことがあると母が云っていたことの裏付けになるものであることだけは確かだった。剛君は念のために当時の校務日誌を調べたが、それには書いてなかった。公務出張ではなかったようである。有賀剛君はその時の心境を「さ夜更けし」と「秘めしこと」の短歌に歌いこんだのであった。

私は有賀剛君に有賀喜一氏が建碑の陰の人ではなかったかどうかを訊いた。彼は首を横に振った。知らないのである。彼の母もそこまでは知らなかったようである。

私は有賀剛君と話しているうちに、有賀喜一氏が建碑の陰の人でなければならないように考えるようになった。

〈お前のお父さんは、駒ケ岳で死んだのと同じようなものだよ。遭難事件の後仕末のために生命を落されたのだからね〉

と、しばしば彼に語った梅代さんの後仕末という言葉の中に、建碑問題が含まれていて、いささかも不思議ではないと思った。

有賀剛君と話していると中学生のころの彼を思い出す。彼は情熱的な少年であった。彼の話によると、彼の父有賀喜一氏もまたそうであったようだ。有賀喜一氏は最後の情熱を建碑にかたむけ尽したのではなかろうか。そうに違いない。そう思いこむと、私の頭の中に、小説の主人公としての有賀喜一の姿がはっきりと浮び上って来た。

私が執筆に取りかかったのは十月に入ってからである。それからは迷うことはなかった。

昭和五十年の後半はこの一作のためにのみ費した。苦しかったけれど充実した半年間だった。擱筆《かくひつ》するに当って、この取材記に登場を願った諸賢の他、いちいち原稿を読んだうえ、適切なる助言を与えられた講談社の三木章氏、片柳七郎氏、広田真一氏に心から厚く厚く御礼を申し上げる。

新田次郎

昭和五十年十二月二十九日

■参考文献

『長野県教育史』　長野県教育史刊行会編　同上刊
『上伊那教育会沿革史』　上伊那教育会編　同上刊
『学制五十年史』　文部省編　同上刊
『東春近小学校沿革史』　伊那市立東春近小学校編　同上刊
『朝日村史』　朝日村史刊行会編　同上刊
『上伊那誌歴史篇』　上伊那誌刊行会編　同上刊
『上伊那誌現代社会篇』　右に同じ　右に同じ
『上伊那誌人物篇』　右に同じ　右に同じ
『上伊那誌自然篇』　右に同じ　右に同じ
『「白樺」の周辺』　今井信雄著　信濃教育会出版部
『信州教育の墓標』　藤森栄一著　学生社刊
『信州の教育』　荒井勉著　合同出版
『信濃人物誌』　村沢武夫編　信濃人物誌刊行会
『夜明け前の闇』　山田国広著　理論社
『黒い嵐』　市川慶蔵著　信州白樺社
『伊那谷の芸能黒田人形』　日下部新一著　信濃路第二十号・農山漁村文化協会発行
『古田人形』　箕輪町教育委員会編　同上刊
『高橋慎一郎先生伝』　高橋先生頌徳碑建設委員会編　同上刊

解説

清原康正（文芸評論家）

本書『聖職の碑《いしぶみ》』は、昭和五十一年（一九七六）三月に講談社から刊行された書き下ろし長編である。その前年の「小説新潮」八月号で『銀嶺の人』の連載を終えて、『孤高の人』『栄光の岩壁』に続く実在のアルピニスト伝記長編山岳小説三部作を完成させた新田次郎は、かねてより懸案だった駒ケ岳遭難事件の現地調査と取材に出かけた。大正二年（一九一三）八月二十六日に長野県上伊那郡の中箕輪《なかみのわ》尋常高等小学校の駒ケ岳修学旅行登山の一行三十七名が暴風雨に見舞われ、生徒や教師ら十一名の死者が出た遭難事件である。

この遭難事件に対する関心のありよう、資料集め、遭難事件の生存者も含めた関係者への聞き書き、現地調査などについて、新田次郎は巻末の「取材記・筆を執るまで」で詳細に記している。枚数から言って一篇の短編を読む興趣があり、この長編にかけた意気込みのほどを読み取ることができ、本書『聖職の碑』の魅力を十分に感じ取ることができる。

物語は三章で構成されているのだが、その前に、「序文」にあたる前文が付されている。八月の半ば、三千メートルに近い駒ケ岳の尾根を濃霧が移動するさまと霧風の音、尾根を吹き渡る風の音などが描写された後に、大きな四角い岩「遭難記念碑」とその前に立つ「彼」の「一種異様な感動」と碑への問いかけがクローズ・アップされる。この「彼」が何者であるかは記されていない。もちろん、作者の新田次郎自身であることは言うまでもないことなのだが、このプロローグは、本書執筆に至る新田次郎のモチーフのありようを如実に示すものであり、巻末の「取材記」と対をなすものとして機能している。

「第一章　遠い山」の冒頭部は、中箕輪尋常高等小学校六年生の生徒たちが駆け足行進で福与城の城趾へとやって来る場面から始まる。この元気いっぱいの少年たちのほほえましい描写は、後の遭難時の少年たちの描写と鮮やかな対照をなしている。生命が躍動する明の部分と、それとは全く逆の暗の部分を示す秀逸な書き出しとなっている。

校長の赤羽長重が城の歴史を生徒たちに説明し、引率教師の樋口裕一が補足を加える。樋口の説明に赤羽がこだわりを感じたことが記され、若い教師たちが唱える白樺派の理想主義教育と赤羽校長が共鳴していた実践教育という二つの教育思想が存在していた当時の信濃および上伊那郡の教育界の状況に触れている。そして、教師の樋口裕一の恋と結婚問題を通して当時の大地主と小作という身分社会のこと、上伊那地区の養蚕や製糸業のことなどにも触れて、当時の時代状況をまず認識させる細やかな配慮がうかがえる。

赤羽校長が朝に製糸工場の始業の合図である汽笛を聞く場面が出てくる。新田次郎はエッセイ「晩秋の霧」の中で、長野県上諏訪町（現・諏訪市）の生家で聞いた汽笛についてこう記している。

「ポーッと長く尾を引いて鳴る汽笛の音は、けっして威勢のいいものではなかった。むしろ人生にあきらめを強いているふうに聞こえる汽笛だった。哀調を帯びた余韻が消えると、私はこれではいけないというような気持ちで立ち上がったものだった」

また、赤羽が朝の散歩中に目にする箕輪の平の霧のことが描写されているのだが、これについても、新田次郎はこのエッセイの中で「霧の去来のはげしい朝は、本ものの海のなぎさにおしよせる波を見るように美しかった」と記している。赤羽が見ている雲海のような霧は、新田次郎が子供の頃に見ていたそれなのである。こうした描写からも、新田次郎の赤羽校長に対する共感、共鳴のありようをうかがうことができる。

白樺派理想主義教育に関して、脱線すれば放任主義教育になるとする長野師範の大先輩・片桐福太郎の発言は遭難事件後の信濃教育界のありようを予言するものであり、第三章「その後の山」にリンクする伏線として機能している。新田次郎は自らの創作に関して、小説を書く前に設計図、小説構成表を作ると述べたことがあるのだが、こうした緻密な計算で本書も構成されている。片桐の予言的な発言をこんな形で提示してみせているところにも、新田次郎の物語を組み立てていくテクニックの一端を感じ取ることができる。

「第二章　死の山」は、大正二年八月二十六日午前五時三十五分に修学旅行登山の一行三十七名が出発する場面から始まる。生徒たちと引率教師たちの動きが、それぞれのキャラクターに家庭環境なども点描されて並列して描き出されていく。

駒ケ岳二九五六メートルへ続く尾根の最低鞍部にかかる頃に、風が出て急に寒くなってきた。八丈島付近に停滞していた低気圧が二十六日の午後になって北に向って動き出したのだった。当時の気象科学では低気圧として扱っていたが、異常なスピードを持った韋駄天台風ともいうべきものであった。こうした気象の変化が事細かにたどられており、新田次郎の気象現象に関する見識のありようがよく分かる。

そして、一人の生徒の衰弱死で集団全体が恐怖に襲われてパニックに陥った「決定的瞬間」が、迫真の臨場感で描き出されていく。「取材記」の記述と重ね合わせると、新田次郎の資料渉猟と取材の綿密さを実感することができる。

小屋から出て下山を始めた生徒たちを風の重量感が圧して、彼らの体温を奪い去った。生徒たちは暴風雨と濃霧の中を大地に這いつくばって前進を続けた。わずか十メートルか二十メートルの高度差で生と死の境が分かれた壮絶な状況が詳細に描き出されていく。

「第三章　その後の山」では、内ノ萱の村を挙げての救助体制が描かれるのに並行して、何人かの生徒たちが救助される模様がたどられていく。唐沢圭吾一人を残して、この時点での犠牲者は十名であった。樋口裕一は結婚問題で登山に同行しなかったことが遭難を大きくした一つの原因と考え、結婚が絶望となり、同時に教師としての立場も失ったと、恋人の水野春子と伊殿井の淵へ身投げしてしまう。駒ケ岳で起きた不幸が拡大され、さらに二人の生命を奪ったのだった。

二十七日以来、学校に詰め切っていた訓導の有賀喜一は、遭難碑建設に向けて奔走する。だが、疲労で体力が弱っており、病に倒れてしまう。上伊那郡教育会による遭難記念碑が完成して除幕式が行われたのは大正三年七月末で、その翌日に有賀喜一が三十三歳の若さで亡くなった。

村と学校との間に生じた不信感はなかなか取り除けなかった。教師たちの入れ替え後に急速に増えた白樺派教師たちが学校への不信感をさらに煽《あお》った、と事件後の上伊那郡の教育界の模様が詳述されていく。有賀の奮闘とともに、第三章の重要なポイントである。

遭難から十三年目の大正十四年七月二十六日、高橋慎一郎校長が登山を再開したその日に、行方不明だった唐沢圭吾の遺体が発見された経緯がたどられていく。

前に紹介したエッセイにもあるように、新田次郎は明治四十五年（一九一二）六月六日に長野県上諏訪町大字上諏訪角間新田で生まれた。本名・藤原寛人。新田村の次男坊ということで、ペンネームを新田次郎とした。無線電信講習所（現・電気通信大学）を卒業して昭和七年（一九三二）に中央気象台（現・気象庁）に入り、この年から昭和十二年まで富士山観測所に勤務した。この時に冬季の富士山登山を何度も体験した。

巻末の「取材記」の冒頭部に、小学生の頃から知っていたこの遭難事件の本格的な資料集めに入ったのは昭和四十九年（一九七四）からであったと記されている。この昭和四十九年三月に、新田次郎は「武田信玄、ならびに一連の山岳小説に対して」で第八回吉川英治文学賞を受賞したのだが、資料集めの記述の後に、「昭和三十二、三年頃、当時小学館に勤務していた黒板拡子（永井路子）さんの依頼で小学館発行の少年向き雑誌に、この遭難の話を小説として書いた。題名は『風よ哭け』だったように覚えている。それ以来、この遭難事件をくわしく調べてみたいという思いがつのって今日に至った」と記されている。

　新田次郎は昭和二十六年（一九五一）に「サンデー毎日」誌が募集した「創刊三十年記念百万円懸賞小説」の「現代小説」部門に「強力伝」を応募して一席に入選した。この時に「歴史小説」部門に「三条院記」で入選したのが黒板拡子（永井路子）であった。昭和三十年（一九五五）九月に処女短編集『強力伝』が刊行され、翌年一月に第三十四回直木賞を受賞して以降、新田次郎は科学小説、山岳小説、推理小説、時代小説、ジュニア小説、恋愛小説など幅広い領域の小説を手がけていった。因みに、永井路子は昭和四十年（一九六五）一月に『炎環』で第五十二回直木賞を受賞した。

　昭和三十八年（一九六三）には測器課長として富士山頂に気象レーダーを設置する責任者となり、翌年の夏に完成させた。『武田信玄』の連載が始まったのが昭和四十年五月のことで、その翌年の三月に気象庁を退職して、創作活動に専念することとなった。昭和四十二年（一九六七）の六月から全五巻の『新田次郎山岳小説シリーズ』が新潮社より刊行されたのだが、新田次郎自身は一時期、この山岳小説や山岳小説作家というレッテルを張られることに抵抗感を持っていたという。エッセイ「私と山と小説と」で、「小説は人間を書くことであって、たまたま私の場合、小説の舞台として山が選ばれるに過ぎない。私は山を書いているのではなく、飽くまでも人間を書いているのだという主張だった」と当時の心情を振り返っている。そんな呼び名にこだわることはあるまいという気になっていったプロセスも語っているのだが、なぜ、山をテーマにした小説を書いてきたかについては、エッセイ「自然と人間」で「小説の中で人間を書くんですけれども、その場を自然界に求めた。というのは、自然の中に人間を置いた場合に、人間を一番見やすいといいますか、観察しやすいからです。私自身が気象庁という自然を相手とする職場に長らくいたことや、自分の出身が山の中だった環境などいろいろの付属条件がついているからだと思います」と語っている。

　この「取材記」の中で、新田次郎は上伊那郡教育会発表の駒ケ岳遭難記録を何度か読み返して、遭難の原因として五つの過失を見出している。なぜ、彼らが小屋から出たのかという疑問を抱き、その決定的瞬間を再現している。そして、生徒たちが強風で体温を奪われて倒れていったことを指摘し、「寒かったであろう。苦しかったであろう。せつなかったであろう」と書く。また、実際に樹林帯の中を歩いてみて、「ただただ長くて飽き飽きした」との感想を述べて、「この長い帰路をひとりで歩いた唐沢可作はさぞ淋しかったであろう。一行から遅れて権兵衛峠への道へ迷いこんだ平井利秋の心境もまた悲しかったに違いない」と記す。現地を踏査した上での実感で、小説の中では表現できない主観がストレートに読む者の心に響いてくる。

　遭難記念碑に対しているうち、「地の底から衝《つ》き上げて来るような感動」を覚えたと記す。「序文」にあたる前文と照応する箇所である。殉難碑でも遭難者慰霊碑でもなく、遭難そのものを記念するこの碑を「考え出した人は誰であろうか」と考える。「その人は誰であろうか」というリフレインが印象的だ。当時の校務日誌から「建碑の陰の立役者」は清水茂樹か有賀喜一ではないかと推察できたものの、両人のどちらなのかは不明のままであった。

ところが、思わぬところから、この問題が解決するのである。新田次郎の諏訪中学校（現・諏訪清陵高校）時代の同級生・有賀剛からの情報である。彼の父が有賀喜一で、建碑運動に奔走し、そのことで咽喉結核を発病して亡くなったことが分かる。陳腐な言い回しになってしまうが、まさに〝事実は小説より奇なり〟としか言いようがない邂逅であった。この有賀喜一を第三章の主人公に据《す》えることで、新田次郎は自分自身が納得できる展開をつかみ得たのだった。

駒ケ岳遭難事件の背景にあったものをじっくりと抉《えぐ》り出して、そこに人間関係のしがらみや社会の不条理な枠組を浮かび上がらせており、単なる遭難記には終わらせてはいない。山の遭難に関して、新田次郎はエッセイでも自らの体験も含めて触れている。「富士山に賭けた時代」では、冬の富士山の強風は地面に伏せていても動かされてしまうほどであることや同僚と二人で一瞬のうちに二十メートルを滑落したことなどを記してもいる。「限界における祈り」では、晩秋の後立山連峰に登って種池小屋から扇沢を下山する途中で季節はずれの豪雨に襲われ、行くことも戻ることもできなくなって「雨合羽ひとつで木の下に雨をさけながら」夜を明かした体験を綴っている。こうした山での実体験が、生徒たちが体験する強風の描写をはじめ随所に生かされており、臨場感あふれる迫真の描写につながっている。まさに「山岳小説」の第一人者であった新田次郎でなければ描き得ない遭難小説である。

新田次郎の遭難ものとしては、昭和四十六年（一九七一）九月に書き下ろし刊行された『八甲田山死の彷徨』（新潮社）がある。明治三十五年一月に行われた雪中行軍訓練で起こった兵士たちの遭難である。『八甲田山死の彷徨』は昭和五十二年（一九七七）に、『聖職の碑』は昭和五十三年（一九七八）にどちらも東宝で映画化され、原作の素晴らしさを改めて認識させることともなった。

新田次郎は『聖職の碑』の刊行から四年後の昭和五十五年（一九八〇）二月十五日に、東京・吉祥寺の自宅で心筋梗塞のために急逝した。六十七歳八ヵ月であった。連載中の「孤愁　サウダーデ」と「大久保長安」が未完のまま中断となってしまった。

年譜

明治四十五年　一九一二年
六月六日、長野県上諏訪町（現在の諏訪市）大字上諏訪角間新田で、父・彦、母・りゑの次男として生れた。本名藤原寛人《ひろと》。新田《しんでん》の次男坊だったので、後にペンネームを新田次郎とした。霧ケ峰を遊び場として育つ。

大正八年　一九一九年　七歳
上諏訪の高島小学校へ入学。

大正十四年　一九二五年　十三歳
県立諏訪中学校（現在の諏訪清陵高校）へ入学。歴史部を作り、石器や土器を発掘すること、歴史を学ぶことに興味を持つ。

昭和五年　一九三〇年　十八歳
無線電信講習所本科（現在の電気通信大学）へ入学、東京での生活が始まる。

昭和七年　一九三二年　二十歳
無線電信講習所を卒業。中央気象台（現在の気象庁）に就職。この年より昭和十二年まで、富士山観測所に勤務する。交替勤務で、一度山頂に登ると三十日から四十日は山を降りられない生活だった。

昭和十四年　一九三九年　二十七歳
両角《もろずみ》ていと結婚。

昭和十八年　一九四三年　三十一歳
満州国（現在の中国東北部）中央気象台に、高層気象課長として転職。

昭和二十年　一九四五年　三十三歳
新京（現在の長春）で終戦を迎え、軍人ではなかったが、家族と別れソ連の捕虜となり、その後中共軍に職を得て一年余の抑留生活を送る。妻ていは三人の子供を連れ、三十八度線を歩いて越えて翌年帰国。

昭和二十一年　一九四六年　三十四歳
十月、満州から帰国。気象台に復職する。

昭和二十三年　一九四八年　三十六歳
この頃、アルバイトとして、理科の教科書、特に気象関係の執筆を引き受けた。又、ジュニア小説として「超成層圏の秘密」「狐火」を書くが、どちらも活字にならず、原稿も紛失してしまった。

昭和二十六年　一九五一年　三十九歳
妻ていの書いた満州からの引きあげの記録『流れる星は生きている』がベストセラーになったのに刺激され、また編集者の勧めもあって、「強力伝」を「サンデー毎日第四十一回大衆文芸」に応募、現代の部一等に入選する。「サンデー毎日中秋特別号」に掲載。入選後、丹羽文雄氏主宰の「文学者」の同人となる。

昭和二十七年　一九五二年　四十歳
「郷愁の富士山頂」を「山と渓谷」二月号より翌年五月号まで連載。また少年技術雑誌「電波と受験」に「ひとり旅」を連載。このころ小説雑誌に多くの作品を投稿するが、活字にならなかった。都下吉祥寺に転居する。

昭和三十年　一九五五年　四十三歳
少年時代に祖父から聞いた日本狼の話をまとめた「山犬物語」が「サンデー毎日第四十七回大衆文芸」に入選、「陽春特別号」に掲載。一月、「凍傷」を「文学者」に発表。九月、処女短編集『強力伝』が朋文堂より刊行される。「孤島」が「サンデー毎日三十周年記念大衆文芸懸賞小説」に一等入選、「中秋特別号」に掲載される。

昭和三十一年　一九五六年　四十四歳
二月、『強力伝』によって第三十四回直木賞を受賞。「氷原」（「サンデー毎日陽春特別号」）、「落し穴」（「オール読物」四月号）、「先導者」（「新潮」七月号）、「鳥人伝」（「オール読物」八月号）、「失踪」（「別冊キング」八月号）、「毛髪湿度計」（「新潮」十月号）、「渦」（「小説公園」十一月号）、「吉田の馬六」（「講談倶楽部」十一月号）等を発表。短編集『孤島』（三月、光和堂）、短編集『氷原・鳥人伝』（九月、新潮社）が刊行される。

昭和三十二年　一九五七年　四十五歳

この頃、科学小説、時代小説、ジュニア小説、SF、山岳小説、メロドラマ等、多方面の短編小説を数多く手がける。「とがった耳」（「オール読物」一月号）、「灯明堂物語」（「講談倶楽部」一月号）、「蔵王越え」（「週刊新潮」一月七日号）、「愛鷹山」（「週刊新潮」二月十一日号）、「霧の中」（「新女苑」二月号）、「砂丘の歌」（「講談倶楽部」三月号）、「北極光」（「小説新潮」四月号）、「孤高の武人」（「講談倶楽部」四月号）、「火山群」（「新潮」四月号）、「ガラスと水銀」（「別冊文芸春秋」第五十七号）、「反地球人」（「小説公園」五月号）、「寒冷前線」（「週刊新潮」六月十七日号）、「慶長大判」（「講談倶楽部」薫風増刊号）、「怒濤の中に」（「講談倶楽部」増刊号）、「天気予報の賭」（「週刊新潮」十月七日号）、「航跡」（「新潮」十一月号）、「詩吟艦長」（「講談倶楽部」十二月号）、「増上寺焼打」（「別冊文芸春秋」第六十一号）等を発表。ジュニア小説「季節風」を「中学三年コース」四月号より翌年三月号まで連載。短編集『算士秘伝』（五月、講談社）、同『火山群』（七月、新潮社）、初の長編小説『蒼氷』（「郷愁の富士山頂」を改題、八月、講談社）、短編集『吹雪の幻影』（十二月、朋文堂）を刊行。

昭和三十三年　一九五八年　四十六歳

「胡桃」（「オール読物」一月号）、「虹の人」（「文学界」一月号）、「媚薬」（「面白倶楽部」一月号）、「異人二拾一人」（「別冊小説新潮」冬季号）、「この子の父は宇宙線」（「別冊文芸春秋」第六十五号）、「はがね野郎」（「文芸春秋」二月号）、「三つの石の物語」（「講談倶楽部」三月号）、「特等船客」（「新潮」三月号）、「滑落」（「小説公園」五月号）、「火術師」（「別冊文芸春秋」第六十五号）、「殉職」（「サンデー毎日特別号」）、「嬌声」（「オール読物増刊号」スポーツ読本）、

「無人島始末記」(「日本」十二月号)、「チンネの裁き」(「オール読物」十二月号)、「伊賀越え」(「小説新潮」十二月号)、「佐久間象山」(「別冊文芸春秋」第六十七号)等を発表。「海流」を「週刊女性」六月二十九日号から十二月二十八日号まで、「縦走路」を「新潮」七月号から十一月号まで連載。短編集『慶長大判』(四月、講談社)、同『はがね野郎』(七月、講談社)、長編『風の中の瞳』(「季節風」を改題、八月、東都書房)、同『縦走路』(十月、新潮社)、短編集『この子の父は宇宙線』(十二月、講談社)を刊行。

昭和三十四年　一九五九年　四十七歳

気象庁測器課勤務の傍ら、山岳小説、推理小説を中心に執筆活動を展開する。「遭難者」(「別冊小説新潮」冬季号)、「雪山の掟」(「週刊新潮」一月十九日号)、「雪崩」(「講談倶楽部」三月号)、「天狗火事」(「オール読物」四月号)、「鴉の子」(「小説新潮」四月号)、「白い花が散った」(「週刊明星」四月五日号)、「暗い谷間」(「日本」五月号)、「落雷」(「家の光」五月号)、「微笑する男」(「講談倶楽部」八月号)、「最後の叛乱」(「オール読物」九月号)、「担ぎ嫁」(「講談倶楽部」九月号)、「窓はあけてあった」(「宝石」九月号)、「母への遺書」(「講談倶楽部」十月号)、「山の鐘」(「小説新潮」十月号)、「死亡勧誘員」(「講談倶楽部」十一月号)、「左利き」(「サンデー毎日特別号」)、「東京の憂愁」(「講談倶楽部」十二月号)等を発表。「冷える」を「週刊新潮」四月二十七日号から七月六日号まで連載。長編『ひとり旅』(一月、秋元書房)、同『海流』(二月、講談社)、同『チンネの裁き』(六月、中央公論社)、連作短編『黒い顔の男』(「冷える」を改題、八月、新潮社)、短編集『最後の叛乱』(八月、角川書店)、同『冬山の掟』(十一月、新潮社)を刊行。

昭和三十五年　一九六〇年　四十八歳

「執念」(「オール読物」一月号)、「仏桑華」(「別冊文芸春秋」第七十号)、「生人形」(「小説新潮」二月号)、「雪洞」(「女性自身」二月十日号)、「絵島の日記」(「オール読物」四月号)、「旗本奴」(「別冊小説新潮」春季号)、「太田道灌の最期」

（「講談倶楽部」五月号）、「三人の登攀者」（「日本」六月号）、「ぬけ参り」（「サンデー毎日特別号」）、「反逆児」（「講談倶楽部」七月号）、「虚栄の岩場」（「オール読物」八月号）、「沼」（「小説新潮」九月号）、「夕日」（「別冊文芸春秋」第七十三号）、「すっぱい口づけ」（「オール読物」十一月号）、「着流し同心」（「小説新潮」十二月号）、「指」（「サンデー毎日特別号」）等を発表。「永遠のためいき」を「マドモアゼル」一月号より十二月号まで、「青い失速」を「若い女性」三月号より十二月号まで、「隠密海を渡る」を「週刊公論」十一月五日号より翌年一月十六日号まで連載。短編集『絵島の日記』（七月、講談社）、長編『岩壁の掟』（八月、新潮社）、短編集『沼』（九月、東都書房）、長編『青い失速』（十二月、講談社）、同『永遠のためいき』（十二月、新潮社）を刊行。

昭和三十六年　一九六一年　　　四十九歳

七月半ばより三ヵ月、ヨーロッパの気象測器調査と取材を兼ねて、スイス・フランス・ドイツ・イタリー・イギリスを回る。「おしゃべり窓」（「別冊文芸春秋」第七十四号）、「首様」（「講談倶楽部」一月号）、「弱い奴」（「週刊新潮」一月九日号）、「白い壁の中の生存者」（「週刊新潮」一月三十日号）、「東天紅」（「オール読物」二月号）、「壺鳴り」（「日本」三月号）、「島名主」（「小説新潮」四月号）、「死神に追われる男」（「講談倶楽部」四月号）、「現場写真」（「サンデー毎日特別号」）、「時の日」（「オール読物」六月号）、「三つの遭難碑」（「小説新潮」七月号）、「流された人形」（「講談倶楽部」八月号）、「蛾の山」（「オール読物」九月号）、「口」（「週刊朝日別冊号」）等を発表。「温暖前線」を「高知新聞」他地方紙十三紙に六ヵ月間、「風の遺産」を「婦人生活」六月号より翌年六月号まで、「登りつめた岩壁」を「週刊サンケイ」六月二十六日号より七月三十一日号まで連載。短編集『隠密海を渡る』（五月、新潮社）、同『登りつめた岩壁』（九月、新潮社）、同『壺鳴り』（十一月、東都書房）を刊行。

昭和三十七年　一九六二年　五十歳

「ホテル氷河にて」（「小説新潮」一月号）、「古城」（「別冊文芸春秋」第七十八号）、「気象遭難」（「週刊新潮」一月二十二日号）、「嘆きの氷河」（「日本」二月号）、「谷川岳幽の沢」（「オール読物」三月号）、「異人斬り」（「小説新潮」四月号）、「陽炎」（「別冊小説新潮」春季号）、「ひからびた鴨」（「サンデー毎日特別号」）、「犬の墓標」（「推理ストーリイ」八月号）、「疲労凍死」（「オール読物」八月号）、「偽りの快晴」（「オール読物」十一月号）、「関の小万」（「小説新潮」十一月号）、「雷鳴」（「美しい女性」十一月号）等を発表。「道化師の森」を「講談倶楽部」一月号より十二月号まで、「錆びたピッケル」を「週刊現代」三月二十五日号より四月二十二日号まで、「夢に見たアルプス」を「山と渓谷」七月号より翌年十二月号まで連載。長編『温暖前線』（六月、集英社）、短編集『錆びたピッケル』（六月、新潮社）、長編『風の遺産』（七月、講談社）、同『雪に残した3』（十一月、新潮社）、短編集『異人斬り』（十二月、集英社）を刊行。

昭和三十八年　一九六三年　五十一歳

測器課長になり、富士山気象レーダー建設という大仕事の責任者となる。「賄賂」（「別冊小説新潮」冬季号）、「S夫人」（「別冊文芸春秋」第八十二号）、「神々の岩壁」（「小説中央公論」一月号）、「薬師岳遭難」（「サンデー毎日」二月十日号）、「おかしな遭難」（「週刊読売」二月十日号）、「二十一万石の数学者」（「オール読物」五月号）、「行方不明」（「小説現代」六月号）、「黒い雪の夢」（「小説新潮」七月号）、「クレバス」（「小説中央公論」八月号）、「山が裁いた」（「婦人生活」八月号）、「山雲の底が動く」（「オール読物」九月号）、「風雪の北鎌尾根」（「日本」九月号）、「武田金山秘史」（「文芸朝日」九月号）、「翳りの山」（「小説新潮」十月号）等を発表。ジュニア小説「かもしかの娘たち」を「美しい十代」四月号より翌年四月号まで、「白い野帳」を「朝日新聞」十一月二日より翌年十月三日まで連載。長編『道化師の森』（一月、講談社）、短編集『神々の岩壁』（四月、講談社）、同『風雪の北鎌尾根』（十一月、新潮社）を刊行。

昭和三十九年　一九六四年　　五十二歳

夏、富士山頂気象レーダー建設工事を成功させ、同時にひそかに辞職の決心をする。「海賊の子孫」（「世代'64」一月号）、「からかご大名」（「オール讀物」二月号）、「晩秋歌」（「時」三月号）、「梅雨将軍信長」（「小説新潮」三月号）、「山虻」（「小説現代」三月号）、「猫つきの店」（「マドモアゼル」三月号）、「仏壇の風」（「別冊文芸春秋」第八十七号）、「雪崩」（「日本」五月号）、「豪雪に敗けた柴田勝家」（「小説新潮」六月号）、「ネオンが消える」（「オール讀物」六月号）、「怪獣」（「小説現代」九月号）、「白い砂地」（「小説新潮」十一月号）、「終章の詩人」（「週刊現代」十二月二十四日号）等を発表。ジュニア小説「高校一年生」を「女学生の友」五月号より翌年四月号まで、「孤高の人」を「山と溪谷」六月号より四十三年四月号まで連載。長編『かもしかの娘たち』（五月、集英社）、紀行『アルプスの谷アルプスの村』（「夢に見たアルプス」を改題、七月、新潮社）、短編集『梅雨将軍信長』（八月、新潮社）、同『消えたシュプール』（十月、講談社）を刊行。

昭和四十年　一九六五年　　五十三歳

「葉鶏頭」（「潮」一月号）、「異説晴信初陣記」（「歴史読本」一月号）、「新雪なだれ」（「別冊小説新潮」冬季号）、「まぼろしの軍師」（「小説現代」二月号）、「冬田の鶴」（「オール讀物」三月号）、「氷雨のわかれ」（「ヤングレディ」四月二十六日号）、「あなたは何なのよ」（「小説現代」五月号）、「岩壁の九十九時間」（「別冊小説新潮」夏季号）、「知らぬ浮き世に」（「オール讀物」八月号）、「千里の悲愁」（「別冊文芸春秋」第九十三号）、「雨の北穂小屋」（「別冊小説新潮」秋季号）、「餓島」（「小説現代」十一月号）等を発表。「武田信玄」を「歴史読本」五月号より四十八年十月号まで、ジュニア小説「高校二年生」を「美しい十代」六月号より翌年五月号まで連載。エッセイ『白い野帳』（三月、朝日新聞社）、長編『高校一年生』（七月、秋元書房）、短編集『岩壁の九十九時間』（十月、新潮社）、長編『望郷』（「千里の悲愁」を改題、十一月、文芸春秋）を刊行。

昭和四十一年　一九六六年　　　五十四歳
気象庁を退職、筆一本の生活に入る。夏、二度目のヨーロッパ旅行をする。「信長の悪夢」（「オール読物」一月号）、「アイガー北壁」（「日本」三月号）、「冬の花」（「小説新潮」四月号）、「鳴弦の賊」（「小説現代」四月号）、「冬の霧」（「オール読物」七月号）、「駒ヶ岳開山」（「小説新潮」八月号）、「きつねもち」（「小説現代」九月号）等を発表。書き下ろし長編『火の島』（九月、新潮社）、長編『高校二年生』（十一月、秋元書房）を刊行。

昭和四十二年　一九六七年　　　五十五歳
六月より〝新田次郎山岳小説シリーズ〟全五巻が、新潮社より刊行される。「燃えよともしび」（「ジュニア文芸」二月号）、「チーズ臭い風景」（「小説新潮」二月号）、「女人禁制」（「小説現代」二月号）、「魂の窓」（「オール読物」三月号）、「河童火事」（「別冊宝石」陽春推理特集号）、「石の餅」（「別冊小説新潮」春季号）、「赤毛の司天台」（「小説現代」六月号）、「妖尼」（「オール読物」七月号）、「富士山頂」（「別冊文芸春秋」第一〇一号）、「オデットという女」（「別冊小説現代」第三号）、「八月十五日の穂高岳」（「別冊小説新潮」秋季号）、「カルイサワは怖い」（「オール読物」九月号）、「訴人」（「小説現代」十月号）等を発表。ジュニア小説「思い出のともしび」を「高一時代」四月号より翌年三月号まで連載。短編集『まぼろしの軍師』（二月、人物往来社）、同『夜光雲』（四月、講談社）、長編『富士山頂』（十二月、文芸春秋）を刊行。

昭和四十三年　一九六八年　　　五十六歳
「仁田四郎忠常異聞」（「小説新潮」三月号）、「赤い雪崩」（「小説現代」四月号）、「消えた伊勢物語」（「推理ストーリイ」四月号）、「猿聟物語」（「小説現代」六月号）、「しごき」（「オール読物」九月号）、「神通川」（「小説エース」十月号）、「贈賄」（「オール読物」十一月号）等を発表。「ある町の高い煙突」を「週刊言論」四月三日号より十月二十三日号まで、「栄光の岩壁」を「山と渓谷」七月号より四十七年十月号まで連載。書き下ろし長編『槍ヶ岳開山』（六月、文芸春秋）、短編集『赤い雪崩』（八月、新潮社）、同『黒い雪洞』（十一月、講談社）を刊行。

昭和四十四年　一九六九年　五十七歳

「虹と神様」（「別冊小説新潮」冬季号）、「桜島」（「小説エース」三月号）、「思い草」（「オール読物」四月号）、「オホーツクに燃える落日」（「小説エース」四月号）、「筑波の仙人」（「小説現代」五月号）、「銀座のかまいたち」（「小説新潮」五月号）、「まぼろしの雷鳥」（「小説宝石」六月号）、「笛師」（「小説エース」八月号）、「明智光秀の母」（「別冊サンデー毎日読物専科」）、「凶年の梟雄」（「小説現代」十月号）、「岩の顔」（「小説セブン」十月号）、「昭和新山」（「文芸春秋」十一月号）、「天国案内人」（「小説セブン」十二月号）等を発表。「雪の炎」を「週刊女性」八月二十三日号より十二月二十七日号まで連載。長編『ある町の高い煙突』（一月、文芸春秋）、短編集『神通川』（五月、学研）、長編『孤高の人』（上・下、五月、新潮社）、同『武田信玄』（風の巻・林の巻、八月、文芸春秋）、短編集『まぼろしの雷鳥』（十月、講談社）を刊行。

昭和四十五年　一九七〇年　五十八歳

「謀略元寇の役」（「小説現代」二月号）、「荀茶屋」（「オール読物」三月号）、「凍った霧の夜に」（「サンデー毎日読物専科」）、「雪呼び地蔵」（「別冊小説新潮」春季号）、「西沙島から蒸発した男」（「小説現代」六月号）、「氷河の笛」（「小説サンデー毎日」七月号）、「東京野郎」（「小説新潮」八月号）、「氷葬」（「オール読物」九月号）、「諏訪の狐火」（「小説現代」十月号）、「巴旦島漂流記」（「旅」十二月号）等を発表。「芙蓉の人」を「太陽」一月号より翌年三月号まで、「霧の子孫たち」を「文芸春秋」四月号より十月号まで連載。長編『三つの嶺』（四月、文芸春秋）、同『思い出のともしび』（五月、文芸春秋）、同『笛師』（九月、講談社）、エッセイ集『山旅ノート』（十月、山と渓谷社）、長編『霧の子孫たち』（十一月、文芸春秋）を刊行。

昭和四十六年　一九七一年　　五十九歳

「地獄への滑降」（「小説サンデー毎日」一月号）、「日向灘」（「オール讀物」二月号）、「まぼろしの白熊」（「小説現代」三月号）、「弾丸よけ竹束之介」（「小説サンデー毎日」五月号）、「月下美人」（「オール讀物」六月号）、「意地ぬ出んじら」（「別冊小説新潮」夏季号）、「赤い徽章」（「小説サンデー毎日」七月号）、「生き残った一人」（「小説新潮」九月号）、「風が死んだ山」（「小説現代」九月号）、「白狐」（「オール讀物」十月号）、「大地震の生霊」（「小説現代」十月号）、「呪われた墓地」（「小説サンデー毎日」十二月号）、「六合目の仇討」（「別冊文芸春秋」第一一八号）等を発表。短編集『赤毛の司天台』（二月、中央公論社）、同『東京野郎』（二月、三笠書房）、長編『芙蓉の人』（五月、文芸春秋）、同『武田信玄』（火の巻、七月、文芸春秋）、長編書き下ろし『八甲田山死の彷徨』（九月、新潮社）、短編集『昭和新山』（十一月、文芸春秋）を刊行。

昭和四十七年　一九七二年　　六十歳

「彼岸花」（「オール讀物」一月号）、「武生騒動」（「別冊小説新潮」冬季号）、「金曜日に来る男」（「小説現代」三月号）、「雪が解けるまで」（「オール讀物」三月号）、「奪われた太陽」（「小説現代」五月号）、「非情！春富士遭難」（「小説新潮」七月号）、「七人の逃亡兵」（「小説サンデー毎日」七月号）、「だっぺさんの詩」（「小説新潮」九月号）、「パパと云った少女」（「オール讀物」九月号）、「雪のチングルマ」（「別冊文芸春秋」第一二一号）、「風の墓場」（「小説現代」十月号）等を発表。「怒る富士」を「静岡新聞」他四紙に三月より翌年二月まで連載。ジュニア長編書き下ろし『つぶやき岩の秘密』（一月、新潮社）、短編集『凍った霧の夜に』（一月、毎日新聞社）、同『北極光』（九月、二見書房）、絵本『きつね火』（十月、大日本図書）を刊行。

昭和四十八年　一九七三年　　六十一歳

夏、アラスカへ取材旅行に出かける。「マロニエに冬が来た」（「小説新潮」二月号）、「赤い羽毛服」（「小説サンデー毎日」二月号）、「長元坊の恋」（「小説現代」三月号）、「三冊目のアルバム」（「小説新潮」四月号）、「その手を見詰る」（「オール読物」五月号）、「富士に死す」（「別冊文芸春秋」第一二五号）、「春紫苑物語」（「小説現代」十一月号）、「真夜中の太陽」（「オール読物」十二月号）等を発表。「続武田信玄」を「歴史読本」十一月号より五十四年八月号まで連載。長編『栄光の岩壁』（上・下、一月、新潮社）、同『雪の炎』（六月、光文社）、短編集『六合目の仇討』（六月、広済堂）、長編『武田信玄』（山の巻、十一月、文芸春秋）を刊行。

昭和四十九年　一九七四年　六十二歳

三月、「武田信玄、ならびに一連の山岳小説に対して」第八回吉川英治文学賞を受賞する。六月より五十一年三月まで〝新田次郎全集〟全二十二巻が新潮社から刊行される。「高原の憂鬱」（「小説新潮」一月号）、「犬橇使いの神様」（「小説現代」五月号）、「野付牛の老尼」（「オール読物」七月号）、「ラットサイン」（「文芸春秋」七月号）等を発表。「私の小説履歴」を「新田次郎全集」月報に、「銀嶺の人」を「小説新潮」九月号より翌年八月号まで連載。長編『怒る富士』（上・下、三月、文芸春秋）、短編集『雪のチングルマ』（四月、文芸春秋）、長編書き下ろし『アラスカ物語』（五月、新潮社）、長編『富士に死す』（六月、文芸春秋）を刊行。

昭和五十年　一九七五年　六十三歳

夏、夫人と三度目のヨーロッパ旅行に出かける。「信虎の最後」（「小説歴史」七月号）、「ラインの古城」（「オール読物」十二月号）等を発表。短編集『犬橇使いの神様』（五月、文芸春秋）、写真集『富岳三十六景』（解説、九月、新潮社）、長編『銀嶺の人』（上・下、十月、新潮社）、長編『望郷』（再刊、十一月、文芸春秋）を刊行。

昭和五十一年　一九七六年　六十四歳

三月、講演旅行でヨーロッパの主要都市を回る。「万治の石仏」（「オール読物」九月号）、「『妙法寺記』原本の行方」（「小説サンデー毎日」十一月号）等を発表。「新田義貞」を「サンケイ新聞」に九月七日より五十三年五月十二日まで連載。長編書き下ろし『聖職の碑《いしぶみ》』（三月、講談社）、長編『空を翔ける影』（「道化師の森」の加筆再刊、五月、光文社）、エッセイ集『白い花が好きだ』（六月、光文社）、自伝『小説に書けなかった自伝』（「私の小説履歴」改題、九月、新潮社）、短編集『山が見ていた』（十月、光文社）を刊行。

昭和五十二年　一九七七年　六十五歳

「鷲ケ峰物語」（「小説現代」一月号）、「谷川岳春色」（「小説新潮」三月号）、「恋の鳥」（「小説新潮」十一月号）、「マグノリーの花の下で」（「オール読物」十二月号）等を発表。短編集『鷲ケ峰物語』（二月、講談社）、同『武田三代』（四月、毎日新聞社）、同『河童火事』（六月、毎日新聞社）、同『小笠原始末記』（八月、毎日新聞社）、長編書き下ろし『劒岳・点の記』（八月、文芸春秋）、短編集『陽炎』（十月、毎日新聞社）を刊行。

昭和五十三年　一九七八年　六十六歳

七月、夫人と東欧旅行、十一月、カナダ・アメリカへ取材旅行に出かける。「執雲」（「小説現代」一月号）、「カスターニーの実の落ちるころ」（「週刊文春」十月五日号）、「青きドナウの夢の旅」（「小説新潮」十一月号）、「山霧の告知」（「小説現代」十二月号）等を発表。長編『風の遺産』（加筆再刊、二月、講談社）、同『新田義貞』（上・下、三、四月、新潮社）、エッセイ集『続白い花が好きだ』（七月、光文社）、長編書き下ろし『珊瑚』（十一月、新潮社）を刊行。

昭和五十四年　一九七九年　六十七歳

六月、ポルトガル、マカオに取材旅行に出かける。「生き残りの勇士」（「文芸春秋」一月号）、「富士、異邦人登頂」（「オール読物」二月号）等を発表。「孤愁（サウダーデ）」を「毎日新聞」に八月二十日より翌年四月十八日まで連載（中断）。短編集『ラインの古城』（二月、文芸春秋）、長編書き下ろし『密航船水安丸』（九月、講談社）を刊行。

昭和五十五年　一九八〇年

二月十五日午前九時十二分、東京都吉祥寺の自宅で心筋梗塞のため急逝。二十五日、青山斎場で葬儀。上諏訪正願寺に埋葬。「マカオ幻想」（「小説新潮」一月号）、「バンクーバーの鉄《テツ》之助」（「小説現代」一月号）、「長崎のハナノフ」（「オール読物」二月号）等を発表。「大久保長安」を「歴史読本」に一月号より四月号まで連載（中断）。対談『病める地球、ガイアの思想』（根本順吉氏と、三月、朝日出版）、短編集『マカオ幻想』（四月、新潮社）、長編『武田勝頼』（「続武田信玄」を改題、全三冊、四〜六月、講談社）、写真・エッセイ集『遙かなる武田信玄の国』（六月、新人物往来社）、長編『孤愁（サウダーデ）』（七月、文芸春秋）を刊行。

瑞木尚　編
（昭和55年10月）

本書は一九八〇年十二月に講談社文庫より刊行されました。

|著者| 新田次郎　1912年長野県生まれ。無線電信講習所（現・電気通信大学）卒業後、中央気象台（現・気象庁）に勤務。'56年『強力伝』で直木賞、'74年『武田信玄』ならびに一連の山岳小説により吉川英治文学賞受賞。'80年67歳で他界した。『孤高の人』『八甲田山死の彷徨』『富士山頂』『劒岳・点の記』『武田勝頼』など著書多数。

新装版《しんそうばん》　聖職《せいしょく》の碑《いしぶみ》

新田《にった》次郎《じろう》

2011年6月15日第1刷発行
2025年2月4日第16刷発行

発行者――篠木和久
発行所――株式会社　講談社
東京都文京区音羽2-12-21　〒112-8001
電話　出版（03）5395-3510
　　　販売（03）5395-5817
　　　業務（03）5395-3615

Printed in Japan

講談社文庫
定価はカバーに
表示してあります

KODANSHA

デザイン―菊地信義
本文データ制作―講談社デジタル製作
印刷―――株式会社KPSプロダクツ
製本―――株式会社KPSプロダクツ

ISBN978-4-06-276991-4

講談社文庫刊行の辞

二十一世紀の到来を目睫に望みながら、われわれはいま、人類史上かつて例を見ない巨大な転換期をむかえようとしている。

世界も、日本も、激動の予兆に対する期待とおののきを内に蔵して、未知の時代に歩み入ろうとしている。このときにあたり、創業の人野間清治の「ナショナル・エデュケイター」への志を現代に甦らせようと意図して、われわれはここに古今の文芸作品はいうまでもなく、ひろく人文・社会・自然の諸科学から東西の名著を網羅する、新しい綜合文庫の発刊を決意した。

激動の転換期はまた断絶の時代である。われわれは戦後二十五年間の出版文化のありかたへの深い反省をこめて、この断絶の時代にあえて人間的な持続を求めようとする。いたずらに浮薄な商業主義のあだ花を追い求めることなく、長期にわたって良書に生命をあたえようとつとめるところにしか、今後の出版文化の真の繁栄はあり得ないと信じるからである。

同時にわれわれはこの綜合文庫の刊行を通じて、人文・社会・自然の諸科学が、結局人間の学にほかならないことを立証しようと願っている。かつて知識とは、「汝自身を知る」ことにつきていた。現代社会の瑣末な情報の氾濫のなかから、力強い知識の源泉を掘り起し、技術文明のただなかに、生きた人間の姿を復活させること。それこそわれわれの切なる希求である。

われわれは権威に盲従せず、俗流に媚びることなく、渾然一体となって日本の「草の根」をかたちづくる若く新しい世代の人々に、心をこめてこの新しい綜合文庫をおくり届けたい。それは知識の泉であるとともに感受性のふるさとであり、もっとも有機的に組織され、社会に開かれた万人のための大学をめざしている。大方の支援と協力を衷心より切望してやまない。

一九七一年七月

野間省一

講談社文庫　目録

はやみねかおる　都会《まち》のトム&ソーヤ(5)〈IN《イン》塀戸〉(上)(下)
はやみねかおる　都会《まち》のトム&ソーヤ(6)〈ぼくの家へおいで〉
はやみねかおる　都会《まち》のトム&ソーヤ(7)《怪人は夢に舞う〈理論編〉》
はやみねかおる　都会《まち》のトム&ソーヤ(8)《怪人は夢に舞う〈実践編〉》
はやみねかおる　都会《まち》のトム&ソーヤ(9)〈前夜祭 内人《ないと》side〉
はやみねかおる　都会《まち》のトム&ソーヤ(10)〈前夜祭 創也《そうや》side〉
半藤一利　人間であることをやめるな
半藤末利子　硝子戸のうちそと
原武史　滝山コミューン一九七四
原武史　最終列車
濱嘉之　警視庁情報官〈シークレット・オフィサー〉
濱嘉之　警視庁情報官 ハニートラップ
濱嘉之　警視庁情報官 トリックスター
濱嘉之　警視庁情報官 ブラックドナー
濱嘉之　警視庁情報官 サイバージハード
濱嘉之　警視庁情報官 ゴーストマネー
濱嘉之　警視庁情報官 ノースブリザード
濱嘉之　ヒトイチ 警視庁人事一課監察係
濱嘉之　ヒトイチ 画像解析〈警視庁人事一課監察係〉
濱嘉之　ヒトイチ 内部告発〈警視庁人事一課監察係〉
濱嘉之　新装版 院内刑事《デカ》
濱嘉之　新装版 院内刑事〈ブラック・メディスン〉
濱嘉之　院内刑事〈フェイク・レセプト〉
濱嘉之　院内刑事 ザ・パンデミック
濱嘉之　院内刑事 シャドウ・ペイシェンツ
濱嘉之　プライド 警官の宿命
濱嘉之　プライド2 捜査手法
馳星周　ラフ・アンド・タフ
畠中恵　アイスクリン強し
畠中恵　若様組まいる
畠中恵　若様とロマン
葉室麟　風渡る
葉室麟　風の軍師〈黒田官兵衛〉
葉室麟　星火瞬く
葉室麟　陽炎《かげろう》の門
葉室麟　紫匂う
葉室麟　山月庵茶会記
葉室麟　津軽双花
長谷川卓　嶽《がく》神《じん》〈上・白銀《しろがね》渡り〉〈下・湖底の黄金〉
長谷川卓　嶽神伝《がくじんでん》 鬼哭《きこく》(上)(下)
長谷川卓　嶽神列伝 逆渡《さかわた》り
長谷川卓　嶽神伝《がくじんでん》 血路
長谷川卓　嶽神伝《がくじんでん》 死地
長谷川卓　嶽神伝 風花(上)(下)
原田マハ　夏を喪くす
原田マハ　風のマジム
原田マハ　あなたは、誰かの大切な人
畑野智美　海の見える街
畑野智美　南部芸能事務所 season5 コンビ
早見和真　東京ドーン
はあちゅう　半径5メートルの野望
はあちゅう　通りすがりのあなた
早坂吝《やぶさか》　○○○○○○○○殺人事件
早坂吝　虹の歯ブラシ〈上木《かみき》らいち発散〉
早坂吝　誰も僕を裁けない
早坂吝　双蛇《そうじゃ》密室
浜口倫太郎　22年目の告白〈―私が殺人犯です―〉

2024年12月13日現在